［美］托马斯·品钦 著

但汉松 译

性本恶

上海译文出版社

INHERENT VICE

THOMAS PYNCHON

在行道石下,是沙滩!

街边涂鸦,巴黎,1968年5月

一

她顺着小巷走过来,爬上后门楼梯,就像过去一样。多克已有一年多没见过她了。没人见过。她过去总穿凉鞋,下半身印花比基尼,加上"乡巴佬和鱼"[1]的褪色T恤。今晚她却完全是一副平原地区[2]的打扮,头发比他记忆中的短很多,看上去就像她自己所不齿为之的那副模样。

"是你吗,莎斯塔[3]?"

"以为有幻觉了吧。"

"只是这身新行头,我猜。"

他们站在从厨房窗户透进来的街灯里(这种窗户根本没有拉窗帘的必要),听着山下海浪的拍打声。有些晚上,假如刮的是西风,整个镇上都能听见海浪声。

"要你帮个忙,多克。"

"你知道我现在有办公室吧?就像那种白天上班的人。"

"我查了电话簿,差一点就去那里了。不过我又想,这地方看起来挺隐秘,对我们都好。"

好吧,今夜是没啥浪漫可指望的了。见鬼。但可能来了一个赚钱的活。"有人跟踪你?"

"刚刚在马路上花了一个小时,希望是没盯梢的。"

"来点啤酒怎么样?"他走到冰箱前,从里面的盒子中拿出两罐来,递给莎斯塔一个。

"我有个男人。"她说。

会有的,何必大惊小怪?如果每次听见客户这样的开场白,他都有五分钱拿,那么他现在早就有钱去夏威夷整日飘飘欲仙,欣赏威美亚[4]的海浪,或者干脆雇人替他盯着[5]……"正儿八经的绅士吧?"他笑道。

"好吧,多克。他结婚了。"

"和……钱有关吧。"

她晃着脑后已经剪掉的头发,扬起眉毛,一副那又如何的表情。

多克才无所谓呢。"人家妻子知道你了?"

莎斯塔点了点头。"可她外面也有人,但不是那种普通情夫——他们正在一起策划阴谋诡计。"

"卷着老公的钱跑路,是吧?我在洛杉矶听过一两桩这种事。那么……你究竟想让我做什么?"他找出用来装晚饭便当的纸袋,假装忙着在上面记笔记。就因为这身正派小姐穿的衣服,妆又化得似有若无,他感觉到了过去熟悉的那种勃起。莎斯塔总能让他这样。他怀疑两人是否算真的结束了。当然算。早就结

---

1 "乡巴佬和鱼"(Country Joe & The Fish)是成立于1965年的西海岸迷幻民谣乐队。
2 平原地区(flatland)在小说中指的是生活在洛杉矶盆地中心地势平坦地区的人,他们在六七十年代往往不如生活在海滩山地的嬉皮士那么前卫时髦。
3 莎斯塔(Shasta)在英文里暗指加利福尼亚州境内的Mount Shasta,是该州的第五大高峰。Shasta是本地印第安部落的词汇,意思是"白色的"。
4 威美亚(Waimea)在夏威夷欧胡岛的北岸,以巨浪闻名,是全世界冲浪爱好者的天堂。
5 对冲浪者来说,好的浪头往往是可遇不可求的,所以他们常常需要观察海面等待时机。

束了。

他们走到前厅,多克躺在沙发上,而莎斯塔依旧站着,四处晃荡。

"他们想拉我入伙,"她说,"他们认为我是那种可以在他软弱的时候接近他的人,或者说尽可能没提防时。"

"光屁股睡觉时。"

"我知道你懂的。"

"你还在琢磨这是对是错吗,莎斯塔?"

"比这还糟。"她紧紧地盯着他看,那种眼神他记忆犹新,当他回忆往事时。"我在考虑自己欠他多少忠心。"

"我希望你不是要问我。说句大实话,如果你总操某个人,有亏欠的就是你。"

"谢谢。亲爱的艾比[1]也是这么讲的。"

"很好。不谈感情,那么我们谈谈钱。房租他出多少?"

"全部。"刹那之间,他抓到了那副曾经的笑容——眯着眼睛,充满挑衅。

"挺贵的吧?"

"租的是汉科克公园。"[2]

多克哼起了那首《无法给我买来爱》[3]的高潮部分,压根就不看她的脸。"当然,你从他那里得到的一切都是靠打欠条。"

---

1 "亲爱的艾比"(Dear Abbey)是 Pauline Phillips 以 Abigail Van Buren 为笔名开设的一个报纸专栏,专门为读者解惑答疑。
2 汉科克公园(Hancock Park):位于好莱坞以南,是洛杉矶最奢华的富人区之一。
3 《无法给我买来爱》(Can't Buy Me Love)是披头士乐队的一首经典歌曲。品钦在《拍卖第四十九批》中也引用了披头士的歌。

"我操，要是早知道你还是这么刻薄——"

"我？只是想做得专业一点，仅此而已。那个老婆和男友拖你下水，给什么价？"

莎斯塔说了一个数。多克曾经在帕萨迪纳[1]高速公路上超过一辆改装过的劳斯莱斯，那车里面坐满了愤怒的海洛因贩子，而在雾里过那些设计粗糙的弯道时，他居然开到了一百迈；他也曾在洛杉矶河东边的背街小巷独行，包里只带一个借来的"埃弗罗"梳子[2]防身；他还曾拿着大把的越南大麻[3]，在司法大厦进进出出。如今他几乎确信那种放肆的年代已经一去不返了，但现在他又开始感觉到内心深处的紧张。"这个……"他现在说话谨慎了，"这不是几张限制级的宝丽来照片，也不像在汽车仪表板上的小柜里藏些大麻……"

在过去，她能几个星期也没啥复杂表情，顶多噘一下嘴。现在她让他看到的，是面部各种表情的结合，以至于他根本就读不懂。可能是她在表演课上学的玩意。"不是你想的那样，多克。"

"别急，可以过会再想。还有啥？"

"我不确定，但听上去他们打算把他关进疯人院。"

"你是说合法地？还是说像绑架那种？"

"没人告诉我，多克。我只是一个诱饵。"想到这里，她话音里也充满了前所未有的忧伤，"我听说你在和下城某个女人

---

[1] 帕萨迪纳（Pasadena）是美国加利福尼亚州南部、洛杉矶东北郊的住宅卫星城市。

[2] 埃弗罗梳发器（Afro pick）是一种金属梳子，用来做非洲黑人风格的埃弗罗发型（一种圆形的、非常浓密且紧凑鬈曲的发型）。

[3] 越南大麻（Vietnamese weed）：在美国六七十年代越战时期，嬉皮士如果被征召入伍，就会在战场种一些越南当地的大麻来缓解内心压力，作为美国大麻的替代品。他们中的很多人在回国后依然对越南大麻带来的美好感觉念念不忘。

约会?"

约会。好吧,"哦,你说的是佩妮?她是从平原地区来的,人不错,就是想找个嬉皮,玩一场隐秘刺激的恋爱——"

"也在伊芙·扬戈尔[1]的局子里当地区助理检察官吧?"

多克想了一下。"你认为那儿的人可以阻止这件事的发生?"

"碰到这种事情我也没几个地方能去,多克。"

"好的,我会和佩妮谈谈,看看能怎么办。你那对幸福的伴侣——他们都有姓名地址吧?"

当他听到这个老绅士的名字时,说道:"这和经常上报纸的米奇·乌尔夫曼是同一个人吧?地产巨鳄?"

"你不能把这事告诉任何人,多克。"

"装聋作哑是我们的职业要求。你有没有电话号码可以告诉我?"

她耸了耸肩,皱了皱眉,给他一个号码。"尽量不要用。"

"很好,那我怎么找你?"

"你不要找我。我从原来的住处搬出来了,待在我还能待的地方。不要问。"

他几乎要说:"这里有地方。" 实际上没地方了。但是他看见她四处打量着那些保持原样的东西:马车轱辘上挂着的真品英式酒吧飞镖盘,妓院用的那种吊灯(里面装着紫色荧光灯泡,用的是震颤灯丝),收藏的全部由康胜啤酒[2]易拉罐做的旧改装车

---

[1] 伊芙·扬戈尔(Evelle Younger): 1964年到1971年,任洛杉矶县的地方检察官(District Attorney)。

[2] 康胜啤酒(Coors): 美国著名的啤酒品牌。

模型，威尔特·张伯伦[1]用日辉画笔签名的沙滩排球，还有天鹅绒画之类的。她的表情中——你不得不说——带着厌恶。

他陪她走到山下停车的地方。这里平日晚上和周末并没有多少不同，所以小镇这头已经到处是出来找乐子的人，有酒客和冲浪手在街巷里尖叫，有瘾君子出来买东西吃，有山下来的男人在找空姐搞一夜情，还有在地面工作的平原地区女人希望被人当成空姐。在山间隐匿的道路上，车流朝着高速公路的方向驶进驶出，尾气管发出悦耳声音回荡在海面上。驶过的油轮上有船员听见这些声音，可能还会以为这是异国海岸的野生动物在搞什么夜间营生。

在快走到灯火通明的比奇弗兰特大街时，他们在暗处停了下来。人们走到这种地方总喜欢这么做，它往往意味着要亲个嘴，或者至少捏下屁股。但是她却说："不要再往前走了，现在可能有人在盯梢。"

"给我打电话或者啥的。"

"你从来没让我失望过，多克。"

"别急，我会的——"

"不，我是说过去没有过。"

"哦……当然我有过。"

"你以前总是那么可靠。"

海滩上已经天黑好几个小时了。他之前没抽太多大麻，也不是车前灯的缘故——但当她转身离开的时候，他的的确确看到了

---

[1] 威尔特·张伯伦（Wilt Chamberlain）：美国NBA传奇巨星。

有光落在她脸上,就像是日落后那种橘红色的光辉,照在向西凝望的脸庞上——这种凝望是在期待某人乘着白天最后一排海浪归来,回到海滩,回到安全之地。

至少她的车还没换,她一直开的是 1959 年产卡迪拉克 Eldorado Biarritz 敞篷车。这辆二手车是在西边的一个停车场买的,当时他们站在车流旁边,这样不管抽的什么,味道都可以被卷走。她开车离开后,多克坐在海滨空地的长椅上,身后是一长串亮着灯的窗户,斜着往上延伸。他看着那一朵朵闪光的浪花,看着晚上下班车流的灯光蜿蜒爬上远处帕洛斯韦尔德[1]的山间。他回想了一遍没有说出口的问题,譬如:她究竟有多依赖乌尔夫曼许诺的便利和权势?她是否准备好重归那种比基尼加 T 恤的生活方式?她是否后悔?最问不出口的问题,是她对老米奇到底有多少真正的激情?多克知道答案可能是"我爱他",要不还能是什么?大家都心知肚明,这个词现如今已经被大大地滥用了。任何人只要赶得上潮流,都会"爱"所有人,更别提这个词还有别的好处,譬如可以用它来忽悠别人上床,搞那些她们原本也无所谓的性事。

回到自己的住处后,多克站着看了一会天鹅绒画。这是从一个墨西哥家庭那里买到的,这些人每逢周末就沿着绿平原各地的大街摆摊,那里位于戈蒂塔[2]和高速公路之间,还有人骑马。在静谧的早晨,这些小贩把画从货车拿出来卖,你会看到沙发那么

---

1 帕洛斯韦尔德(Palos Verdes)是洛杉矶最西南角伸进太平洋的一个半岛,靠海丘陵地形,以建筑于半山区的高级住宅而闻名。

2 戈蒂塔(Gordita)是品钦杜撰的一个洛杉矶海滨小镇,其原型很可能是作者 70 年代初住过的曼哈顿海滩。

宽的《基督受难》和《最后的晚餐》,有狂野不羁的摩托车手坐在工笔描绘的哈雷上,还有穿着特种部队制服的悍勇战将在给M16装子弹等等。而多克的这幅画,展现的是南加州海滩不复存在的一幕——棕榈树、比基尼宝贝、冲浪板、建筑物。当他无法忍受另一个房间的普通玻璃窗外看到的风景时,就会把这幅画当做可以眺望的窗户。有时,这道风景会在阴影下亮起来——多半是他吸大麻的时候——仿佛是创造天地的对比度旋钮被弄错了,从而让每个东西的底部都透出光亮,形成闪烁的边缘,让那个夜晚变得如史诗般迷人。

只是今晚除外,这幅画看上去也仅仅是个作品。他拿起电话想找佩妮,但是她出去了,可能正在和某个前程远大的短发律师跳着"瓦图西"[1]打发夜晚的时光。多克并不在乎。他接着给里特姨妈打电话,她住在山丘另一边的大街上,那里是这个镇上更加郊区化的地方,有别墅和院子,还有很多树(正因为如此,那里还被称为"树区")。几年前,里特和丈夫离了婚,此人曾经加入过密苏里的路德教教会,后来开了家"雷鸟"[2]专卖店,他若是在保龄球馆的吧台边邂逅到不本分的家庭主妇,准会丢了魂。里特于是带着孩子,从圣华金搬到这里,开始做房地产,并且很快就拥有了自己的经纪公司。她的公司位于一栋单层别墅里,那片大宅地也正是她的家。每当多克需要了解任何与房地产世界有关的信息时,里特姨妈就是他要找的人。从沙漠到海洋(晚间新闻喜欢用这样的措辞),她对每一片土地的使用情况都

---

[1] 瓦图西(Watusi):一种源自非洲卢旺达的舞蹈,曾在美国60年代风靡一时。
[2] 雷鸟(T-bird):美国的轿车品牌。

了如指掌。"总有一天,"她预言说,"会由计算机来代劳,而你所需要做的,就是把你要找的东西敲进去,甚至只需要讲出来——就像《2001：太空奥德赛》里的 HAL[1] 一样——然后电脑会把结果反馈给你,里面的信息比你想知道的还丰富,包括洛杉矶盆地的各个楼盘,一直追溯到西班牙赠地时期——用水权、债权、抵押史,只要你想要的,相信我,一切都会查到。"而在当时那个非科幻的真实世界里,里特姨妈对土地拥有一种近乎超自然的感觉,她知道那些绝少体现在房契或合同里的掌故(尤其婚姻方面的),知道各种大大小小的家族世仇,还知道现在和过去的水流方向等等。

她在铃响了六声后拿起了听筒。周围有嘈杂的电视声。

"多克,有话快说。我今晚要上直播,还有几百公斤的化妆品要涂呢。"

"关于米奇·乌尔夫曼你知道些什么?"

也许她花了一秒钟去呼吸定神,但多克没有注意到。"他是西部讲高地德语的黑手党,大哥大,搞建筑、储蓄和贷款,有几十亿没纳税的钱藏在阿尔卑斯某个地方。严格说来是犹太人,但却偏偏想当个纳粹。若是谁把他的名字少拼一个 n[2],他准会给对方点颜色瞧瞧。你怎么招惹他了?"

多克向她简要说了一下莎斯塔找他的事,还有针对乌尔夫曼钱财的阴谋。

---

[1] HAL 是库布里克的那部经典科幻电影《2001：太空奥德赛》里面的超级电脑。

[2] 乌尔夫曼(Wolfmann)是一个德国人的名字,如果少拼一个 n,就变成了英文中的"狼人"(Wolfman)。

"在房地产界，"里特说道，"天知道，我们没几个是道德完人的。但有一些开发商，哥斯拉[1]和他们比起来简直就像环保主义者。拉里，你最好不要去招惹他。谁雇的你？"

"这个嘛……"

"全凭运气吗？太让我吃惊了。听好，假如莎斯塔不能给你钱，这也许意味着米奇已经甩了她。她于是怪他老婆，所以想报复。"

"有可能。但如果说我只是想和这个乌尔夫曼老兄出去见个面，聊聊天呢？"

叹气声是否夸张了点？"我建议你别用老办法去找他。他走到哪里都有十几个骑摩托车的保镖跟着，大部分是混过雅利安兄弟会的人，全是法庭上挂过号的流氓。见面还是试着预约吧。"

"等一会。我翘了很多社会研究的课，但是……犹太人和雅利安兄弟会……难道……这里没有，我想想……仇恨吗？"

"大家说米奇这人难以捉摸，最近越来越是如此了。有人说他性格乖僻。要我说，就是他妈的嗑药嗑傻了，没什么人格上的问题。"

"那么这群打手，即使在组织里曾经宣誓过一些反犹主义的话，也依然对他效忠？"

"如果你走到离这个人十个街区以内的地方，他们就会把你的车子截下来。如果继续靠近，他们就会扔手雷。你如果想和米奇谈话，别随心所欲，更不要耍酷。要通过渠道去办。"

---

[1] 哥斯拉（Godzilla）是一个破坏力巨大的恐龙型怪兽，最先出现在1954年的同名电影中。

"是啊,但我也不想给莎斯塔添麻烦。你认为我在哪里可以撞见他,就像邂逅一样?"

"我和妹妹保证过,不会让她孩子有危险。"

"我能搞定兄弟会,里特姨妈,我知道那些握手之类的事情。"

"好吧,命是你自己的,孩子。我这里要赶着弄液体眼线笔,但是我听说米奇总去一个叫'峡景地产'的地方,那是个木屑板造出的恐怖玩意,是他糟蹋环境的最新作品。"

"哦,是的。比格福特·伯强生为他们做的广告。加在一些你听都没听过的奇怪电影里面。"

"嗯,也许你的警察哥们才是应该处理这件事的人。你和洛杉矶警察局联系了吗?"

"我确实想着去找比格福特,"多克说,"只是当我正要拿起电话时,突然想到比格福特这种人很可能会为此事狠揍我一顿。"

"也许你找那些纳粹更好一些,不过我可不羡慕你的选择。小心点,拉里。时不时和我通个气,这样我就可以让伊尔米娜放心,知道你还活着。"

该死的比格福特。也不知道怎么了,在某种第六感的驱使下,多克打开电视,拨到一个网外频道,这里专门播放那些过去的老电影,还有一些没卖出去的试映片[1]。毫无疑问,电视里放的正是那个对嬉皮士深恶痛绝的老疯狗。他白天忙乎完侵犯人权

---

[1] 试映片(pilot):在美国电视台,新的剧集往往是按照"季"(season)来播放和拍摄。电视剧制作方在得到合同之前,需要先在电视台试播一两集自己的节目,如果反响好才会继续播放录制;反之,这些试映片就不再有下文了,往往被束之高阁。

的事情后，就上电视来捞外快，给"峡景地产"做广告代言。商标下的字是："迈克尔·乌尔夫曼创意。"

和很多洛杉矶警察一样，比格福特（他喜欢破门而入，这倒与其名字相符[1]）对影视行业一直很有追求。其实，他已经出演过不少性格角色了，从《会飞的尼姑》中滑稽的墨西哥人，到《驶向海底的航程》里的变态助手。他一直交着"电视演员工会"[2]的会费，节目重映还能收到支票。也许，这些为"峡景"制作插播广告的人，都很渴望获得某种观众认同——多克怀疑，比格福特可能是被忽悠到这桩底细不明的房地产交易里。无论怎样，这里已经谈不上什么个人尊严了。比格福特出现在镜头前，穿的那身衣服足以让加利福尼亚最不懂得反讽的嬉皮青年感到汗颜。他今晚的打扮是一件天鹅绒披风，一直垂到脚踝，上面印着的花纹色调繁复、引人入幻，以至于多克的那台电视机根本就派不上大用场——这个低端的玩意，是几年前佐蒂停车场搞"月光疯狂促销"[3]时买的。比格福特身上戴着彩色念珠，太阳眼镜镜片上贴着和平符号，头上还有一顶特大的埃弗罗假发，分缕成中国红、黄绿色和靛青色。比格福特通常让观众想到那个传奇的二手车经销商卡尔·华兴顿[4]，不同的是卡尔喜欢在自己的表演桥

---

[1] 比格福特的英文（Bigfoot）是"大脚"的意思。

[2] 电视演员工会是指美国 Screen Actor Guild，简称 SAG。

[3] 月光疯狂促销（Moonlight Madness Sale）：美国商场一般在"感恩节"当天晚上零点到第二天，进行每年一度折扣最大的打折促销活动，那天也被戏称为"黑色星期五"。

[4] 卡尔·华兴顿（Cal Worthington）是美国西海岸地区最著名的汽车销售商，他从60年代到90年代推出了一系列电视及广播广告，命名为"My Dog Spot"，但最后演员牵出来的往往是一头大象或老虎。这种创意是为了讽刺福特公司的汽车广告。

段里放进真正的动物,而比格福特的剧本则以一帮无法无天的小孩子为特色。这帮孩子在样板屋的家具上爬上爬下,淘气地把炮弹发射到后院的水池里,又叫又闹,还假装将比格福特击中,尖叫着"奇怪的力量!"和"打死这头猪!"观众喜欢极了。"这些小破孩,"他们喊道,"哦,他们还真像那码事啊!"这些小孩激怒比格福特的本事,远比任何一只肥硕的猎豹惹毛卡尔·华兴顿时厉害。但比格福特是专业人士,对吧,他肯定会忍辱负重的。他仔细研究过老菲尔兹和贝特·戴维斯的电影,只要他们一出现,他就琢磨学习与儿童共同出镜的窍门。在他看来,这些孩子的古灵精怪不过是些小麻烦。"我们会成为哥们的。"他似乎是自言自语,同时假装在不由自主地大口吸烟。

突然传来了捶门的声音,多克很快想到此人肯定就是比格福特,就像过去那样,他会再一次破门而入。但是来的人却是丹尼斯,他住在山下,大家读他名字时都爱和"阴茎"这个词押上韵。他看上去比平常更加茫然。

"多克,我跑到杜恩克雷斯特[1]去,你知道那里有个药店吧。我注意到他们的标志,'药'?'店'?对吧?我路过那里上千次了,就是没真正看到过——药,店! 哥们,这太奇怪了。所以我就走了进去,史蒂夫笑着站在柜台后,然后我就说,呃,'喂,请给我点药'——你愿意的话,帮我把这点抽完。"

"谢谢,剩下这点会烧掉我嘴唇的。"

丹尼斯这时游荡到厨房里,开始在冰箱里搜寻。

---

[1] 杜恩克雷斯特(Dunecrest): 多克住的地方在一个山丘上,"杜恩克雷斯特"系杜撰地名,指的就是山丘顶。

"你饿了,丹尼斯?"

"真的。嘿,就像哥斯拉总对摩斯拉说的——我们找个地方吞东西吧?"

他们走上杜恩克雷斯特,向左拐到城里的廉价酒馆。"流水线披萨"里人头攒动,烟雾缭绕,从酒吧的一头都看不清另一头。点唱机里放着"高射炮"乐队的《蜜糖,蜜糖》,声音一直到埃尔波多[1]甚至更远的地方都能听到。丹尼斯挤到后面的厨房去看披萨做得怎么样了,多克看着安森阿达·斯林姆在角落里玩弹球游戏。斯林姆算这地方的老人物了,他在街上开了一家大麻用品店,名字叫"尖叫的紫外线大脑"。他赢了几局免费的游戏,便停下来休息,看见多克在旁边,就点了下头。

"给你来杯啤酒,斯林姆?"

"我看到大街上的那辆车是莎斯塔的吧?那辆旧敞篷车?"

"她就是过来溜达一会,"多克说,"又见到她多少有点怪怪的。我还以为再见她时会是在电视里,而不是真人。"

"可不是。有几次我还以为电视上某个小角色就是她呢,但那不过是长得像而已。当然了,都不如她本人漂亮。"

可悲但是真实,迪恩[2]总爱这么说。在普雷亚·维斯塔高中,莎斯塔连续四年都是校园年刊上的班花,她总在校园剧里扮演天真无邪的少女,和所有人一样,幻想能拍部电影。很快她就

---

[1] 埃尔波多(El Porto):加州曼哈顿海滩的一个冲浪社区。

[2] 迪恩(Dion)指的是美国著名的歌手兼作曲家 Dion Francis DiMucci,生于 1939 年。在 60 年代中期,他成功地推出了蓝调摇滚和民谣摇滚专辑。"可悲但是事实"语出他的一首冠军歌曲《逃走的苏》(Runaround Sue),歌词的前几句是:"Here's my story, sad but true/It's about a girl that I once knew/She took my love then ran around/With every single guy in town"。

来到好莱坞，在街头四处寻找廉价的租房。多克是她认识的唯一一个不吸海洛因的瘾君子（这一点让他们两人获得了很多空闲时间），除此之外，实在想不出她还能看上他什么。他们在一起其实也没有多久。很快，她就接到电话去试镜，也找到一些片场的工作，有的在台上，有的是幕后。多克开始学着做私家侦探，帮人搜寻逃债者。他们各自被这个巨大城市里的命运气流所裹挟，看着彼此朝着不同的人生渐行渐远。

丹尼斯带着他的披萨回来了。"我忘记我要的是什么口味的了。""流水线披萨"每周二都会弄一个披萨打折夜，所有尺寸的披萨，无论饼上加的是什么配料，都只要1.35美元。丹尼斯坐下来，专心致志地盯着这个披萨看，就好像它要发生什么事情一样。

"这是木瓜块，"斯林姆猜道，"这些……这些是猪肉皮吗？"

"披萨饼上还有波森莓酸奶，丹尼斯？坦白说，好恶心。"这是索梯雷格，她曾经在多克的办公室里工作，后来她男朋友斯拜克从越南回来了，她就认定爱情比日班工作更重要，或者这是多克认为自己所记得的解释。不管怎么说，她的天分总是在别的地方。她能接触到一些看不见的力量，还能诊断解决各种各样感情和身体上的问题。她做这些大部分是免费的，但有些时候接受一些大麻或者迷幻药，用来代替现金。据多克的了解，她从来没有失算过。她正检查着他的头发，他和往常一样，出于自我防范而感到一阵紧张。最后，她使劲地点头，说道："最好还是处理一下。"

"又要？"

"我怎么唠叨也不够——换个发型，就能改变你的一生。"

"你有什么建议？"

"这得看你。跟着你的直觉走。丹尼斯，说真的，你介意我吃这块豆腐吗？"

"那是软糖。"丹尼斯说道。

多克回到他的住处，卷了一根大麻，打开电视，正在放的是晚间电影。他找出一件旧T恤，坐下来把它撕成半英寸宽的短条，直到弄了大概有一百条的碎布堆。他于是去冲了个澡，趁着头发还是湿的时候，将每小股头发用T恤碎布卷起来，然后在上面打个结。他在脑袋上重复着这种南方种植园风格的发式，用电吹风弄了差不多半个小时后（中间他也许睡着了，也许没有），就把结打开，让头发倒着散出来，弄出一种在他看来相当拿得出手的白人埃弗罗发型，直径能有一英尺半。多克把脑袋小心翼翼地塞进一个装酒的纸盒箱里做定型。他躺在沙发上，这下是真的睡着了，快到天亮时还梦见了莎斯塔。不是梦见他们真的在性交，但也和那差不多。他们离开各自的生活，飞到一家古怪的汽车旅店碰面，那种飞行方式是你在清晨梦境里才会用的。这个旅店看上去还是个发廊。她坚持说自己"爱"某人，但是却不提名字。等多克终于醒过来时，他猜她一定说的是米奇·乌尔夫曼。

没必要再睡了。他上山去瓦沃斯咖啡馆吃早餐，那里总有一些铁杆冲浪迷。"坏蛋"福拉戈走了过来。"嘿，老兄，那个警察又在四处找你。你脑袋上那是啥？"

"警察？啥时候的事情？"

"昨天晚上。他去你住的地方了，但你不在。是个从市中心凶杀科来的警察，开着一辆满是凹痕的El Camino，就是带396发动机的那款[1]。"

"那人是比格福特·伯强生。他为什么不像平时一样直接把我门踢开?"

"他可能想这么干来着,但好像又说'明天也不迟'……也就是今天,对吧?"

"最好别来。"

多克的办公室坐落在机场附近,在东因佩里尔那边[2]。他和巴迪·涂伯赛德医生共用这个地方,那人的工作就是给人注射"维他命B_{12}",其实就是医生自己配制的安非他命的委婉说法。今天,虽然时候还早,但多克过来时已经有很多人了。那些患有B_{12}缺乏症的顾客一直排到后面的停车场,有郁郁寡欢的海滩主妇,有接到电话要去试镜的演员,有皮肤晒得黝黑的怪老头(他们盘算着去日头底下闲聊扯淡),有刚刚从累人的红眼航班上下来的空姐,甚至还有几个真是来看病的贫血症患者或素食孕妇。他们半睡半醒地挤在一起,烟抽个不停,还自言自语,一个接着一个穿过十字转门,进到这栋空心砖建筑的大厅里。皮图尼亚·莉维站在转门旁边,手中拿着纸夹板,给他们逐一登记。莉维是个大美人,戴着浆硬的小帽,还有一身超短的医务装,与其说是护士制服,还不如说是用来搞制服诱惑的。涂伯赛德医生说,他从好莱坞的弗雷德里克商店用批发价买了一卡车这玩意,有各种各样的时尚颜色,今天的是浅绿色。

---

[1] 396指的是V8发动机的排气量,单位为立方英寸,换算成国际单位就是6.5升。El Camino是60年代雪佛兰出品的一款轿车,体型较大,后来装配有更大排气量的396引擎。

[2] 东因佩里尔(East Imperial)是洛杉矶东南部的一个城市。

"早上好呀,多克,"皮图尼亚说这句话时带着酒吧歌手的轻快曲调,那种声音效果就像是戴着假睫毛向他抛媚眼,"喜欢你的埃弗罗哦。"

"你好,皮图尼亚。还是和那个谁结婚吗?"

"哦,多克……"

刚开始签租约时,这两个租客就像夏令营里的同屋伙伴一样,通过扔硬币来决定谁得到楼上的套间。结果多克输掉了楼下,或者如他所乐于认为的那样,赢到了楼上。他门上写着"LSD调查"。如果有人问起(其实没什么人问过),他就会解释说这个LSD其实代表的是"定位、监视、侦查"[1]。在字的下方,画着一个布满血丝的巨大眼球,用的是嗑药者钟爱的绿色和红紫色。这里面有上千根狂暴的毛细血管,细节部分是交给一帮嗜食兴奋剂的人来搞的,他们后来就搬到索诺玛去了。一些潜在的客户据说会花上数小时,盯着这个眼球迷宫图看,常常忘了自己来这里是干什么的了。

事实上,已经有一个访客等待多克多时了。他的特别之处在于,他是一个黑人。当然,黑人偶尔会跑到海港高速路的西边来,但在他们领域之外如此远的地方(几乎要到海边了)看见黑人,这还是蛮稀罕的。上次戈蒂塔海滩曾经来过一个黑人摩托车手,当时各个警用波段部门都急切地叫人增援,还集结了小型的警察特种部队车辆,沿着太平洋海岸高速设立了各种路障。这是戈蒂塔的习惯反应了,最早可以追溯到二战刚结束时。当时有个

---

[1] LSD是一个对美国嬉皮时代而言常见的缩写,表示"迷幻药"。多克这里让它代表"Location, Surveillance, Detection"。

黑人家庭打算搬到城里来，结果在"三K党"的建议下，市民们把人家的住处烧成平地。就像某种古代的咒语在起效果一样，戈蒂塔居民不让任何人在原址建新房子。那块地就一直空着，直到政府最后将它收为公有，并改建成一个公园。按照因果循环的法则，不久就有戈蒂塔海滩的年轻人晚上跑到那里聚会。他们一起喝酒、嗑药和打炮，弄得他们的父母非常郁闷，虽然这倒没有怎么影响当地房价。

"嗨，"多克欢迎自己的客人，"有何贵干，哥们？"

"少扯狗屁。"黑人答道。他说自己叫塔里克·卡里，然后瞪着多克的埃弗罗发型看了一会。若换了其他场合，这会被当成挑衅。

"哦，进来吧。"

多克的办公室里有两个高背长椅，上面铺着紫红色的塑料垫，对着放在一起，中间隔着张"福米卡"牌的桌子。桌子的颜色是那种热带绿，看上去很舒服。这其实是咖啡店里的那种组合桌椅，是多克从霍索恩的家装店里淘来的。他招呼塔里克坐到其中一张椅子上，然后自己坐在对面。座位很舒服。他们中间的茶几上堆着电话簿、铅笔、三乘五寸卡片（有成盒装的，也有散装的）、地图、香烟烟灰、晶体管收音机、抽大麻用的烟蒂夹子、咖啡杯和奥利维蒂的"Lettera 22"[1]便携式打字机。多克嘟囔道："先用这个大致记一下。"然后，他把一页纸塞到打印机里。这张纸看上去已经被重复折叠了很多遍，像是有人患了强

---

[1] 奥利维蒂的"Lettera 22"（Olivetti Lettera 22）是一款著名的便携式打印机，由奥利维蒂公司出品。它也是品钦写作时使用的打印机品牌。

追症。

塔里克满腹狐疑地看着。"秘书今天放假了？"

"差不多吧。但是我记些笔记，晚些时候再打印成定稿。"

"好。我和这个家伙一起坐过牢。白人。事实上，他是混雅利安兄弟会的。我们曾经做了笔交易，现在我们都出来了，他还欠我的。我的意思是，一大笔钱。我没法告诉你细节，我发过誓不能讲。"

"能不能说一下他的名字？"

"格伦·夏洛克。"

有的时候，你会因为某人说一个名字的方式而获得共鸣。塔里克说这话时就像心已经碎掉了。"你知道他现在在哪里吗？"

"只知道他的老板是谁。他给一个叫乌尔夫曼的建筑商当保镖。"

多克的大脑出现了瞬间的空白，这肯定是嗑药导致的。他异常警觉地摆脱了这种状态，希望塔里克还没注意到他有什么不对劲。他假装在研究自己正在写的记录纸。"如果您不介意的话，我想问，卡里先生，您是怎么听说我们侦探社的？"

"斯雷奇·泼提特。"

"哦，过去的事情了。"

"他说你帮过他忙，在67年。"

"那是第一次有人冲我开枪。你们从那个地方开始认识的？"

"我们两个一起学的烹饪。斯雷奇还要差不多一年才能出来呢。"

"我记得他那时连烧开水都不会。"

"你应该看看现在的他。他会烧自来水、箭头泉[1]的水、俱乐部里的苏打水、毕雷矿泉水[2],随你点。他是烧水达人。"

"你介意我问一个显而易见的问题吗?你知道格伦·夏洛克在哪里工作,为什么你不直接过去查查他的下落?为什么要雇个中间人?"

"因为这个乌尔夫曼由一些雅利安兄弟会的人全天候护卫着。除了格伦,我和那些操蛋的纳粹崽子都不可能和睦相处。"

"哦——所以派个白人去,然后让他的脑袋被人砸烂?"

"差不多。我其实想找一个威猛点的人。"

"我在高度上的不足,"多克差不多已经在工作时解释过上百万次了,"会在态度上弥补回来。"

"好的……有可能……我在牢里偶尔也能见到这种情况。"

"当你在里面时——混帮会吗?"

"黑人游击队家庭[3]。"

"乔治·杰克逊的组织啊。你说你和现在是雅利安兄弟会的人做过生意?"

"我发现我们对美国政府的很多看法都一致。"

"嗯,种族和谐,我能理解。"

塔里克看着多克,带着一种特殊的紧张,眼睛变成了黄色,目光锐利。

"还有别的原因吧。"多克猜测道。

---

1 箭头泉(Arrowhead Springs):加州地名,属于圣伯那地诺市(San Bernardino)。

2 毕雷矿泉水(Perrier)是来自法国的著名矿泉水品牌。

3 黑人游击队家庭(Black Guerrilla Family)是20世纪60年代中期乔治·杰克逊在加州圣昆丁州立监狱(San Quentin State Prison)成立的监狱帮会组织。

"我过去混的街道帮派是阿特希亚会[1]。当我离开奇诺[2]时,我去找他们,发现不止是他们离开了,整个帮会地盘都没了。"

"太怪了。你说的'没了'是什么意思?"

"不在那里了。全被碾成碎片,海鸥在上面啄食。我还以为肯定是嗑药的幻觉,就开车兜了一圈,回来时发现所有东西还是不在。"

"哦,"多克敲打着打字机。不是幻觉。

"没有人,也没有东西。鬼城。除了一个大标牌,上面写着'此处即将启用'。要盖的都是天价楼盘、购物中心之类的狗屎玩意。你肯定猜得到是哪个建筑商吧。"

"又是乌尔夫曼。"

"对。"

多克在墙上挂了一张本地地图。"指给我看。"塔里克指的地方,看上去像是一条直线,从这里往东,向下射到阿特希亚大道。多克看着地图,很快意识到这里正是"峡景地产"的位置。他假装对塔里克做了一下种族扫描。"你们就像什么来着,日本人?"

"你干这一行多久了?"

"我只是说这里看上去更靠近加迪纳,而不是康普顿[3]。"

---

[1] 阿特希亚会(Artesia Crips)是加州洛杉矶的非裔黑人帮派分支。其中,"Crips"代表雷蒙德·华盛顿和斯坦利·威廉斯在1971年成立的黑帮组织,人数众多,在美国势力很大,和"黑人游击队家庭"属于盟友。

[2] 奇诺(Chino): 美国加利福尼亚州南部城市,位于洛杉矶以东,是两个大型监狱所在地。

[3] 加迪纳(Gardena)和康普顿(Compton)都是洛杉矶地区的城市名。

"二战,"塔里克说,"在战前,很多中南部地区还是日本人的居住区。那些人被送到营地去[1],我们就住进来接了日本佬的班。"

"现在轮到你们搬出去了。"

"更多是因为白人的报复。从高速公路一直到机场,他们还嫌不够。"

"报复什么?"

"瓦茨。"[2]

"暴乱。"

"我们有些人说是'起义'。那个人,他等待的就是这个时刻。"

这就是洛杉矶漫长而悲伤的土地使用史,里特姨妈对这个话题是百说不厌的。把墨西哥家庭从夏瓦兹峡谷[3]赶出来,建了座"道奇体育场"。将美洲印第安人从邦克山[4]扫地出门,建了个音乐中心。塔里克的家乡则被推土机铲平,让位于"峡景地产"。

"假如我能找到你的狱中弟兄,他会老实还账吗?"

"我没法告诉你会怎么样。"

---

1 在1941年珍珠港事件爆发后,美国西海岸各州曾将日裔美国人集中起来关入集中营。

2 瓦茨(Watts):加州洛杉矶的一个地区,1965年这里曾发生了严重的种族骚乱,共有34人丧生。品钦1966年曾在《纽约时报》发表名为"A Journey into the Mind of Watts"的文章,专门评论此次事件。

3 夏瓦兹峡谷(Chavez Ravine)原来是洛杉矶市区旁的墨西哥裔聚居区,50年代时被政府征用改建,后成为道奇棒球队的主场,即"道奇体育场"。

4 邦克山(Bunker Hill)是洛杉矶最繁华的市中心所在地。

"那就算了。"

"哦,还有一点,就是我不能先付给你定金。"

"没问题。"

"斯雷奇没说错,你是一个脑子有病的白人王八羔子。"

"你怎么看出来的?"

"我相信是。"

二

多克出门开上了高速公路。往东的车道上挤满了各种车辆，有印着抖动的涡旋纹的大众巴士，有涂底漆的街车款"Hemi"[1]，有用真正的迪尔波恩[2]松木做镶板的旅行车，有电视明星开的保时捷，有载着牙医去搞婚外情的卡迪拉克，有没窗户的面包车（年轻人正在里面上演着可怕的青春剧），有带床垫的皮卡（里面坐满了从圣华金来的农村表兄妹）。这些车行驶在一起，开往那片全是房子、看不见地平线的广袤土地。车流的上方是高压输电线，每个人的收音机都对着同样几个调幅电台。天空的颜色就像兑过水的牛奶，照射着白色强光的太阳不时隐没到雾霾里，仿佛太阳就是似有若无的存在物。在这样的光照下，你开始怀疑那种被称为"迷幻"的东西是否还有可能发生，或者——该死！——北边此刻发生的这一切难道是真实的吗？

从阿特希亚开始，多克在路标的指引下来到"峡景地产＆迈克尔·乌尔夫曼创意"。那些想买房的当地夫妇看起屋村[3]来总是没完没了（里特姨妈爱管大部分这种她认识的房子叫OPPOS[4]）。在挡风玻璃的边上，不时有一些黑皮肤的行人映入多克的眼帘。他们一定像塔里克那样困惑，或许也在寻找自己过去的街区，寻找他们曾日复一日寄居过的房间。这些东西曾经如空间的轴线一样牢靠，但现在它们已不复存在，只剩下一堆乱墟。

开发的这片地一直延伸到雾霾深处，烟雾里的雾气散发着淡淡的气味，还能闻到人行道下的沙漠。样板房建在靠近马路的地方，完工的住宅在里面。在更远处，还能看到一些施工在建的房屋骨架，它们和堆在周围的废料连成一片。多克开过大门，来到一片压好的硬地上。这里已经立上了街道牌子，但路面还没铺好。他把车停在一个将被叫做"考夫曼-布罗德"[5]的路口，然后往回走。

　　从这些住宅望出去，你能看见多明古兹防洪峡[6]的一条支流，它鲜为人知，景色也不算通透。那个已被遗忘的防洪峡被延绵数英里的堤坝、新整饬的土坡和工厂垃圾所切断，两旁的企业有的还在经营，有的已经倒闭了。这些住宅基本上是西班牙殖民时期的风格，有着小阳台（不一定是承重的那种）和红瓦屋顶，意图模仿那些像圣克利门蒂和圣巴巴拉一样房价金贵的城市。不过到目前为止，这里还看不到任何林荫树。

　　多克走到"峡景地产"正门附近，发现那里有一个小广场，是为建筑工人临时修的，有卖酒的小店、提供外带三明治的午餐

1　Hemi 是克莱斯勒公司研制出的一款著名的发动机品牌，它的特色是半球形燃烧室汽缸结构。克莱斯勒轿车在车尾加上 Hemi 的标识，就代表这款车强大的动力性能。

2　迪尔波恩（Dearborn）是美国密歇根州东南部一个城市，也是福特公司的所在地。

3　屋村（tract house）指的是某一地区内建造的样式相同的地区性住宅，也叫束屋。

4　OPPOS 是英文"Over-Priced Piece of Shit"的首字母缩写，意思是"一坨定价高昂的大便"。

5　考夫曼-布罗德（Kaufman and Broad）现在是美国最大的一家住宅建筑公司，1957年成立于密歇根，1963年进军洛杉矶房地产市场。

6　多明古兹防洪峡（Dominguez Flood Control Channel）位于洛杉矶国际机场和洛杉矶港之间，为包括洛杉矶、霍索恩、英格伍德在内的很多城市提供排水服务。

柜台、可以打台球的啤酒吧，还有一家名叫"少女星球"的按摩店。这个按摩店门口停着一排保养精良的摩托车，摆得如同部队一样整齐。这里看上去应该是最可能让他找到那帮恶人的地方。而且，如果他们此时正好在这里，那么米奇很可能也会在。这些机车的主人是来这里寻欢作乐的，而不是在里面严阵以待，盘算着怎么揍多克。想到这里，他深深地吸了口气，让自己被白光夹裹着，款步进了门。

"嗨，我是珍德。"一位青春可人、穿着青绿色旗袍的亚裔女子递给他一份塑封的服务菜单，"请您留意一下今天的'猫咪食客'，一直到打烊都是特价。"

"嗯，倒不是说 14.95 美元的价格有什么问题，但我其实想找一个人，他是乌尔夫曼先生的手下。"

"好啊。他吃小猫[1]吗？"

"珍德，你可比我清楚。这家伙叫格伦。"

"哦，当然，格伦来这儿的，他们都来。你有烟吗？"他为她拿出一根没有过滤嘴的"Kool"。"哦，号子里的风格。那个地方可吃不到小猫，对吧？"

"格伦和我都差不多同时在奇诺待过。你今天见到他了吗？"

"一分钟前还见过呢，然后所有人突然就散了。有什么稀奇事情发生吗？你是警察吗？"

"让我看看，"多克看了看自己的脚，"不……鞋子不对。"

---

[1] 英文中小猫（pussy）也有"少女"和"阴户"的意思。所以"猫咪食客"暗指一种色情服务。

"我之所以问,是因为假如你是警察,你就可以免费预览今天的'猫咪食客'特别节目。"

"有执照的私家侦探呢?那样的话——"

"嘿,班比!"从珠帘里走出来一个金发女子,穿着青绿和橘黄的荧光比基尼,就像是沙滩排球比赛的中场休息一样。

"天啊,"多克说,"我们莫非在这里——"

"不是跟你,呆瓜。"班比嘟哝着。珍德此时开始伸手去摸那件比基尼了。

"哦,"他说,"哈……这就是我以为的那个?在这里?哪里有写'猫咪食客'啊?莫非这个意思是——"

嗯……两个女孩都似乎不再关注他了,虽然出于礼貌,多克认为他还是应该看一会儿。后来这两人消失在接待台的桌子下面。多克起身离开,打算四处溜达看看。在走廊前方的某个地方,透着靛蓝甚至更暗的灯光,还有从黑胶唱片传来的十几年前的低沉弦乐(人们谱这种音乐,是为了给那些在单身公寓里做爱的人提供伴奏)。

周围没有人。在多克来之前,似乎这里本来是有人的。这个地方里面比外面看上去大。亮着黑光灯的套间里贴着荧光的摇滚海报,天花板上镶着镜子,还有振动式水床。闪光灯闪烁着,圆锥熏香散发出麝香味,带状的烟雾飘向天花板。人造安哥拉羊毛制成的粗绒毯不仅仅铺在地板上,混着深红和凫蓝色,显得色调繁复而妖惑。

当他走近房子后部时,多克开始听到很多尖叫声从外面传来,还有哈雷摩托轰隆隆的声音。"噢,这是怎么了?"

他并没有发现到底怎么了。可能是这些奇异的感官刺激让多克在那个时刻突然昏厥了,他也弄不清自己昏迷了多久。也许是他往前走时撞到了某个普通的东西,这解释了为什么他最后醒来时发现脑袋上有一个很疼的肿块。不管怎么样,在医院的人说出"硬脑膜下血肿"这种术语之前,多克已经发现那些土气的背景音乐没声了,珍德和班比也消失了,而他自己则躺在水泥地上。这个地方他不认识,不过在他上方狞笑的那张脸,他现在可是认识的。此人就像今日星象里的灾星,正是洛杉矶警察局的警督[1]比格福特·伯强生。

"恭喜啊,嬉皮流氓,"比格福特用他令人熟悉的"30号重油"般的嗓音说道,"欢迎来到麻烦的世界。你那不值钱的嬉皮屁股恐怕很难再靠着幻觉全身而退了。"他手上拿着那个招牌式的冰冻香蕉[2],上面裹着巧克力,他不时地咬上一口。

"你好啊,比格福特,能给我来一口吗?"

"当然,不过你得等等。我们把那只罗特韦尔[3]留在局子里了。"

"不急……再问一下,我们现在这是在哪儿呢?"

"在峡景地产啊。这里是未来的家宅,那些家庭生活的美好元素很快就会夜复一夜地会聚到这里。人们在这里看着电视,

---

1 警督(Lieutenant)是洛杉矶警察局的第四级警衔,一共分九级,最高是总警监(Chief of Police)。

2 比格福特(Bigfoot)正好与北美一种类似猿人的大脚野人(Bigfoot,也叫 Sasquatch)同名,因此两者都爱吃香蕉就不足为奇了。

3 罗特韦尔是一种德国牧羊犬。

大口吞咽着营养丰富的零食,在孩子们上床睡觉后,甚至还可以来点造人的前戏。那时人们不会想到,曾几何时有个臭名昭著的恶棍躺在地上,嗑药嗑得迷迷瞪瞪,和刑警讲话时前言不搭后语。不过这个警察可是卓尔不凡,倒是听得懂他的胡话。"

从他们这里还能看得见前门。透过一些交叠的影像,多克辨认出午后阳光下那模糊的街景,到处是新浇注出来的地基,等着房屋在上面拔地而起,还能看到一些用作下水道和水电线路的沟渠,放着警示灯的防护栏甚至在白天还闪着光亮,还有预制排水管、成堆的填充料、推土机和挖掘机。

"我们不想显得太没耐心,"警督继续说道,"任何时候只要你回过神,我们都可以谈。"一些穿着制服的蛤蟆爬了过来,傻笑着应和。

"比格福特,我不知道发生了什么事。我只记得我在那边的按摩店?有个亚洲小妞叫珍德?还有她的白人伙伴班比?"

"毫无疑问,全是痴人说梦。脑子全让大麻给熏坏了。"伯强生警探推理道。

"可是,真的不关我的事啊,无论发生了什么。"

"当然。"比格福特望着他,又开心地咬了一口自己的冰冻香蕉。多克费力地站了起来,然后开始琢磨一些细节问题,譬如怎么能让自己保持垂直,怎么试着走两步之类的。这时,他看到一些医务人员,还有张轮床,上面躺着一具血迹斑斑的尸体。它已经变成了一个待烤的节日火鸡,脸上还盖着廉价的管纱毯子。尸体的裤兜里不断掉出东西来,那些警察不得不从灰土里把它们再捡回来。多克觉得自己要崩溃了,他的肠胃或者别的地方受不了了。

比格福特冷笑道："是啊，我都有点同情你们这些平头百姓的痛苦了——不过，如果你能更像个男人，少学点那些见到征兵令就躲的嬉皮软蛋，你就能多见识一下什么是越南，下次看到处理这种，怎么说来着，'硬东西'时，你也能体会我这种职业人士的漠然处之。"

"那是谁？"多克冲着尸体点了一下头。

"曾经是，斯波特罗。在我们地球上，这得用过去式。来见见格伦·夏洛克吧。你几个小时前还在找这个人呢，这可有人亲眼见到。记性差的毒鬼在选择异想天开的对象时，最好多加小心。而且，从外部情况看，是你杀了神通广大的米奇·乌尔夫曼的私人保镖。这个名字听着意犹在耳吧？或者在你们的语言里，这叫'鼓尤在耳'？啊，我们的车来了。"

"喂——我的车呢……"

"就像车主一样，要被扣押了。"

"太残忍了吧，比格福特，连你都觉得了吧。"

"来来，斯波特罗，你知道我们很荣幸载你一程的。瞅着点你的脑袋。"

"瞅着点我的……这我怎么做得到啊，哥们？"

他们没有去市中心，而是到了康普顿警察局。这是警方的规矩，个中原因对多克永远是讳莫如深的。他们把车开进停车场，停在一辆破旧的 68 年款 El Camino 旁边。比格福特走出黑白警车，然后回来打开了后车厢。"这里，斯波特罗——过来给我搭把手。"

"对不起，这是什么鸡巴玩意？"多克问道。

"铁丝网，"比格福特答道，"八十杆长线圈，真正的'格力登'四点电镀。你想拿着那一边吗？"

这东西差不多有一百磅。开车的警察坐在那里，看着他们将铁丝网抬出后备厢，然后放到那辆 El Camino 的后厢。多克记得这辆车是比格福特的座驾。

"你们那里家畜出什么状况了吗，比格福特？"

"哦，那个铁丝网从来不是真正当围栏用的。你疯了吗，这东西有七十年历史了，和新的一样——"

"等等，你……收集……铁丝网？"

是的。原来，他还收集踢马刺、马具、墨西哥牛仔草帽、沙龙画、治安警官的星徽、子弹模子，还有各式各样来自蛮荒西部的随身物品。"是这样的，假如你不反对的话，斯波特罗。"

"哇，冷静点，乔尼·兰切尔[1]，我可不是在和铁丝网收藏家找不痛快，谁愿意买啥这是他自己的事，对吧。"

"我希望如此，"比格福特嗤笑了一声，"来让我们进去看看有没有空的单间。"

多克和比格福特过招的历史很长了，开始是小打小闹地惹点毒品麻烦，结果他常常在苏珀威达[2]大街上被拦下来搜身，要么

---

1 乔尼·兰切尔（Jolly Rancher）是美国著名糖果商标，此处是多克对比格福特的戏称。

2 苏珀威达（Sepulveda Boulevard）是洛杉矶市的一条著名街道，长约69公里，是世界上最长的市区街道。

就是一次次修理自家的大门。这一切随着几年前的"兰奇沃特"案而升级。那时候,多克总是忙着搞那些乱七八糟的婚姻纠纷案。丈夫是个税务会计,他认为多克收费公道,监视的水平不错,于是就请来跟踪自己的老婆。多克在那个奸夫家外面监视了几天后,决定上到屋顶,透过天窗更真切地观察一下卧室里的情形。结果那里的活动内容十分老套——也许有点新意,但谈不上另类——他于是决定从口袋里掏出支大麻烟抽,以打发时间。结果在夜里,这东西比他料想的更加催眠,很快他就睡着了,顺着不算太陡的红砖屋顶半滚半滑下来,最后一脑袋栽到排水管里,并在那个位置一直睡到后续事件的结束。其间,那女人的老公来了,尖叫声相当大,邻居听到枪声就打电话报警。比格福特刚好开着巡逻车在附近,他过来时发现了被杀的丈夫和情夫,性感的妻子衣衫不整,一边啜泣,一边看着自己手中的点二二[1],仿佛是头一遭看见这个东西。而多克此刻依旧在屋顶上酣睡。

快进到康普顿,时间是今天。"我们关心的,"比格福特试图作出解释,"是凶杀案中被称之为'规律'的东西。就我们所知,这是第二次发现你睡在重大犯罪案件的现场,却无法——我可以说'不愿意'吗——向我们提供任何细节线索。"

"我头发里有很多枝叶和屎粪。"多克似乎在回忆。比格福特鼓励地点着头。"还有……一辆带云梯的消防车?我是靠那个才从屋顶上下来的吧?"他们相互对视了一会儿。

"我想听的是今天早些时候,"比格福特有点不耐烦了,"在峡景地产,少女星球按摩,等等。"

---

[1] "点二二"指的是口径为 22 毫米的手枪。

"呃，可我失去知觉了呀，哥们。"

"是的，但是在那之前呢？当你和格伦·夏洛克那次致命的邂逅之前……你什么时候能好好交代一下事情的来龙去脉？"

"我告诉你了。我第一眼见到他时，他就已经死了。"

"他的同党呢？他们当中哪些人你认识？"

"我一般不和这种人来往。他们的吸毒路子有问题，红药丸吃太多了，迷幻药吃得太多。"

"瘾君子，你倒是挺清高的嘛。莫非格伦对巴比妥和安非他命[1]的爱好会让你不爽吗？"

"是啊，我本打算把他告发到'毒瘾人士标准和伦理委员会'呢。"

"是，现在你的前女友莎斯塔·菲·赫本华兹是格伦的老板米奇·乌尔夫曼众所周知的相好。你认为格伦和莎斯塔有过……你知道的吧……"他捏着空心拳，将另一只手的中指来回在里面抽插，时间长得让多克觉得有点过分，"那样的话，你会怎么想？你在这里擎着火炬，她却和那些纳粹杂种搞上了？"

"比格福特，请继续，我想我要硬了。"

"你这个死倔的意大利猴崽子，就像我哥们法特索·加德逊[2]常说的那样。"

"警督，别忘了，你和我干的差不多是同一行。只不过我不能总是拿着合法的批示向人开枪射击什么的。不过，如果换了我

---

[1] 巴比妥和安非他命都是镇定剂类药物，可作为毒品食用。

[2] 法特索·加德逊（Fatso Judson）是1953年奥斯卡获奖电影《乱世忠魂》（*From Here to Eternity*）里的角色，此人有虐待癖，是驻扎在珍珠港的军队监狱里的军士。

坐在你的位置上，我猜我也是同样的做法，可能接下来就要问候我的母亲了吧。或者我猜是你的母亲，因为你就变成我了嘛……我这么说对吧？"

一直到下班高峰的时段，他们才让多克给自己的律师索恩乔·史密拉克思挂了电话。实际上，索恩乔在马里那[1]那边的一家海事律师所上班，那个地方叫"哈代-格里德里-查菲尔德"。他履历表上关于刑事案子的经验很少。他和多克是有天晚上在苏珀威达大街的"食品巨人"食杂店里碰巧认识的，那时他才刚刚开始学吸毒，只会除大麻的籽和茎。他正要去买面粉筛子，突然想到在收银台那里的人可能都会知道他买筛子是干什么用的[2]，并且他们也许会报警。他于是变得疑神疑鬼，胆战心惊。此时多克刚好也因为巧克力不够而半夜出来，他从零食货架那边推着车过来，一头撞上了索恩乔。

经过这么一撞，他搞法律的习惯反应复苏了。"嗨，能不能把这个筛子和你的东西放一块，打个掩护？"

"当然，"多克说，"不过既然你要如此神经质，那巧克力怎么办[3]，哥们？"

"哦，那样的话……也许我们最好加点东西，你知道，那些看上去清白的东西……"

等他们走到了结账区，已经又买了百把块的商品，包括六盒蛋糕粉、一加仑酪梨酱、几大包玉米片、一罐商场自产的波森莓

---

[1] 马里那（Marina）是加利福尼亚南部一个著名的旅游城市。

[2] 面粉筛子是用来给大麻叶进行除杂处理的。

[3] 吸毒者除了将大麻制成烟抽之外，还可以将大麻与巧克力、黄油、牛奶等搅拌在一起进行烘焙食用。

苏打水，还有"莎莉"[1]冷藏甜品专柜里差不多全部的东西。他们还买了灯泡和洗衣液，这都是正常世界才会用的。两人又在外国商品区淘了个把小时，买了各种各样真空包装的日本泡菜，看上去挺不错的。在买这些东西的时候，索恩乔提到了自己的律师身份。

"太棒了。人们总说我需要请个'刑事律师'。你别多想，只是你懂的……"

"其实我是海事律师。"

多克想了一下。"你是……搞法律的海军陆战队员？不，等一下——你是只代理海军陆战队官司的律师……"[2]

等到他弄清楚了这是怎么回事，多克还得知索恩乔刚从南加州的法学院毕业，就像很多对过去大学兄弟会生活念念不忘的毕业生一样，他住在滩区——实际上离多克不远。

"也许你最好给我一张名片，"多克说，"世事难料，阴沟里搞不好也能翻船。"

索恩乔从来没有正儿八经做过律师，但在多克半夜给他打过几次紧急电话之后，他开始展露出出人预料的天赋。他跟那些保释代理人和南部警察局里的办公室职员打起交道来得心应手。终于有一天，他们两人都意识到，索恩乔已经成为多克所谓的"事实上的"律师了。

索恩乔此刻接电话时有点激动。

"多克！你打开电视了吗？"

"我在这里只能打三分钟电话，索恩乔，他们把我抓到康普

---

[1] 莎莉（Sara Lee）是美国著名的食品和个人消费品集团，历史可以追溯到1901年。
[2] 此处是marine的双关，既可理解为"海事的"，也可以表示"美国海军陆战队"。

顿了，又是比格福特。"

"好的，我正在看卡通片，知道吗？这个唐老鸭真的要把我笑疯了。"索恩乔平日里没什么人可以聊天，总是把多克当成倾诉对象。

"你有笔吗，索恩乔？这个是案号，准备好记一下——"多克开始对着他读号码，速度很慢。

"就是唐老鸭和高飞，知道吧？他们坐着救生筏，在海上漂着。差不多有几个星期吧。过会你就注意到唐老鸭的特写，他脸上胡子拉碴的。从他的鸭嘴上长出来的。你听懂这里面的意思了吧？"

"如果我能挤出一分钟想想，那就告诉你了，索恩乔。不过，现在是比格福特，他脸色很难看，所以如果你能重复一下那个号码吗，然后——"

"我们都记得唐老鸭的形象，我们以为他平日生活里就是那个样子，可实际上他每天都要去刮他的鸭嘴。我琢磨，肯定是为了黛西。你知道，这意味着，那个小妞还对他别的方面提出了仪表要求，对吧？"

比格福特站在那边用口哨吹着西部乡村音乐的曲子，直到多克几近绝望地挂断电话。

"现在，我们讲到哪里了，"比格福特假装在翻看笔记，"当嫌疑人——也就是你——据称正在打盹时（这个午休对嬉皮士的生活可是必不可少的），峡景地产附近出了事。有人开枪射击。尘埃落定后，我们发现格伦·夏洛克已经死亡。让洛杉矶警察局更加好奇的是，这个叫夏洛克的男人应该保护的迈克尔·Z·乌尔夫曼却失踪了。这样一来，地方执法部门只有不到二十四小时的时间，之后联邦的人就会说这是绑架，然后过来把所有事情弄得鸡飞狗跳。斯波特罗，只要你告诉我们你们邪教里其他同伙的名字，也许就可以帮助避免这一切？这对我们凶杀科非常有用，也能让你解脱出来。那个审判日期快到了吧？"

"邪教？"

"《洛杉矶时报》不止一次地称我是多才多艺的警探，"比格福特谦虚地说，"这意味着我有很多特点——但我唯独没有的就是愚蠢。我现在纯粹是出于一种贵人的高尚，才把这种假设用在你身上。事实上，任何人都不会愚蠢到单独做这件事。所以，这意味着存在某种'曼森家族'式的阴谋[1]，你同意吧？"

就这样差不多进行了一个小时，多克惊讶地发现索恩乔居然出现在了门口，开始直接和比格福特较上劲了。

"警督，你知道你们这里没有什么证据，所以假如你要控诉他，你最好……否则——"

"索恩乔，"多克抱怨道，"你给我住嘴，知道这是谁吗，知道他多么敏感吗——比格福特，别和他一般见识，他法庭题材电视剧看太多了——"

"事实上，"伯强生警探那种恶毒的凝视是用来表达亲切的，"我们很可能把这个捅到法庭，不过很倒霉的是，能召集到的陪审团百分之九十九都是嬉皮怪物，再加上一个同情长发人士

---

[1] "曼森家族"阴谋（Manson conspiracy），指的是发生在著名导演波兰斯基家里的入室谋杀案。1969年，邪教组织"曼森家族"的一男三女四名成员闯入波兰斯基在比弗利山庄的豪宅，杀死其妻子塔特在内的五人。而幕后主使者就是前科累累的无业青年查·曼森，他在60年代成为加州某些嬉皮青年的精神领袖，其信徒相信必须在白人中制造杀戮才能提前迎来曼森预言的伟大革命。此案是从1970年6月开庭审理，距离小说发生的时间尚有三个月。

的地区助理检察官，案子肯定会被弄得一团糟。"

"当然，除非你换个地方审，"索恩乔想了想，"譬如，奥恩奇县[1]也许会——"

"索恩乔，在我们两个中，你到底是为谁工作？"

"我不想称之为工作，多克。客户可是要为我的工作付钱的。"

"我们拘留他也只是为了他好，"比格福特解释道，"他和一起重大谋杀案有着紧密牵连，还可能涉及绑架案。谁敢说下一个目标就不会是他？也许这事是一个专门想谋杀嬉皮士的罪犯干的。假如斯波特罗也在这个名单上的话，我说不定还会公私难断呢。"

"啊，比格福特，你不会想说……假如我被干掉吧？你想想，假如再找一个能和你唇枪舌剑的人，那得多费时费事啊。"

"这有什么费事的？我出门开着警车，开到任何街区都能撞见一大帮你们这种该死的嬉皮畜生，一个比一个可憎。"

"这太令人发窘了，"索恩乔说，"也许你们俩应该找个别的地方。不能在审讯室说这些呀。"

开始播出地方新闻了，所有人都跑到大厅去看。屏幕上放的是峡景地产——一个看起来很荒凉的小广场，上面乱七八糟地停满了等于一个装甲师那么多的警车，这些车闪着灯，警察坐在警车的挡泥板上喝咖啡，在特写画面上出现了比格福特·伯强生，圣安娜风[2]吹着他那用 AQUA [3] 摩丝固定的发型，只听他解释

---

[1] 奥恩奇县（Orange County）是南加州的一个县，政治上倾向于保守，是共和党的票仓。
[2] 圣塔安娜风（Santa Anas Wind）：也叫"焚风"，常见于美国南加州，风速极高，很容易引起森林大火。
[3] AQUA：个人护理品品牌，国内一般译为"雅呵雅"。

道:"……显然,有一群市民在接受反游击战的演习。他们可能认为这个尚未竣工的建筑工地无人居住,刚好能提供一些实战的环境。我们知道他们在这里只是想模拟一些爱国场景,并非要害人。"拿着麦克风的日裔美女转过身来,正对着镜头,继续说道,"不幸的是,在这次战争演习中出现了真枪实弹。今晚有一位刑满释放人员被杀,而著名的建筑大鳄迈克尔·乌尔夫曼神秘失踪。警方已经拘捕了数名嫌疑犯进行审讯。"

切到广告时间。"等一下,"伯强生警督仿佛在自言自语,"我想到一个主意,斯波特罗。我相信我应该给你一脚。"多克哆嗦了一下,但转念又想到这其实是警察的俚语,意思是"释放"。比格福特的如意算盘是,如果他放掉多克,那么也许就会引出真凶。而且他还有借口能继续跟踪多克,以防多克对他藏了一手。

"走吧,斯波特罗,我们去兜兜风。"

"我想在这儿多看一会电视,"索恩乔说,"记住,多克,这差不多是十五分钟的计费时间。"

"谢了,索恩乔,记在我账上吧。"

比格福特从局里登记借出一辆半透明车窗的普利茅斯[1],车牌上有个小小的"E",代表"豁免"的意思。他们驱车穿过高峰末期的车流,上到好莱坞高速公路,行驶在克温格山口[2],正往峡谷开去。

"你要干什么?"多克过了一会说道。

---

[1] 普利茅斯(Plymouth)是克莱斯勒公司的一个中级轿车品牌。
[2] 克温格山口(Cahuenga Pass)位于洛杉矶市的圣莫尼卡山,连接着洛杉矶盆地和圣费南多峡谷。

"我是好心，想带你去车库取回被罚没的汽车。我们已经用法医学最好的工具检测过了，除了找到一些足够普通四口之家晕上一年的大麻残留物以外，你是清白的。我们没有血液或撞击证据。恭喜你。"

多克一般的做法是对任何事情都看得很开，但如果是怀疑到他的车时，加州人的条件反射就蹦了出来。"恭喜这个吗，比格福特？"

"我让你不爽了。"

"没人可以叫我的车是谋杀犯，兄弟。"

"对不起，你的车是那种……什么来着，和平主义的素食者？虫子撞死在挡风玻璃上时，它……它会觉得内疚吗？你看，我们在夏洛克尸体上面找到了这辆车，油门没熄地停着。我们可不打算仓促地做出什么简单结论。也许它打算给受害人做个人工呼吸？"

"我想他是被枪杀的。"

"不管怎么样，你的车算是清白了。高兴点吧，联苯胺[1]不会撒谎的。"

"好吧……这不会让我喜出望外。你会吗？"

"对这个带 r [2] 的我可不会"——比格福特每次都爱整这

---

[1] 联苯胺（Benzidine）：在许多案件中，法医物证检验人员需要对现场的车辆、工具进行检查，以发现遗留在上面的血迹、人体组织等。目前常规的做法是对发现的可疑血迹或组织块进行联苯胺预试验，若检验结果为阳性，则提取进行进一步的检验，包括 DNA 检验；若检验结果为阴性，则不提取。

[2] 此处是一个文字游戏，带"r"的苯丙胺（Benzedrine）和联苯胺（Benzidine）读音和拼写相似，前者是一种可作毒品食用的"安非他命"的商标名，而后者则是法医学上鉴定血迹的化学药剂。

出——"哦，再过几个出口就是卡诺加公园，到时候让我给你看样东西。"

从公路出口的缓坡下来，比格福特不打信号灯就掉了头，折回到高速公路下面，然后开始往山上开。很快，他把车停在一个僻静处，这里简直令人毛骨悚然，仿佛处处浮现着逃跑者被击毙的画面。多克开始变得紧张，不过比格福特脑子里盘算的，却似乎是要招兵买马。

"没有人能够预测一两年以后的事。不过现在尼克松已经财权在握，他要把大笔的美钞砸进各级地方执法部门。联邦的资金多到你难以想象。大部分嬉皮士以为一千克等于多少盎司就已经是天文数字了。"

"三十五……点……几，所有人都知道——且慢！你，你的意思是，像《卧底侦缉队》[1]一样，比格福特？让我去监视所有我碰见的人？我们打交道这么久了，难道你还不知道我是什么样的人吗？"

"如果你知道在你们嬉皮士队伍里已经有多少人会乐意领我们的特别雇员费，你会大吃一惊。尤其是到了月底的时候。"

多克仔细端详了一下比格福特。他留着傻里傻气的络腮胡和髭须，头发是在某个偏远大街上的美发学校里剃的，那里完全和时尚不沾边。他活脱脱就像是《亚当-12》[2]里的人物，不过比格福特倒还真的在这个剧里客串过一两次。从理论上说，多克知

---

[1] 《卧底侦缉队》(*Mod Squad*)是美国20世纪70年代颇受欢迎的电视剧，讲述了三个不良少年被警局组长说服，在监狱里协助办案。

[2] 《亚当-12》(*Adam-12*)是1968年在NBC首播的警察题材电视剧，故事背景是洛杉矶。

道，假如出于某种他现在无法解释的原因，想看到镜头和工作之外的比格福特（甚至是一个结婚生子的样子），那么他必须对这些烦人的细节视而不见。"你结婚了吧，比格福特？"

"对不起，你不是我的型。"他抬起左手露出一个结婚戒指，"知道这是什么吗？或者在你们嬉皮星球并不存在这种东西？"

"啊，你有孩子了吧？"

"我希望这不是嬉皮士隐晦的威胁。"

"只是……哎，比格福特！这不是很怪吗，我们俩都有让对方败兴的神秘力量，但却对彼此一无所知？"

"确实深奥啊，斯波特罗。肯定是嗑了药才会讲这种没头脑的混账话。不过，你恰好定义了执法的精髓呢！干得不错！我早知道你有潜力的。怎么样，干不干？"

"别见怪，我用谁的钱都不会用你的。"

"嘿，醒醒吧，咱俩就像在魔幻世界[1]玩耍的'开心果'和'迷糊鬼'[2]。其实呢，这儿是我们所说的……'现实世界'。"

多克没有胡须，穿着防滑鞋底的皮凉鞋[3]，那是边境线以南的地方生产的。这个边界可以有圣经式的解读[4]，他不禁开始怀疑有多少无辜的弟兄姊妹曾被这个撒旦一样的伯强生警督带到这

---

1 魔幻世界（Magic Kingdom）指的是迪斯尼乐园里的主题公园。
2 开心果（Happy）和迷糊鬼（Dopey）是《白雪公主》中七个小矮人中的两个名字。
3 皮凉鞋（huarache）是墨西哥传统的手工编制的凉拖鞋，在北美的海滩地区非常流行。
4 此处暗指美国作为上帝的"应许之地"（Promised Land）的清教式神话，美国和墨西哥的边境于是也成为进入"伽南"的必经之路。根据《圣经·旧约》，摩西带领以色列人离开埃及之后，前往上帝应许的伽南美地。为了纪念上帝让以色列人离开苦役，进入伽南，犹太人开始以"逾越节"（Passover）的方式来纪念。另外，耶稣正是在去耶路撒冷城参加逾越节时被抓，然后被送上十字架的。

个高处，从这里俯瞰下面灯火通明的都市，然后挥舞着手臂，向他们许诺所有可以用金钱买到的东西。[1] "别告诉我你不知道怎么花钱。我注意到那些怪诞的嬉皮士信条，说什么毒品能够让你们度过没有金钱的日子，反过来却不行。我们当然能给你一些别的补偿。怎么说呢，可以是吸食的方式。"

"你的意思是……"

"斯波特罗，摆脱你那种硬汉侦探时代的死板意识吧！我们现在是处于'玻璃屋'[2]的未来潮流中。城里所有的证物室老早就塞满了，现在差不多每个月房产科都要去一些还没正式建制的偏远县市租仓库来用。那一砖砖的狗屎堆到屋顶那么高，都漫到停车场了。阿卡鲁尔科金大麻！巴拿马红色大麻！米却肯堆冰！无数公斤正点的大麻，想要多少有多少，只要你讲一点点我们早就知道的情报。如果有你不抽的货——这看上去不太可能——你总是可以卖掉的。"

"比格福特，幸亏你没去帮 NCAA[3] 招人，真是太幸运了，要不然可够你受的。"

第二天，多克正在办公室听音响，脑袋两边各摆一个音箱，差点就没听见他在卡尔弗集市上淘来的公主电话[4]那羞答答的铃

---

[1] 这里是联系到了《圣经·新约》中耶稣被魔鬼在山顶诱惑的场景。

[2] 玻璃屋（Glass House）是洛杉矶警察局大楼的别称，因为它的楼体上有很多玻璃。

[3] NCAA 是美国大学生体育协会。

[4] 公主电话（Princess Phone），是 AT&T 公司在 20 世纪 60 年代设计推出的一款供女性使用的微型电话。

声。是塔里克·卡里打来的。

"不是我干的。"

"没事的。"

"但我没干过——"

"没人说你做过。事实上他们一度认为是我呢,哥们。我真的为格伦难过。"

塔里克很久没做声,多克还以为他挂断了。"我也会难过的,"他最后说道,"等我能闲下来想想这事。但现在我要跑路了。如果格伦是目标,那么我也有危险。说句实话,你们这种人太容易得罪了。"

"有什么地方我能——"

"最好还是别联系了。这不是洛杉矶警察局的那帮傻逼,而是重量级的兔崽子。如果你不介意的话,我想给你一个免费的忠告——"

"是的,小心驶得万年船。就像西德尼·奥马尔[1]总在报纸上说的那样。你也是。"

"*Hasta luego*[2],白人。"

多克卷了根大麻正准备点上,这时电话又响了。这次是比格福特。"我们派了些警校尖子生去莎斯塔·菲·赫本华兹最新的住处去做例行检查,你猜出了什么事?"

我操,千万别。

"哦,我很抱歉,让你难受了吗?放松点,我们现在只知道

---

[1] 西德尼·奥马尔(Sidney Omar)是美国著名的专栏作家和占星术大师。
[2] Hasta Luego 是西班牙语"再见"的意思。

她也失踪了,就像她的男朋友米奇一样。是不是很怪?你认为两者有联系吗?有没可能他们是一起跑的?"

"比格福特,我们至少能表现得有专业风范一点吧?我也没必要冲你喊冲你骂,就像说句什么脏话来着,你这坨小肚鸡肠的粪便?"

"你说得对——其实我真正怪的是那帮联邦政府的人,却让你当了受气包。"

"你是在道歉吗,比格福特?"

"你什么时候见我道过歉?"

"呃,这个嘛……"

"如果你想起来他们——真对不起,是她——可能去了哪里,你会让我知道的,对吧?"

在湾区有一个古老的迷信,有点像冲浪者所笃信的说法,就是把自己的冲浪板烧掉会带来好的浪头。这个迷信是这么讲的——拿出一张带波浪纹的纸,在上面写上你最宝贵的愿望,然后用它卷一根你手头最上品的大麻烟,抽完这根烟后,你的愿望就可能被应许了。据说其中的关键是要集中注意力,不过多克认识的大部分毒鬼都不怎么在乎这个要素。

这个愿望很简单,就是让莎斯塔·菲安全。手上的货是夏威夷产的,多克一直攒着,不过现在他已经记不得当初为什么要这么做。他点上了烟。当他差不多做好准备,要把大麻烟卷装到夹子上时,电话又响了。他经历了一次短暂的头脑空白,都忘记该如何拿起听筒了。

"你好!"过了半晌,传来一个年轻女子的声音。

"噢,我是不是忘记先说这话了?对不起,你不会是……

不，当然不可能。"

"我是从安森阿达·斯林姆那儿弄到你号码的，就是在戈蒂塔海滩开大麻用品店的那个。我找你是为了我丈夫。他曾经和你的朋友很要好，她叫莎斯塔·菲·赫本华兹？"

好吧。"那么你是……"

"后普[1]·哈林根。我想知道你现在的接案量大不大？"

"我的什么？哦，"职业术语，"当然，你在哪里？"

原来这个地方是在托兰斯郊区，位于沃特利亚和机场之间。那是一幢错层的房子，靠近车道的地方种了一棵胡椒树，屋后是桉树。远处能看到成千辆日产小轿车，它们从终端岛[2]的大停车场潮水般地驶出来，在绵长的柏油路上费尽心思地排在一起，驶向西南部沙漠各个汽车销售点。街上到处都是电视和音响的动静，这里树木葱茏，绿意盎然，小型飞机在头顶上方嗡嗡直响。厨房吊着个塑料花盆，里面养着株爬山虎，炉子上煮着青菜，院子外的蜂鸟在空中振动着翅膀，将鸟嘴埋进箭杜鹃和金银花的花蕊里。

多克一直都搞不清加州金发女郎之间的差别，这下他看到的是一个几乎百分之百的经典形象——金黄头发，褐色皮肤，运动员般的健美，一切都符合，只是没有那副举世闻名的虚假微笑。她之所以不太笑，全是因为装了商店里买的假牙。虽然这牙严格说来只是"义齿"，但那些偶尔看到她笑的人却禁不住要想，这假牙背后到底有着怎样真实而可怕的过去？

---

1 即 hope，英文里有"希望"的意思。

2 终端岛（Terminal Island）：位于洛杉矶港和长滩港的一个人工岛。

这个女人注意到多克在盯着她看，于是就故意解释道："海洛因会像吸血鬼一样把你体内的钙吸出来，如果长期食用，那么你的牙齿就完蛋了。那些花季少年，嚓一下，变成堆废物，就像魔法一样。这还算是好的。如果吸毒时间更久，那么……"

她站起来开始踱步。她不是一个哭哭啼啼的人，而是喜欢踱步，这点让多克很欣赏，因为它会提供一种节拍，让信息源源不断地释放出来。几个月以前，按照后普的说法，她的丈夫科伊·哈林根吸食海洛因过量而死。多克用他那副瘾君子的差记性，想起了这个名字，甚至记得在报纸上看过报道。科伊曾经加入过一个叫"帆板"的冲浪乐队，这个组合从六十年代初开始存在，现在被认为是电子冲浪乐的先锋。最近他们在搞一种新的电子乐，名字叫"冲浪迷幻"，其特点是使用刺耳的吉他调弦，辅之以特殊的调式（譬如后迪克·戴尔[1]式的 *hijaz kar* [2]），令人费解地嚷嚷着体育方面的事，再加上冲浪乐素来闻名的极端音效，还有人声噪音和吉他及管乐器的反馈声。《滚石》杂志曾经评论道："'帆板'乐队的新专辑会让吉米·亨德里科斯[3]想要再听听冲浪乐。"

"帆板"的音乐制作者曾经谦虚地将他们的音乐叫做"声音中的马卡哈[4]"。科伊自己的贡献是，不管演奏的是什么曲调，

---

1 迪克·戴尔（Dick Dale）在20世纪50年代发明了冲浪乐，他被那些真正的冲浪者尊称为"冲浪乐吉他之王"。受此风潮影响的人中也包括后来的"沙滩男孩"，正是他们发展出了正式的"冲浪之声"，并使之成为60年代中期摇滚乐的重要组成部分。值得注意的是，他一生未沾染过毒品。

2 Hijaz kar 是阿拉伯音乐木卡姆（maqam）中的一种乐调，可以在单弦吉他上演奏，曾被迪克·戴尔运用到他的著名唱片 *Misirlou* 上。

3 吉米·亨德里科斯（Jimi Hendrix）是摇滚乐史上最伟大的吉他手之一。

4 马卡哈（Makaha）是夏威夷著名的冲浪胜地，以巨浪而闻名。

他都能透过次中音或中音萨克斯的簧，一边演奏一边哼出和声，仿佛那件乐器只是一支大玩具笛子而已。这种技巧的效果经过巴库斯·贝利[1]拾音器和放大器进一步得到了加强。一些关注他音乐的摇滚乐评人认为，科伊受到了厄尔·波斯提克[2]、斯坦·格兹[3]，还有新奥尔良的传奇次中音李·爱伦[4]的影响。"在冲浪-萨克斯这个音乐门类里，"后普耸了一下肩膀，"科伊是一个高手，因为他真的可以偶尔即兴演奏，而不是说在第二甚至第三段副歌时逐一重复音符。"

多克不自在地点了下头。"别误会我。我热爱冲浪乐，我来自它的发源地。所有那些当年的单曲我都留着呢，譬如'钱退斯'[5]、'垃圾人'、'大比目鱼'这些乐队的歌。不过你说得对，一些录音史上最差劲的蓝调将会出现在冲浪萨克斯演奏家的作品里，就像因果报应一样。"

"我爱的从来不是他的作品。"她说话的语调很较真，以至于多克忍不住偷瞥了她一眼，想看看眼里有无晶莹的泪花。不过，她还没有开始像寡妇一样哭哭啼啼，或者还没到时候。在此期间她只是在回首过去。"科伊和我原本应该有个纯美的邂逅，那个时代到处都有这种罗曼蒂克，而且到处都能买到。不过实际上，我们认识的地方很肮脏，那是在圣思多罗的奥斯卡酒

---

[1] 巴库斯·贝利（Barcus Berry）是著名的电子音乐器材生产厂商。

[2] 厄尔·波斯提克（Earl Bostic）（1913—1965）是美国著名的爵士乐和节奏蓝调（R&B）演奏家。

[3] 斯坦·格兹（Stan Getz）（1927—1991）是美国著名的爵士乐萨克斯演奏家。

[4] 李·爱伦（Lee Allen）（1926—1994）是美国著名的次中音萨克斯演奏家。

[5] 钱退斯（The Chantays）是60年代初成立的冲浪摇滚乐队。

吧——"

"哦，天啊。"多克曾经去过那个臭名昭著的奥斯卡酒吧一两次，多亏了上帝的怜悯，他还能离开那里。这个酒吧位于提华纳边境对面，那里的厕所一天到晚都是人满为患。那些在墨西哥买到货的新老吸毒者把毒品藏到气球里吞下，回到美国再把它们给吐出来。

"我看都没看就冲进厕所的一个坑位，手指头早已经抠进喉咙里，而科伊正坐在马桶上，正要拉一坨巨大的屎。美国佬的消化好嘛。我们差不多同时得到了释放，呕吐物和大便弄得到处都是。我把脸埋在他大腿前。而更麻烦的是，他老二还硬了。

"哦。

"甚至还没等到圣地亚哥，我们就一起藏在某人的面包车后厢里扎上了针。有种有趣的说法是，两个人买毒品的钱和一个人买是一样多的。于是，不到两个星期，我们就结婚了，很快生下了阿米希斯特，然后我们就让她长成这副模样了。"

她递给多克一些"宝丽来"相机拍的婴儿照片。他被婴儿的外表吓了一跳——孩子浑身浮肿，脸颊通红，表情茫然[1]。多克不知道这个女婴现在长成什么样子了，他感到自己的皮肤开始焦虑地痛灼起来。

"所有我们认识的人都劝告我，说海洛因会进入到乳汁里。可是谁买得起配方奶粉啊？我的父母认为我们是悲惨的奴隶，但科伊和我看到的却是自由。我们可以摆脱中产阶级永无休止的选

---

[1] 此处描绘的是典型的毒瘾发作症状。因为母亲妊娠期时服用毒品，婴儿一出生就也染上了毒瘾。

择循环，那些选择其实根本就不是选择。这个纷乱的世界被简化为一个单纯的议题，那就是买毒品。我们在想，静脉注射究竟和那些老家伙们的晚餐鸡尾酒有什么区别？

"可鸡尾酒哪会如此动人？它哪里比得上加州的海洛因？我的天。你随处都能踩到装过毒品的袋子，上面真应该标上'欢迎'的字样。在那儿，我们和任何醉鬼一样幸福而愚蠢，在卧室窗户的里里外外傻笑，跑到普通居民区随便挑一所陌生的房子，然后请求用一下洗手间，进到里面就开始给自己打针。当然，现在这一切不可能了。查理·曼森和他那帮手下让所有人跟着倒霉。那个纯真年代已经一去不复返了。正常世界的人们有时真的愿意助人为乐一把，这让我们不是那么完完全全地憎恨他们。我猜现在这些都不存在了。又一个西海岸的传统被冲进了马桶，连同百分之三的货。"

"所以……发生在你丈夫身上的这件事……"

"当然，这不是加州的白粉。科伊不可能犯那种错误的，他不会不检查就吸同样的量。肯定有人故意给他调了包，知道这样能要他的命。"

"是谁卖的货？"

"厄尔·德拉诺，在维尼斯[1]那里。实际上他叫莱昂纳多，但是所有人都颠倒他名字里的字母称呼他[2]，因为他为人刻薄，那些在经济和感情上和他走得近的人常受其害。科伊认识他很多

---

1 维尼斯（Venice），洛杉矶的一个区。

2 莱昂纳多（Leonard）这些字母重新组合，就是厄尔·德拉诺（El Drano），这种构词法在英语里叫 anagram，也是品钦小说中常见的文字游戏之一。

年了。他不停发誓说海洛因是本地的普通货,但是毒贩子还能在乎什么呢?吸毒过量而死对生意人来说是好事,很快就有一群群瘾君子跑到他们门口,因为这些人坚信如果能吃死人,这货一定是绝对的正点,而他们需要做的就是小心点,不要一次注射太多。"

多克发现有一个宝宝(确切地说,是幼儿)睡完了午觉,安静地站起来,抓住门框柱子,满怀期待地笑望着他们,从它张开的嘴巴里能看到一些牙齿。

"嗨,"多克说,"你是那个阿米希斯特,对吧?"

"是啊,"阿米希斯特回答道,仿佛还想回问一句,"你又是谁?"

她有着明亮的眼睛,浑身充满活力,看上去和"宝丽来"照片里的那个吸毒婴儿不太像。等待着降临到他身上的,无论是何种可怕的命运,它准是走了神儿,转而去祸害别人了。"很高兴见到你,"多克说,"真的。"

"好啊,"她说,"妈咪?要果汁。"

"你知道在哪里,我的果汁女孩。"阿米希斯特使劲地点了下头,然后就奔着电冰箱去了。"问你点事,多克?"

"当然行,只要别问我南达科他的首府就成。"

"就是你和科伊的共同朋友。曾经的。她是你的前任女友吗?或者,你们曾经约会过,或者……"

除了那些嗑药的,嫉妒的,或者警察,多克还能去和谁聊这事呢?阿米希斯特在冰箱里找到一杯果汁,然后爬到他旁边的沙发上,看上去一切就绪,就等着大人给她讲故事了。后普又倒了些咖啡。房间里突然有了太多的慈祥感觉。在这个行当里,多克只学到几件事情，其中之一就是：没有价格标签的仁慈是极为罕见的。倘若真有这种仁慈出现，那么它通常会珍贵到让你无法接受。它得来全不费工夫，所以很容易被人滥用，尤其对多克来说，这更难以避免。于是他勉强领了这份心意："嗯，算是前女友，但现在也是我的客户。我曾经答应她会做点什么，结果我拖了太久，所以她和她傍的那个流氓开发商现在可能有了大麻烦。假如我好好做生意的话——"

"当你从一个高速路出口驶下来，"后普建议说，"你也只能在遗憾大道上巡游片刻，然后你就必须要重新回到高速公路上去。"

"不过现在问题是，莎斯塔也消失了。假如她遇到了麻烦——"

阿米希斯特意识到这不是她想象中的娱乐方式，于是就下了沙发，喝着果汁，怨怒地瞪了多克一眼，然后跑到隔壁房间去看电视。很快，他们就听见了"太空飞鼠"[1]夸张的高音。

"如果你是在做别的案子，"后普说，"比较忙，我能理解。但是我之所以想找你谈话，"多克在她说出后面这句话的前半秒已经有了预感，"是因为我觉得科伊没有死。"

多克点了下头，与其说是对着后普，还不如是对着自己。从星座占卜上说，有一些对吸毒者而言的危险期——尤其是那些高中生年纪的，他们中大部分人都出生在海王星和天王星九十度的相位之下，这是最倒霉的角度，前者是吸毒者的星宿，而后者代表了突如其来的惊诧。多克知道，那些留下来的人们，会拒绝相

---

[1] 太空飞鼠（Mighty Mouse）是美国40年代到60年代的一部动画片。

信他们所爱的（甚至仅仅是同班的）人会真的死去。他们想出各种替代真相的故事，这样就不必相信死了。譬如前女友到城里来了，然后他们一起远走高飞。譬如急诊室把病人搞混淆了，就像在母婴病房把婴儿调了包，而他们仍然呆在重症监护室，只不过床头换了个名字。这是一种特殊的非理性拒绝，多克见过太多，已经看透了。但后普这里表现出来的，无论如何都不是他见过的那种。

"你去认过尸吗？"他觉得可以这么问。

"没有。这是疑点之一。打电话的人说乐队里已经有人验过尸体身份了。"

"我认为这应该是直系亲属做的事。谁打给你的？"

她有那时记的日记，她记得自己写下来了。"杜邦奈特警督。"

"哦，是嘛。帕特·杜邦奈特，我们打过一两次交道。"

"听上去他曾逮捕过你。"

"别提这事了。"她又显出那副神情来，"当然，我经历过这种嬉皮阶段。我真正干过的，都被我逃过去了。他们抓我的时候，从来都是冤枉我的，因为他们唯一得到的描述就是白种男性、长发、有胡子、衣服颜色斑驳、光脚等等。"

"就像他们在电话里向我描述的科伊。可能有一千个人符合。"

"我会去找帕特谈。他可能知道内情。"

"还发生了另外一件事情。看。"她拿出来一张银行旧单据，是在科伊据说死于药物过量后不久收到的，这笔钱汇到了当地美利坚银行。她指了一个数字。

"钱可不少。"

"我打过电话了，还找了副总裁，但所有人都说没错。'可能你弄丢了存款收据，也可能是你算错数了。'你知道的，我不是那种得了便宜还找茬的人，但这个有点古怪。他们用的辞令都一样，我的意思是，百般抵赖。"

"你认为这和科伊有关吗？"

"这事出现的时间和他的……失踪很近。我想，也许这是某人打算偿还什么？本地47号，这种保单我根本没听过。你不会认为这种东西是应该匿名的，对吧？但我从每月账单上却得到了这组沉默的数字，还有些银行编造的明显狗屁不通的托词。"

多克将存款日期记在火柴盒上，然后说："有没有科伊的照片可以给我一张？"

有的。她拿出一个装酒的箱子，里面放满了宝丽来相片——有科伊睡觉的、有陪着孩子的、有摆弄海洛因的、有缚住血管的、有注射毒品的、有科伊站在林荫树下假装被一个454"大座"[1]雪佛兰发动机吓呆的、有科伊和后普在海滩上的、有坐在披萨店里为了最后一块披萨玩拔河比赛的，还有华灯初上时走在好莱坞大道上的照片。

"你自己挑。我也许应该早就把它们扔掉了。去掉束缚，对吧？往前看。见鬼，我总是在教别人该怎么做。但是阿米喜欢它们，喜欢我们一起翻阅这些照片。我会给她讲点每张照片的事，她也总应该在将来长大后有点能回忆起来的东西。你觉得是吧？"

---

[1] 454"大座"（454 Big Block）是美国六七十年代雪佛兰的一款著名的大马力轿车。

"我?"多克记得宝丽来照相机是没有负片的,而且洗印出来的照片寿命有限。他注意到这些照片已经开始偏色和褪色。"当然,有时候我想每一分钟都留张照片。租个仓库如何?"

她用社工的目光看了他一下。"嗯,这个嘛……也许会有点……你在看治疗师吗?"

"她算是个地区助理检察官,我猜。"

"不,我的意思是[1]……"她挑出来些照片排来排去,似乎想把她和科伊的短暂时光弄成一手"金拉米"[2]好牌,"哪怕你不知道自己得到的是什么,"过了一会,她缓缓地说道,"也要有时候表现得像你懂了一样。她会欣赏这一点的,甚至你也会变得更好。"

多克点了下头,拿起手头的第一张照片。照片上科伊拿着自己的次中音萨克斯,可能是走穴演出时拍的。舞台灯光质量很差,画面边缘是一些散焦的胳膊肘、衬衣袖子和吉他柄。"好吧,可以拿这张吗?"

后普看都没看就说:"当然。"

阿米希斯特跑了进来,快速打着转。"我来了,"她唱道,"反败为胜啦!"

多克下午溜达到"树区"找里特姨妈,发现他堂兄斯科

---

[1] 后普原本建议多克去看心理医生(seeing a therapist),但多克以为她问自己是不是在和医生约会(seeing someone)。

[2] 金拉米(Gin Rummy)是一种美国的扑克牌游戏,"gin hand"(金)是这种牌戏的三种基本得分方式之一。

特·欧弗正和他的乐队呆在屋外的车库里面。斯科特曾经在一个叫"科威斯"的乐队里干过,后来一半的成员都决定加入那时的"北移潮",搬到了洪堡[1]、瓦恩兰[2]和德尔诺特[3]。对斯科特来说,红杉是异域物种,所以他和鼓手厄尔福蒙特决定留在滩区,跑到各个学校的布告栏去四处贴广告,最终组起了一个新乐队,他们给它起名为"啤酒"。这个乐队在本区周围的酒吧赶场演出,现在付房租还是按月交。

此时他们正在排练,或者说今天其实是在校准乐谱,学的歌是西部片《大峡谷》在电视台重播时的主题曲。车库的架子上摆着一罐罐紫色熏肉皮,用这种东西作饵,钓水库里贪吃的鲈鱼,那是十拿九稳。里特姨妈会定期跑到墨西哥去钓鱼,每次回来时车的后备厢里总是满载而归。多克并不确定,但是在昏暗的光线下,这东西总是看起来在燃烧。

"啤酒"的主唱胡伊正在唱歌,后面伴着节奏吉他和贝斯。

这……大……

峡谷!

[吉他伴奏开始]

这

大峡谷![同样的吉他伴奏]

只是

---

1 洪堡(Humboldt)是加州北部的一个县。

2 瓦恩兰(Vineland)可能指的是美国明尼苏达州的一个地名。

3 德尔诺特(Del Norte)是加州最北端的一个县。

>   它多么广袤啊，去吧，找时间去游历……
>   骑一夜的马，直到
>   黎明，你又会
>   找到什么呢？
> 大峡谷啊！是的！甚至不止是——
> 大峡谷啊！无处寻获的——
> 大峡谷啊！大吗？那是当然，这是——
> 大峡谷啊！

"那儿就像是我的根，"斯科特解释道，"我母亲讨厌圣华金，但是我不知道为什么，哥们，每次我去那里，在乔奇拉[1]的基瓦尼斯俱乐部[2]或者别的什么地方演出，都会有一种奇怪的感觉，仿佛我曾在那里住过……"

"你的确在那里住过。"多克指出。

"不，我是说前世，哥们。"

多克考虑问题很周全，来之前已经在衬衣口袋里放满了提前卷好的巴拿马大麻烟。很快，所有人都凑到他跟前，有的在喝超市卖的苏打饮料，有的在吃自制的花生酱曲奇。

"在你们搞摇滚的圈子里，"多克问道，"有没有关于萨克斯手科伊·哈林根的消息？他曾经在'帆板'乐队呆过。"

"药物过量，对吧？"贝斯手赖弗提说。

---

[1] 乔奇拉（Chowchilla）是加州中部城市名。

[2] 基瓦尼斯俱乐部（Kiwanis）也叫"同济会"，是一个成立于1915年的青年志愿者组织。Kiwanis 在印第安土著语中意思是"我们分享天赋"。

"据称是药物过量，"斯科特说，"但是也有些古怪的八卦消息，说他其实没死？他们把他带回到比弗利山庄的某个急诊病房，但所有人都守口如瓶。还有人说，他们付给他钱，让他装死。他现在就生活在我们周围的某处，只不过改容易貌了，譬如换个发型什么的——"

"为什么有人愿意费这么大力气做这事？"多克说。

"是啊，"赖弗提说，"他又不是女生追捧的偶像派歌手，也不是在音乐界左右乾坤的大牌吉他手。他不过是一个冲浪乐队的萨克斯手，很容易被取代的。"关于科伊，就说到了这里。至于"帆板"乐队，他们最近可是赚了个满钵，住在托潘加峡谷的房子里，还带着那些随驾扈从——少女粉丝、制作人、亲戚，还有些远道而来、费劲波折才让住进来的音乐朝圣者。据说死而复生的科伊·哈林根也混迹于其中，虽然那儿没人能认出哪个可能是他。也许有人可以，但一切都是模糊的，如同置身于袅绕的大麻烟雾里一样。

后来，当多克去取车时，里特姨妈从她的别墅办公室窗户里探出头来，冲他喊："你去找米奇·乌尔夫曼谈话了？时机选得不错啊。我怎么对你说的来着？小傻瓜，我没说错吧？"

"我忘记了。"多克说。

三

给后普·哈林根打电话通知科伊吸毒致死的警察是帕特·杜邦奈特，他现在是戈蒂塔海滩警察局的头牌干探。多克在耳朵后找到一根弯曲的 Kool 香烟，点上火，然后估摸了一下形势。帕特和比格福特差不多是同时出道的，两人都是在南部湾区（差不多和多克在同一片海滩地区）开始了自己的事业，那时正是冲浪者和开低底盘轿车的人相互较劲[1]的年代。帕特留在了那里，而比格福特很快就因为使用棍棒镇压示威而声名鹊起。他手段够硬，市里的那帮人觉得他是个可造之材，所以就把比格福特调过去了。多克在这里混了多年，见证了几个狠角色的发迹史，发现他们身后总会留下一些历史残余。他还知道，帕特和比格福特水火不容已经很多年了。

"是时候去探访一下'嬉皮恐惧中心'[2]了。"他打定了主意。

开车去戈蒂塔海滩警察局时，他接连两次都开过了头，后来才认出要找的地方。这里变化非常大，多亏了联邦反毒品的资金投入。原来这里只是个码头订票处，配上一个双线圈的电炉子和一罐速溶咖啡；现在这里变成了富丽堂皇的警察天堂，有火车头那么大的蒸馏咖啡机，有独立的微型监狱，有满是机动兵器的停车场，让人如同置身于越南战场，还有一间全天提供面点的厨房。

多克穿过一帮子实习生,他们一边叽叽喳喳地讲着话,一边给这里的矮棕榈树、"游荡的犹太人"[3]和万年青喷水。多克在帕特·杜邦奈特的办公室找到了他,然后摸了一下自己的单肩挎包,从里面掏出个锡纸裹着的一英尺左右长的东西。"帕特,接着,专门给你的。"还没等到一眨眼的工夫,警探就已经抓住了这个东西,打开包装,将里面的维也纳小香肠和面包吞进去了至少一半。当然,除了这些,该有的配料都不缺。

"正中下怀啊!很奇怪我怎么还有胃口。顺便问,谁让你进来的?"

"每次我只要装作来举报毒品的,都能把他们糊弄住。他们那些新鲜明亮的脸,还是单纯依旧。"

"单纯个啥?能挪屁股的早就走了。"虽然多克一直盯着帕特,但不知怎么搞的,剩下的热狗已经没了。"看看这个糟糕的地方,它就属于'永恒的窝囊废'[4]。所有人都会升迁,可你说说,我作了什么孽,就得永远呆在戈蒂塔这种鬼地方?只有一些毛头小贼可以抓,或是逮几个在码头底下拿老娘的镇定剂做买卖的破小孩。我本应该在西洛杉矶,要么至少是去好莱坞分局啊。"

"当然,那里是警界的中心,"多克不无同情地点了点头,

---

1 原文是"Surfer-Lowrider Wars"。60年代的冲浪者多为中产阶级白人,而开低底盘轿车的(Lowrider)多为西班牙裔工人阶级。当时,两方在社会上相互敌视。

2 "嬉皮恐惧中心"(Hippiephobia Central)谑指警察局。

3 "游荡的犹太人"(Wandering Jews)是一种产于美洲的紫露草属草本植物的别称。

4 "永恒的窝囊废"(The Endless Bummer)是一处文字游戏,暗指1966年一部名叫 *The Endless Summer* 的关于冲浪的纪录片。

"但我们不是人人都可以当比格福特·伯强生啊，对吧——我的意思是，谁会愿意成为他那种货色呢？"多克希望自己这番话没惹出是非，因为帕特即使在精神状态最好的时候，也是有点神经兮兮的。

"在此时此刻，"帕特下嘴唇打着颤，冷冷地答道，"我愿意和别人交换生活，哪怕是和他。是的，我愿意拿自己的所有，去换卡罗尔[1]身后那扇门里的东西，哪怕里面只是一文不值的物件——用比格福特的标准，这样的交易该会是糟糕到什么地步？"

"奇怪，帕特，因为我听说他最近可是麻烦不断。当然，你比我更了解情况。"

帕特斜了下眼。"你今天可真是太爱问东问西了，斯波特罗。如果不是因为个人事业问题太伤脑筋，我早该注意到你这一点。当然，我的事业你可管不着。比格福特又给你找麻烦了？打警局内务部热线电话啊，免费的——800转BENTCOP。"

"我可不会去投诉，警督，你懂吗？问题是他太咄咄逼人了，硬要从萝卜里挤血。就连好莱坞大道上那些靠讨零钱过活的潦倒艺术家也会放过我的，可是那个比格福特偏不，噢，他不干。"

你可以发现帕特脑子里在作激烈的斗争，摇摆于警察的两种本能反应——一个是对其他警察事业上的嫉妒，一个是对嬉皮士的仇恨。嫉妒终于占了上风。"他难道没给你报个价？"

---

[1] 卡罗尔指的是 Carol Merrill，她是美国六七十年代一个电视娱乐节目"让我们做交易"（Let's Make a Deal）的助手。这个节目的形式是由竞赛者选择门后看不见的奖品，有的奖品价值不菲，有的则不值钱。

"他列举了一些花费，"多克开始编故事了，看到帕特的耳朵显然在变换着角度，"有私人的，有单位的。我对他说了，我本以为他的人脉应该不至于这么差劲。他变得像个哲学家。'人都健忘，'这是他的原话，'不管你过去为他们做了些什么，你永远不能在需要他们的时候指望这些人。'"

帕特摇了摇头。"他冒的那些风险……这对我们都是个教训。那个行业里，总有一些忘恩负义的畜生，对吧？"他脸上的表情看上去像阿特·弗莱明[1]，就好像多克现在应该猜猜究竟指的是哪个行业。

多克于是用一种嬉皮士的茫然眼神凝视着他，这种眼神可以包含任何意义。如果你长时间这样注视着别人，肯定能让任何穿着制服的方形物体[2]精神失常。帕特于是将眼睛移开，嘟哝道："啊，我懂你的意思。很好。当然，"他想了想又补充道，"他拿到了所有的重播酬金。"

多克直到现在都不太清楚他们究竟在谈些什么。"我尽量在那些片子重播时不打瞌睡，"他试探着说，"但是每次还不等比格福特露脸，我就睡过去了。"

"哦，这个十点新闻的大红人又给整了个世纪大案，因为米奇·乌尔夫曼的保镖被废掉了……让其他人去弄本尼迪克特峡谷[3]

---

[1] 阿特·弗莱明（Art Fleming）是美国 70 年代著名的电视娱乐节目"危险"（Jeopardy）的主持人。这个节目很像国内的"开心辞典"。不同的是，参赛者先从主持人那里得到一些关于答案的提示，然后必须要以提问的方式来把答案暗示出来。

[2] 方形物体（quadrilateral）暗指双关语"square"（方形的；传统守旧的），正好与嬉皮士的形象相反。

[3] 本尼迪克特峡谷（Benedict Canyon）是洛杉矶市的一个地区，此处是洛杉矶警察局所在地。

和莎伦·塔特[1]吧。碰到合适的探长,这个案子可以说是棵取之不尽的摇钱树。"

"你的意思是……"

"这案子肯定要拍成电影在电视上播出,对吧,不管真相究竟如何。比格福特可以参加编剧和制作,甚至还能扮演自己,这个王八蛋。不过,看在第十一诫[2]的分上,忘记我说过这些吧。"

"假如能把米奇弄回来,不用说,他肯定会成为公众眼中的大英雄。"

"是啊,假如的话。但问题是他和米奇走得太近了。太近了就会破坏你的判断,就好比医生不能给家庭成员做手术一样。"

"米奇和他有那么铁吗?"

"铁哥们吧,根据传闻。嘿,你认为比格福特也是犹太人吗?"

"瑞典人,我想。"

"可以都是,"帕特含混地辩解道,"可能存在瑞典裔的犹太人。"

"我知道有瑞典鱼[3]。"多克纯属没话找话。

---

[1] 莎伦·塔特(Sharon Tate)是著名的好莱坞女星,曾是波兰斯基的妻子,1969年死于曼森家族的入室谋杀。

[2] 第十一诫(The Eleventh Commandment),原本《圣经》中有十诫,后来在里根担任加州州长的时候,提出了所谓的"第十一诫",即"不可说任何共和党同僚的坏话"。

[3] 瑞典鱼(Swedish Fish)是一种鱼状的糖果,产于瑞典,常见于北美市场。

四

在某些特定的日子里，开车到圣莫尼卡的感觉，就像不用折腾吸食毒品也能获得美好幻觉。当然了，有些时候，任何毒品都要比开车去圣莫尼卡受用。

今天[1]，阳光时隐时现，多克波澜不惊地驾车盘绕着驶过休斯公司[2]所在地（这里就像是美国各种可能的战斗区域的大杂烩，各种地形标本，从山区和沙漠到沼泽和雨林，应有尽有；据当地那些爱瞎琢磨的人说，这些是用来测试高精度作战雷达系统的），途经韦斯特切斯特、马里纳码头，穿过维尼斯，然后就抵达圣莫尼卡的地界了。在此处，最新的大脑训练开始了。突然，他仿佛处于某个风可以同时向两个方向吹的星球，海洋的雾气和沙漠里的沙土同时挟卷过来，逼得漫不经心的司机在刚进入这个外星大气区时就减下速来，因为阳光突然变暗，能见度降到只有半个街区那么远，所有的颜色（包括那些交通灯）都在光谱上发生了大幅度偏移。

多克驾着车，在奥林匹克大道[3]以东这块奇特的地界摸索前进，努力不让自己害怕那些冷不防从迷雾中钻出来的城市巴士和意识状态诡异的行人。大家的脸都变得紧张肃杀，像是置身于赛车跑道上，车的尾舵很长，有的被漆成夸张的颜色，而且常常要颇费些时间才能把挡风玻璃清理干净。车载收音机也起不到太大用处，只能收 KQAS 频道，里面在播放的是一首"流口水的弗洛伊德·沃玛克"[4]的老单曲。多克对这首歌总是有着矛盾的感情，一边努力让自己不要仅仅因为替人追债而太把这首歌当真，同时又发觉自己总是无法忘怀那些过错和抱憾之事——

  索债人来了

  跳过那扇

  窗—户！将

  他的钩子放在所有能放的东西上——

  我的十九英寸电视被拿走了！

  我的车被拖吊起来了！

  再会了，

  我的旧音响！

     噢噢，

  索债人，他

  永远不会

  开—心，直到

  他得到了我需要的一切，那

  让我度日的一切……

  因为它们只是靠的借贷，

---

1 "今天"指的是1970年3月27日，也是小说叙事时间里的第四天，这天刚好是"复活节"前的"黑色星期五"。

2 休斯公司（Hughes Company）是美国著名的航空航天公司。

3 奥林匹克大道（Olympic Boulevard）是洛杉矶的一条主要公路，从圣莫尼卡西区的第四街一直延伸到东洛杉矶，等级稍低于高速公路。

4 品钦虚构的一个乐队。

不是你真正的财产,

小心吧!

那个索债人,他在追你!

刚刚从昂达斯·奴多萨斯[1]社区大学毕业时,多克·斯波特罗(那时候他叫"拉里")发现自己不能按时付车贷。来追债的机构可没放过他,抄了他的家,给他清算,最后决定雇用他做实习生,搞追债调查,所得收入用来还自己的欠款。等到他刚刚缓过神来问句"为什么"时,多克已经上了贼船下不来了。

"挺有趣的。"他一周后如此评价自己的工作,当时他正和佛瑞兹·德里比姆把车停在里西达[2]的某处,准备通宵监视某人。

佛瑞兹点了点头,他做这一行已经二十年了,什么都见过了。"是啊,等到你开始买意外险时就知道好不好玩了。"

这是会计密尔顿的术语。佛瑞兹接下来尽可能直观地描述了客户(主要是那些放高利贷的人)要求代理机构提供的几种追债方式。

"我应该去教训某人?这可能吗?"

"你会被授权允许携带武器。"

"我这辈子还没开过枪。"

"哦……"佛瑞兹伸手从座位下面拿东西。

---

1 昂达斯·奴多萨斯(Ondas Nudosas)是品钦虚构的大学名,原词系西班牙文,意思是"粗糙的海浪",指的是那种冲起来很过瘾但是却难度很高的浪头。

2 里西达(Reseda)是洛杉矶的一个区。

"那是什么'武器'?"

"是皮下注射的全套装备。"

"我知道,但是我该往针管里填充什么?"

"让人说真话的麻醉剂。中央情报局也用这种东西。只要是你够得着的地方,捅上一针就好了。你还没反应过来呢,他们就会像那些玩极速运动的疯子一样对你口若悬河,告诉你所有的情报,甚至连他们自己都不知道自己晓得。"

拉里决定把这家伙藏在刮胡包里,这个假鳄鱼皮做的包看上去很邪恶,是他在斯迪达市的家庭旧货交易市场上买的。他很快注意到,不少他和佛瑞兹拜访的坏家伙都无法将目光从他的刮胡包上挪开。多克知道,如果自己幸运的话,是犯不着去打开那个包的。自从他做这一行以来,就没怎么用过这个工具,但作为道具它还是蛮管用的,所以后来他获得了个绰号,叫"多克"[1]。

今天,多克发现佛瑞兹正在一辆道奇"超级蜜蜂"[2]的发动机罩下面敲敲打打,为出去讨账做准备。"你好啊,多克,你怎么看起来像坨屎?"

"真希望我也能这么说你,大眼。在摆弄那些汽化器吗?"

"保持健康心态,不要抽任何在战争地区种植的货,这是我的秘诀。如果你有点自控力,这方法对你也能奏效。"

"哈哈,今天我挺走运啊,赶上你脑子好使。我急着找个人,是我从前的马子,叫莎斯塔·菲。"

---

[1] 多克(Doc)在英文口语里是"医生"的意思。

[2] 道奇"超级蜜蜂"(Dodge Super Bee)是"道奇"轿车家族中的一款限量版大马力车型,出产于 1968 年到 1971 年。

"我想你说的是米奇·乌尔夫曼的女朋友吧？这是'现实'大夫的电话，你是不是拖了太久没去体检了吧？"

"佛瑞兹，佛瑞兹，我招你惹你了？"

"洛杉矶警察局和所有地方警局的条子都在找这两个人。你认为谁会先找到他们？"

"根据曼森案的经验，我敢说街上任何一个路人甲都有可能抢先。"

"好吧，进来看看这个。"佛瑞兹招呼多克进了办公室。会计密尔顿穿着件带花的尼赫鲁夹克[1]，脖子上系着几串玛瑙贝壳，戴着鲜黄色的射击眼镜。他抬头瞥了多克一眼，透过广藿香的雾气，咧嘴笑了笑，缓缓挥了下手，看着他们走进后面的房间。

"他看上去很开心。"

"生意有了起色，这多亏了——"他推开门，"告诉我，多少路人甲能搞到这样的玩意儿？"

"哇，佛瑞兹。"他们如同置身于一个科幻小说般的圣诞树里，到处是红绿色的小灯一开一闭，有电脑柜、带视频屏幕的操作台、带字母和数字的键盘，地板上到处都是电缆线，还有一些没打扫的虫子大小的长方形碎屑，这是从 IBM 的卡纸里冲压出来的。屋角摆着几个基士得耶复印机，靠着墙壁高高耸立的 Ampex 录影带[2]正忙碌地来回转动着。

---

[1] 尼赫鲁夹克（Nehru jacket）是一种紧身高领的夹克，以印度政治家尼赫鲁而得名。

[2] Ampex 录影带是美国 Ampex 公司生产的磁带式录影设备，现在已经较为罕见。

"阿帕网[1]。"佛瑞兹宣布说。

"啊，我还是不要了，我得开车啥的。要不给我一根，留着以后——"

"这是一种计算机网络，多克，是靠电话线连接的。加州大学洛杉矶分校、维斯塔岛、斯坦福。假如说他们那边有个文件而你没有，他们就能以每秒钟五万个字母的速度发送给你。"

"等等，阿帕[2]？在高速公路的罗兹克兰斯出口，就有一个同名机构把他们的牌子立在那里。"

"和TRW公司[3]有点关系吧，那边的人都不好打交道，就像拉莫出了事，也不会跟伍尔德里奇讲一样。"

"不过……你是说接上这个玩意的某个人，或许知道莎斯塔的下落吗？"

"只有我们查了才知道。在全国各地，实际上，是在全世界，每天都有新的电脑接入网络。现在这还是实验性的，不过见鬼，这是政府的钱，那些王八蛋可不管钱是怎么花的。我们已经有些实用性成果了。"

"它知道我到哪里可以买到货吗？"

---

1 阿帕网（ARPAnet）是美国国防部建立的计算机网，是互联网的前身。

2 阿帕（ARPA）是美国国防部高级研究计划署（Advanced Research Projects Agency）的简写。

3 TRW指的是美国汤普森·拉莫·伍尔德里奇公司（Thompson Ramo Wooldrige Inc），该公司涉足领域广泛，主要是和国防、汽车和航天有关，和美国NASA及五角大楼关系紧密。该公司由汤普森公司和拉莫·伍尔德里奇公司兼并而来，其中后者的创始人是西蒙·拉莫和迪恩·伍尔德里奇。

五

在米奇·乌尔夫曼和妻子的传奇故事中，莎斯塔曾经提到过一个和疯人院有关的阴谋。多克想，也许他应该去找找斯隆·乌尔夫曼夫人，故意提起这事，借机看看这个报刊社会版的超级明星会如何反应。假如米奇现在的确被强行关在某个私人精神病院里，那么多克下一步的工作就是去查出是哪家。他打了莎斯塔给的那个号码，结果这个小女人自己接了电话。

"我知道现在找您谈事情比较不合时宜，乌尔夫曼夫人，但不巧的是，我现在需要赶时间。"

"不会又是债权人来查账吧？已经有太多这样的了。我让他们去找我们的律师，你有他的电话吗？"在多克看来，说话的声音像是某个英国烟鬼，在低音音域上，有种说不清的颓废感。

"事实上，我们公司欠您丈夫一些钱。因为我们谈的这笔数目差不多有五六十万，所以我们觉得应该让您知道此事。"他等了一会，默唱了半小节的《了不起的伪装者》[1]，"乌尔夫曼夫人？"

"我中午那会儿可能有几分钟的空闲时间，"她说，"你说你是代表谁来着？"

"认知模式重组和检查现代研究所，"多克说，"缩写就是MICRO。我们是一家私人诊所，在哈仙达岗[2]那边，专门从事受压人格的修复工作。"

"一般情况下，我会审核米奇所有大额的支付记录。我得承认的是——是叫斯波特罗先生吧——我不知道他和你们可能进行过什么交易。"

多克开始流鼻涕了，这是个明确的信号，说明他有所发现。"也许吧，鉴于这笔钱数额挺大，可能通过你们的律师谈会更容易些……"

她花了 1/10 秒来计算自己能够捞到多少油水，就像鲨鱼在想一口能把冲浪板咬掉多少。"不必不必，斯波特罗先生。可能就是你的声音……不过你也可以认为我只是出于工作方面的好奇。"

多克曾经在办公室单独隔出来一个清洁间，里面收藏了很多用于乔装改扮的道具。他决定今天穿一件双排扣的天鹅绒西装，是"蔡德勒 & 蔡德勒"的牌子，还找到一个短假发刚好配这套西装。他原本想贴个假胡子，后来还是觉得越简单越好——他把凉鞋换成一双标准款的平底便鞋，打的领带比现在时髦的样式更窄，更单调，希望乌尔夫曼夫人能够将他当成可怜的老土包子。他看着镜子，自我感觉良好。太酷了。他本想抽一根来着，但还是抵挡住了冲动。

在街上的一家冲印店，他那习惯处理紧急订单的朋友杰克给他赶制了两三张名片，上面印着"MICRO——重组南部大脑，始于 1966 年。拉里·斯波特罗，持证合伙人。"这么说当然也没

1　《了不起的伪装者》(*The Great Pretender*) 是美国著名的黑人组合"派特斯"乐队 (The Platters) 1955 年发行的一支冠军单曲，传唱甚广。

2　哈仙达岗 (Hacienda Heights) 是位于加利福尼亚州洛杉矶县的一个非自治社区。

错,如果这个证指的是加州驾照的话。

在海岸高速公路行驶到距离乌尔夫曼家一半的路程时,帕萨迪纳市的 KRLA 电台播了一首"伯恩佐狗"[1]乐队翻唱的《砰砰》,多克于是把带震颤效果的收音机[2]音量调到最大。当他开到山上时,收听效果开始变差,于是他减慢速度,但最后还是什么信号都没了。不久,他来到圣莫尼卡山一条阳光灿烂的大街,停在一栋房子附近。这个建筑物围着很高的灰墁墙,上面有些奇怪的攀援植物的花朵,就像火红的小瀑布。多克感觉到有人在从楼上那个教会风格的阳台往下看自己。是警方的人。毫无疑问是狙击手,可究竟是联邦政府派的,还是当地的人呢?

一个长得还不赖的年轻墨西哥女人出来开了门,她穿着牛仔裤和一件旧的南加州 T 恤,她用来打量多克的那双眼睛化了很浓的妆。"她和那些警察在游泳池那呢。上楼来吧。"

这个房子的楼层是反式设计,一楼是卧室,楼上是厨房(可能不止一间),还有各种娱乐休闲区。家里本应该到处是警察的,可恰恰相反,那些从事"保卫 & 服务"[3]的男生只是在后院游泳池旁的小房间建了个指挥室,仿佛是想在联邦大老板驾到之前赶紧搞点乐子爽爽。远处的水花飞溅声、收音机里的摇滚乐声、正餐间的吃东西声不绝于耳。这绑架案还真有趣呢。

斯隆·乌尔夫曼从游泳池边踱步过来,就像是在为将来的寡妇形象试镜。她穿着黑色高跟凉鞋,戴着黑色纱巾遮面,身上的

---

[1] "伯恩佐狗"(Bonzo Dog)是 60 年代末英国著名的迷幻乐队。

[2] 原文是 Vibrasonic,是一种由摩托罗拉公司生产的车载收音机,通过向后座音箱发送延迟信号而模拟出一种震颤的音响效果放大器。

[3] "保卫 & 服务"(Protection and Service)是洛杉矶警察局的官方口号。

黑色比基尼尺码很小，用的布料和纱巾一样。确切地说，她并不是一支英格兰玫瑰，可能更像是英格兰水仙。她皮肤非常苍白，有着金色的头发和细长的身材，很像弱不禁风的样子。和所有人一样，她眼睛上的妆化得很浓。迷你比基尼就是专为她这样的年轻女人发明的。

她带着他走过一间光线阴暗的内室，里面铺满了灰褐色的地毯，还有很多绒面革的装潢和柚木家具，这些东西似乎远远地一直延伸到帕萨迪纳。在这一路上，多克了解到原来她是在伦敦经济学院拿的学位，最近开始学密宗瑜伽。她和米奇·乌尔夫曼最初是在拉斯维加斯认识的。她挥手指了一下墙上的画，那看上去就像是某个夜总会大厅里挂的八乘十寸光面照片的放大版。"哦天啊，"多克说，"那是你，对吗？"

斯隆做出那种半皱眉、半冷笑的表情，多克发现那些演艺界没名气或者过气的都爱这么干，她们是想借此来表达某种谦虚。"我可怕的年轻时代。我是臭名昭著的拉斯维加斯秀场上的女孩，在赌场上班。那时只要上了台，在那种灯光下，那种睫毛，那种化妆，我们每个人其实都看起来差不多。但是迈克尔说，他在我一走出来的时候就注意到了我。他对这些事情很有慧眼识珠的天赋，这是我后来才知道的。之后我成了他眼里唯一的女人。是不是挺罗曼蒂克的？肯定没想到吧？——我们还没缓过神来，就跑到那个西部小教堂[1]里，然后我手指上就多了这个，"她炫了一下那个榄尖形切工的特大钻石，用克拉算的话，这东西应该

---

[1] 西部小教堂（The Little Church of the West）是拉斯维加斯一所普通的小礼拜堂，但因为在这里结婚手续极其简便，所以从60年代开始很多世界各地的情侣（其中包括众多明星）都来这里登记为夫妻。

是在两位数。

她已经把这个故事讲了好几百遍，但这没关系。"很漂亮的钻，"多克说。

她就像一个达到目的的女演员，走到远处一幅米奇·乌尔夫曼的肖像下面。画中人物眺望着远方，仿佛在扫视洛杉矶盆地最远端的地平线，看看哪里还有可以盖房子的地皮。她转过来对着多克，和蔼地微笑道："我们到了。"

多克注意到在肖像画的上面有个仿石雕檐壁，上面写着：一旦你下了第一笔赌注，就没有人可以阻止你。——罗伯特·摩西[1]

"一个伟大的美国人，迈克尔的灵感之源，"斯隆说，"这一直是他的座右铭。"

"我还以为是范·赫尔辛医生[2]说的这话呢。"

她找到一个很讨巧的光线聚焦点，并停在那里，使自己看上去就像那个大摄影棚时代的某个签约明星，正要冲着某个身价稍逊的男演员作动情的表白。多克尽量不动声色地观察光源，但她还是注意到了他眼里的闪烁。

"你喜欢这灯光吗？是吉米·王·豪[3]很多年前为我们设计的。"

---

[1] 罗伯特·摩西（Robert Moses, 1888—1981）是20世纪中期美国纽约市的著名建筑师。

[2] 范·赫尔辛医生（Dr. Van Helsing）是电影《德古拉》（*Dracula*）中专门追捕吸血鬼的虚构人物。

[3] 吉米·王·豪（James Wong Howe, 1899—1976），中文名为"黄宗霑"，生于广东，是美国历史上最伟大的电影摄影师之一，曾获得10次奥斯卡奖提名。他在《身体与灵魂》这部拳击题材的电影里，穿着溜冰鞋、拿着手持摄像机在拳击台上捕捉画面。

"《身体与灵魂》中的那个摄影师吗?当然还有《他们让我成为罪犯》、《命运如灰》和《周六的孩子》——"

"那些嘛,"斯隆嘲笑道,"都是约翰·加菲尔德[1]的电影。"

"哦,是吗?"

"吉米的确还拍过其他男演员。"

"我知道他拍过……哦,那个《走出雾霭》也是,里面约翰·加菲尔德是一个很坏的帮派分子——"

"事实上,我之所以觉得那部电影值得纪念,是因为吉米给艾达·卢皮诺[2]布光的方式很巧妙。现在想想,这可能和我买这套房子颇有关系。吉米当然很喜欢独特的灯光,譬如那些冠军拳击手的汗水、铬黄、珠宝、衣服上的亮片等……但是他的作品里也有很多精神上的东西——你看看艾达·卢皮诺在特写镜头里的样子——那双眼睛!——没有那种硬缘的灯光反射,而是一种炽热,一种纯净,几乎就像是由内而外产生的——……对不起,这不过是我的个人看法。"

"该死!这就是那个艾达·卢皮诺,每次一提到她的名字,我就会激动。请您别介意我说脏话。"

"多奇怪啊,我就不记得自己对约翰·加菲尔德有过同样的感觉……我一点钟约好了去参加冥思会,我们就喝点东西吧,当然得快点喝才行。要不你和我说说,你到这里有何贵干?

---

[1] 约翰·加菲尔德(John Garfield, 1913—1952)是一位美国演员,擅长扮演具有叛逆性格的工人阶级角色,其表演风格被认为影响了马龙·白兰度。

[2] 艾达·卢皮诺(Ida Lupino, 1918—1995)是意大利血统的英国女影星,后来进入好莱坞发展,曾主演过《简·爱》。

卢兹!"

给他开门的那个年轻女士从一片颇具艺术造型的阴影中走了出来。"太太?"

"如果你不介意的话,卢兹,准备一下中午的点心吧。斯波特罗先生,我很希望玛格丽塔酒[1]能让您满意——不过考虑到您电影方面的偏好,可能来点啤酒和威士忌会更对您胃口?"

"谢谢您,乌尔夫曼太太。龙舌兰就可以——您没说用大麻欢迎我,这已经让我很宽心了!我永远都搞不懂那帮嬉皮士看中了这东西里的什么!顺便问句,您介意我抽一根普通香烟吗?"

她优雅地点了下头。多克掏出一盒金边臣[2]薄荷烟,他特意记着带这种烟,而不是 Kool 烟,因为考虑到这里社会阶层更高。他递给她一根,两人都把烟点上。游泳池那边传来了警察的嬉闹声,至于这个池子的大小他只能凭想象了。

"我尽量长话短说,然后你可以去招呼其他客人。你丈夫曾计划给我们捐建一所新的附属楼,作为我们扩建计划的一部分。在他离奇失踪前不久,他给我们打了一笔先期款。但是现在他完全下落不明,我们留着这笔钱也不合适,所以还是希望把钱退给你们,最好是这个季度结束前。假如——当然我们都希望如此了——乌尔夫曼先生行踪有了下落,我们还能重新开始这个项目。"

---

[1] 玛格丽塔酒(margarita)是由墨西哥龙舌兰酒、酸橙或柠檬汁以及橙味酒混合调制而成的。

[2] 金边臣(Benson & Hedges)是一种英国产的名牌香烟。

她斜着眼睛，但又摇了一下头。"我不是很确定……我们最近倒是捐建了另一个项目，我想是在奥哈伊[1]……你们是他们的附属机构或者……"

"也许是我们的姊妹疗养院之一吧，有个项目已经搞了很多年了……"

她走到墙角的一张小古董桌旁，弯下腰，对着多克撅起她那绝对诱人的屁股。她在不同格屉里翻了半天，最后找出另一张她的宣传照。这是动工典礼的照片，斯隆坐在操作台前，它能控制前端装料的反向铲土机。在铲斗里能看见一张放大版的支票，保龄球锦标赛的获胜方往往就拿着这种东西。一位穿着医生制服的名流正笑容可掬地假装看着支票上的金额，那上面可是有好多个零，不过他其实是在盯着斯隆时髦的超短裙。她戴着墨镜，仿佛不想被人认出来，脸上摆出一副对这里的不屑表情。她后面的条幅写着日期和机构名称，不过它们都在相片焦点以外，多克只能有个模糊的印象，知道那是个很长的外语单词。他担心如果问这家医院的名字会不会惹得斯隆起疑心。这时候卢兹回来了，端着个盘子，上面放着一大壶玛格丽塔酒，还有一些放着冰块的玻璃杯。这种杯子形状怪异，唯一的用途就是让用人必须借助专门定制的昂贵器皿刷才能弄干净。

"谢谢你，卢兹。可以由我斟酒吗？"她拿起酒瓶，开始倒酒，多克发现托盘上还多出一个杯子。所以当他注意到墙角那台大电视的屏幕上映照出一个身材健硕的金发男子时，也不是很意外。这个人从楼梯上静静地走下来，穿过地毯朝他们走过来，就

---

[1] 奥哈伊（Ojai）是加州一个城市名。

像功夫电影里的刺客。

多克站起来打量了一下，说了句"你好"。很快他注意到，在这里进行任何长久的目光接触都得事后去看按摩医生，因为脖子实在受不了，这个大个子起码要比多克的海拔高出三英尺。

"这个是里格斯·沃布林，"斯隆说，"我的灵修导师。"多克实际上没看见他们"交换眼神"（按照弗兰克[1]的说法），但是假如说嗑药致幻有什么好处的话，那就是能帮你收听到一些神秘的未知频率。毫无疑问，这两人的确会时不时地坐下来，各自的冥思毯靠在一起，假装在排除杂念。不过这是做给周围人看的——卢兹、警察、他自己。但是，多克愿意拿一盎司夏威夷无籽大麻，再押上一包 Zig-Zag[2] 来打赌，斯隆和老里格斯肯定经常干那种事，这个人也一定是莎斯塔提到的那个情夫。

斯隆给里格斯倒了一杯，然后将酒瓶冲着多克的方向斜了一下，问他要不要再来点。

"谢谢，我还得回办公室呢。或许你能告诉我们该把退款送到哪里，以及你希望以什么样的方式。"

"小额纸钞！"里格斯低沉而友善地说，"不要连号的！"

"里格斯，里格斯，"斯隆听上去没有一个丈夫可能被绑架的女人应有的那种阴郁，"你总是开这种不着油盐的玩笑……也许你们公司哪个主管可以把米奇送的支票背书一下，把钱转到他

---

1 弗兰克指的是美国著名歌手弗兰克·辛纳屈（Frank Sinatra，1915—1998），其中"交换眼神"是弗兰克 1966 年格莱美获奖单曲《夜晚陌生人》中第一句里的唱词："Strangers in the night exchanging glances/Wondering in the night/What were the chances we'd be sharing love/Before the night was through."

2 Zig-Zag 是法国人 1894 年发明的第一款香烟的品牌。

的某个银行账户?"

"当然。请把账号告诉我们,发邮件的话也可以。"

"那我去一下办公室吧。"

里格斯已经霸占了那瓶玛格丽塔,正对着酒瓶喝,干脆都懒得把酒倒进杯子了。他突然毫无预兆地脱口而出:"我进入宙母了。"

"您说什么?"

"我是个承包商,负责设计和建造宙母。这个词是'环带多面体圆顶'[1]的缩写。这是自巴克·福勒[2]以来建筑结构设计上的最伟大进步。让我画给你看。"他不知道从哪里拿出一本工程绘图纸,然后开始在上面勾勒起来,用一些数字和可能是希腊文的符号。很快,他开始谈起"矢量空间"和"对称组"。多克确信他脑子开始排斥这一切,尽管那些图看上去有点嬉皮风格……

"宙母能创造出伟大的冥想空间,"里格斯继续说道,"你知道吗,有的人走进宙母里,结果出来的时候就变得不同了,有的人干脆就消失在里面。宙母就像是穿越到别处的入口,尤其当它们位于沙漠时。我去年大部分时间就呆在那里。"

哦,原来如此。"你为米奇·乌尔夫曼工作吗?"

"在阿瑞彭提米恩图[3]——这是他长久以来梦寐以求的项

---

[1] 环带多面体圆顶(zonahedral dome)是一种复杂的三维建筑结构,小说里被简称为宙母(Zome)。

[2] 巴克·福勒(Bucky Fuller)是美国著名的建筑师和发明家,代表作是多面球顶(geodesic dome)式设计。

[3] 阿瑞彭提米恩图(Arrepentimiento)是西班牙语中的"忏悔"(repentance),同时该词的"-pentimiento"又和来自意大利语的英文单词"pentimento"(指在绘画中移除那些后加的颜料,从而显露出画作表面下被遮蔽的图像)构成一语双关。

目,在拉斯维加斯附近。也许你会在《建筑文摘》里看到这篇报道。"

"没读过。"事实上,多克唯一经常阅读并订阅的杂志是《赤裸少女狂花》。他至少算是曾经订过,后来之所以不订,是因为他发现那少数几本能被顺利送到邮箱的也早就被人翻看过了,而且有些页面还粘在一起。不过他还是决定不提这个。斯隆滑着快步回来,拿着一张纸。"我现在只能找到这个联合户头,是米奇在一家储蓄贷款协会开的。我希望这对你们来说不会有麻烦。这里是一张空白存款单,如果你用得着的话。"

多克站着,而斯隆停在原处。他们俩的距离近到多克可以抓住并侵犯她。这种想法不可自遏地从多克脑子里缓缓滑过,还不止一次地回头冲他眨眼。如果不是卢兹又出来,递给他一个警告的眼色(除非他是因为龙舌兰产生了幻觉),真不知道接下来会发生什么可怕的举动。

"卢兹,麻烦你送斯波特罗先生出门。"

多克走下楼,那里的走廊通往卧室套间,至于有多少间就不得而知了。多克仿佛刚刚想起来他还得撒泡尿,便说道:"介意我用一下洗手间吗?"

"当然,只要你们不偷东西。"

"哦,亲爱的,我希望这不是意味着外面游泳池边上那些警察已经退化成摆设了——嗯,我的意思是——"

她摆了一下手指头制止了他,然后迅速地四下张望,仿佛这房子可能有人窃听。她弯起手臂,抖动了下二头肌,然后眼珠子往楼上翻了一下。

里格斯——它代表的意思。多克笑了,点点头,考虑到听众问题，说道："谢谢，啊……*Muchas gracias*[1]，卢兹。我会很快的。"

她优雅而又懒散地靠着门口，乌黑的眼珠不停地转动打量着他。多克找到一个气派的洗手间，猜想这是米奇用的，于是开门进去，再溜到紧邻的卧室。

他四下窥探，发现了很多古怪的领带，它们挂在一个整体衣橱里的独立挂架上。他打开灯想看个究竟。乍一看，它们似乎就是那种老式的手绘丝绸领带，每条上面都是不同的裸女图。但是其实它们并非那种老式裸女。图中人物阴蒂挺直，阴唇张开，上面打着高光，显出那里的湿润。她们往后扭着头，渴望从肛门被插入。每个鸡皮疙瘩和每根阴毛都刻画得无比精细，和相片中的细节一样。多克沉醉在艺术鉴赏中，发现这些女人的脸也有特别之处。她们的脸不是那种上面写着"操我"表情的卡通造型。它们看上去像是属于某些特定女人，他猜身体也是。也许米奇·乌尔夫曼所有的女人都记录在上面了。莎斯塔·菲会不会刚好也在里面？多克开始挨个察看这些领带，尽量不把汗水滴在上面。他看到了斯隆的画像——毫无疑问，就是斯隆，而不是某个金发女郎——仰面躺在凌乱的床单上，四肢张开，眼皮低垂，嘴唇闪耀着光辉——这种角度对米奇的性格来说显得太绅士了，这点多克倒是没想到。正在此时，一只手从他的腰后滑绕过来。

"哎哟妈呀！"

"继续看，我也在里面。"卢兹说。

"我怕痒，宝贝！"

---

[1] 西班牙语，意思是"非常感谢"。

"我在这。漂亮吧?"当然,是卢兹,全彩,跪在地上,露出牙齿,朝上注视着,露出一种在多克看来并不是特别诱人的微笑。

"我的奶子其实没那么大,不过重要的是那种感觉。"

"你们这些女士都要摆姿势来画画?"

"是的,一个从北好莱坞过来的家伙,按照客户要求作画。"

"这个小妞叫什么来着?"多克尽量不要让自己声音发颤,"那个失踪的?"

"哦,莎斯塔。是,她也在里面。"不过奇怪的是,居然没找到她的画。多克看着剩下的两三条领带,上面都没有莎斯塔。

卢兹的目光越过他肩膀,望着米奇的卧室。"他过去总是在淋浴室操我,"她回忆道,"我从来没有机会在那张漂亮的床上做任何事情。"

"这好像很容易搞定,"多克轻松地说道,"也许——"谁也不曾想到的是,正在这时,一声可怕的尖叫从走廊那个低保真的对讲机里传了出来。"*Luz, Donde estas, mi hijita*[1]?"

"见鬼。"卢兹低语道。

"也许下次。"

在门口时,多克给了她一张假的 MICRO 名片,上面有他真正办公室的电话。她把它塞到牛仔裤的后兜里。

"你其实不是精神科大夫,对吧?"

"咦——也许不是吧。但是我真的有沙发床。"

---

[1] 西班牙语,意思是"卢兹,你在哪,我的闺女"。

"*Psicodelico, ese*！"[1] 那白晃晃的牙齿闪了他一眼。

多克刚刚坐进车里，这时一辆警车开着车灯，急速驶到拐角，停在他旁边。副驾驶那侧的窗户被吱呀呀地摇了下来，比格福特探出头。

"买毒品来错地方了吧，斯波特罗？"

"什么——你是说我又神志不清了？"

开车的那个警察熄掉火，两人都下了车，朝多克靠过来。除非比格福特在洛杉矶警察局被人排挤惯慢（多克知道个中玄机他是永远不会明白的），否则这另一个警察绝对不可能是比格福特的搭档。不过，两人也许是近亲——他们有着同样干净而邪恶的面容。这家伙冲着多克扬起眉毛。"介意我们看一下您那个漂亮的包包吗，先生？"

"除了我的午餐什么都没有。"多克向他保证。

"哦，我们要看着您把午餐拿出来。"

"好了，好了。斯波特罗就是在工作而已，"比格福特假装在安抚另一个警察，"他想试着找出米奇·乌尔夫曼案件的真相，就像我们其他人一样。现在你有没有什么进展需要告诉我们呢，斯波特罗？谁是——噢，抱歉，应该是问——那个夫人现在状况如何？"

"她是个勇敢的小女人。"多克真诚地点着头。他想把话题转到帕特·杜邦奈特提到的那件事上，即比格福特和米奇其实是铁哥们，但是另一个警察听他们说话时的样子有点古怪……他听

---

[1] 西班牙语，意思是"幻觉，那是"。

得太专注了，假如允许妄想症发作一下的话，你会怀疑他是个卧底，他真正的工作其实是监视比格福特，然后向洛杉矶警察局的其他人物做汇报……

要琢磨的事情太多了，多克于是摆出他那种最软蛋的瘾君子式嬉笑。"哥们，那里面有执法部门的人，但是没人给我做介绍。据我所知，他们甚至可能是联邦调查局的人。"

"我喜欢那种闹得不可收拾的案子，"比格福特一边说，一边灿烂地笑着，"莱斯特，你也是这么觉得的吧？这正好提醒我们为什么要来这里。"

"哥们，振作点，"莱斯特说，然后回到自己车里，"我们会有扬眉吐气那一天的。"

他们飞一般地开走了，还打着警笛装酷。多克钻进车里坐下，凝视着乌尔夫曼的住宅。

有些事情让他现在颇为困惑——那就是，比格福特开着警车在这里逡巡，到底是哪根筋不对了？据多克所知，穿西装打领带的警探开不带标志的私家车，通常是两个人一起。而穿制服的警官也是如此。他记不得什么时候见过比格福特带着另一个警探，这样子出来执行任务——

噢，等等。从挥之不去的雾霾警报（他喜欢将自己的记忆比作这种东西）里开始飘出来一些东西——可能是从帕特·杜邦奈特那儿听来的八卦，是关于比格福特的某个搭档，他当年在执勤时被枪击身亡。从那以后，按照坊间说法，比格福特就独自工作了，他没有要求换新搭档，上头也没给他派。如果这意味着比格福特还在悼念警察同僚，那么他和这个牺牲的家伙想必是异常亲密的。

这种搭档间的紧密关系，差不多算是唯一能让多克敬佩洛杉矶警察局的地方。尽管这所警察局长久以来就因为腐败和滥用权力而名声欠佳，但至少他们不会出卖搭档。这是他们私密的财富，是在日复一日的出生入死中形成的情谊——这是必须珍视的真感情。这东西伪造不了，也不可能靠恩惠、金钱和升职来买——资本主义社会的那些东西再诱人，也无法在你真正需要的时候给你换来五秒钟的掩护。你必须冲锋陷阵，不断摸爬滚打才能赢取它。虽然多克并不知道比格福特和那个离世的搭档究竟曾经历过什么，但他愿意拿自己明年的存货打赌，如果比格福特被要求（当然，这不太可能发生）开列一份爱人名单，这个家伙的名字肯定高居榜首。

不过，这意味着什么？多克要送给比格福特一些免费忠告吗？别别别，这想法太糟糕。多克警告自己，这是坏点子，就让这人自己去节哀顺变吧。或者不管怎么样，总之轮不到你帮忙，行吗？

当然。多克回答自己，我无所谓，哥们。

六

多克往地区助理检察官佩妮·金博家里打电话没人接，他只好打到她位于市中心的办公室。佩妮刚好有个午餐约会取消了，所以同意把多克排进去。他来到坦普尔穷人街[1]上一家很特别的餐馆，里面的酒鬼们刚刚从贫民区后面空地上的铺盖卷里睡觉起来，正好赶上最高法院的法官们来此午餐小憩，更不消说还有一大帮西装革履的律师，他们高声谈笑的动静从玻璃墙上反弹回来，把蒸汽保温桌后面堆得像金字塔一样的小瓶（里面装的是麝香葡萄酒和托考依葡萄酒，只要85美分一瓶）震得直响，很多时候甚至有倒下之虞。

正在此时，佩妮溜达了进来，一只手随意地插在外套口袋里，和衣着光鲜的同事优雅地攀谈着。她戴着墨镜，穿着聚酯面料的灰色职业套装，下面还有条很短的裙子。

"关于这个乌尔夫曼-夏洛克案，"她张嘴就这样对多克说，"你的某个前女友好像是其中的主犯？"他并不是要期待一个热吻或别的什么——旁边有同事在看着，他也不想（像人们说的那样）坏了她的好事。她把公文包放在桌上，然后坐下来注视着多克，毫无疑问这是法庭上的技术动作。

"我刚刚听说她跑路了。"多克说。

"换句话说……你曾经和莎斯塔·菲·赫本华兹亲密到什么程度？"

他一直以来总问自己这个问题，但却没有答案。"好多年前就已经结束了，"他说，"或者很多个月前？她还有更大的鱼要钓。是不是让我伤心了？当然是。如果不是碰见你，宝贝，天知道这一切会变成怎样？"

"确实，你那时挺惨的。不过抛开过去的事情不谈，你和这个赫本华兹小姐在上周有没有接触过？"

"很奇怪你居然问这个。她在米奇·乌尔夫曼失踪前好几天曾找过我，告诉我说他太太和情夫正计划把米奇拐骗到疯人院里，然后把他的钱卷走。我当然希望你们的人或是警察正在调查此事。"

"依照你多年从事私家侦探的经验，你能把这番话称之为可靠的线索吗？"

"我还知道更不靠谱的——哦，等等，莫非你们对这个情报不以为然？认为这个男友出了麻烦的嬉皮小姐只是脑子被毒品、性爱和摇滚全搞坏了——"

"多克，我从没见你这么情绪化过。"

"那是因为通常我们关着灯。"

"噢，那好吧。当伯强生警督在犯罪现场逮到你的时候，你似乎没把这件事告诉他吧？"

"我答应过莎斯塔，我会先和你谈，看看地区检察院这边有没有人能帮忙。我一直给你打电话，从白天打到晚上，却没有回音。接下来就是乌尔夫曼失踪，格伦·夏洛克被杀。"

---

1 穷人街（skid-row）指的是城市中心未治理的贫民区。对于洛杉矶来说，这就是在市中心第五街周围，当地人也称之为"The Nickel"。

"伯强生似乎认为你在这个案子里和其他人一样可疑。"

"'似乎——'你已经找比格福特谈过我的事了？喔，哥们，永远不要信任山下的妞，这是滩区最重要的生活法则。我们都算彼此信任过吧？假如事已至此，好吧，就像罗伊·欧比森[1]常说的那样，"他夸张地亮出双腕，"让我们做个了断吧——"

"多克，嘘，别这样。"她尴尬的时候显得特别可爱，会有皱鼻子这样的动作，但不会持续很久，"再说，你有没有这么想过，也许你的确做了这事？也许你只是刚好忘记了，就像你经常忘记别的事情一样。你现在这种特别的反应，莫非就是典型的间接认罪方式？"

"好吧，可是……我怎么可能忘记这种事？"

"因为大麻啊，天知道你还用什么别的玩意，多克。"

"喂，少来，我只是偶尔抽抽。"

"哦？平均一天多少根？"

"嗯……这个得查查记录本……"

"听着，伯强生负责这个案子，就这么回事。他会找几百个你们这种人问话——"

"我们这种人？又操他妈从我家破窗而入，这就是你刚才说的意思。"

"根据警察的报告，你之前曾试图加固房门。"

"你把我查了个底朝天？佩妮，你还是挺在乎我啊！"多克希望投去感激的目光，可这里到处是玻璃，等多克看到自己的模

---

[1] 罗伊·欧比森（Roy Orbison）1936年4月23日出生于得克萨斯，是美国最著名的流行巨星之一，其风格结合了摇滚音乐和乡村音乐。

样时,才发现那个眼神只不过是红眼瘾君子的凝视。

"我要去买三明治了。让我给你带点什么?火腿、羊肉,还是牛肉。"

"还是来份'今日时蔬'吧。"

多克看着她去排队。她现在究竟在和他玩什么地区助理检察官的把戏呢?他希望自己能更加信任她,但生意场上是讲不得宽容的。在洛杉矶那迷幻的六十年代,生活已经给了人们很多残酷的教训,告诫大家不要过于信任别人,而七十年代看上去也不会有多大起色。

佩妮对这个案子的内情,其实知道的要比她告诉多克的多。他已经见惯了那些法律人士的瞒骗伎俩——律师相互传授经验,还会参加周末在拉朋第的汽车旅馆举办的研讨会,议题就是如何训练自己的圆滑——很抱歉地说,佩妮没有理由会成为例外。

她回到座位上,手里拿着当日的蔬菜——一盘堆叠的清花椰菜。多克开始大口吃起来。

"好吃啊!那个辣椒油不错——嘿,你和验尸部门的人谈过了吗?也许你的朋友拉恭达见过格伦的验尸报告?"

佩妮耸了耸肩。"拉恭达说那事'非常敏感'。尸体已经火化了,除了这些,她什么都不愿意讲。"她看着多克吃了一会,"那个,你在海滩那边过得如何?"佩妮的笑容里缺乏真诚,这让他知道该引起警觉了。"'帅呆了'?'很迷幻'?海滩宝贝们还和从前一样体贴吗?哦,对了,那次我撞见你和两个空姐在一起,她们怎么样了?"

"我告诉过你了,那是按摩浴缸。泵里的水柱打得太大了,那些比基尼不知怎么就弄掉了,这不是故意的——"

佩妮最近从不放过任何一个机会揶揄这事,她指的是多克偶尔会在一起厮混的伙伴,两个名声不佳的空姐——卢尔德斯和蒙特拉。她们住在戈蒂塔一套气派无比的单身公寓里,位于海滨大街,里面带桑拿房和游泳池,池子中间有吧台,还有抽不完的优质大麻。这两位女士以走私违禁商品闻名,据说现如今已经在离岸的银行账户里存下了巨额财富。不过,在航班经停期间,只要暮色降临,她们就会跑到洛杉矶的偏僻角落,在荒凉的公路上游荡,借着冥冥天命的操纵,随机找寻一些穷困潦倒的男人作乐。

"也许你很快就会看到她们。"佩妮目光闪躲。

"卢尔德斯和蒙特拉,"他尽可能轻柔地问,"她们是你们部门的嫌疑人?"

"不是她们可疑,而是她们最近一直有来往的伙伴。假如你们下次要搞和比基尼有关的活动时,当你听她们单独或者同时提库奇和华金这两个名字,麻烦你在防水的东西上记个便条,然后告诉我,好吗?"

"嘿,如果你想在法律行当之外找人约会,我当然可以给你安排。如果你真的很饥渴,那还有我呢。"

她已经在看表了。"我这周会非常忙,多克,所以除非这事有了什么重大进展,否则我希望你能谅解。"

他尽可能罗曼蒂克地对着她唱了几段假声部分的《这难道不好吗》[1]。

她已经学会了将脸冲着一边,同时眼睛冲着另一边的技巧。

---

[1] 《这难道不好吗》是"海滩男孩"乐队 1966 年的一支单曲。

这时她就这样拿眼睛斜睨着多克，眼皮半张半合，摆出一副她知道会达到效果的微笑。"陪我走回办公室吧？"

在司法大楼外面，佩妮仿佛想起了什么："你介意我去隔壁联邦法院放点东西吗？只要一会儿。"

刚走进大厅，他们就碰见了（多克觉得是"被包围了"）两个联邦探员，他们穿着廉价西装，一看就是没怎么晒过太阳的。

"他们是我隔壁邻居。特别探员弗拉特韦德和伯德莱恩——多克·斯波特罗。"

"说真的，我很崇拜你们这些人，每周日晚八点，我是一集不落的！"

"女厕所是往这边过去，对吗？"佩妮说，"我马上就回。"

多克看着她离开。他知道她尿急时的步伐，这次不是。她不会很快回来的。他差不多用了一秒半的时间定了下神，只听弗拉特韦德探员说道："来吧，拉里，我们喝杯咖啡去。"他们客气却坚定地把他带到电梯，多克想了想自己什么时候该吸大麻了。

上了楼，他们招呼多克进了一个小单间，里面镶着尼克松和J·埃德加·胡佛的照片。黑色奢华的咖啡杯上印着"FBI"的金色徽章，但是咖啡的味道却不怎么样，看来他们的招待费没花多少在这上面。

根据多克的判断，这两个联邦探员似乎都是刚到城里的，甚至也许是径直从我们国家的首都飞过来的。他以前已经见过几个这种东部来的特派员。他们坐飞机到加州，往往得面对那些桀骜不驯的古怪当地人。他们要么在公务结束前都保持轻蔑的气场，要么就会很快发现自己光着脚，被毒品搞得神志不清，把大麻烟放在旅行车里，完全去随波逐流。这里似乎没有居中的选择。多克很自然地将这两个人想象成了冲浪纳粹[1]，他们注定要像那些海滩题材电影的老套情节一样，惨烈而滑稽地走向失败。

伯德莱恩探员拿出一个文件夹，开始读里面的内容。

"嘿，你那里有什么——"多克模仿罗纳德·里根的样子，友善地歪着头窥看，"联邦档案？关于我的？喔，哥们！太棒了！"伯德莱恩探员突然合上文件夹，把它塞进文件柜另一堆档案里。但在此之前，多克已经看到了一张他的模糊照片，是用长焦在停车场拍的，可能是托米汉堡店那里。他当时坐在自己车的引擎盖上，拿着一个特大的奶酪汉堡，疑惑地检查（实际上，是用手指拨开）那一层层的泡菜、超大的西红柿切片、生菜、辣椒、洋葱、奶酪等等配料，更不用说马后炮式地想起那块碎牛肉饼——如果对那个绰号"克利须那"[2]的煎烤厨师有了解，你就显然知道多克在搞什么名堂。只要多付50美分，那个厨师会用蜡纸包份大麻，藏在汉堡里。事实上，该传统很多年前始于康普顿，在六八年夏天，它在托米汉堡店里也时兴起来。当时，多克参加了反对NBC计划停播《星际迷航》的示威，在活动尾声时

1　"冲浪纳粹"指的是一些带有极端种族主义思想的冲浪者，反对任何人干预他们的生活方式。1987年有一部喜剧动作片就叫《冲浪纳粹必死》（*Surf Nazis Must Die*）。

2　克利须那（Krishna）是印度天神毗湿奴的第八个和主要的化身。在加德满都的毗湿奴节，很多信徒按照传统会吸食大麻以获得一种神秘的宗教体验。在这天，大麻也不再被视为毒品，而是公开发放和吸食的圣物。所以对于六七十年代崇拜东方神秘宗教的美国嬉皮士青年来说，毗湿奴是和大麻有紧密联系的。

突然感到极度饥饿。他加入到一群激愤的粉丝队伍中，这些人戴着尖尖的橡皮耳朵，穿着飞船制服，（似乎）沿着比弗利大道行进到洛杉矶中心，拐过一个急弯，来到好莱坞高速和海港高速之间的某个地方。正是在这里，在比弗利和科罗纳多的路口，他第一次看见了全宇宙的汉堡中心……

"那是什么？我刚才走神了。"

"你口水都流到桌子上了。你是不应该看到那份文件的。"

"我就想问问有没有多洗几张。我喜欢带些照片出门，以防有人想要签名照。"

"你也许知道，最近，"弗拉特韦德探员说，"我局大部分的精力都投入到调查那些鼓吹仇恨的黑人国家主义团体去了。我们发现不久之前有个著名的黑人监狱武装分子找过你，他叫自己塔里克·卡里。我们当然会有所怀疑。"

"其实是时间先后的问题，"伯德莱恩探员装模作样地解释道，"卡里造访了你的办公地点，第二天他的一个监狱相识就被杀了，米奇·乌尔夫曼也失踪了，而你则作为嫌疑人被捕。"

"我又被释放了，别忘记这部分。你们找比格福特·伯强生谈过？他有这个案子的全部卷宗，远比我知道的信息多。你们会喜欢和他谈话的，他是个聪明人。"

"伯强生警督和联邦部门合作时缺乏耐心，这是众所周知的，"正在翻看文件夹的伯德莱恩探员抬头说道，"他的配合（如果他肯的话）可能会很有限。另一方面，你也许知道一些他不知道的事情。譬如，卡胡娜航空公司这两个雇员的情况你知道吗？蒙特拉·黑伍德小姐和卢尔德斯·罗德里古兹小姐。"

佩妮也刚刚问到这两个人。多么诡异的巧合。"好吧，这些年轻女士怎么会和你们打击黑人国家主义的COINTELPRO[1]扯上干系？我希望不是刚好因为她们都是非盎格鲁血统……"

"一般来说，"弗拉特韦德探员说，"我们才是提问的那一方。"

"当然，伙计们，不过难道我们不是同道中人吗？"

"没必要恶语中伤。"

"为什么你不告诉我们那天卡里先生拜访你时说了些什么？"伯德莱恩探员建议。

"哦，因为他是客户，所以那是保密交谈，不能外泄。对不起。"

"如果这和乌尔夫曼的案子有关，我们恐怕不同意您这么做。"

"好吧，但是我想不通的是，假如你们部门真的只是把注意力放在黑豹党，靠拉拢朗·卡尼加[2]那些人弄出点窝里斗之类的事情，那么为什么还会对米奇·乌尔夫曼感兴趣？难道有人用联邦的房屋资金玩'大富翁'游戏吗？不，这不可能，因为这里是洛杉矶，不可能出这种事。我在想，那又会是什么呢？"

---

1 COINTELPRO是"反情报项目"（Counter Intelligence Program）的缩写，该计划由美国联邦调查局从1956年到1971年负责实施，专门针对国内的各类左翼和右翼的激进组织。按照当时联邦调查局局长J·埃德加·胡佛的说法，他们的目标是"暴露、破坏、误导、分裂和中立化"那些威胁到美国现行社会秩序的组织及个人。这个计划对外不公开，很多时候是非法进行的。

2 朗·卡尼加（Ron Karenga）是美国六七十年代著名的黑人政治活动家，受马尔科姆的黑人民族主义影响，主张美国黑人复兴在非洲的文化传统，首先提议设立"宽扎节"（Kwanzaa）。卡尼加成立的"美国帮"（U. S. Organization）和黑豹党素来不和，曾因为加州大学洛杉矶分校的非裔美国研究中心的领导权而发生枪战，两位黑豹党成员被杀。坊间常有传言说卡尼加其实是FBI收买的内奸，目的是分化黑人运动阵营。

"我们不能发表评论。"弗拉特韦德探员洋洋得意地说。多克希望自己故意这么胡问一气能让对方失去戒心。

"哦,等等,我知道了——只要过了二十四小时,这就正式算是绑架案了,好像本州法律这么规定的。所以你们肯定认为这是黑豹党的行动——比方说,他们抓住米奇来做政治要挟,顺便索要一笔不菲的赎金。"

此时,两个联邦探员紧张地对视了一下,好像不这么做还不行。这动作似乎说明,他们至少想过这种借口。

"好吧,真见鬼,我希望能帮上忙,可是那个卡里甚至连个电话号码都没留给我,你们知道的吧,他们那种人是很没责任感的。"多克站起身,把香烟按到他那杯 FBI 咖啡里弄熄,"告诉佩妮,她真是个好人,帮着安排了这次小聚会。噢,对了——我能坦白一下子吗?"

"当然。"弗拉特韦德和伯德莱恩探员说道。

多克打起响指,自哼自唱着往门口走。他唱的是《带我去月球》[1]的四段词,差不多还算在调上。多克接着说道:"我知道你们局长[2]很害怕黑人的阴茎,当然了,我希望你们能在那些牢房里的事情[3]发生之前找到米奇。"

"他不合作。"伯德莱恩探员咕哝道。

"保持联系,拉里,"弗拉特韦德探员喊道,"记住,作为

---

1 《带我去月球》(*Fly Me to the Moon*)是弗兰克·辛纳屈演唱的一首爵士风格歌曲,美国宇航局曾经把这首歌通过阿波罗飞船送往月球,成为第一首在月球上播放的人类歌曲。

2 指的是 FBI 那个时期的局长胡佛,据说他是一个隐藏很深的同性恋者。

3 此处暗示黑豹党拘禁米奇后有可能效仿监狱里的规矩对他进行鸡奸。

COINTELPRO的线人,你每月最高能赚三百美元。"

"当然。代我向卢·艾斯凯恩[1]和帮派弟兄问好。"

坐电梯下去的一路上,多克担心的人却是佩妮。如果这些日子以来,她最好的讨价筹码只是把他出卖给联邦政府的人,那么她肯定是跟某人惹了大麻烦。但麻烦有多大?惹了谁?他现在能看到的关联,就是联邦和本地警察都对卢尔德斯和蒙特拉这两个空姐和她们的朋友库奇和华金感兴趣。是的,他最好去尽快调查一下这个线索。当然,很重要的原因是,这些姑娘刚刚从夏威夷回来,可能在家里屯了些好货呢。

而在此期间,人们在各地都看见了米奇。在卡尔弗市拉尔夫超市的肉制品区,有人看到米奇偷菲力牛排,还是开派对用的那种包装。在圣塔安妮塔,有人看到他和一个叫"矮矮"或"快快"的人正儿八经讨论问题(还有的说,是同时和这两个人)。在洛斯莫奇斯[2]的酒吧里,有人看见他一边看《入侵者》(是以前的某一集,配音是西班牙语),一边给自己写紧急备忘录。在从希斯罗到火奴鲁鲁的VIP机场休息室,有人看见他在喝一种用葡萄和谷物随意混酿的酒,这种东西自从禁酒年代结束后就没出现过了。在湾区的反战集会上,有人看见他请求各种各样的武装执法人员干掉自己,以结束他的痛苦。在约书亚树保护区[3],有

---

[1] 卢·艾斯凯恩(Lew Erskine)是1965年至1974年播放的一部电视剧《F.B.I.》里的主人公。

[2] 洛斯莫奇斯(Los Mochis)是墨西哥一城市名。

[3] 约书亚树保护区(Joshua Tree)于1994年成为了美国国家公园,位于加州东南部。约书亚树是产于美国西南部的一种树状植物,长有剑形叶,开有淡绿色花,花为圆锥状大花簇。因为这种树的树枝伸展得很开,好像约书亚用长矛指向艾城时伸出的手臂。

人看见他在嗑佩奥特仙人掌[1]。还有人看见他升上天空,迎着肉眼无法看到的晕环,朝着一艘外星飞船飞去。诸如此类。多克开始整理这些目击报告,希望自己将来不会忘记搁在哪了。

多克下午下了班,碰巧发现在停车场有个瘦高的金发女子,旁边还有一个同样眼熟的东方美妞。是的!这正是"少女星球"按摩店里的那两个年轻女士!"嘿!珍德!班比!"两个裸露香肩的姑娘转过头,紧张地瞥了他一下,然后奔跑着跳进一辆哈雷·欧尔[2]设计的某款"英帕拉"里,厉声驶出了停车场,然后一溜烟沿着西帝国大道开没了影。多克尽量不让这事往心里去,他于是又回到办公楼里找皮图尼亚。她嗔怪地摇着头,递给他一份"少女星球"按摩院发的传单,上面介绍的是特别节目"猫咪食客"。

"哦。这个我可以解释——"

"黑暗而孤独的工作,"皮图尼亚喃喃道,"但是总得有人去做。多克,你是要这么去解释吗?"

在传单的背面,用深粉色的脚趾甲油涂写了几行字:"听说他们把你放了。有事需要见你。我周一到周五的晚上在圣佩德罗的亚洲风情俱乐部上班。祝好,珍德。另:小心金獠牙!!!"

嗯,事实上多克并不介意找那个珍德聊聊。当时在"少女星球",在他"滑入无意识"(或许吉姆·莫里森[3]会这么说)之

---

[1] 佩奥特仙人掌(peyote)是一种无刺的圆形仙人掌,原长于墨西哥和美国西南部,有纽扣形小块茎,新鲜或者晒干的佩奥特掌被某些土著美洲人当作麻醉药咀嚼。

[2] 哈雷·欧尔(Harley Earl)是通用汽车公司的设计总裁,"英帕拉"(Impala)是1959年由他设计的一款雪佛兰轿车。

[3] 吉姆·莫里森(Jim Morrison)是美国"门"乐队(The Doors)的主唱,"滑入无意识"(slip into unconscious)源自《水晶船》里的歌词,这首歌收录在该乐队1967年发行的第一张专辑里。

前,她是最后一个同他讲话的人。多克想了解她究竟在这个"仙人跳"中扮演了什么角色。而设局陷害他的,正是绑架米奇·乌尔夫曼并射杀格伦·夏洛克的那伙人。

于是,他直接去海滩那边的房子里找卢尔德斯和蒙特拉,因为她们两个是亚洲风情俱乐部的常客。结果,她们今晚正好要去那家海滨酒吧见她们现在的男友,也就是FBI的嫌疑人库奇和华金。这样一来,多克就有机会搞清楚为什么联邦政府的人会对他们如此感兴趣,不过与此同时,这也意味着他没可能去借着毒品的催情劲和她们玩三人行了——现在,就像法慈·多米诺[1]常说的那样,"永无可能",这也是他和这两人通常的结束方式。

"我能跟着去吗?"

蒙特拉怀疑地上下打量了他一番。"皮凉鞋无所谓,喇叭裤也能凑合,不过上身需要拾掇一下。看看这儿吧。"她带他来到一个装满衣服的衣橱前。在昏暗的光线下,多克随手从里面抓了一件夏威夷衬衣,上面印着几只按照迷幻色系搭配的鹦鹉(有些颜色只有在黑光下才能看得见,这些图画即使在以羽毛色调丰富而闻名的鹦鹉群里也很惹眼),还有罂粟花(只要吸上一大口,就会送你进入鼻吸毒品的美妙旅程)、管状的绿地和闪着荧光的海浪。此外,画上还有一轮黄黄的新月和几个跳呼啦舞的大波妹。

"你也可以戴这些,"蒙特拉递给他一串爱珠,这是从卡胡娜航空公司的大麻用品免税店里买的,这个店只有在飞机进入国

---

[1] 法慈·多米诺(Fats Domino)在1956年演唱过一首叫《蓝莓山》的歌曲,歌词中有提到"永无可能"(never to be)这句:"The wind in the willow played/Love's sweet melody/But all of those vows we made/Were never to be"。

际领空时才开放,"不过你到时得还给我。"

"啊啊啊!"卢尔德斯这时在浴室里对着镜子发出了尖叫,"图片源自NASA!"[1]

"是这里光线的关系,"多克立刻指出,"你看上去挺美的,你们都很美,真的。"

的确如此。她们很快穿上了从香港希尔顿酒店的王朝沙龙买来的衣服,被多克左拥右抱着往小路走去。那边有个车库,只有一扇布满灰尘的窗户,透过斑驳的玻璃,可以看到锁在里面的一辆樱红色"奥帮"老爷车。它有着幻梦般燃烧的色彩,搭配着栗色,车内装饰则用的是胡桃木。车牌上写着"LNM WOW"[2]。

他们沿着圣地亚哥和海港高速路飞驰,一路上兴奋的空姐不停地向多克讲库奇和华金的优点。若换了平时,他肯定早就听睡着了,不过因为联邦调查局对这些男孩很好奇,所以也激发了多克自己的兴趣,让他觉得自己有必要听下去。这样一来,多克也不用把注意力放到驾驶这辆奥帮的卢尔德斯身上,她那种自杀式的开车方式在他看来毫无必要。

收音机里放的是"帆板"乐队的黄金老歌,摇滚乐评人曾指出"海滩男孩"受过这首歌的影响——

原以为我一定是幻觉,

等待在交通灯路口,她冲我喊道:"出发吧!"

---

[1] 小说故事发生的年代刚好是美国登月不久,NASA 即负责登月项目的美国国家航空航天局。美国民众当时对于首次近距离拍摄到的月球表面印象深刻,卢尔德斯此处是开玩笑暗示自己的脸如同坑坑洼洼的月球表面。

[2] LNM 是这两位女生名字首字母的合体,即"Lourde and Motella"。

我怎么可以拒绝一个开 GTO[1] 的

十八岁美眉?

我们一路向北,从多班加的交通灯开始,

轮胎久久地尖叫,热得冒烟,

在我的福特野马的引擎罩下,是

如梦一般运转的 427 Cammer 发动机——

[过渡段]

一格又一格,在我们到达

里奥卡里洛[2]之前[管乐部分切入]

在墨古点[3]还不算结束——

只是一辆福特野马,和可爱的 GTO,

在海边飞驰,

做摩托头[4]们做的事。

出发时我本该加满油,在圣地亚哥高速,

最后的十英里就已经开不动了,

后来我只看到她挥手说"再见",露出

那种加州的热情笑容——

(多克想听那段乐器间奏,虽然管乐那部分有墨西哥街头演

---

1 GTO 是通用公司生产的一款"庞蒂克"(Pontiac)轿车,诞生于 1963 年,并作为 1964 年型号上市。它被誉为最经典的也最早的 muscle car(高性能汽车)。

2 里奥卡里洛(Leo Carrillo)是加州一个州立公园所在地。

3 墨古点(Point Mugu)是加州地名。

4 摩托头(Motorhead)也是一支著名的重金属摇滚乐队的名字。

奏的风格,给"里奥卡里洛"那句做了非常好听的和弦,但是演奏次中音萨克斯的似乎不是科伊·哈林根,而是另一个单音或者双音独奏的专家。)

> 把车泊在道边,心情万分沮丧,
> 却再次听到那熟悉的冲压引擎声,
> 在前座上,在她旁边,
> 正是装在红色锃亮的罐子里的高级汽油——
>
> 于是我们开心地返程,经过
> 里奥卡里洛[同样的管乐进入],
> 一格又一格,一路开到马力布,
> 只是一辆福特野马,和可爱的GTO,
> 在海边飞驰,
> 做摩托头们做的事。

坐在前座的姑娘们上蹿下跳,尖叫着"太酷了!"和"还好吗,姑娘!"等等。

"库奇和华金,他们实在是太像个婊子了。"蒙特拉神志不清地说道。

"的确如此!"

"这个嘛,其实我说的是库奇,我不能这样说华金,对吧?"

"怎么回事,蒙特拉?"

"噢噢,就比如说你和一个家伙上床,那人身上却刺着别人的名字。这算怎么回事嘛。"

"没问题啊,除非你在床上就是想读点东西。"卢尔德斯嘟噜说。

"女士们,女士们!"多克假装把她们两个推开,就像姆欧[1]一样喊道,"散开!"

据多克的了解,库奇和华金是两个刚从越南回来的退伍步兵。他们终于回到了这个世界,但却似乎还有重要使命在身。在离开越南之前,他们听说了一个疯狂的计划,据说有人要把一些装有美国货币的集装箱转运到香港。如果在境内走私美元被抓,通常会坐很久的牢。但这些钱现在是在国际水域,根据他们认识的各种狗屁艺术家的说法,情况就肯定会有所不同。

他们出现在卢尔德斯和蒙特拉飞往启德机场[2]的航班上,脑袋早被达尔丰[3]、安非他命、陆军消费合作社卖的啤酒、越南大麻和机场咖啡搞得头晕目眩,完全没法像正常人那样在飞机上扯闲篇。所以,按照女士们的说法,系紧安全带的信号灯刚灭,卢尔德斯和华金、蒙特拉和库奇就分别跑到紧挨着的厕所里,把对方干得不亦乐乎。姑娘们在香港经停时,他们还继续在一起鬼混,只是装钞票的集装箱越来越难找,当然他们也不太信这码事了。不过,只要在娱乐间隙,库奇和华金还是会有一搭无一搭地找找它们。

亚洲风情俱乐部在圣佩德罗,位于终端岛的对面,能看见文

---

[1] 姆欧(Moe)是五六十年代风靡美国的《活宝三人组》(*The Three Stooges*)中的人物,剧中另两位是拉里(Larry)和克立(Curly)。三位主人公完全模仿卓别林,以黑白哑剧形式出场,播了五十多年经久不衰。每次另两个伙伴打架时,姆欧都会喊"Spread out"。

[2] 启德机场(Kai Tak)1925年至1998年曾经是香港的国际机场。

[3] 达尔丰(Darvon)是一种可以被作为毒品的止痛药。

森特·托马斯大桥的部分景色。在夜里,这里似乎被一种比阴影更深的东西所遮盖,或从某种意义上,它也是一种保护——这是对汇聚点的具象表达,因为很多来自环太平洋各地的人都希望在此进行秘密交易。

如果换了其他类型的酒吧,吧台后面的玻璃器皿也许显得太晃眼了。但在这里,它们有一种模糊冷峻的闪烁效果,就像是廉价黑白电视机上的画面一般。女服务员穿着黑色丝绸旗袍,上面印着红色的热带花朵。她们穿着高跟鞋四处游走,手上拿着细高杯子装的饮料,上面点缀着兰花和芒果薄片,还有浅绿色塑料做的竹形吸管。桌边的顾客时而彼此靠近,时而分开,节奏缓慢,就像是水底的植物。熟客们先喝温过的日本清酒,然后再来加冰的香槟酒。空气里满是浓浓的烟味,有的来自鸦片烟管和大麻水烟枪,有的来自丁香卷烟和马来西亚雪茄,还有勒戒系统推荐的Kool。在各个幽暗角落,那些代表了意识聚焦点的小小燃点忽明忽暗,如脉搏一样。为了满足那些想念澳门和费利西坦大街欢乐往事的怀旧客,楼下专设了通宵达旦的番摊[1],还有麻将和推牌九,都藏身于珠帘后面的各种小间里。

"现在,多克兄弟,"当他们溜进一个涂着虎皮色油漆(就是那种指甲油的紫色加上深褐色)的小单间时,蒙特拉警告他说,"记住,是我和卢尔德斯埋单,你今晚只能喝点东西,别给我整那个小雨伞[2]。"想到和她们在收入等方面的差距,多克对此完

---

[1] 番摊(Fan Tan)是一种传统的中国赌博牌戏,有点像轮盘赌。曾在早期美国华人移民中很流行,现在已罕见,国内仅见于澳门赌场。

[2] "小雨伞"此处很可能指的是一种毒品。

全没异议。

驻场乐队正要加快速度，演唱欢快版的"门"乐队的那首《人们是奇怪的（当你是过客时）》，这时库奇和华金出现了。他们夸张地戴着宽檐巴拿马帽和山寨的名牌墨镜，穿着从香港九龙凯撒宫买来的白色便装西服，踩着舞步进来，每一拍走一步，每步都要晃晃食指[1]，然后往酒吧里还无甚反应的地方挪去。"华金！库奇！"姑娘们叫道，"哦，哇！太棒了！看上去很酷啊！"都是些诸如此类的话。虽然很少有人能够日子美妙到不需要这种公开场合的夸赞，但多克还是看见华金和库奇互视了一下，仿佛在想：见鬼，哥们，我真怀疑他究竟是怎么办到的。

"我们可能过会就得走，*mes cheries*[2]。"库奇低沉地说道。他把一只手埋在蒙特拉的埃弗罗头里，然后开始进行绵长的亲吻。

"不是故意的，"华金补充说，"就是临时通知要出差。"他把卢尔德斯更热切地搂在怀里。这时传来了一段著名的低音部演奏，打断了华金的话。那些乐队的人都藏身在几株种在室内的棕榈树后面。

"好的！"蒙特拉抓住库奇的领带（上面是太平洋环礁湖的华丽图案，用的是迷幻配色），"弯下来！"

两秒钟后华金消失在桌子下。"这是搞什么啊？"卢尔德斯不动声色地问。

"从越南那里染上的心理毛病，"库奇踩着舞步走开，"每次

---

1 这是当时流行的摇摆舞（Swing）中的一种舞步，英文名叫 Truckin。

2 在西班牙语，是"亲爱的"意思。

有人说这话,他就会趴下。"

"没事的,哥们!"华金喊道。他上战场就是为了赚点钱,如果到了着陆点,有人拿着火箭弹冲他屁股开火,他是肯定不会去的。"我喜欢在下面——你不介意的,对吧,*mi amor*[1]?"

"我猜自己也许可以把你当成一个很矮的约会对象?"她弯着手臂,露出灿烂的微笑,而华金那方也许就没这么高兴了。

一个娇小玲珑的亚裔寻欢客冲多克走了过来。她穿着夜总会的制服,近处一瞅,似乎是珍德。"有几个先生,"她低声说,"很急切地想见这些男孩,甚至各拿二十美金的票子,到处塞钱找人帮忙。"

华金从桌布下伸出了脑袋。"他们在哪?我们会把别人指给他们看,然后就能赚二十美金了。"

"是四十。"卢尔德斯纠正说。

"这种计划一般情况下还算靠谱,"蒙特拉说,她和库奇跳完舞回来了,"只是,这里所有人都认识你们两个,而且刚刚说到的家伙现在来了。"

"哦,该死,是金发-桑[2],"库奇说,"他看上去对我很生气吗?我想他肯定生气了。"

"没有,"华金说,"他不生气,但是我不确定他的搭档怎样。"

金发-桑戴着金色的男士假发,这种玩意在南帕萨迪纳连一

---

[1] 西班牙语,是"我的宝贝"的意思。

[2] "桑"(San)在日文里是敬语"先生"的发音。

个 *abuelita*[1] 都糊弄不过去。他穿着黑色的商务西装，有点像黑手党的那种款式……此人声音洪亮，目光犀利，一根接一根地抽着廉价的日本香烟。陪金发-桑来的是个日本混混，名字叫岩男，他总喜欢无缘无故地发飙，这大大影响了他这种高段位打手的精神纯洁度。岩男的眼睛总是来回扫视，脸上露着褶皱，因为他此时正在考虑要把谁作为自己的首要目标。

多克很不喜欢看见别人那么纠结。而且，库奇和华金越是和金发-桑聊得起劲，他们就越不注意卢尔德斯和蒙特拉，这反而让女士们愈发抓狂，也越容易被那些巨大的情感灾难所打击，在这方面她们的口味是很相近的。这些都不是什么好兆头。

这时珍德又刚好走了过来。"开始就想着会是你，"多克说，"虽然我们没有对上眼。我收到了留在办公室的便条，不过你为什么要那样逃走？我们其实可以出去见个面，抽根烟什么的……"

"有几个讨厌的家伙在一辆'梭鱼'[2]里，从好莱坞一路跟踪我们。他们可能是任何人，所以我们不想给你带来更多的麻烦。我们假装自己是来执行B-12轰炸任务的，我猜这让我们动作很快。看到你的时候精神特别紧张，所以立刻就闪了。"

"你最好不要在那里为了什么新加坡司令[3]讨价还价，"蒙特拉建议道，"别给我整那些玩意。"

"她是一个老同学。我们在一起怀念班级舞会和几何课呢。

---

[1] 西班牙语，是"老祖母"的意思

[2] 梭鱼（Barracuda）是克莱斯勒公司出品的一款轿车。

[3] 新加坡司令（Singapore Sling）是一种鸡尾酒。

蒙特拉，别不高兴嘛。"

"那是什么学校？蒂哈查皮[1]吗？"

"噢噢噢。"卢尔德斯说道。女孩们有点不耐烦了，即使是烈酒也没有让她们心情好起来。

"外面见。"珍德低语道，然后踩着高跟鞋离开了。

停车场几乎一点光都没有，这也许是故意为之，用来营造那种诡谲浪漫的东方氛围。不过这里看上去也像是案发现场，静候着下一起罪案的发生。多克注意到这里有一辆56年产的"火航"[2]敞篷车，它在重重地喘着气，仿佛一路上都是在飙车，收集了一堆红条子[3]。多克想着要去偷偷地把引擎盖揭开，瞅眼里面的HEMI发动机。这时，珍德出现了。

"我不能在这里久留。我们是在金獠牙的地盘。女孩子家犯不着招惹那些家伙。"

"是你在便条上提醒我应该小心的那个金獠牙吗？这是什么东西，乐队吗？"

"你想得美。"她做了一个封嘴的手势。

"你只是提醒我要小心，然后就什么也不能说了吗？"

"对。我其实只想说抱歉。我为自己做过的事情感到很愧疚……"

"这是……指的啥事？"

---

[1] 蒂哈查皮（Tehachapi）是加州城市名。

[2] 火航（Fireflite）是克莱斯勒公司旗下的迪索托（DeSoto）轿车的车型。

[3] 这里品钦使用的是加州俚语。在当时飙车族喜欢在高速公路上竞速，获胜方可以得到失败者的轿车，而轿车易手的标志就是车主的注册单。在加州，这种注册单是粉红色，所以"收集红条子"暗指车主赢了很多竞赛对手。

"我不是告密的！"她喊道，"警察说假如我们在那儿稳住你，他们就会撤销对我们的指控。他们说知道你会在那儿，所以这不算什么伤害。我当时肯定是吓坏了，真的，拉里，我现在非常抱歉！"

"叫我多克。没事的，珍德，他们还是得把我放了，现在只是到处跟踪我。接着。"他找出来一包烟，放到手上拍了拍，递给她。她拿了一支，然后他们把烟点上。

"那个警察，"她说。

"你肯定说的是比格福特。"

"就是那个长得像拧巴的塑料纸的人。"

"他有没有去过你们的按摩院？"

"偶尔会来看看，但不是警察的那种光顾方式。他不像是在期待免费赠品什么的——假如这个家伙收了钱，那很可能是和乌尔夫曼有什么私下交易。"

"那么——你别见怪啊——是比格福特他本人把我送上'梦乡快车'，还是派别人下的手？"

她耸了耸肩。"没注意。那帮坏蛋冲进来时，班比和我都吓坏了。我们没留在那里。"

"那些监狱里出来的纳粹分子哪去了？他们不是应该保护米奇的吗？"

"他们前一分钟还在那里，下一分钟就没影了。太糟糕了。有段时间我们店是他们该死的陆军消费合作社，我们甚至到了能分出他们谁是谁的程度。"

"他们都消失了？在表演开始之前还是之后？"

"之前。好像人们事先知道会有突袭行动。他们都溜掉了，除了那个格伦,他是唯一一个……"她停顿了下来,似乎在尽力回忆要表述的字眼,"留下的。"她把香烟丢到柏油路上,然后用鞋尖把它踩熄,"听着——有人想和你谈谈。"

"你是说我现在应该立刻离开这里?"

"不是,他觉得你们能相互帮忙。他是新面孔。我甚至不确定他叫什么,但是我知道他惹了麻烦。"她回夜总会去了。

熟悉的雾霭笼罩在这片海滨地区,另一个身影这时从海雾中走了出来。多克并不是容易开溜的人,但他此刻有点后悔在那里等。他从后普给的宝丽来照片中认出了此人。他正是科伊·哈林根,刚从另一个世界归来。在那个地方,死亡及其副作用已经摧毁了这个次中音萨克斯手在吸毒致死前的时尚感。他此时穿着油漆工的工作服,里面是五十年代那种粉红色老式衬衣,还打着条窄窄的黑色针织领带,穿着双破旧的尖头牛仔靴。"你好,科伊。"

"我本来要去你办公室的,哥们。不过我想那里可能人多眼杂。"多克需要一个助听器啥的,因为一方面海港上有各种汽笛号角声的干扰,一方面科伊的声音已经要渐渐变成吸毒者无声的呢喃了。

"这儿对你来说足够安全吗?"多克说。

"让我们把这点上,假装是出来抽烟的。"

亚洲印第卡[1],浓香型。多克对这烟劲有所准备,本以为会被搞得虎躯一震,谁知道居然让他感到一种持久的清醒。烟头的燃点在雾气中有点模糊,颜色在橘黄和深红之间变来变去。

---

[1] 亚洲印第卡(Asian Indica)是一种毒品名称。

"我应该是个死人。"科伊说。

"也有谣言说你没死。"

"这不是什么大新闻。死亡是我工作形象的一部分。就像我做的事情一样。"

"你在这家夜总会上班吗?"

"不知道。也许吧。我是在这里领薪水的。"

"你住在哪里?"

"托潘加峡谷的一栋房子里。是我以前加入的一支乐队,叫帆板。但是没人知道我在那里。"

"他们怎么可能认不出你?"

"甚至当我活着时,他们也不认识我。'吹萨克斯的,'基本上就是这么叫我——队里的人。况且这些年来人员变动也很大。我加入的这个帆板乐队很多人已经出去自组乐队了。只有一两个老队员还没走,他们都是那种毒瘾很重的人,记性很差,或许这也是好事。"

"据说你抽了一些不该抽的白粉,所以倒了霉。你还整那个吗?"

"不,上帝。不,我这些日子戒掉了。我住的地方靠近——"科伊沉默了很久,注视着多克,不知道自己是不是说得太多了,想知道多克可能还知道什么,"事实上,我很希望你能——"

"没事,"多克说,"我听你听得不太清楚。我怎么能谈那些听不见的东西?"

"当然。我希望你帮我查点事情。"多克觉得自己捕捉到了科伊声音里的一丝怪异……不完全是责备,但也让多克感到某种更大的不公正。

多克凝视着科伊那时而清晰、时而模糊的脸庞,他的胡须上凝结着雾珠,在亚洲风情俱乐部的灯光下闪耀着光芒,一百万个小小的晕环映射出光谱里的所有颜色。多克知道,不管这里究竟是谁帮谁,科伊也需要别人先主动一下。"对不起,哥们。我能怎么帮你呢?"

"不是什么累活。只是想问问你能不能帮我探望几个人。一个女的,还有个小女孩。看看她们是不是还好。就这么多。但不要把我扯进去。"

"她们住在哪里?"

"托兰斯。"他递过去一张纸片,上面是后普和阿米希斯特的街道地址。

"对我来说开车过去很简单,也许都不用收你的汽油钱。"

"你不用进去和她们谈话,只要看看她们是不是还住在那里,看看车道上停着什么,四周有什么动静,注意有没有执法部门的人,任何你觉得有趣的细节。"

"这活我接了。"

"我不能很快付钱。"

"你能给的时候再说。任何时候。除非你也相信信息就是金钱……如果是这样的话,我能不能问个问题——"

"记住,除非我真的不知道,或者说了就送命。想问什么吧,哥们?"

"听说过金獠牙吗?"

"当然。"他有犹豫吗?多久算是太久?"是艘船。"

"太有趣了吧。"多克像加州人一样,用唱而不是说来表达这件事的无趣。我们怎么连艘船都要提防?

"说真的。这是艘挺大的纵帆船。我想有人提过。把东西运进美国,再把东西倒腾出去。不过没人愿意讲运的是啥。今晚那个带着打手来的金发日本男人,他不是在和你朋友聊着吗? 他也许知道。"

"因为?"

科伊没有回答,而是阴郁地冲着多克的背后扬了扬下巴。科伊的目光穿过停车场,沿着主街和外港望向远方。多克转过身,觉得自己看到了某个白色的东西从那儿移出来。但是这雾气让一切都具有欺骗性。等到他走到街上时,根本什么都没有。"那就是。"科伊说。

"你怎么知道?"

"我看见它驶进来的,差不多和我今晚同时到的。"

"我不知道我看见了什么。"

"我也是。事实上,我根本不想知道。"

回到夜总会时,多克发现灯光似乎变成了紫外线模式,因为他衬衣上的鹦鹉已经开始躁动拍打,发出叫声,甚至可能在说话。不过这也可能是因为吸了大麻的缘故。在此期间,卢尔德斯和蒙特拉已经完全仪态尽失,她们正和两个当地黑帮情妇扭打着,就像是双人摔跤。一直保持低调的服务生们在人群中移开了几张桌子,为她们打斗腾出地方,而顾客则围在旁边叫好。她们的衣服被扯碎了,发型弄乱了,皮肤也露了出来,还有很多被擒住的部位在厮打中时而裸露,时而隐藏,这些性意味正是女子摔跤的魅力所在。库奇和华金仍然在和金发-桑相谈甚欢。保镖岩男正忙着看女生。多克往近凑了一下,正好能听到他们说话。

"我刚刚通过卫星跟合伙人开了个会，"金发-桑说道，"最高报价是每单位三个点。"

"也许我应该重新回去入伍，"华金咕哝道，"我从那里赚到的奖金也比这里多得多。"

"他是在感情用事。"库奇说，"我们同意了。"

"要接你接，伙计，我是不会接的。"

"我不用提醒你吧，"金发-桑邪恶而得意地说，"这可是金獠牙。"

"我们最好不要和金獠牙结下梁子。"库奇附和道。

"Caaa-rajo！"[1]华金气急败坏地喊道，"那些小妞在做什么呢？"

1　西班牙语，是"真见鬼"的意思。

七

第二天早上多克打电话给索恩乔，问他是否听说过一艘叫金獠牙的船。

索恩乔语气变得很迟疑。"趁我还没忘——那是上一集金吉尔[1]戴的钻石戒指吧？"

"你确定你没忘，会不会——"

"嘿，我当时很清醒，只是收看效果不太好。还有那双眼睛含情脉脉地望着船长[2]？我甚至都不知道他们在约会。"

"你肯定是错过了，"多克说。

"我的意思是，我总以为她最后会和盖里甘[3]在一起。"

"不，不——是和瑟斯顿·豪威尔三世[4]。"

"少来。他绝不会和拉薇离婚的。"

这时谈话陷入难堪的沉默中，因为两人都意识到这些人物可能作为代码[5]，暗指莎斯塔·菲、米奇、乌尔夫曼，甚至不可思议的是，还包括多克自己。"我之所以打听这艘船，"多克最后说道，"是，是因为——"

"好吧，"索恩乔突然说道，"你知道圣佩德罗的游艇港口吗？那里有一家本地海鲜餐馆，叫'固定船栓'。我们要不在那里见面吃午饭吧？我会尽我所能把这件事告诉你。"

从走进餐馆时闻到的气味来判断，多克是不会把"固定船栓"评级为健康饮食者该去的海鲜馆的。这里的顾客却不太容易评判。"实际上他们不是什么新富豪,"索恩乔提醒道,"都是借来的钱。他们拥有的一切,包括那些帆船,都是拿信用卡买的。只需要在火柴盒封皮背面那么大的地方填点信息,就能从南达科他那样的地方邮购东西了。"他们在这些拥有游艇的刷卡大亨当中穿行,这些人坐的餐桌都是用刷了瓦拉仙[6]涂料的舱口盖做成的。多克和索恩乔来到一个高背座位区,后面就是望海的窗户。"我喜欢带特别顾客来这家店,我觉得你也会喜欢这里的景色。"

多克望着窗外。"那个就是我想找的吗?"

索恩乔脖子上挂着一副老式的二战野外望远镜。他摘下望远镜,把它递给多克。"见识一下金獠牙帆船吧,从夏洛特阿马里亚[7]开过来的。"

"那是哪里?"

"维尔京群岛。"

---

1 金吉尔(Ginger Grant)是美国 60 年代著名的情景喜剧《盖里甘的岛》(*Gilligan's Island*)中的女主人公,她在剧中是一个电影明星。

2 船长(The Skipper)是《盖里甘的岛》中的男主人公,他的船遭遇海难,船上众人流落到孤岛。该剧即围绕这段经历展开。

3 盖里甘(Gilligan)在船失事前是大副,和船长是好朋友。他的招牌打扮是红色衬衣,灰色裤子,白色海军帽。盖里甘作为一个著名的喜剧人物,已经成为美国 20 世纪流行文化的重要象征。

4 瑟斯顿·豪威尔三世(Thurston Howell III)是海难中流落到孤岛的另一位人物,他是富有的新英格兰人形象。他的妻子是拉薇(Lovey)。

5 这里的对应关系是:莎斯塔—金吉尔(都是希望成为电影明星的漂亮女孩),多克—盖里甘(喜欢前者),乌尔夫曼—瑟斯顿·豪威尔三世(富豪,与第一组女孩有染),斯隆·乌尔夫曼—拉薇(富豪妻子,婚姻名存实亡)。

6 瓦拉仙(Varathane)是一种木材着色料的品牌。

7 夏洛特阿马里亚(Charlotte Amalie)是维尔京群岛的首府和最大城市。

"百慕大三角？"

"很近吧。"

"很大的一艘帆船啊。"

多克凝视着金獠牙漂亮的流线形外观，只是不知怎么搞的，觉得那些线条多少有点不够人性化。它整个船体都闪着光，看上去有点矫揉造作，毕竟任何船只都用不了它那么多的天线和雷达罩。上面看不见有国籍标志的旗帜，船的露天甲板用的是柚木，也可能是红木，但不像是用来休息的地方，因为上面看不到鱼线或者啤酒罐。

"它喜欢在午夜不宣而至，"索恩乔说，"不开舷灯，不开无线电。"本地的老油子以为它的造访和毒品有关，就满怀希望地等上一两天，但他们很快就撤了，嘴里嘟哝着"威胁"之类的话。但至于说是被谁威胁，就一直不得而知了。港口部长到了这里总是胆战心惊，仿佛是强逼之下豁免了所有过路船只的费用，而且每次办公室发来无线呼叫时，他据说会暴跳如雷。

"控制这艘船的老大是谁呢？"多克觉得问这个无伤大雅。

"事实上，我们想雇你去找出答案。"

"我？"

"有空就帮帮忙吧。"

"我还以为你们那帮人一直在调查这事呢，索恩乔。"

索恩乔多年来一直在关注南加州游艇地区的进出港情况。尽管这些船在扬帆航行时样子都很美，他仍不可避免地感受到它们在普通收入人群中激起的那种阶级愤怒。但到了后来，他渐渐开始幻想有朝一日能找个人（甚至可以是多克）一起驾船出海，至少是"鹊鸟"[1]或者"利多"[2]级别的日间型游艇[3]吧。

所以,他的律师所(名叫"哈代,格里德利&加菲尔德")现在一直对金獠牙非常好奇,甚至到了迫切关注的地步。它的保险记录里奥秘重重,有些大惑不解的职员(甚至还有合伙人)会一直查到十九世纪评论家托马斯·阿诺德[4]和西奥菲勒斯·帕森斯[5]那里,而结果通常是会被搞得很崩溃。在太平洋的航海文化里,到处都是罪孽和欲望攀爬的触角,还有与另一个世界相通的因果报应,这是海洋法的精髓所在。通常情况下,律师所只需要从每周招待费中支出极少一部分钱,去当地码头挑几家酒吧,就能在晚上的闲谈中查到任何想知道的信息:塔希提、莫雷阿、波拉-波拉岛的奇谈、流氓大副和传奇船只的曾用名、船上已经发生或可能发生的事情、船舱里阴魂不散的鬼魂,还有那些"不是不报,时候未到"的报应。

"我叫克罗琳达,点什么?"一位女服务生说道。她穿着尼赫鲁夹克和夏威夷印花衬衣,大得可以当做迷你裙,而且身上有一些怪味,完全无助于大家提高食欲。

"通常我会点'上将'卢奥[6],"索恩乔比多克想象的更不自

---

[1] 鹊鸟(snipe)是一种长15.5英尺的小型竞赛帆船,可乘坐两人。

[2] 利多(Lido)是一种家用游艇品牌,一般可以坐六人,也可以用来竞赛。

[3] 日间型游艇(day sailer)指的是体积较小的游艇,虽然也有用于休息的船舱,但一般不适合夜间睡觉用。

[4] 托马斯·阿诺德,作者笔误,应为乔瑟夫·阿诺德(Joseph Arnould),是英国法官和作家,著有《海洋保险法》(1848)。

[5] 西奥菲勒斯·帕森斯(Theophilus Parsons)是哈佛法学院教授,曾著有《论海洋保险法和共同海损》(1868)。

[6] 卢奥(Luau):用嫩芋叶和章鱼或鸡加椰子酱烹制成的一种菜。

信,"但是今天我打算先来点店里的凤尾鱼段,然后嘛,魔鬼鱼,能不能用面糊炸老一点?"

"反正是你自己的胃。你呢,小兄弟[1]?"

"嗯!"多克扫了一眼菜单,"好吃的都在这了!"他说这话时,索恩乔在桌下踢了他一下。

"如果我丈夫敢吃这破店的任何一道菜,我会把他扔出去,然后把他所有的'铁蝴蝶'[2]唱片从窗户上倒下去。"

"逗我玩的吧?"多克立刻说道,"好吧,烤海蜇,炸肉饼。再来个伊尔·托罗瓦妥[3]。"

"喝什么,先生们?在上菜前你们会想着要保持状态。我推荐龙舌兰鸡尾酒。它们很容易喝出感觉。"她皱着眉头走开了。

索恩乔一直在注视着那艘帆船。"你看,关于这艘船的任何相关信息都不好搞。人们总是闪烁其词,逃避话题,我也不知怎么搞的,他们甚至还会变得鬼鬼祟祟,跑到厕所里不出来。"多克又一次在索恩乔的表情里看到了一丝奇怪的欲望。"这船其实不叫金獠牙。"

是的,她原来叫"受护"号,因为她曾神奇地躲过了1917年发生在哈利法克斯港口的硝化甘油大爆炸[4]。那次事故几乎把港口里所有东西都炸飞了,无论是船还是人。"受护"号以前是

---

[1] 小兄弟(l'il buddy):《盖里甘的岛》中主人公盖里甘的绰号。

[2] 铁蝴蝶(Iron Butterfly):最早的重金属乐队,1967年成立于洛杉矶。

[3] 伊尔·托罗瓦妥(Eel Trovatore):作者杜撰的菜名,刚好与威尔第的著名歌剧《游吟诗人》(*Il Trovatore*)谐音。

[4] 指的是1917年发生在加拿大哈利法克斯市的著名事故,当时一艘满载炸药的法国货船撞上了挪威船只,引起剧烈爆炸,导致了三千多人死亡。这也是历史上最大伤亡的人为事故。

一艘加拿大捕鱼船，后来在二三十年代因竞赛而声名鹊起。她经常和同级别的船较量，对手包括那艘具有传奇色彩的"蓝鼻子"[1]，两者至少比了两次。二战刚刚结束，因为渔业帆船被柴油船取而代之，她便被当时的一个电影明星伯克·斯托奇买下。此人很快就因为政治问题上了黑名单，于是被迫驾着这艘船离开了美国。

"这里，就要提到百慕大三角了，"索恩乔叙述道，"这艘船行驶到圣佩德罗和帕皮提[2]之间某个海域时失踪了。起初所有人都以为是第七舰队接到美国政府的直接命令后击沉了她。当权的共和党人自然否认一切关联，猜忌于是甚嚣尘上，直到几年后的某天，船和主人突然又重新出现——'受护'号出现在了另一头，跑到了古巴海域附近。伯克·斯托奇上了《花样》周刊的封面，报道里说他要重返电影业，出演一部大制作的片子，名字叫《共党密探》[3]。而与此同时，这艘船像有神秘力量主宰，很快被安置到了世界的另一头，从船头到船尾大修了一遍，把鬼魂的印迹也给清理掉了，最后变成了现在你看到的样子。登记的船主是巴哈马群岛的某个联营企业，船被重新命名为金獠牙。我们现在就知道这么多。我知道自己为什么这么感兴趣，可是为什么你也掺和进来了？"

"有天晚上我听说这艘船也许涉及走私阴谋。"

1　蓝鼻子（Bluenose）是 20 世纪加拿大新斯科舍省的一艘著名帆船，1921 年下水，竞赛和捕鱼成绩优异，后成为该省的象征物。

2　帕皮提（Papeete）：南太平洋法属波利尼西亚首府。

3　《共党密探》（*Commie Confidential*）：显然是用来调侃美国 50 年代极右麦卡锡主义的杜撰电影名。

"这也许只是一种说法。"平时都是乐天派的律师今天却显得有点沮丧,"另一种说法是,五十年前在哈利法克斯,她也许被炸个粉碎就对了,总比她现在的境况要来得好。"

"索恩乔,别摆出那副臭脸吧,你会让我吃不下饭的。"

"就当律师问当事人,你听到的那个故事里,是不是刚好也涉及了米奇·乌尔夫曼?"

"差不多吧,怎么了?"

"据小道消息说,在他失踪前不久,有人看见这位备受宠爱的地产商上了这艘金獠牙。驾船出海兜了一圈又回来了。就像'船长'说的那种'三小时之旅'[1]。"

"等等。我敢打赌,他那个可爱的伴侣也陪着去了——"

"我还以为你早就和那个混蛋女人掰了呢。来,我给你点杯啤酒威士忌啥的,搭着鸡尾酒喝,你可以把你的悲惨故事再说一遍。"

"就是问问……后来所有人都安全返回了吗?有没有发生谁被推下海之类的事?"

"这倒是奇怪了,我在联邦法院那边听来的消息是,的确有人看见什么东西被推下去了。也许不是人,因为看上去更像一些沉沉的集装箱。也许是我们行话中的'投海物',这种东西是人们故意扔下去的,为的是回来时能重新把它们捞上来。"

"他们会放个浮标啥的来标明位置吗?"

"现在都是电子化的,多克。通过无线电导航系统记下这些东西的经纬度坐标,然后当你接近该区域时,可以用声呐

---

[1] 此处的"船长"和"三小时之旅"均出自《盖里甘的岛》。

扫描。"

"听上去你打算出海看看。"

"就是普通出海吧。法院的人知道我……"他试着想个词来说。

"感兴趣。"

"用个客气词。只要你别说我迷恋就好了。"

多克想，如果对象是个女人的话，也许就该用这个词。他希望自己的嘴唇没有动。

按这些日子以来的惯例，佛瑞兹回到了自己的电脑机房，盯着数据看。他脸上是一副"我谁都不鸟"的神态，多克过去在那些初染毒瘾的人那里也发现过这种表情。

"听说你女朋友逃出国了，很抱歉是由我来通报这个消息。"

多克惊讶的是，自己直肠和生殖器之间区域的抽动强度竟然如此之大。"她去哪了？"

"不知道。她上了一艘船，联邦调查局的人称之为可疑船只。你和他们可能都对这艘船感兴趣。"

"哦！"多克看了一眼打出来的资料，上面写着"金獠牙"的名字，"你是从某台连到你们网络的电脑上得到这个消息的？"

"这是专门从斯坦福的胡佛图书馆传过来的——有人收集了很多打击颠覆分子的文件。看，我全部打出来了。"多克走到外面的办公室，从壶里倒出一杯咖啡。最近一直很刺头的会计密尔顿为这杯咖啡发了飙。他和佛瑞兹争执起来，问多克的咖啡究竟是应该算到差旅和接待账目上，还是由上级公司支付。秘书格拉迪斯把办公室音响打开，里面刚好放的是"蓝色喝彩"[1]。她想用音乐声去淹没他们的争吵，或者只是谨慎提醒各位应该住嘴。佛瑞兹和密尔顿于是开始向格拉迪斯咆哮，而她也同样吼了起来。多克点了根大麻烟，开始读这份文件。它是一个叫"美国安全委员会"的秘密情报机构收集的，据佛瑞兹讲，这个组织从1955年左右就开始在芝加哥活动了。

这里简述了"受护"号帆船的历史。这艘船因为在公海神通广大，所以让那些搞反颠覆的人非常感兴趣。当她在加勒比海再次出现时，执行的是针对菲德尔·卡斯特罗的间谍任务，而卡斯特罗当时正活跃在古巴山区。后来，她更名为"金獠牙"，又在危地马拉、西非、印尼等地（另一些地名被删掉了）的反共计划中起到了作用。她经常以运货的名义将当地的"麻烦制造者"带走，这些人后来就再也没出现。"深度审讯"这个词经常在文件里出现。她从"金三角"给中央情报局带去海洛因。她在那些敌国海岸线上监听来往的无线电通讯，然后把情报转给华盛顿特区的相关部门。她给反共游击队送去武器，包括那些倒霉的"猪湾"[2]战士。这份时间表一直记录到现在，包括米奇·乌尔夫曼在失踪前那次神秘的出海之旅，还提到这艘帆船上个星期从圣佩德罗起航，船上有乌尔夫曼的著名女友莎斯塔·菲·赫本华兹。

---

[1] 蓝色喝彩（Blue Cheer）：六七十年代成立于旧金山的一支迷幻乐队，是重金属摇滚乐重要的先驱之一。

[2] 猪湾（Bay of Pigs）：指的是1961年美国中央情报局协助在美国的古巴逃亡者在猪湾登陆，向古巴革命政府发动进攻。这次军事行动最后以惨败而告终。

米奇给里根捐款很慷慨，他积极参与反共圣战并不是什么稀奇事。但是莎斯塔到底卷入有多深？是谁安排她逃到国外并登上"金獠牙"号？是米奇吗？是某人在她帮助绑架米奇后付给她的报酬吗？是什么诱惑她参加这次艰巨任务的？而完成这个任务的唯一办法居然是设计陷害自己本应当爱的人？可悲啊，哥们。可悲。

这还是假设她真的想摆脱出来。也许她就想保持现状，而米奇碍了她的事，或者也许莎斯塔也在和斯隆的男朋友里格斯幽会，也许斯隆发现了真相然后想报复她，于是杀了米奇嫁祸于莎斯塔，或者米奇嫉妒里格斯，想干掉他却引火上身，米奇雇来办事的人出现了，却不小心杀掉了米奇，再或者这都是故意为之，因为这个目前情况不明的杀手其实是想和斯隆远走高飞……

"靠！"

"好东西啊！"佛瑞兹把一支冒着烟的大麻烟夹递给他，他们一直在抽这个，就剩这么多了。

"定义一下'好'，"多克咕哝道，"我脑子已经想痛了。"

佛瑞兹咯咯地傻笑起来。"是啊，私家侦探真的不该碰毒品，搞得人神志恍惚，只会让工作越来越复杂。"

"那霍姆斯·福尔摩斯怎么算？他总是在抽烟啊，哥们，这帮助他破案。"

"是，不过他……不是真人吧。"

"啥？歇洛克·福尔摩斯是——"

"他是从一堆故事里杜撰出来的人物啊，多克。"

"啊——不会吧。他是真的。他在伦敦的住址是真的。好吧，也许现在没那地方了,但很多年前是有的。他现在肯定过世了。"

"来吧,我们去祖奇[1]。我不知道你怎么想,但是我突然想到这个,切奇和庄[2]会怎么叫丸子·琼斯[3]来着?"

他们刚走进这家具有传奇色彩的圣莫尼卡餐馆,就被一帮老老少少的怪人上下打量,似乎以为会是别的什么人进来。过了一会,玛格达走了过来,拿着祖奇店里常见的汉堡和薯条,还有黑麦牛肉卷、土豆沙拉、"布朗博士"牌姜味苏打水,另加一碗泡菜。她看上去比平日里更加不情不愿。"这里的大麻肯定很正点。"多克说道。

她翻着眼珠子,看了看餐馆里的客人。"都是《威尔比医生》[4]惹来的怪人。你注意过在片头有半秒钟的祖奇标志吧?一眨眼可能就错过了,但对这些人来说就足够了。他们会进来打听,问外面停的是不是史蒂夫·克利的摩托车,问医院在哪里,"在离开餐桌时,她提高了声调,"他们如果在这个该死的菜单上找不到'奇多脆'或者'甜甜糕',就会傻眼!"

"至少他们不是《卧底侦缉队》的粉丝。"多克嘟囔道。

"什么?"佛瑞兹有点无辜地说道,"这可是我最喜欢的电视剧。"

"这个更像是他妈的洗脑,让大家去喜欢警察。出卖你们的

---

[1] 祖奇(Zucky's):位于加州圣莫尼卡的一家著名餐厅。

[2] 切奇和庄(Cheech and Chong)是美国70年代著名的喜剧二人组合,成员为Cheech Marin和Tommy Chong,以模仿吸毒的嬉皮士而闻名。

[3] 丸子·琼斯(matzo-ball jones):可能戏指切奇和庄的1973年发行的一张谐曲专辑 *Los Cochinos*(猪)中的那首"Basketball Jones"。

[4] 《威尔比医生》(*Marcus Welby, M.D.*)是70年代美国最受欢迎的医务剧,以圣莫尼卡为故事背景。史蒂夫·克利是该剧中的一个虚构人物。

朋友吧，孩子们，警长会赏棒棒糖的。"

"听着，我是从蒂梅丘拉[1]混出来的，那里是'疯狂猫咪'[2]的地界。在那里你支持的可是伊戈纳慈，而不是警长帕普。"

他们狼吞虎咽了一阵子，却又忘记是不是点了别的什么，于是把玛格达招呼回来，却又忘记为什么找她。"因为私家侦探是注定要完蛋的，哥们，"多克继续讲着他早先的想法，"这种趋势已经出现很多年了，在电影里，在电视里，都能看见。过去有一些伟大的私家侦探，像菲利普·马洛[3]、山姆·斯贝德[4]、'侦探里的侦探'约翰尼·斯塔卡托[5]，他们总是比警察更加聪明，更加职业化，他们总是能破案，而警察总是跟着错误的线索，还碍手碍脚的。"

"他们总是最后出现，给罪犯戴上手铐。"

"是啊，可如今你看到的都是警察，电视里到处都是该死的警察剧，他们看上去都是正常人，只是执行公务。哥们，这些警察从不干涉他人自由，顶多就像情景喜剧里的老爹一样。对。让观众都喜欢上警察，甚至他们会求着警察上门来。再见了，约翰

---

1 蒂梅丘拉（Temecula）：加州地名。

2 疯狂猫咪（Krazy Kat）是乔治·赫利曼 1913 年至 1944 年在美国报纸上连载的卡通漫画，里面有三个角色：疯狂猫咪、老鼠伊戈纳慈（Ignatz）和大狗警长帕普（Pupp）。疯狂猫咪暗恋老鼠伊戈纳慈，却每每受到老鼠的捉弄，而帕普喜欢多管闲事，总是把调皮的老鼠抓到监狱里。

3 菲利普·马洛（Philip Marlowe）是通俗小说作家雷蒙德·钱德勒（Raymond Chandler）笔下的著名侦探，钱德勒的小说大部分都是以洛杉矶为背景，品钦的这部小说也被认为是在戏仿钱德勒的风格。

4 山姆·斯贝德（Sam Spade）是达希尔·哈米特（Dashiell Hammett）的侦探小说《马耳他黑鹰》里的主人公，也是位侦探。

5 约翰尼·斯塔卡托（Johnny Staccato）：NBC 在 1959 年至 1960 年播出的一部同名侦探剧里的主人公。

尼·斯塔卡托。史蒂夫·麦加利特[1]，如果你来了，请把我的门踹翻。而在现实世界中，我们这里大部分私家侦探甚至连房租都付不起。"

"既然如此，为什么还要继续干这行？为什么不在萨克拉门托三角洲买艘船屋——抽烟、喝酒、钓鱼、做爱，你知道的，老家伙做的那些事。"

"别忘记他们尿尿时的呻吟。"

太阳快要出来了，各个酒吧要么已经打烊，要么就快关门了。在瓦沃斯咖啡馆门前，大家坐在人行道上的桌子旁边，有的将头埋在保健威化饼或者蔬菜辣汤碗里呼呼大睡，有的则在街头犯了恶心，导致一些偶尔路过的摩托车在他们的呕吐物上打滑。这是戈蒂塔的深冬，不过肯定不是往常的那种天气。你会听见人们嘀咕说去年夏天海滩这里直到八月份才进入夏天，可是现在很可能要到入春时冬天才会来。圣安娜风把洛杉矶市中心的烟雾全吹了出来，透过好莱坞山和普恩特山脉之间的漏斗，向西穿越戈蒂塔海滩，然后飘散在大海上。这种情形似乎已经持续好几个星期了。虽然离岸的风十分强劲，不利于海浪的形成，但是冲浪者还是每天会早起，看着清晨这诡异的一切。那种情景就如同是所有人的皮肤都在接受无情沙漠的风吹日晒，而数以百万的车辆排放出的尾气则混杂着莫哈韦沙漠[2]的细沙，将光线折射到光谱的血红色那一端，让所有的一切变得灰暗而可怖，就像令水手胆寒

---

[1] 史蒂夫·麦加利特（Steve McGarrett）：1968年到1980年播出的警察题材电视剧《夏威夷5-O特勤组》里面的主人公，非常善于和各种犯罪集团和国际间谍打交道。

[2] 莫哈韦沙漠（Mojave）：位于加利福尼亚的西南部。

的暴雨将至的末日天空。龙舌兰酒瓶上面加盖的州政府酒精许可印花快要脱落了，这说明空气非常干燥。酒馆的老板这下可以往酒瓶里装任何东西了，而且想装多少装多少。喷气飞机从机场起飞的航线也偏移了，引擎声划过天际的方向和原来不同，所以在原本可以入睡的时候，大家的睡梦也被惊扰了。在公寓小区里，风刮进来时变成了哨声，穿过楼道、缓坡和甬道，外面棕榈树的叶子嘎嘎作响，就像流水的声音。在黑暗的房间里面，透过百叶窗的光线，这一切听上去像是暴雨，狂风在混凝土建筑间肆虐，棕榈树叶拍打在一起，就如同在下一场热带豪雨。这些假象足以让你去开门张望。当然，根本看不见一滴雨，只有那不变的炎热无云的黑夜。

在过去几个星期里，从罗恩戴尔[1]来的"圣·弗利普"[2]一直是搭朋友的那艘玻璃纤维汽艇，去离岸很远的外海开始冲浪。对他来说，基督耶稣不仅仅是人的救世主，而且也是冲浪顾问。他用的是那种旧式的红木冲浪板，长不到十英尺，在顶头镶嵌着一个珍珠母十字架，底部则是两个塑料的导流尾鳍，刷成了非常刺眼的深红色。他信誓旦旦地说自己冲的是世界上最跌宕的海浪，浪头盖过威美亚，也比半月湾[3]海岸的"马沃里克"浪[4]或巴哈[5]的"托多斯·桑多斯"浪要大。在跨越太平洋的航班上，

---

1 罗恩代尔（Lawndale）：洛杉矶地名。

2 圣·弗利普（St. Flip）是一个绰号，其中 flip 在英文里是翻转的意思，暗指此人的冲浪技术了得。

3 半月湾（Half Moon Bay）：位于加州的圣马特奥县。

4 马沃里克（Maverick）：原意是无畜主烙印的小动物（多指小牛），这里特指北加州海岸上的一种特大浪。

5 巴哈（Baja）：位于墨西哥的西北部。

有的空姐报告说在靠近洛杉矶国际机场时会看到他在下面冲浪,而冲浪点远得不可思议。他穿着白色的宽松泳裤,那种白的程度用光线原因都无法解释……在傍晚夕阳西下时,他又会混迹于戈蒂塔海滩那寻常人光顾的廉价酒馆,喝上一瓶啤酒,安静地闲逛着。如果需要,他就冲人笑笑,然后等待第一抹朝霞的到来。

在他的海滩公寓里有一幅天鹅绒画,上面是耶稣用右脚在前的姿势,站在一块做工粗糙的冲浪板上,板上面还带着外托架,寓意是他受难的十字架。耶稣所冲的浪极少能在加利利海[1]看到,但这无损弗利普的信仰。如果《圣经》里那句"行走在水上"[2]不是在谈论冲浪,那还能是什么?在澳大利亚时,有个当地的冲浪手拿着弗利普见过的最大的啤酒罐,甚至卖了一块耶稣冲浪板的残片给他。

和往常一样,那些一大早就去瓦沃斯咖啡馆的顾客正就"圣人"所冲的海浪(如果真的是海浪的话)争论不休。有些人认为是诡异的地理因素在作祟——某座未在地图标明的海山或者外礁;另一些人则认为是有什么稀世罕见的气象活动,譬如说火山和潮汐波啥的,这些都发生在北太平洋某个遥远的位置,只是当它们造成的潮头抵达"圣人"那里时,就已经适合冲浪了。

多克也起了个早,坐着喝瓦沃斯咖啡(据说这种咖啡里加了研磨的安非他命),听着大家越来越激烈的交谈,但主要还是观察"圣人",此人正在等早班船出海去冲浪点。这些年来,多克

---

[1] 加利利海(Sea of Galilee):位于戈兰高地附近,是以色列最大的淡水湖。
[2] "行走在水上"是《福音书》中提到的耶稣所显现的奇迹之一,见《约翰福音》、《马可福音》和《马太福音》。另外,这一奇迹就是发生在加利利海。

认识一两个冲浪手，他们找到的冲浪点都远离海岸，他们驾驭的浪头是其他人根本没有器材或者勇气去尝试的。他们每个清晨都会孤身出发，多少年如一日[1]，无人见证或者记录过他们的行为。巨浪的阴影投在水面上，他们在剧猛的浪卷下，可以冲五分钟甚至更久。透过浪卷，太阳呈现出蓝绿色，这才是真实而又短暂的日光颜色。多克发现，这些人过了一段日子后，就不会再在他们朋友们所熟悉的地方出现。在棕榈叶作棚顶的啤酒酒吧里留下的陈年老账他们也不付了，海滩宝贝们忧伤地远眺着海岸线，最后只能和海堤上的普通百姓厮混——索赔理算师，副校长，保安警卫之类的。可是，那些冲浪者无人居住的房间照旧有人付房租，而且在晚上那些廉价酒馆都打烊了以后，这些房间的玻璃里还会透出神秘的灯光。那些认为自己见过这些失踪冲浪手的人后来都承认，一切可能不过是幻觉罢了。

多克认为"圣人"象征着某种高级精神。他猜测弗利普之所以要去冲那种怪浪，并不是因为精神有恙或者想当什么烈士，而是因为他有一种宗教狂热者的内心执着，这是嗑药后那种真正的淡然心态。上帝把这些信徒拣选出来然后除掉，为我们剩下的这些人赎罪。当那天来临时，弗利普就会像其他信徒一样去往别处，甚至从 GNASH（即"全球冲浪者八卦轶闻网"）里消失。同样，这里的人会坐在瓦沃斯，就他的下落争个没完。

过了一会，弗利普的朋友带着马达小船出现了。在众人反对动力汽船的聒噪声中，他们俩沿着小山坡离开了。

---

[1] 品钦这里很可能指的是美国最著名的冲浪手杰夫·克拉克（Jeff Clark, 1957— ），他曾在1975年成功地孤身一人征服过"马沃里克"巨浪，并在此后15年时间里独来独往。直到90年代，他的壮举才被冲浪界知晓。

"嗯，他是疯了。""坏蛋"福拉戈总结道。

"我想他们就是出去喝点啤酒，然后睡上一觉，到了天黑的时候再回来。"兹格扎格·特旺猜道。特旺去年改用了更短的冲浪板，冲的浪因而也更加安全。

安森阿达·斯林姆表情严肃地摇了一下头。"关于那个冲浪点有太多的故事。有时它在那里，有时又不存在，就像下面有什么东西守卫着它。过去的冲浪手管它叫'死亡门槛'。你不是失控翻倒，而是它抓住你——大部分时候，它从后面袭击，那时你正朝着你所认为的安全水域滑去，或者对海上局面发生了致命的误判——它把你深深地拽下去，你根本没有机会及时浮出水面吸口气。按照过去传说，当你被海浪折磨时，你会听到'沙发力'[1]那冥冥中的疯笑在天空中回响。"

瓦沃斯里的所有人（包括"圣人"）一起整齐地合唱，高叫"噢—噢噢—噢噢—噢噢—噢噢—抹掉！"兹格扎格和福拉戈则开始就两种不同版本的《抹掉》较劲，争论究竟是《多特》还是《得卡》[2]里面有这种笑声。

索梯雷格一直都没吱声，她咬着辫梢，睁着那双巨大而神秘的眼睛，目光从一个理论家转到另一个，最后终于发话了："在应该是深海区的地方有一片破浪区？在没有水底的地方居然有了水底？好吧，想想这些，在历史上，太平洋的岛屿曾经升起和沉降。有无可能弗利普在那边看见的东西就是很久前沉降的，只是

---

[1] "沙发力"（Surfaris）是美国六七十年代著名的冲浪乐队，经典歌曲是《抹掉》（*Wipe Out*），里面有非常夸张的笑声。

[2] 《多特》（Dot）和《得卡》（Decca）都是专辑名称，均收录了《抹掉》这首歌。

现在又缓慢地升到海面？"

"某个岛屿？"

"哦，至少是个岛屿。"

在加利福尼亚历史上的这个时候，嬉皮玄学早已经渗入冲浪者的心中，所以一些瓦沃斯的常客在看到这个话题的发展方向后，都开始挪脚去做别的事情了。

"又是利莫里亚[1]。"福拉戈嘟哝道。

"利莫里亚咋了？"索梯雷格和颜悦色地问道。

"太平洋里的大西洲。"

"就是那个，福拉戈。"

"现在你说的是，这个失踪的大陆正在重新浮起来？"

她的眼睛眯了起来，若是换了一个沉不住气的人，肯定会以为这是恼羞成怒的表情了。"其实没什么大惊小怪的。一直就有预言说利莫里亚总有一天会再次出现，现在不是最好的时间吗？海王星终于移出了天蝎宫的死亡带，顺便提一句，这是水象符号。海王星正在升起，进入拥有更高级思维的射手座的照耀。"

"那是不是得让人给《国家地理》啥的打个电话？"

"《冲浪者》杂志？"

"对，孩子们。我已经把这个星期的破案配额用光了。"

"我陪你走走。"多克说。

他们往南沿着戈蒂塔海滩的小街漫步，晨曦慢慢弥漫开来，空气中还有原油和盐水的冬日气息。过了一会，多克说："问你

---

[1] 利莫里亚（Lemuria）：传说中沉入印度洋海底的一块大陆。值得注意的是，女主人公 Shasta 的名字可指一座山名，即北加州的 Shasta 山，有传闻说这座山正是利莫里亚沉没后的遗留部分。

132

点事。"

"你听说莎斯塔跑路了,现在需要找人聊聊?"

"又看穿我的心思了,宝贝。"

"读读我的心思,你知道我想的是什么吗?就像我知道你一样。维伊·费尔非德是我们在这里说话最接近真正神谕的人。"

"可能你有私心,因为他是你的老师。也许你应该下点小赌注,赌赌那些话不过是嗑药后的胡扯。"

"那你就等着输钱吧,难怪你还欠一屁股债呢。"

"我是在办公室上班的人,绝对不会赊账的。"

"我想不想回来?不,除非给我点福利,包括牙医和脊椎指压按摩。你也知道,那样的话就会大大超过你的预算了。"

"也许我可以给你提供一份发疯保险。"

"我早就有了,名字叫打坐。你应该试试。"

"如果我爱上了不是本宗教的人,会有什么后果?"

"你说的哪个教啊,哥伦比亚正教吗?"

她的男朋友斯拜克拿着一杯咖啡,站在门廊上。"嘿,多克。大家今天都起得很早啊。"

"她试图劝我去见她的导师。"

"别看着我,哥们。你知道她总是正确的。"

从越南回来后,斯拜克有一段时间非常害怕去那些可能会碰见嬉皮士的地方,他相信所有长头发的人都是反战的爆炸分子,他们能够看出他的颤抖,立刻知道他去过那里,然后开始仇恨他,接着制造一些恶毒的嬉皮恶作剧来搞他。多克第一次碰见斯拜克时,就发现他非常急切地想融入那种怪诞的文化中去。这种文化在他离开时还不存在,可是当他回到美国时,就如同降落在一个外星球，上面满是一些充满敌意的外星生命。"很酷啊，哥们！喜欢那个阿比·霍夫曼[1]吗？我们卷几根大麻，出去听点'电子梅干'[2]的音乐吧！"

多克看得出来，只要斯拜克冷静下来，一切就会没事。"索梯雷格说你去过越南，是吗？"

"是，我就是那些杀婴者之一。"他把头朝下转着，却还是注视着多克的眼睛。

"说实话，我很崇拜那些有种的人。"多克说。

"嘿，我每天都只是在直升机上工作。我和查理[3]，无忧无虑，我们花很多时间一起在城里瞎逛，抽那种很正点的本地大麻，听部队电台播出的摇滚乐。偶尔他们会招呼你过去，问，你今天晚上是不是要在基地睡觉啊？你会说，是啊，怎么了？他们会说，今晚不要在基地睡觉了。就像那样，救了好几次我的小命。他们的国家，他们想要，我无所谓。只要在我骑摩托车时没有人袭击我就可以了。"

多克耸了一下肩膀。"说得不错。外面那个是你的，那个摩托古奇[4]？"

"是啊，是从某个巴斯托[5]来的机车狂人那里搞到的，他把车给开烂了，所以花了好几个周末才把车修好。这个车，还有索

---

[1] 阿比·霍夫曼（Abbie Hoffman）是美国60年代反战运动时著名的激进主义分子，曾创立"青年国际党"，鼓吹年轻人造反。

[2] 电子梅干（Electric Prunes）是美国60年代成立的实验迷幻乐队。

[3] 查理（Charlie）：美军在越战期间给越共起的绰号。

[4] 摩托古奇（Moto Guzzi）是经典的意大利摩托车品牌。

[5] 巴斯托（Barstow）：位于加利福尼亚东南部，洛杉矶东北部的一座城市。

梯雷格,他们让我心情舒畅。"

"真的很高兴能看到你们在一起。"

斯拜克看了一下房间角落,想了一分钟,然后小心翼翼地说:"我们往前说说,我在米拉科斯塔高中比她高一届,我们约会过几次,后来我就去了那里,然后我们开始写信,接下来大家都知道我要去……算了,也许我根本不会再去参军了。"

"应该差不多是我接英格伍德那起婚姻案子的时候,那个大傻瓜竟然对着我偷窥的钥匙孔撒尿。雷永远都不会让我忘记这个事,那时她还跟着我做事呢,我总记着她生活中一定发生过很酷的事情。"

随着时间的流逝,斯拜克开始慢慢学会了放松,并进入到滩区那种特有的逍遥随性的生活状态中。那辆摩托古奇招来了一些粉丝,他们在车库门前的水泥围台溜达,抽着大麻,喝着啤酒,而斯拜克就在里面保养摩托。他发现一两个从越南回来的老兵,他们和他一样也希望能过那种不受打扰的平民百姓生活,尤其是那个法利·布兰奇。此人曾经当过陆军通信兵,总是到处宣传一些无人问津的器材,包括二战时期的老式"贝尔 & 豪威尔"16毫米电影摄影机。这东西是军绿色,上弹簧的,怎么都摔不坏,只比它用的胶卷略微大一点点。他们经常开着摩托车出去,最初也没有什么目的,后来两人对环保萌发了兴趣。他们当年看了太多被踩躏的大自然,有被汽油弹烧过的,有被污染过的,有被砍伐过的,最后那里的红色土壤被太阳炙烤到梆硬,变成贫瘠无用之地。法利已经收集了几十卷胶片,上面记录了美国环境遭到破坏的场景,尤其是峡景地产,总莫名其妙地让他想起从前了解的雨林砍伐。据斯拜克说,法利和多克曾同一天去过峡景地产,在那里拍了几组警察突击搜查的镜头,现在正等着胶卷从实验室里冲洗出来。

斯拜克本人越来越关注的是埃尔塞贡多[1]的炼油厂和海岸上的油轮。甚至在风向适宜时,戈蒂塔也依旧像一个抛锚在沥青坑里的船屋。所有东西闻起来都是原油的味道。油轮泄漏出的油冲上了海滩,又黑又稠,黏糊糊的。所有走在海滩上的人脚底都会沾上这种东西。人们对此有两种观点——譬如说丹尼斯,他就喜欢让脚底沾着油,直到越来越厚,变成像皮凉鞋的鞋帮子,这样就能节省一双凉鞋的钱了。那些更加挑剔的人则每天都会定时清洗脚底,就像刮胡子或刷牙一样。

"别误会我,"当索梯雷格第一次看见斯拜克在门口拿着餐刀刮鞋底时,他说道,"我很爱戈蒂塔,主要是因为这是你的家乡,而且你喜欢它。但是总不时会有点……小的……恼人的细节……"

"他们在摧毁这个星球,"她赞同道,"好消息是,就像任何生物一样,地球也有自己的免疫系统。迟早她会开始排斥这些致病体,比方说油厂。真希望这一切能在我们像亚特兰蒂斯和利莫里亚那样毁灭之前发生。"

她的老师维伊·费尔非德相信这两个帝国之所以沉入海底,是因为地球无法忍受他们造成的毒害。

"维伊还好啦,"斯拜克这时告诉多克,"虽然他当然吃了很多迷幻药。"

"这能帮助他看东西。"索梯雷格解释道。

---

[1] 埃尔塞贡多(El Segundo):一个洛杉矶县的城市,在圣莫尼卡海湾上。

维伊并不只是"沉溺"于LSD——迷幻药是他的畅游之所，他甚至有时在里面冲浪。他的货可能是通过特殊渠道从拉古纳峡谷[1]发过来的，直接来自奥斯利[2]之后那帮黑社会搞的迷幻药实验室，据说那时他们搬回加州来了。在每日定时服用迷幻药之后，维伊找到了一个名叫卡姆基的精神导师。此人是利莫里亚-夏威夷人中的半神，来自太平洋历史发端之时，很多世纪之前曾经是那块失踪大陆上的神职人员，而这片大陆现在正躺在太平洋的海底。

"如果有人能让你联系上莎斯塔·菲，"索梯雷格说，"那个人就是维伊。"

"得了吧，雷。你知道我之前和他有过节——"

"嗯，他认为你一直在躲着他，他不知道是为什么。"

"很简单。瘾君子守则的第一条是什么？绝不让任何人——"

"但是他告诉过你那是迷幻药。"

"不，他告诉我说那是'市长特别版'。"

"这就是'特别版'的意思啊，这是他的措辞。"

"你知道的，他也知道的……"说到这里时，他们已经走在通往维伊住处的海滨散步路上。

不管是否出于自愿，维伊递给他的那罐神奇啤酒让他开始了一段旅程，多克希望随着时间推移能忘记它，但是办不到。

---

[1] 拉古纳峡谷（Laguna Canyon）：位于加州圣华金山附近。

[2] 奥斯利（Owsley Stanley）：著名的迷幻药制造者，他是世界上第一个提炼出高纯度LSD的人。在1966年加州宣布LSD为违禁药品之后，他和同伙曾把地下制药厂搬到丹佛。奥斯利在60年代中期发明的这种高纯度迷幻药在旧金山地区非常流行，而且价格极其低廉（甚至免费发放），是60年代美国嬉皮运动出现的重要推动力。

这个旅程似乎起始于三十亿年之前，地点是一个位于双子星系里的行星，距离地球非常远。多克在那时好像叫 Xqq，因为有两个太阳，它们升起降落的方式很古怪，所以他工作倒班也很复杂。他在实验室里跟在一帮子科学家兼牧师后面，负责打扫卫生。这些人在一个巨大的装置里搞发明，那里面原来堆着提纯过的锇。有天，他听见从一个人很少的走廊后面传来喧闹声，平日里稳重认真的科研人员高兴得难以自控，在那里跑来跑去。"我们成功了！"他们不停地尖叫道。其中一个人抓住多克（其实是 Xqq）。"他在这！最好的受试者！"他还没明白怎么回事就签了协议，然后换了衣服，不久他就知道这套行头其实是地球上经典的嬉皮装。接着他被带到一个闪着奇特微光的房间，里面播放着《兔八哥》动画片音乐的大杂烩，在几个维度上同时反复重播，声音频率虽是肉耳可辨，但是却是那种不可名状的鬼魅之音……此时，实验室的人向他解释说他们刚刚发明出一种跨星系时间旅行的办法，他马上就要被送到宇宙另一头，可能会去往三十亿年后的未来世界。"哦，还有一件事，"在即将闭上最后一个开关时，"宇宙一直在膨胀，知道吧？所以当你到达时，所有别的东西都会是同样的重量，但是却更大。因为它们的分子间隔更大，知道吧？除了你——你还是原来的尺寸和密度。意思是，你会比所有人短一尺，但是却更加紧凑。就是厚实，知道吧？"

"我能穿墙吗？"Xqq 想知道。但这时他所能感知到的空间和时间（更不用说声音、光和脑电波）都经历了史无前例的变化，等他回过神来时，自己正站在杜恩克雷斯特和戈蒂塔大道的交汇处，看着那些似乎没完没了的比基尼女子游行队伍。有些人冲着他微笑，递给他一个很细的圆柱形物体，里面释放着氧化物，看上去应该是让人吸食的。

他后来发现自己其实能够轻松穿越那些干式墙建筑，但是因为没有 X 光的视野，有几次很不爽地撞到墙筋上，最后多克决定还是少穿墙为妙。这种新获得的超大密度也让他有时能挡开一些恶意袭来的简单武器，不过子弹另当别论。他知道这些东西应该能躲就躲。渐渐地，他将戈蒂塔海滩之旅融入到了日常生活中，觉得一切都已经恢复了正常。只是有时他会忘记自己的特别之处，靠在墙上时猛地发现半个身子已经穿了过去，只得向墙那边的人道歉。

"嗯，"索梯雷格猜测道，"我们很多人在发现自己个性中的隐秘一面时，都会不舒服。但这和你发现自己只有三英尺高，密度和铅一样大还不同。"

"你说得倒是容易。有本事试试。"

他们来到一座海滨公寓前，四面是橙红色的围墙，还有浅绿色的房顶。在门前的沙地上种着一株低矮的棕榈树，上面挂满了空啤酒罐，多克发现里面就有很多是当年的"市长版"。"事实上，"多克想起了什么，"我有一张这种优惠券，买一赠一，今天午夜就过期了，也许我应该——"

"嘿，这可是你从前的马子，哥们。我跟过来是为了拿介绍人佣金。"

迎接他们的人是一个脑袋刮得锃亮的家伙，戴着金属框的太阳镜，穿着一件绿色和洋红相间的和服袍子，上面画着一些飞鸟的造型。他是个执着的老式长板冲浪手，刚刚从瓦胡岛[1]回来。

---

[1] 瓦胡岛（Oahu）：在太平洋中北部，夏威夷群岛的主岛。

不知怎么搞的,他未卜先知地获悉去年十二月那个岛的北滩会有一次空前的浪潮。

"哥们,你错过了一桩大事啊。"他招呼多克说。

"你也是啊,哥们。"

"我说的是那五十英尺高的巨浪,一浪接一浪。"

"'五十',啊。我说的是查理·曼森要被崩了[1]。"

他们相互看着对方。

"从表面上看,"维伊·费尔非德最后说道,"两个不同的世界,相互感知不到对方。但其实它们在某个地方是关联的。"

"曼森和69年的大浪?"多克说。

"如果他们没有联系,我会很吃惊的。"维伊说。

"那是因为你认为所有东西都是有关联的。"索梯雷格说。

"'认为'?"他转身注视着多克,"你来这里是因为老情人的事吧。"

"什么?"

"你听到我的话了。你只是自己糊涂了。"

"哦,当然。电话和电报这些嘛,我总是忘记它们的存在。"

"你可不是一个懂精神力量的人。"维伊评价说。

"他的态度需要改进,"索梯雷格说,"但是对于他的水平而言,这是正常的。"

"拿点这个。"维伊拿出一张记事纸,上面写着些汉字。也

---

[1] 查理·曼森在1970年1月受审,原判处死刑,但是1972年加州法庭决定废除死刑,所以他被改判终身监禁。目前,曼森依然在监狱里服刑。

许是日文。

"哦,天,要怎样,再来点穿墙科幻,对吧?很好,求之不得啊。"

"不是这个,"维伊说,"这是特别为你设计的。"

"当然。就像T恤。"多克突然把它扔进嘴里,"等等。专门为我?这是什么意思?"

但是当打开音响放到最大声时,当小提姆[1]唱着最新专辑里的那首《冰盖在融化》(这首曲子不知怎么搞的,被设了循环播放,发疯一样播个没完),维伊要么就是离开了,要么就是变成了隐形人。

至少这次不是像上次那样,由这个迷幻药狂热者做旅游中介去周游宇宙。他不清楚是什么时候开始的,只是在某个时刻以某种简单而正常的方式完成了过渡。多克发现自己置身于一个古城灯火通明的废墟中,这个城市既是又不是平日里的大洛杉矶市区——延绵好多英里,房子挨着房子,房间挨着房间,每个房间里都住着人。起初,他以为自己认识碰见的这些人,虽然他并不是总叫得出名字。所有住在海滩的人(譬如多克和他的邻居)既是又不是避难者。在几千年前,那次灾难淹没了利莫里亚。他们为了寻找自认为安全的陆地,就在加利福尼亚沿岸定居下来。

不知怎么搞的,印度支那的战争不可避免地出现了。美国位于两个大洋之间,而亚特兰蒂斯和利莫里亚大陆正是消失在那两个大洋里。自古以来,美国就夹在它们的冤冤相报之间,一直到

---

[1] 小提姆(Tiny Tim): 原名 Herbert Khaury(1932—1996),美国歌手和四弦琴演奏家。

现在都处于这种位置。美国以为自己是心甘情愿在东南亚作战，但实际上它代表了一种循环往复的因果报应，这种报应循环的历史和那些大洋的地理一样古老。尼克松代表了亚特兰蒂斯的后裔，而胡志明则是利莫里亚人的后代，几万年来所有印度支那的战争其实都是代理人之间的战争，这种局面可以追溯到很久很久以前的那个洪荒时代，早于美国或法国人控制下的印度支那，早于天主教教会，早于佛祖，早于有稽可考的历史之前。它一直追溯到利莫里亚人的神圣子民在那些海岸上登陆，逃避那个吞没他们家园的可怕洪水。他们带着那些从利莫里亚的寺庙里抢救出来的石柱，并将之作为开启新生活的奠基石，作为他们颠沛流亡的心灵之所。这个石柱后来被称为"圣母石"。在接下来的许多世纪里，因为侵略军的袭扰，这个石头每次都被带到秘密之处妥善保管，而在麻烦结束之后，它又在新的地方被重新竖立起来。自从法国开始对印度支那进行殖民，一直到现在美国统治占领了那里，这块圣石都处于无影无踪的状态，它已被收回到属于它自己的空间里去了……

小提姆还在唱着同样的那个曲调。多克在三维的城市迷宫里穿行，过了一会，他注意到底层的建筑似乎有点潮湿。等到水已经淹没到脚踝，他才开始意识到这一切。这个巨大的建筑开始整个往下陷。他往高的台阶上走，但是水位还是在上升。他开始惊慌失措，诅咒维伊又给他设了圈套。他感觉到（而不是看见）那个利莫里亚的神灵卡姆基正以一种清晰的暗影在显现……我们现在必须离开，他脑海里的那个声音说道。

他们开始一起飞翔，靠近太平洋的浪尖。地平线那边天气阴暗。在他们面前，朦胧的白光开始变得愈发强烈，并且不断扩散，慢慢地化解成一艘中桅帆船的风帆，在清风的吹拂下满帆航行。多克认出了这是"金獠牙"。"受护"号，利莫里亚默默地纠正他说。这不是幻想之船——每个船帆和船索都在各司其职，多克还能听见帆布的拍打声、木头的吱呀声。他朝着帆船的左舷船尾飞去，莎斯塔·菲正好在那里，她似乎是被什么东西强迫来到这里，独自一人站在甲板上，凝神回望着她走过的航线，看着她离开的家园……多克想喊她的名字，但是当然，在这里言语也仅仅是言语。

她会安然无事的，卡姆基向他保证说。你没必要担心。你应该学的是另一件事，因为你所应该学的，就是我现在给你看的。

"我不确定那是什么意思，哥们。"甚至多克现在都能感觉到，尽管当时的风和船帆都没有任何异样，但这艘诚实的旧渔船却已经被一股古老而邪恶的能量所占领和控制。莎斯塔在那种地方又怎么可能安全呢？

我已经把你带到了这么远，但是现在你应该靠自己的努力回去。利莫里亚人消失了，多克被留在比太平洋略微高那么一点点的地方，寻找办法逃离被侵蚀的历史的漩涡，寻找出路逃离那个未来，只是不管他何去何从，前途都是一片黑暗……

"没事的，多克。"索梯雷格已经叫着他的名字有一会了。他们站在外面的海滩上，这时已经是夜里，维伊不在了。大海就在近旁，漆黑无形，除了海浪拍岸时的光亮。那雄壮的海浪声就好比某支经典摇滚乐的低音部。戈蒂塔海滩的小街上传来了瘾君子们的欢笑声。

"嗯——"

"别说出来，"索梯雷格警告说，"别说'让我来告诉你我的旅程'。"

"完全没道理。就像我们在外面的这个——"

"我可以用我的手指轻轻地压住你的嘴唇,或者——"她握紧拳头,把它放到他的脸旁。

"假如你的老师维伊没有给我设局……"

过了差不多一分钟,她说道:"什么?"

"喔?我刚刚在说什么?"

八

斯隆·乌尔夫曼交给多克的那张银行储蓄单来自奥哈伊的林地储蓄信贷协会。根据里特姨妈的说法，它是米奇控股的众多储蓄信贷协会[1]之一。

"他们的顾客呢？你觉得他们是什么类型的人？"

"大部分都是个体私宅业主，我们这一行的人管他们叫'笨蛋'。"里特姨妈说道。

"那贷款呢——有没有不同寻常之处？"

"农场主，本地承包商，也许偶尔还有几个蔷薇十字会员[2]和通神论者[3]——噢，当然，还有克里斯基罗顿，这个公司建了不少房子，也做景观设计，最近还搞室内装潢，很俗气，但是收费高。"

多克的脑袋就像一个立体铜锣被小锤子敲了一下，突然想起了他在斯隆家中看到的照片，上面就有这样一个模糊的外语单词。"怎么拼这个词，是什么来头？"

"桌子上就摆着他们的宣传册，我找找，记得就在前寒武纪层这一块……哈哈，在这里：'位于景色秀丽的奥哈伊山谷，克里斯基罗顿研究所，这个名字来自古代印第安单词中的'宁静'，它为您带来静谧，实现与地球的和谐，倾力照料那些在六七十年代这种史无前例的生活压力下出现情绪危机的人们。'"

"听上去确实像一所高级精神病院，对吧？"

"这些照片不会给你太多线索的,拍这些时镜头上都抹了油,就像一些色情杂志。这里倒是有个电话号码。"多克抄了下来。她又说道:"顺便提句,给你妈打电话。"

"哦,见鬼。出什么事了吗?"

"你有一个半星期没给她电话了。就是因为这事。"

"我得工作啊。"

"好吧,最近他们认为你在贩毒。我必须说,是我这么感觉的。"

"是吗?他们觉得吉尔罗伊[4]才算在过日子,是个什么运营经理来着,为他们生了孙子,还有房产之类的,这是可以理解的,对吧?而我就应该是那种缉毒警察时刻盯梢的人。"

"多克,你这是在和唱诗班布道。在我学会说话之前,我就想着离开那地方。他们会看见我以每分钟一英里的速度踩着粉红的小童车穿过甜菜地,然后我一边尖叫一边被拽回来。孩子,关于圣华金我懂得比你多。再说一次,伊尔米娜说她想念你的声音。"

"我会打给她的。"

---

1 储蓄信贷协会(Savings and Loan Association,简称 S&L)是美国民间金融机构,从 80 年代开始,成为房地产开发商的重要融资来源。他们通常作为开发商的合资方,从项目最初就开始介入。但自从 80 年代后期 S&L 危机之后,其作用就被大大削弱,目前 S&L 在开发商融资市场上所占份额已很小。新的法规已经不再允许 S&L 与开发商合资,其业务主要集中在住房贷款方面。

2 蔷薇十字会员(Rosicrucian):尤指古玫瑰十字秘教和玫瑰十字会等国际性组织的成员,他们致力于研究神秘的、哲学的和宗教的教义并把这些教义应用到现代生活中去。

3 通神论者(Theosophist):通神论的信徒,这个宗教组织认为世界上所有宗教都启示了一定意义上的神圣意义。这个组织的美国总部在奥哈伊。

4 吉尔罗伊是多克的兄弟。

"她也同意我的看法,认为你应该去看看帕科伊玛那块两英亩的地。"

"拜托,我可不去。"

"还在市场上出售呢,多克。就像我们这行说的那样,趁着年轻,搞块地吧。"

利奥·斯波特罗和伊尔米娜·布瑞兹是1934年在世界上最大的拉米纸牌[1]户外赛上相遇的。这个比赛每年在里彭[2]举行一次。利奥在拿她丢出来的牌时,说了一句:"现在,你确定你不想要了吗?"按照伊尔米娜的说法,当她把目光从牌上移开与他对视时,她就无比确定她想要的是什么。她那个时候还住在家里带学生,而利奥在酒厂有份很好的工作。这家酒厂在西海岸有一个拳头产品,名字叫做"午夜特酿"。每次利奥刚一露头,伊尔米娜的父亲就会用W·C·费尔兹[3]的惯用腔调说话——"啊?酒鬼的朋——朋——友……是是的……"利奥开始明白这是怎么回事,于是每次过来接伊尔米娜出去约会时,都会带点酒过来。很快,他未来的岳父就用利奥的公司折扣价,整箱地买这东西。多克第一次喝的酒就是"午夜特酿",这是祖父布瑞兹在单独带孙子时的心得。

多克呆在家里收看76人队和雄鹿队的东区半决赛[4],其实主

---

1 拉米纸牌(rummy):有各种玩法的一种纸牌游戏,目的是形成三个或三个以上的同等数字或花色的牌。

2 里彭(Ripon)是位于英国北约克郡的一个城市。

3 W·C·费尔兹(W. C. Fields,1880—1946):美国著名的喜剧演员,以扮演自私的酒鬼而出名。

4 东区半决赛:按照NBA的赛制,可以确定小说现在的叙述时间为3月30日。

要是为了看卡里姆·阿卜杜尔-贾巴尔，当此人还叫"路易斯·阿尔辛多"的时候，多克就已经崇拜这个球星了。在比赛的暂停间隙，他意识到下面的街上有人在喊他名字。起初他以为是里特姨妈，以为她偷偷决定要以他的名义把这个地方卖出去，所以带山下的夫妇看房子，而里特姨妈之所以要挑这种不方便的时间，是因为这种客户很讨人嫌。等到他走到窗户那一看，才明白自己是被一个很像的声音弄得搞混了。原来是他的妈妈伊尔米娜站在街上，不知怎么搞的，居然和楼下的艾迪聊得正欢。她抬起头看见了多克，然后开始高兴地挥手。

"拉里！拉里！"在她身后是一辆1969年产的奥兹莫比尔[1]，和路边泊好的车并行停着。多克可以模糊地辨认出他的父亲利奥，身子探出车窗外，嘴里咬着一根廉价的雪茄，烟头明暗起伏。多克这时想象自己正凭栏站在一艘很古老的远洋客轮上，船驶出了圣佩德罗，理想的目的地是夏威夷，但如果去圣莫尼卡的话也不错。他也挥了一下手。"妈妈！爸爸！上来啊！"他急忙把窗户都打开，然后把电扇转起来，虽然大麻的烟味早就已经侵入地毯、沙发和天鹅绒画，现在做这些已经为时太晚。

"我该去哪里停车？"利奥喊道。

问得不错。关于在戈蒂塔海滩停车，人们说的最中听的话，也是"没个准样"。规章制度莫名其妙隔了一条街（经常是一个空位）就会变个样，应该是某些无政府主义坏蛋设计的，目的就是要激怒司机，让他们迟早有天会聚集起来暴动，去攻击市政府的办公室。"马上下来。"多克说。

1　奥兹莫比尔（Oldsmobile）：美国产的一款轿车名。

"你能收拾一下头发吗?"伊尔米娜见面就说道。

"等我照镜子时就弄,妈。"他这时已经抱住她了,虽然母亲并不是特别反感被这么一个长头发的嬉皮怪物在公开场合拥抱亲吻。"嗨,爸,"多克溜进前座,"比奇弗兰特大街那边可能有空位。希望我们不要跑到去雷东多的半路上找泊车位。"

这时,楼下的艾迪说话了:"喔,这是你的家人啊,太酷了。"

"你们男的去停车,"伊尔米娜说,"我就和拉里的邻居在这里呆会。"

"楼上的门开着,"多克迅速回想了一下他所知道的艾迪的刑事记录,包括那个传言,"别跟此人一道进厨房,你就没事。"

"那是 67 年的事了,"艾迪抗议说,"所有的指控都撤销了。"

"我的天。"伊尔米娜说道。

当然,只花了五分钟,多克和利奥就在山下很幸运地找到个地方,至少到午夜前都能停在那里。他们回来时发现艾迪和伊尔米娜正在厨房,而艾迪正要打开最后一盒布朗尼蛋糕。

"噢——噢——噢。"多克晃了一下手指头。

家里还有啤酒和半袋"奇多脆"。山上斯里克开的那家海滨食杂店会一直营业到午夜,人们快用光的东西那里都有卖的。

伊尔米娜很快提到了莎斯塔·菲的话题。她就见过莎斯塔一次,但很快就喜欢上了这个女孩。"我总是希望……哦,你知道的……"

"别管孩子的事吧。"利奥嘟哝道。

多克意识到楼下的艾迪瞥了他一眼。这个人过去只能透过天花板来偷听。

"她有她自己的事业,"伊尔米娜继续说道,"很难,但有时候你必须让女孩追寻自己的梦想。当年在曼特卡附近的确有一户叫赫本华兹的人家。他们中有些人在内战的时候搬到南边来,在军工厂里上班。她应该和他们是亲戚。"

"如果见到她,我会问的。"多克说。

后楼梯传来了脚步声,从厨房那边进来的是斯科特·欧弗。"嗨,利奥姨父,伊尔米娜姨妈。妈妈说你们从北部开车过来了。"

"我们吃晚饭时没看见你。"伊尔米娜说。

"我得去张罗一场演出。你会在这里呆段日子的,对吧?"

利奥和伊尔米娜住在苏珀威达大街的天勾[1]旅馆,那个旅馆做了不少机场的生意,里面整天住满了失眠者、走投无路的人,当然偶尔还会有经过认证的僵尸[2]。"那些人在走廊里荡来荡去,"伊尔米娜说,"有穿着公务西装的男人,穿着晚礼服的女人,有穿着内衣裤的,有时还有赤身裸体的。有跟跄着到处找自己父母的小娃娃,有喝醉的,有吸毒的,有警察,有救护车技工。打扫房间的推车太多了,结果都堵在一起,人们要想去什么地方,还得进到推车里。洛杉矶整个城市都集中在那里了,距离机场只有五分钟的车程。"

"电视怎么样?"楼下的艾迪想知道。

---

[1] 天勾(Skyhook)是多克喜欢的NBA球星贾巴尔的招牌式投篮方式。

[2] 僵尸(zombie): 美国青年喜欢在特定时候扮成僵尸,并形成了一种僵尸文化。要想获得专业认证,还需要参加至少一次僵尸培训班。美国一些大城市在十月份会有僵尸游行。

"有些频道里的电影库挺操蛋的,"伊尔米娜说,"昨天放了一部,结果我没睡着。我看了以后,怕得睡不着觉。你看过1947年的那部《黑水仙》吗?"

艾迪就读于南加州的一个电影研究生班,他尖叫了一声,表明自己看过。他正在写博士论文,题目是"从冷面到魔鬼——论电影中眼线笔作为潜台词的运用",现在刚好在写《黑水仙》里面的凯瑟琳·拜伦,她是一个精神错乱的修女,穿着便装出现,眼睛上化的妆足够观众做上一年的噩梦。

"我希望你能把男的也写进去,"伊尔米娜说,"所有那些德国默片,像《卡里加里》中的康拉德·韦特,《大都市》里的克莱恩·罗格——"

"——当然,由于正色胶片[1]的库存需求,这个事有点复杂——"

哦,天。多克走到厨房里去翻查东西,他隐约记得那里可能有一箱没有打开的啤酒。很快利奥也探头进来了。

"我知道肯定在什么地方。"多克困惑地高声说道。

"也许你能告诉我这事是不是蹊跷,"利奥说,"我们昨晚在旅馆接到了一个奇怪的电话,有个人在电话那头开始尖叫。起初我听像是中国话。我一个字都听不懂。最后我终于听明白了:'我们知道你在哪里。小心点。'然后他们就挂了。"

多克体内又出现了那种抽搐。"你们住店时登记的什么名字?"

---

[1] 正色胶片(orthochromatic film): 对除了红色以外的颜色都敏感的一种胶片,在全色片发明之前,正色片曾被广泛应用,但今天只用于特殊目的。它能对紫外辐射及蓝光和绿光感光,也能在暗室安全灯(一般为红色)光下洗印加工。

"我们通常的名字啊。"但是利奥开始脸红了。

"爸,这可能很重要。"

"好吧,但你得理解我们,这是我和你妈养成的习惯,我们周末在 99 号公路不同的旅店住宿,都用的是假名。我们假装成各自有了家室的人,是出来偷偷幽会的。我不想逗你玩,但这样做很有趣。就像那些嬉皮士说的,只要能爽就行,对吧?"

"所以前台并不知道你们的姓氏是斯波特罗。"

利奥冲他迟疑地笑了一下,这是父亲用来对付儿子不满的那种微笑。"我喜欢用弗兰克·钱伯斯。你知道,这个名字来自《邮差总按两遍铃》[1]。你妈妈用的是科拉·史密斯,如果有人问起的话。不过看在老天爷的分上,别告诉她是我说的。"

"所以是电话打错了。"多克看到了那箱啤酒,它一直就在自己眼皮底下。他拿出几罐放到冰箱里,希望自己别忘了这事,因为这样易拉罐就不会像过去那样炸开。"爸爸,你们两个太让我吃惊了。"他抱了一下利奥,时间长得有点令人尴尬。

"这是什么意思?"利奥说,"你在笑话我们?"

"不是,不是……我笑是因为我也喜欢用同样的名字。"

"啊,你肯定是从我那里学去的。"

后来,大概在凌晨三四点,那个孤独的时间,多克居然忘记了自己释然的感觉,只记得曾经有多么害怕。为什么他会自然而然地设想有人能轻而易举地找到他父母,并且加害他们呢?出现这种情况时,答案多半是"你正在臆想"。但是干他这一行,妄

---

[1] 《邮差总按两遍铃》(*The Postman Always Rings Twice*): 美国作家詹姆斯·M·凯恩创作于 1934 年的长篇小说,其中弗兰克和科拉偷情,并合谋杀死了科拉的丈夫。

想症是一种工具，能够引导你看到可能原先无法看到的方向。他感觉到远处有人捎来了一些讯息，如果不是痴人疯语，对方至少在动机上来者不善。深更半夜（不管在天勾旅馆是几点）传来的中国人的声音，这到底意味着什么呢？

第二天早上，多克在等咖啡滤出来，正好瞥出窗外看见了索恩乔·史密拉克思，他坐在自己那款海滩小镇的经典座驾上——栗红色的福特289"野马"。这车用的是黑色塑料内饰，排气管发出缓慢低沉的震动声，正试着给小巷车道腾出点空间。"索恩乔！上来啊，喝点咖啡。"

索恩乔两级一跨地上了楼梯，站在门廊那喘着粗气，手里拿着一个公文包。"不知道你起来了。"

"我也是。发生什么事了？"

在过去二十四小时，索恩乔和一帮联邦调查局的人坐船出海，探访了据信是金獠牙抛过货物的海域地点。他们坐的船装修得华丽俗气，是司法部名下的财产。潜水员先下去察看，然后伴着海面上晃动的灯光，运上来一箱箱东西，里面装满了压缩包装的一捆捆美国钞票。这些钱可能就是库奇和华金帮着金发-桑四处在找的。只是，在打开集装箱时，大家都很惊讶地发现钞票上没有通常那些显赫人物的头像，像华盛顿、林肯、富兰克林等。相反，无论多大面值，这些钞票上似乎都印着尼克松的脸。联邦政府的联合行动小组懵了，怀疑这一船的人是不是集体出现了幻觉。尼克松瞪大眼睛注视着肖像椭圆边框之外的远处，几乎吓得掉了魂，他的目光涣散而怪异，似乎他本人一直在嗑某种新式的亚洲迷幻药。

根据索恩乔的情报来源，中央情报局有段时间经常把尼克松的脸印在北越的假钞上，然后在对北方的例行空袭时把这些假钞抛几百万下去，作为破坏敌人货币稳定的手段之一。但是在美国钞票上印尼克松，这可不太好解释，而且有时也难以理解。

"这是什么？中情局又搞这种事？这都是废纸。"

"你不想要？那我拿着。"

"你拿它们做什么用？"

"在被人发现之前先花出去一捆。"

有人认为这是中共的恶搞，目的是扰乱美元体系。这种雕版工艺实在是太精妙了，所以它一定出自邪恶的东方。按照另一些人的意见，这些东西是目前在东南亚使用的临时货币，而且已经流通一阵子了，甚至在美国本土也是可以用的。

"别忘了，这种东西对于收藏界很有价值。"

"恐怕对我来说，这太古怪了。"

"而且你想想，"索恩乔过了会又对多克说道，"从法律上说，只有亡者的照片才能出现在美国货币上。所以，在任何可以合法使用这种钱的地方，尼克松就得是个死人，对吧？所以我想，这也许是某人施的一种交感魔法，目的是想看着尼克松挂掉。"

"这样一来肯定就好查了，索恩乔。我能拿点这东西吗？"

"嘿，想拿就拿，然后去狂买一通。看见我穿的这双鞋子了吧？还记得1962年那部《诺博士》[1]中诺博士穿的白色路夫鞋

---

1 《诺博士》（*Dr. No*）是第一部007电影，于1962年10月首映，国内翻译为《铁金刚勇破神秘岛》。

吧？是的！正是那一双！我就是用一张印着尼克松的二十元，在好莱坞大道上买的鞋——没有人仔细看，没事的，太奇怪了。嘿！我的肥皂剧要开始了，你不介意吧？"他径直走到电视前。

索恩乔是日间剧集《通往他心脏的道路》的忠实观众。本周——他有空的时候，就向多克介绍最新剧情——希瑟已经向艾里斯吐露了她对肉馅糕的怀疑，包括朱利安在给辣椒瓶调包中起到的作用。当然，艾里斯并不十分惊讶，在她嫁给朱利安的这些年里，他们一直是轮流下厨房，所以在这些有争议的支出中，还有几百笔厨房账目没有结清。与此同时，维姬和史蒂芬还在讨论在数周前叫批萨外卖时是谁欠谁五美元，有只叫尤金的狗在此事中是一个关键因素。

利用广告的间隙，多克跑到厕所去嘘嘘，这时他听见索恩乔对着电视机尖叫起来。他回去时发现他的律师正将鼻子从屏幕上撤回来。

"没事吧？"

"啊……"索恩乔瘫倒在沙发上，"该死的'金枪鱼'查理[1]，哥们！"

"啥？"

"原本是个想攀附高枝的天真势利鬼，戴着名牌墨镜和贝雷帽，迫切地想显示自己的良好品味，只是他有阅读障碍，总是把'好品味'和'好味道'搞混淆。不过这不是最糟糕的！还有更可怕的！查理有一种强迫性的死亡欲望！是的，他希望自己被抓

---

[1] "金枪鱼"查理（Charlie the Tuna）是美国星琪（StarKist）公司生产的金枪鱼罐头上的卡通吉祥物。

住，然后经过处理放进罐子里，不是任何罐子都可以，你知道吧，必须得是'星琪'牌的！自杀式的品牌忠诚，这是资本主义消费的深刻寓言，要让他们高兴，就必须把我们一网打尽，然后剁碎包装，摆到美国超市的货架上，而潜意识里最可怕的事情是，我们居然想让他们这样对待我们……"

"索恩乔，天啊，这也……"

"这是我想的一个事情。还有另一个事情。为什么我们有'海洋鸡肉'[1]，但是却没有'田园金枪鱼'？"

"呃……"多克真的开始想这个问题了。

"而且别忘了，"索恩乔继续严肃地提醒他，"查理·曼森和越共也都叫'查理'。"

当电视剧结束时，索恩乔说道："你最近怎么样，多克？又要被捕了吧？"

"现在比格福特在跟踪我，我随时可能给你打电话。"

"哦，我几乎忘记了。那个金獠牙，对吧。在这艘船扬帆出海前，好像有人给它买了份海事保险，只保这一次出航，也就是你前任马子应该搭的那次。登记的受益人是比弗利山的金獠牙公司。"

"假如这艘船沉没了，他们就会拿很多钱？"

"对。"

如果这是一次骗保欺诈会怎么样？也许莎斯塔还能及时上岸，跑到某个岛上。在那里，她也许可以从礁湖上抓一些美味的小鱼，拿芒果、辣椒和椰子丝当配料做鱼吃。也许她睡在沙滩上

---

1 "海洋鸡肉"（Chicken of the Sea）是泰国生产的一种金枪鱼罐头的品牌。

看星星，那种景色是烟雾笼罩下的洛杉矶人根本想象不到的。也许她正学着划带舷外浮架的独木舟在岛屿间穿梭，学着观察洋流和风向，学着像小鸟一样感应磁场。也许金獠牙正向着自己的命运驶去，带着那些找不到彼岸的人，让他们陷入充满着罪恶、冷漠、辱骂和绝望的深渊，因为他们需要这些来更好地成为他们自己。不管他们是谁。也许莎斯塔已经逃离了这一切。也许她是安全的。

那天晚上，多克去了佩妮的住处，他在沙发上看当天的体育集锦时睡了过去。等醒来的时候，天已经黑了很久。他看见电视上有一张脸，原来正是尼克松。"总有一些牢骚满腹的人会说，这是法西斯主义。我的美国同胞们，如果这种法西斯主义是为了自由呢？我……会……喜欢……它！"在一个巨大的房间里挤满了尼克松的支持者，他们爆发出雷鸣般的掌声，有些人还举着条幅，上面非常专业地印着同样的短语。多克坐了起来，眨着眼睛，在电视的亮光下摸他的藏货，最后找到半根大麻烟，然后点上。

让他吃惊的是，尼克松此刻脸上极度兴奋的表情和他从索恩乔那里搞到的二十元假币一模一样。他从钱包里摸出一张察看了一下，终于确认了。是的，这两个尼克松就像是一个模子里造出来的！

"让我想想，"多克吸了一口烟，然后思考起来。同样的一张尼克松脸，居然跑到了电视上，可它已经在好几个月之前就印出来，放在几百万（也许是几十亿）的伪钞上流通了……这怎么可能？除非……当然，只可能是时空旅行……某个中情局的制版家正在一个遥远的绝密作坊里忙碌，将尼克松在电视上的形象复制下来，之后再把这个复制图塞进一个隐蔽的邮箱[1]，这个邮箱应该位于发电厂的变电站附近，所以他们可以偷来需要的电能用于传输信息，利用时空旅行发回到过去[2]。这里偷用的电量就分摊到每个人的电费上。事实上，你也许还可以买一种"时间扭曲险"，以防止这些信息随着未知的能量奔涌，发到广袤时间的错误方位……

"我就知道这里有什么味道。算你走运，我明天不用上班。"佩妮斜眼说道。她光着大腿，穿着多克的"珍珠猪"[3] T恤。

"这根烟把你弄醒了？对不起，佩，给——"他与其说是递给她一个真的烟夹，还不如说是表示友好。

"不是，是那些尖叫。你在看什么啊？听上去像是一部希特勒纪录片。"

"尼克松。我想这是实况直播，在洛杉矶某个地方。"

"可能是世纪广场。"这个猜测很快被报道此事的新闻记者所证实——尼克松似乎是一时兴起，跑到了这家富丽堂皇的西区酒店，向一群共和党激进分子发表讲话。这些人管自己叫"加州警戒者"。当切换到现场观众的特写镜头时，能看到部分人似乎有点失控了。这种集会通常都会出现这种情形，但其他人就不是

---

1 这种神秘的地下邮政体系会让读者想到品钦在早期小说《拍卖第四十九批》中描述的那个 W. A. S. T. E.。

2 此处品钦暗指自己上一本小说《反抗时间》(*Against the Day*) 中提到的基于电能实现的时空旅行实验。这些怪诞的情节和发明家特斯拉的传奇经历有关。

3 "珍珠猪"(Pears before Swine)：Tom Rapp 于 1965 年在佛罗里达组建的一支迷幻民谣乐队，这个名字来自《圣经·马太福音》耶稣给彼德的警告——"也不要把你们的珍珠丢在猪前"。

那么感情外露，至少在多克看来，这些人不那么害怕。他们站在人群中的各个战略位置，穿着相同的西装和领带，式样都很土气，似乎根本没有在听尼克松本人说什么。

"我认为他们不是特工，"佩妮挨着多克坐在沙发上，"首先不够帅。更像是私人雇的。"

"他们在等着什么——哈，看！开始了。"似乎是有心灵感应一般，这些机器人般的私家侦探同时开始行动，开始向一位听众围过去。这个听众头发很长，怒目圆睁，穿着迷幻风格的尼赫鲁衬衣和喇叭裤，他正在喊叫："嘿，尼克松！嘿，你这个鸡巴玩意！我操！你知道吧，嘿，我还要操斯皮罗[1]！操第一家庭的所有人！操你的狗！有人知道这狗叫什么吗？不管这些了——操这个狗！操你们所有人！"他开始发疯般狂笑，这时安全人员抓住了他，开始把他从人群里拖出去。很多人恼怒地瞪着他，嘴上愤愤不平地叫骂。"最好带他去看看嬉皮诊所。"尼克松幽默地建议道。

"这是在给革命青年抹黑。"在多克看来就是这么回事。他开始卷另一根大麻烟。

"而且这也会引发关于第一修正案[2]的争议，"佩妮朝着电视倾近，"但还是有些……"

"是吗？在我看，这些是典型的共和党人啊。"

---

[1] "斯皮罗"指的是尼克松的副总统斯皮罗·阿格纽（Spiro Agnew），曾任马里兰州州长。尼克松在水门事件上出了问题之后，阿格纽又因为马里兰州政府合同中收受贿赂而备受争议。所以福特临危受命，未经选举就接替，成为尼克松任内的第二个副总统。

[2] 美国第一宪法修正案中规定了公民具有言论和出版自由。

"不。我的意思是——看,这是特写镜头。那个人不是什么嬉皮士,看他。他是鸡崽啊!"

或者换而言之,此人正是科伊·哈林根。多克意识到这一点的时候,浑身一震。他花了半口烟的时间才决定不要把这个秘密和佩妮分享。"你的朋友?"他假装问道。

"所有人都认识他——如果他不是在司法大厦那边晃荡,肯定就是去'玻璃屋'了。"

"告密的?"

"是'线人',拜托。他大部分时候是为红色分队[1]和 P-DID[2] 工作。"

"谁?"

"公众骚乱情报科的缩写。没听过吗?"

"这个……为什么他要冲着尼克松那样大喊大叫?"

"天啊,多克,这样的话,他们又要拿臆想症来搞你了。就算是私家侦探也不能那么天真吧。"

"好吧,他的衣着也许搭配得有点过分,但这意味着什么陷阱吗?"

她苦口婆心地叹了口气。"可是他这下上了电视啊,这立刻就具有广泛的说服力了。警察可以把他安插到他们想要的任何团体去。"

"你们这些人又在看《卧底侦缉队》吧?这个剧给了你们这

---

[1] 红色分队(Red Squad):美国警察局中的特别情报部门,专门针对各种工运、无政府主义者和社会主义活动分子等。

[2] P-DID 是 Public Disorder Intelligence Division 的缩写。和"红色分队"不同,这个机构名称是品钦杜撰的。

些炒冷饭的点子。嘿,我有没有告诉过你,比格福特那天说要给我找个工作。"

"比格福特总是这么狡猾。他一定是在你性格中找到了某种特质……比如背叛的特质?"

"少来,佩妮。她那时候才十六岁,就做贩毒生意。我只是试着帮她摆脱那种犯罪生涯。你要多久才会——"

"天啊,多克,我真不知道你为什么总是这样为这件事狡辩。你没有理由感到愧疚。难道不是吗?"

"好吧,这是我自己想做的——和一个地区助理检察官讨论罪行。"

"——身份已确定,"电视里宣布说,佩妮走上前去,把音量调大,"他叫里克·多佩尔[1],是加州大学洛杉矶分校的辍学生,无业。"

"我认为不是,"佩妮嘟囔道,"他是鸡崽。"

该死。多克默不作声地诅咒道。他不是那个复活的次中音萨克斯手才怪呢。

---

[1] 多佩尔(Doppel):在德语中是 double 的意思,这里暗指哈林根的多重身份。

九

多克决定换上职业造型。他将头发向后扎成马尾辫，然后用发卡固定住。后来他才想起来，这个皮发卡是莎斯塔送给他的。他在辫子上戴了一顶黑色的老式软毡帽，然后把卡带式录音机挂在肩膀上。从镜子里看上去他还挺像那码事的。这个下午，他要假装成地下乐迷杂志《石头转盘》的音乐记者，去多班加拜访"冲浪板"乐队。丹尼斯扮成摄影师，也一起去。丹尼斯穿的T恤上有米开朗琪罗那幅壁画《亚当诞生》里的熟悉场景——上帝向亚当伸出手去，几乎就要触到对方——只是在这个版本中，上帝递过去的是一根点着的大麻烟。

去多班加的一路上，收音机正在放"超级冲浪"乐队的歌曲联播，居然都是不插播广告的，这倒是很奇怪的事。多克后来才意识到，那些愿意听完这些歌的人不可能属于广告商所了解的任何一类消费人群。这些东西就是音乐教师的梦魇——重叠的蓝调和弦，恐怖的单弦"音调"，绝望的人声效果。在这些变态白人疯狂发泄的间隙，如果电台那边心情好，会偶尔放点别的——"垃圾人"乐队唱的《管路》和《冲浪鸟》、"约翰尼和飓风"乐队的《竹》、"艾迪和做秀人"乐队的单曲、"贝尔·埃尔斯"乐队、"好莱坞撒克逊人"乐队，还有"奥林匹克"乐队。这些都是多克童年的挚爱，他从来都不会听腻的。

"他们什么时候会放《龙舌兰酒》？"丹尼斯总是嘀咕着。一直到他们开到"冲浪板"乐队租的大宅前,这首歌终于来了,西班牙式的曲风,加上弗拉门戈风格的翻滚鼓点,那些开低底盘轿车的西裔青年喜欢搞这种音乐,他们是冲浪者的死对头。"《龙舌兰酒》!"丹尼斯尖叫起来,这时他们的车刚好开进最后一个空余的停车位。

这幢房子原先属于四十年代一位颇受欢迎的南方佬演员,现在由某个唱片公司总裁(此人曾经当过贝斯手)租给"冲浪板"乐队住。根据某些时尚观察家的看法,这件事进一步证明了好莱坞的没落(如果不是全世界的话)。

两个分别叫波蒂和辛尼亚的女粉丝拿着花环(其实是爱珠),像夏威夷机场的姑娘们一样,走过来给多克和丹尼斯套在脖子上,然后带他们去参观这个地方。若换了个没啥好脾气的人,看到这里也许立刻就会想,哦,那些一夜暴富的人才会把住的地方搞成这种德性。但是多克认为,这取决于你如何定义奢侈。因为工作需要,他这些年曾经去过洛杉矶的几处豪宅。很快他就发现,那些装修奢华的地方往往没有什么时尚感。基本上可以说,越有钱的人家装修越恶俗。虽然"冲浪板"乐队目前为止没怎么破坏这里的装潢,但当多克看到用夏威夷古董冲浪板做的咖啡桌时还是颇有疑虑,不过他后来又发现,只要把桌子脚卸下来,那东西就复原为一块可以用的冲浪板了。因为有些巧妙的拓宽设计,这里的很多衣柜都不仅仅是进入式的,甚至连车都可以开进去。衣柜里装满了来自过去和未来世界的戏服,很多都是从卡尔弗市搞来的,几个月前米高梅公司在那里搞过一次大规模的资产拍卖。比弗利山的朱根森食品店每天都会用卡车运来供二三十人吃的饭菜。这里还有专门用来吸毒的房间,里面有葛饰北斋那幅著名的《神奈川海边巨浪》[1]的巨型复制品,用玻璃丝做出来的三维效果,浪头从墙一直伸到天花板,再伸到对面墙上,制造出一块水沫遮蔽下的隐秘空间,当人置身其中时,头上永远高悬着那个魔鬼。虽然这时会让参观者吓破胆,以至于连大麻都不敢抽,不过"冲浪板"乐队倒不会有事,他们不是在过去冲浪朋克的年代长大,那时的人把每一小点毒品都看得很重,对毒品永远都是那么贪婪。

从外面那个阳台可以看到峡谷对面的风景,穿着短裙子的长发美女在日光下四处走动,有的在照料种的大麻植物,有的推着餐车,里面的大盘子上尽是些吃的喝的,还有抽的东西。一些狗在跑来跑去,有的貌似平静,有的坐立不安。在过去的半个小时里,虽然你每次把一块普通的石头越扔越远,但它们都会给你把扔出去的石头捡回来。("它嗑完药正爽着呢,哥们。")不时会有人看不过眼,便和这些拿迷幻药喂狗然后寻开心的家伙争执起来。

多克无数次地想,在每一支这样的乐队背后,其实都有成百上千的其他乐队(就像他表弟的"啤酒"乐队),他们注定要寂寂无名,却信仰摇滚的不朽,并借此获得斗志。他们依靠的是毒品、勇气、兄弟姐妹之情和乐观精神。"冲浪板"乐队虽然保持了自己的和声整体,即两个传统的吉他手、贝斯手、鼓手,外加管乐,但成员方面经常换人,只有细心的音乐史学家才弄得清楚谁是谁,或谁曾经是哪个位置。不过这一点并不重要,因为乐队

---

[1] 日本著名浮世绘画师葛饰北斋的木版画作品,1832年出版,表现了以富士山为背景的神奈川外海的巨浪。

到目前为止已经差不多成为一个品牌，早已不是当年那群初玩冲浪的小毛头了。他们当年要么是血亲，要么就是姻亲，常常一伙人光着脚大摇大摆走进费尔法克斯的康托餐厅，整宿地吃着百吉饼，无所事事地呆着，唯恐和某个摇滚明星的保镖发生什么冲突。这家餐馆原本对嬉皮士很友好，但日子久了也越来越担心会惹来官司或保险纠纷，所以就开始贴出告示，要求顾客必须穿鞋子。"冲浪板"乐队于是就跑到长滩一家文身店，在脚背和脚踝上文了凉鞋带。这种伎俩倒是骗了餐厅经理一阵子，但后来乐队又改到更西边的高级场所去玩。所以有那么几年，你可以通过观察他们脚上画的凉鞋来判断此人是不是乐队最早的成员。

约莫一周来，"冲浪板"乐队的座上宾包括"葡萄干布丁"，这是一支从英国过来访问的乐队，本地那些偏爱安静曲风的电台有时会播播他们的音乐。这个乐队常常在演出时沉默，据说人们以为这些乐手一齐犯了脑病，于是打电话叫救护车，可其实乐队只是在做全体休止。今天，他们穿着宽凸条纹灯芯绒外套，衣服颜色有点怪，是发亮的金褐色。他们精确的几何式发型看上去很夸张，是在东伦敦的科恩美容美发店里弄的。维达尔·沙宣曾经在那个店里实习过。每个星期，这些小伙子挤进一辆小巴士，拿到每周的大麻，然后被带到这里坐成一排。他们一边嬉笑着翻看《饶舌》和《女王》的过期杂志，一边被理发师剪成非对称的发型。上周，主唱实际上已经决定正式把自己改名为"不对称鲍勃"，因为在弄了三个小时的蘑菇毒品实验后，浴室的镜子显示他的脸实际上左右不同，表现了两种截然不同的人格。

"他们每个房间都装了电视！"丹尼斯激动地汇报道，"而且，你可以用这些遥控器来换频道，甚至不用离开沙发！"

多克看了一眼。这些控制盒是最近发明的，有钱人家才用得起。它们体积很大，做工粗糙，仿佛和苏联音响设备的设计同出一门。你需要用力触碰才能操作它们，有时候甚至得双手并用。按了以后，你就会感觉到它们嗡嗡响，因为里面用的是高频声波。这种设备会让屋子里大多数狗都发疯，除了米日纳。她是一只硬毛狗，岁数比较大，听力也不太好，放所有节目时她都能够耐心地躺在那里，等某个狗粮广告出现。大概她具有狗的第六感，每次当这个广告还差一分钟就要在电视上播出时，她就能感觉到。当广告播完后，她会把脑袋对着附近任何一个人，用力地点头。起初人们以为这表示她想吃晚饭或者至少吃点零食，但似乎她的举动更像是一种社交姿态，还附带台词——"挺不错的，是吧？"

此时的她正躺在一个房间里，灯没开，不知道里面有多大，但能闻到大麻和广藿香油的味道。她和几个"冲浪板"和"葡萄干布丁"乐队的人一起看《黑影》[1]，除此之外，还有一些随从。剩下的人都在屋里别的地方忙活，有的为了满足乐队成员的突发奇想而去做油炸奶油蛋糕，有的在用熨衣板相互熨头发以保持某种冥想造型，有的则在翻阅粉丝杂志，并拿着多用小刀把所有提到冲浪乐对手的地方抠下来。

此时，这部关于科林斯家族传奇的电视剧正演到"平行时间"这段情节，它让全国观众都大惑不解，甚至连头脑清醒的人也是如此。然而，很多嗑药的人反而很容易跟上此处的情节。基

---

1 《黑影》（*Dark Shadow*）是 ABC 电视台 1966 年至 1971 年播放的一部电视剧，这个哥特式的故事里充满了幽灵、盗尸者、吸血鬼、僵尸、狼人等。

本而言，就是由同样的演员分饰两角，但如果你入戏太深，就可能忘记这些人其实是演员。

过了一会，多克开始有点坐立不安，因为看电视的这帮人实在是太专注了。他觉得如果有人去把电视遥控器的关闭键按一下，那么这一房间如痴如醉的人肯定全都会受到脑部重创。很走运的是，他刚好坐在门口，所以就悄悄趁人不注意溜了出来。他在这里还没见过科伊·哈林根，估计现在正是去四处打探的好时机。

他开始在这所古老的大宅里四处游荡。太阳已经下山了，女粉丝们短暂地碰了个头，然后转入夜间模式。丹尼斯跑来跑去给女孩们拍照，就像一条追着公园鸽子咬的狗。女孩们不得不散开，嘴里发出不耐烦的嗔怪声。不时会有警卫模样的人在这里出现，四处检查。从楼上的窗户传来了"葡萄干布丁"键盘手斯梅德利的声音，他正在用 Farfisa 电子琴[1]做哈农键盘指法练习。这架电子琴是那种小的多合一款式，是"平克·弗洛伊德"[2]乐队的理查德·怀特推荐他买的。自此，这个乐器就和他如影随形。他给它起名叫"菲奥纳"，有人看见他长时间地对着自己的电子琴说话。多克早些时候曾假装代表《石头转盘》去采访他，就问他和琴谈了些什么。

"哦，你希望会说些什么？无非是足球联赛、东南亚的战争、在哪可以搞到货之类的话题。"

---

[1] Farfisa 是顶级的意大利电子琴品牌，也是最早进入摇滚乐队的电子键盘乐器之一。
[2] "平克·弗洛伊德"（Pink Floyd）是成立于 1966 年的著名迷幻乐队，其中理查德·怀特（Richaid Wright）是队中的英国键盘手。

"这个,菲奥纳喜欢不喜欢南加州呢?"

斯梅德利脸色阴沉了下来。"她什么都喜欢,除了妄想症,兄弟。"

"妄想症,真的吗?"

他把声音压得和耳语一样低。"这个房子——"正在这时,有个年轻家伙(可能是"冲浪板"乐队的一个巡演管理员,也可能不是)气冲冲地走了进来,抱臂靠墙,站在一旁听着。斯梅德利的眼珠猛转了几下,忙不迭地离开了。

但凡在这个城市当过私家侦探的,如果多年不碰迷幻药,肯定会获得一种超自然的感知力。事实上,多克刚跨过这里的门槛,就不禁注意到一种所谓的氛围。他在这里碰见的所有人都不是用礼节性的握手或微笑和他打招呼,而是几乎千篇一律地问:"你混哪里的,哥们?"这个问句暗示了他们对所有无法归类并贴标签的人怀有严重的不适,甚至是恐惧。

最近这种事情发生得越来越频繁了。在大洛杉矶区,无忧无虑的年轻人以及幸福的瘾君子们跑到一起聚会,多克开始在人群中注意到一些年纪比较大的男子,他们有的在明处,有的在暗处,全都不苟言笑。多克觉得他们似曾相识,倒不一定是见过这些脸,而是熟悉他们那种狂妄的架势。他们不愿露出皮囊下真实的自我,这和那个年代参加迷幻派对的其他人不同,大家的目的只是找寻沉醉。他们就像那天在世纪广场的集会上拖走科伊·哈林根的保镖一样。多克认识这些人,他干这一行已经领教过很多了。他们出来收债,打断别人肋骨,炒别人鱿鱼,毫不客气地盯着任何可能带来威胁的事物。假如说这场为革命到来而做的迷梦注定要破碎,假如说这个毫无信仰的拜金世界注定要控制所有人的生活，并自认为有权去染指和猥亵大众，那么促成这一切的就是他们这种人，正是他们在任劳任怨地做着服务工作。

在所有聚众的场合——音乐会、和平集会、恋爱集会、嬉皮沙龙、搞怪大会，这里的，还有北部的、东部的，不管是哪里——是否都可能有那些秘密警察忙碌的身影？他们听命于一种贪得无厌而又心怀惧怕的古老力量，去管教人们的音乐、大众对权力的反抗，以及我们伟大或平庸的性欲？

"哇，"他大声地自言自语说，"我可不知道……"

这时他撞见了刚从洗手间出来的珍德。"天，怎么又是你？"

"和班比一起开车过来的——她听说'葡萄干布丁'住在这里，所以我只能跟着过来，以防她捅出什么篓子。"

"她喜欢这些家伙？"

"她的墙上贴着'葡萄干布丁'的黑光海报，床上铺着'葡萄干布丁'的床单和枕套，穿着'葡萄干布丁'的T恤，还有咖啡杯、纪念版的大麻烟夹。一天二十四小时，音响里放的都是'葡萄干布丁'。你知道那个弹尤克里里琴[1]的英国人吗？叫乔治·佛姆比[2]？"

"当然。'赫尔曼的隐士'乐队[3]翻唱过一首他的歌。"

"剩下的曲子都被这些家伙翻唱了。我对此倒是无所谓。'葡萄干布丁'据说也喜欢搞一些奇怪的娱乐项目。我想，这才是吸

---

[1] 尤克里里琴（ukulele）也叫夏威夷四弦琴，品钦在大学时曾玩过此种乐器。
[2] 乔治·佛姆比（George Formby, 1904—1961）是英国的喜剧演员和歌手。
[3] "赫尔曼的隐士"（Herman's Hermits）是成立于60年代的英国摇滚乐队。

引班比的主要地方。"

"今天晚上没看见她啊。"

"哦,她已经和那个主音吉他手跑出去了。他们在去里奥卡里洛的路上,要去看什么板球比赛。"

"晚上看板球?"

"是啊。萨默塞特告诉她说这个就像是棒球。有灯光啥的。难道……哦,不!你认为他们是在合伙耍我?"

"这样吧,如果你需要我载你回去,就告诉我一声。假如有人问起我,你就说我是摇滚记者,好吗?"

"你?好吧,我会告诉他们你给帕特·布恩[1]做过封面专访。"

"哦,对了。你还记得那天晚上在亚洲风情俱乐部我和一个家伙聊过天吗?你有没有看见他在这里?"

"他在这里的某个地方。去楼上排练室看看吧。"

果然,多克在走廊晃悠时就听见了一个次中音萨克斯手正在练习《唐娜·里》[2]。他等到演奏间歇时才探头进屋去。

"你好!又是我!还记得你让我帮你跑腿的事吗?"

"等等。"科伊将大拇指朝角落里堆着的那些音响设备晃了一下,似乎它们里面有可能接了多余的线路[3]。他摇了下头:"再问一下,你看的是什么产品型号?"

---

1 帕特·布恩(Pat Boone)是美国歌唱家、电影演员,1934年6月1日生于佛罗里达州。17岁的时候在田纳西州纳什维尔广播电台主持节目,因演唱出色而受到很多人的关注。50年代后期成为非常受欢迎的唱片明星,他的唱片销量数以百万计。

2 《唐娜·里》(*Donna Lee*)是一首具有冲浪风格的爵士乐曲,常用于萨克斯演奏。

3 英文中的 wire 也有窃听的意思。

170

多克继续说道："你打听过一辆老式的大众汽车，上面有花、蓝鸟、心脏之类的玩意。"

"这正是我感兴趣的那款。不……"科伊停顿了一下，接着开始胡编乱造，"没有新的零配件这些东西吗？"

"据我所知没有。"

"能够合法上路吧？注册时不会有麻烦吧？"

"应该是。"

"谢谢你帮我调查清楚这些，你知道，我只是……怀疑人们做事情的方式。"

"当然。下次你需要我帮你检查什么车，随时告诉我。"

科伊沉默了一会。多克想走过去戳他一下。他脸上的表情是如此绝望，如此渴求，但又非常紧张，仿佛房子里有什么东西禁止他说话。多克想简单拥抱一下这个家伙，让他放下心来。但如果被一些好事者看见，可能会被怀疑，因为旧车买卖是不需要这么多情感的。"你有我的电话，对吧？"

"我会联系你的。"这时一群瘾君子跑进房间里来，他们中的任何一个都有可能是被派来监视科伊的。多克把眼睛望到远处，挤出一丝淡淡的微笑。等到他再看时，科伊已经没影了，不过也许还在房间里。

回到楼下时，一群人正在高兴地四处派发大麻。当人们点上烟开始吸的时候，多克便会过去问："嘿，你猜猜这烟丝里面有什么？"

"不知道。"

"来嘛，猜一下。"

"迷幻药？"

"不是！就只有大麻！哈哈哈哈！"

他又跑到另一个人那里："嘿，你认为我们抽的大麻烟里有什么？"

"我不知道……酶斯卡灵？"

"不是，什么都没有！纯大麻！哈哈哈哈！"

多克不停地这么玩着。有人猜剁碎了的魔幻香菇，有人猜天使粉，有人猜安非他命。都不是，就是大麻！哈哈哈哈！还没等多克意识到怎么回事，他已经被这种神秘的大麻搞得神志不清了。他恍惚中觉得，不只是科伊的生命迹象值得怀疑——肯定有人在整治"冲浪板"乐队，搞得他们不能进入另一个世界，因为多克非常确信这个乐队的所有人都是僵尸，没死干净，充满污秽。"如果死干净了就好了吗？"丹尼斯不知从哪里钻了出来，疑惑地问道。

"而且，那个'葡萄干布丁'——他们也是僵尸！更可怕的僵尸！"

"更可怕的？"

"英国僵尸！看看他们，哥们。美国僵尸至少不会藏着掖着，当他们想去哪里，就会摇摆着走道，经常用第三种芭蕾姿势，然后就去了，念着'呜哝哝……呜哝哝'，语调抑扬顿挫。可是英国僵尸大部分都能说会道，他们用那些很长的单词，去哪都滑着步，有时你甚至看不见他们迈步子，就好像他们是在滑冰……"

正在这时，"葡萄干布丁"的贝斯手特雷弗·迈克纳特雷（绰号"闪亮迈克"）带着一脸坏笑，跟着个糊里糊涂的年轻女子走了进来，就是这种滑步的方式，从左边轻易滑到右边。

"你看看，你看看！"

"哦！"丹尼斯吓得赶紧跑掉，"我走了，兄弟！"

丹尼斯没能让多克找到什么现实的依靠，所以他现在开始变得越来越错乱了。可能和那个有添加成分的迷药（也可能没有加东西）有关。不管怎样，多克突然发现自己跑过了这个诡异老宅的走廊，身后是不明数目的食肉生物在尖叫……

他跑到那个超大厨房，差点又和丹尼斯撞了个满怀。丹尼斯正忙着劫掠冰箱和橱柜里的东西，在超市购物袋里装满了曲奇、冰冻糖果棒、"奇多脆"和其他顺手牵羊的零食。

"丹尼斯，快点，我们得跑路了。"

"你说这是咋回事，哥们。几分钟前我拍了张照片，结果他们都发疯一样地来抢我的相机。他们现在正找我，所以我想最好还是能拿就拿——"

"的确如此，我想我听见他们了。"多克抓住丹尼斯脖子上的爱珠，领着他从侧门走到楼下，"快点。"他们开始跑了起来，冲向他们泊车的地方。

"天啊，多克，你说过有免费的毒品，也许还会有妞，可你没说有僵尸啊。"

"丹尼斯，"多克上气不接下气地建议道，"快跑吧。"在经过一棵梧桐树时，有个吊在树枝上的人突然摔到了多克身上。此人正是惊慌失措的珍德。

"我算干什么的，'船长'吗？"多克低头嘟哝道，"或是别的什么？"

"我真的需要你载我离开这里，"珍德说，"求求你了！"

他们很走运，多克的车就停在原来的地方。他们钻了进去，飞一般地顺着车道开走了。从反光镜里,多克看见几个长着白色獠牙的黑影窜进一辆1949年款的"水星"[1]木纹车,车的前端和分框的挡风玻璃看上去就像掠食野兽的嘴和无情的双眼。这辆车追着他们,里面的V-8发动机发出颤动的吼声,扬起的沙砾飞溅到道边。在峡谷的道路上,多克往左打了一个急转弯,差点就翻了车,车尾摆了好几次,最后才把车开稳,一路向马里布驶去。在那个年代,这儿的路并不是后来的那种多车道郊区公路,它更像是拿命开玩笑的噩梦之旅,到处都是盲道和急弯。多克很快发现自己在著名的特克斯·维纳驾校上的进修课程派上了用场,他用四轮偏向过弯,频繁使出"脚跟和脚趾"加"双重离合"[2]的技术,这种开法在克莱斯勒公司的设计团队里是根本没预想到的。与此同时,收音机里放的则是马克茨乐队的《霍达德[3]来了》。

尽管有这种全方位的颠簸,丹尼斯还是安然坐在那里卷大麻烟,几乎没洒出什么来。等到他们一路下坡开向圣莫尼卡时,他把烟点上,然后递给珍德抽。

"卷得不错啊,丹尼斯。"当大麻最后递到他这里时,多克评价道,"我已经不知道自己是不是还有脑子了。"

"我也差点就吓死过去。"

---

[1] "水星"(Mercury)是福特汽车公司唯一自创的品牌,始于20世纪30年代。当时的水星配备了强劲的95马力、V-8发动机,大受欢迎。水星一直是创新和富于个性的美国车的代表。

[2] "脚跟和脚趾"(heel-and-toe)与"双重离合"(double-clutching)均是专业的驾驶术语,具体做法是在换挡的时候左脚踩住离合器,右脚同时踩住刹车和油门。这种驾驶技巧常见于专业赛车手,非常难以掌握,但一旦熟练运用可以实现急速飘移过弯,并且很省油。

[3] 霍达德(Hodad's)是美国西海岸一家著名的连锁汉堡店品牌。

"听着,多克,"珍德说,"那个亚洲风情俱乐部的家伙到底怎么了?"

"科伊·哈林根?你和他说话了?"

"是的。当他们发现我们在一起时,似乎就想害我。不是因为我勾搭他。通常如果班比在的话,我就不用担心他们像那样来抓我。但是她跑去看什么夜场板球赛,所以多亏你们出现了。"

"别客气。"丹尼斯安慰她说。

等他们回到了海岸公路并且向高速路驶去时,多克瞥了一眼后视镜,发现已经看不到那辆邪恶的木纹轿车的车头灯了。就像黑夜的面颊上曾经恼人的两颗红疹,他们已经消失无踪。多克同时也禁不住发现,丹尼斯和珍德这时候开始搞得火热。"你叫什么名字啊?"丹尼斯说道。

"阿什莉。"珍德说道。

"不是珍德?"多克说道。

"那是我工作时用的名字。在费尔法克斯高中的年刊上,有一千个叫阿什莉的。"

"那个'少女星球'沙龙……"

"我从来没把那个当正式工作。太他妈循规蹈矩了。总是要保持微笑,要假装这是关于'振动'或'自我意识'之类的东西。"珍德用过去电影中交际花的那种腔调尖叫道,"我操他娘的!"

"南加州,"丹尼斯插了一句,"对于怪异的人和事都没有同情心。南加州人都不做见不得光的事情。"

"是啊,我是真的喜欢这地方。"珍德(或者说阿什莉)也有同感。

"人们搞不懂为什么查理·曼森会是那样的人。"

"你们真的吃猫吗,顺便问问?"

他们进入了东向通往圣莫尼卡高速公路的过渡隧道,收音机里本来在放"飞鸟"乐队的《八英里高》,这时却没了信号。多克就自己接着哼唱,当他们驶出隧道时,收音机又开始放音乐了,他居然只差了不过半拍。"丹尼斯,别忘记把照相机留给我,好吗?"沉默了良久,"丹尼斯?"

"他忙着呢。"珍德嘟哝道。从海港高速到好莱坞高速,然后爬坡开到克温格山口,再到珍德下车的出口,这一路上她都在和多克聊天。他们聊得非常放松,但偶尔有些倦意,珍德不时还要停下来给下面的丹尼斯送去一两句鼓励[1]。她告诉多克从前去超市行窃和偷车的经历。她是在斯比尔·布兰德管教所[2]的8000号监室碰见的班比。班比看见珍德有天晚上在疯狂地自慰,于是就提出帮她,代价是一包烟。如果有可能,薄荷醇也行。

"没问题!"珍德此时心急燎地喊道。第二次时,熄灯的时间姗姗来迟,班比把价格降到半包,然后跪在地上,做得更加无微不至。这次是由她付报酬给珍德。"我猜,"珍德说,"我们可以管这种香烟叫象征性的报酬,虽然我并不是真的很受用——哦,和班比……"等到她们快离开斯比尔·布兰德管教所时,两人已经把烟藏在一起,抽起来不分彼此,需要记账的内容里已经

---

[1] 因为 pussy 是"小猫"和"(女人)阴户"的双关,所以在丹尼斯问过珍德是否吃猫后,他可能开始为珍德口交了。

[2] 斯比尔·布兰德管教所(Sybil Brand Institute)是洛杉矶县著名的女子监狱,当年曼森家族的一个女成员正是在这个监狱里向室友透露了自己曾参与谋杀了波兰斯基的妻子。

不包括尼古丁了。她们在北好莱坞一起找了个地方住，在那里她们可以整日整夜做想做的事情，这也是人之常理。当时可以找到很便宜的住处，还有个好处是房东太太同住，她总是像大姐姐一样帮忙；若换了拘谨一点的人，可能都意识不到房东太太的这种好处。不久她们就有了一个定期登门送货的毒贩，还养了一只猫叫阿奈斯。在图君加河这一带，大家都知道她们，认为她们是在任何情况下都值得信任的正派女孩。班比假装自己是在那里照顾自己的朋友，而珍德则假装遭遇了不幸。

与此同时，阿什莉/珍德经历了一次自我发现的旅程，这种事在那时非常普遍。当时的具体情形记不太清楚了，因为她吃了迷幻药，只知道有很强烈的炫光，在光线中她看见了自己的一些事情，之前任何人都没见过这些。正如多克猜测的那样，这个东西的实质就是口交。她不禁注意到，在那个时代不仅很容易找到渴望为她口交的女孩，在她目光所及之处也很容易找到一些长发男孩，他们会乖乖地把自己的嘴巴奉献给她的阴户，无比用心和温柔。

"这倒提醒了我。丹尼斯，你在下面弄得怎么样了？"

"啊？哦，刚开始呢……"

"别介意。听听我的忠告，男孩们，"她说道，"你应该当心你的脚下，因为我就像是东方来的小粒珍珠，在晚期资本主义的地板上滚来滚去——各种收入阶层的臭男人都可能不时踩在我身上，但是如果他们踩了，就会滑倒摔跟头，有时还会摔断屁股，而这粒老珍珠她自己会继续滚动。"

斯拜克的朋友法利有一间暗房。等到冲洗完毕了，多克就过去看照片。这些用感光纸和底片晒印出来的照片大部分都是废片，因为丹尼斯要么就是忘记开镜头盖，要么就是不小心按下了快门，拍出的都是角度偏得厉害的房间角落。还有不少照片是低角度拍的穿超短裙的乐队女歌迷，以及各种各样吸毒后的睡态或傻样。唯一可能拍到科伊的那张，是众人在厨房的长桌上吃饭，就像《最后的晚餐》那样。照片上所有人一边吃着披萨，一边激烈地讨论问题。科伊的影像呈现出一种有趣的动感模糊，完全和这个空间里的其他东西都格格不入。他有点过分专注地望着镜头，脸上的表情永远都是似笑非笑。

"这一张，"多克说，"你能帮我放大吗？"

"当然，"法利说，"八乘十寸，毛面的，行吗？"

尽管不情不愿，甚至有点绝望，多克还是觉得应该现在去找一趟比格福特。原则上说，他不愿意在"玻璃屋"周围多呆一分钟。这地方让他不寒而栗，它坐落之处与市中心建筑融为一体，看上去和那些老式房子一样外形适中，温良无害，就像高速公路旁的连锁汽车旅店一样毫无凶险之处。但是，在灰色的窗帘背后，在霓虹灯照亮的走廊尽头，却充满了各种各样古怪的另类警界风云录——警察王朝、警察英雄、警察败类、圣徒般的警察、心理变态的警察、蠢到死的警察和自作聪明的警察——因为内部的帮规戒律，这些秘密都不为外面的世界所知晓，而又正是这帮人被授权去控制（或者按他们自己的说法，是去保护和服务）我们的世界。令多克害怕的还有比格福特本人，以及他呼吸的空气。在那个大时代里，他如此渴望逃离滩区，渴望得到晋升。肯定是因为开车出来时抽了东西，在帕克中心的警局大厅里，多克对着接待处的警员开始语无伦次地长篇大论，说自己通常很少和犯罪司法系统里的人来往，说自己的信息来源主要是《洛杉矶时报》。怎么看莱斯利·范·休顿[1]？她那么漂亮，又那么恶毒。这个曼森审判的真正阴谋是什么？因为很奇怪的是，这案子就像是湖人队现在的季后赛，他是否正好看过那场对菲尼克斯队的比赛——

警员点了点头："318室。"

多克在楼上看见了比格福特，发现他今天格外容易激动，似乎在为自己没有办公室（甚至连小隔间也没有）而道歉。不过，在凶杀科大家都没有独立办公室——所有人都挤在一个摆了两张长桌的特大房间里忙碌，不停地抽着烟，用纸杯喝咖啡，对着电话大吼大叫，叫外卖送墨西哥玉米卷、汉堡和炸鸡之类的。他们往废纸篓里扔东西，有一半几率会扔偏，所以地板的纹理（多克认为上面曾经贴过某种乙烯瓷砖）看上去怪怪的。

"鉴于这种半公开的环境，我希望这次不是嬉皮士得了臆想症跑来对我胡扯。我现在总得听些絮絮叨叨的独白。"

多克以最快的速度简单谈了谈他所知道的科伊·哈林根——那次据说让他送命的吸毒过量，后普银行账户上神秘的进账，科伊在尼克松的集会上假装成滋事者。他没有讲自己曾和科伊单独谈过。

"又是一个貌似死而复生的案子，"比格福特耸了耸肩，"看上去这不关凶杀科的事。"

"哦……那你们这里谁负责复活啊？"

---

[1] 莱斯利·范·休顿（Leslie van Houten）是曼森家族的重要女性成员，犯有多项谋杀重罪。

"通常是诈骗组。"

"这就是说洛杉矶警察局官方认为所有死而复生的案子都是骗局了？"

"不总是。也有可能是认错人或者身份证搞错了。"

"而不是——"

"你死了。你死了。我们是在谈哲学吗？"

多克点了一根 Kool 烟，伸到口袋里翻出丹尼斯拍的科伊·哈林根的照片。

"这是什么？又是摇滚乐队？我孩子们墙上都不会贴这种东西。"

"这就是诈尸的那位。"

"这……倒是提醒了我。这关我鸟事啊？"

"他是警察局的线人，不用说，也为一些'爱国坏蛋'服务，就像那个'加州警戒者'，这些人可能卷入了峡景地产的袭击，当然也可能没有——你还记得那个地方吗？那些小屁孩跳到游泳池里？"

"好的，"比格福特又看了一眼那张照片，"你知道吗，我要自己好好查查这事。"

"但是，比格福特，这可不像你，"多克嘲笑道，"这是个悬案，搞冷门对你有什么好处吗？"

"有时做事就是出于责任心。"比格福特回答道，眨眼的时候显出几分虚伪。

他带着多克从后走廊走到一个杂物间。"让我看一下冰柜。"这是病理学医生用来装尸体的专用冰柜，几年前从法医办公室淘汰下来。多克本以为能看见一些和凶杀案子有关的遗骸，结果让他吃惊的是里面居然有好几百个冰冻的巧克力香蕉。

"千万别以为我对滩区有什么恋恋不舍，"比格福特很快抗议道，"这是一种瘾，我过去不承认，但是我的治疗师说我已经改善很多了。请自己拿，别客气。有人告诉我应该学会分享。我们有一个气动传信管道，联通了这栋建筑的每个地方，我用它来把这些宝贝送到所有用得着的地方。"

"谢谢，"多克拿出一个冰冻香蕉，"天啊，比格福特，这里面果然有很多。你别告诉我这是警察局付账的。"

"其实，"比格福特此时不能看着多克的眼睛，"我们是免费拿的。"

"当警察说免费的时候……为什么我感觉你要让我处于某种道德的两难中？"

"斯波特罗，也许你能给我一些嬉皮士的看法，我这些天晚上都在想这事情。"

比格福特曾经每个星期都会开车去"克孜米克香蕉店"，这家冰冻香蕉店开在戈蒂塔海滩码头附近。他从后门小道蹑手蹑脚地进去，这属于一种经典的敲诈手法。店主凯文不仅不把香蕉皮扔掉，反而会像当时的嬉皮士所笃信的那样，将之变废为宝。他把这些香蕉皮转化成一种可吸食的产品，并将之命名为"黄色烟雾"。一群受过特殊训练的安非他命嗜食者藏身在附近某个要拆迁的废弃度假酒店中，每天三班倒地工作着。他们把香蕉皮里面的东西刮出来，然后经过干燥炉和粉碎处理，得到一种粉末状的黑色物质。他们把这些东西包在塑料袋里，然后出售给那些迷了心窍或饥不择食的人。有些人抽了之后，说自己去到了别的地方或时间，经历了某种致幻的旅程。还有些人吸完后，鼻子、喉咙和肺部都痛苦不堪,症状甚至持续好几个星期。香蕉可以致幻的这种信仰颇受地下报纸的推崇,上面会刊登一些很学术的论文,比较香蕉和迷幻药的分子式,并加上一些据说来自印尼专业期刊的文章节选,上面讲到土著对香蕉的迷信云云。凯文因此财源滚滚。比格福特觉得执法部门当然应该跑进去分一杯羹。

"你们管这种敲诈叫什么?"多克想知道,"这不像是真的毒品,它并不能真的让你爽起来。而且这是合法的,比格福特。"

"我也这么想。如果是合法的,那么我弄点抽头也是合法的。你看,假如我拿的不是钱,而是冰冻香蕉,这不更是合情合理吗?"

"只是,"多克说,"不,等等——不符合逻辑,长官……这事我也……不太……"

回到海滩时,他还在一直想这是怎么回事。他看见斯拜克正坐在小巷的楼梯上。

"多克,有个东西你也许想看看。法利刚从实验室拿回来的。"

他们去到法利那儿,他用 16 毫米的放映机把一组胶卷显示在屏幕上。

这是用"爱泰康"[1]反转片拍的阳光下的街景,上面是建了一半的农庄式平房和包建的沙石地。突然,影片上出现了一群男人,身上穿着从当地剩余品商店买来的迷彩服,还戴着机织的滑雪帽,上面有驯鹿和松柏的图案。他们带着一些古怪的重家伙,斯拜克认出来的是 M‑16 和 AK‑47(既有真货,也有不同地方

---

[1] "爱泰康"(Ektachrome)是柯达公司的胶卷品牌。

的仿冒品），H&K[1]造的机关枪（既有弹链供弹式，也有圆筒供弹式），还有乌兹[2]冲锋枪和连发式猎枪。

这支突袭队伍涉水穿过防洪峡，占领了公路桥和行人桥，然后围着临时的小广场建起环形防线。广场上的旗舰店租户是"少女星球"按摩院。多克注意到自己的车停在外面，但是他刚来时见过的那些摩托车却已经无影无踪了。

摄影机向上倾斜了一下，拍到了米奇那些黑帮保镖，他们正骑着哈雷和川崎[3]摩托车，有的逃向开阔地带，有的只是在附近绕圈子。斯拜克认出里面还有一辆"凯旋"T120摩托[4]。现在已经无法清楚判断他们的任务究竟是什么了。看到这些，多克心里觉察到一种难以简单想象的异样，因为在这里面某个看不见的地方，他此刻正毫无知觉地躺在地上。多克仿佛有什么X光眼镜，他能看见自己毫无生气、快要死掉的样子。在影片里看到一场即将开始的袭击，这也许符合索梯雷格所谓的"灵魂出窍"的体验。

突然，屏幕上的画面变得大乱。虽然没有音轨，但多克还是差不多能听出来。画面这时开始抖动起来，仿佛是法利在试图寻找掩护。他用来拍摄的老式"贝尔&豪威尔"每次只能拍一百英尺的胶片，然后就需要更换胶卷，所以这个画面报道看上去有点惊心动魄。这个机器装有三个内置的旋转镜头，分别是长焦、正

---

1 H&K全称是Heckler & Koch，是德国著名的枪械制造商。
2 乌兹（Uzi）是1949年由以色列军官乌兹·盖尔德设计的一款冲锋枪。
3 川崎（Kawasaki Mach III）是日本生产的一款重型摩托车。
4 "凯旋"T120摩托（Triumph Bonneville T120）是英国制造的一款古典风格的摩托。

常和广角，它们可以在拍摄时按照需要转动到快门前。

这段影片异常清晰地显示出格伦·夏洛克被一个蒙面枪手开枪打倒的过程。这个惊险刺激的镜头是这样的：格伦没有任何武器，蜷缩着移动，就像在监狱操场上一样，他试图装出邪恶的样子，但实际上的效果就是彻彻底底的恐惧，暴露出他是多么不想死。光线保护不了他，不像人们看电影时所习惯的那样，光线有的时候可以保护演员。这不是摄影棚里的灯光，只是洛杉矶普照四方的阳光，它将格伦暴露出来，把他作为一个必死无疑的对象区分出来。这个枪手很习惯于操作小型武器，按部就班的样子就像是靶场里的突击队员——不是虚张声势，不是诅咒吼叫，也不是意淫恫吓——他毫不慌乱。当他看到格伦时，你可以发现他调整了一下呼吸，做好超前瞄准，然后用三发闷射将格伦干倒，尽管杀他根本不用这么多枪。

"你的实验室怎么样？"多克说，似乎话里有话，"会有人看到他们冲洗处理的这些东西吗？"

"不太可能，"法利说，"他们已经对我习以为常了，觉得我是神经病。"

"他们能不能再加洗一套？能不能放大一两张图？我想搞清楚这些面具背后究竟是谁。"

"那样的话分辨率就惨不忍睹了，"法利耸肩说道，"但我想你可以猜一猜。"

第二天吃午饭的时候，公主电话开始叮当响了。

"见鬼，居然真的是你。"

"我每周至少有一天是真的。你一定是特走运。你是哪位?"

"他早就把我忘记了。Sinvergüenza,[1]这是我祖母的骂法。"

"我是逗你玩的,卢兹。你过得怎么样,亲爱的?"

"你调情的方式很奇怪哦。"

"我希望你今天不上班。"

在办公室附近有一个很小的居民区,走路就能过去。因为机场要扩建,那里的房子都倒了霉。不过这个扩建计划也许只是存在于某些官僚部门的幻想当中。这个社区搬空了,但还不是荒无人烟。一些不三不四的电影都在那里面进行拍摄。毒品和武器窝点也建在那里。墨西哥裔的自行车手在中午的时候和年轻的白人官员在这里秘密接头,那些官员头上戴着可冲抵税款的假发,用合成纤维做成的浓密毛发里还带着午餐时市中心酒吧里的那股味道。吸毒的家伙在距离他们头顶几英寸高的飞机的刺激下开始飘飘欲仙。一些落魄不幸之人,有的来自帕洛斯韦尔德,有的来自庞恩特杜姆[2],跑到这里偷偷寻找可以自杀的场所。

卢兹开着一辆红色的 SS396[3] 出现了,她一直说这车是从哥哥那里借来的。不过多克觉得这车可能是不知哪里的男朋友给她的。她穿着那种剪破的牛仔裤、女牛仔款的靴子,还有一件和车子搭配的小 T 恤。

---

1 西班牙语,是"王八羔子"的意思。

2 庞恩特杜姆(Point Dume)是城市名,位于加州马里布海岸线的海岬。

3 雪佛兰轿车中的一款,动力强劲,价格不菲。

他们找到一个空房子，于是走了进去。卢兹带来了一瓶快活龙舌兰酒。房间里有张大床垫，上面是香烟烧的印子。一台落地式的法国老式电视机，屏幕都被踢碎了。还有很多空的五加仑装的密封箱，这些东西是用来装野炊用品的。

"我看报纸上说米奇还是没找到。"

"甚至连联邦情报局也不过来了。里格斯又跑到沙漠去了，只有斯隆和我，我们已经很亲密了。"

"啊，有多亲密？"

"还记得楼下那张床吗？米奇从来没在那里操过我。但现在它属于我们俩了。"

"哦……"

"我看到的这个东西是什么？"

"啊，别！这个想法很有趣，不是吗，你们俩……"

"你们男人就喜欢女同性恋的事情……为什么你不舒舒服服地到下面……不，我的意思是下到这里……我会把来龙去脉全都告诉你。"

喷气客机每隔几分钟就在天上轰鸣而过。房子开始颤抖。有时候卢兹会把双腿短暂地分开，多克这时就会觉得自己听到了起落架的轮胎在房顶上滚动的声音。这种声音越大，她就会变得越兴奋。"假如飞机飞得再低一点怎么办？我们可能就死了，对吧？"她两手抓住他的头发，把他的脸从自己阴部推开，"怎么回事，我操，你听不见吗？"

不管他要说些什么，一切都会被飞机靠近时那震耳欲聋的噪音淹没。卢兹现在想要的就是做爱，所以他们就做了。过了会儿，他们点上一根大麻，开始听她讲斯隆的事。

"这些英国小妞到了加州就不安守本分了,她们看见这些人有钱和房产,发现他们完全不知道该如何管理财富。我们越过边境后听到的第一件事情就是:这些人狗屁不懂。所以斯隆才会这么恨啊。每次她只要发现有钱可以搞,她就觉得这钱是自己理所应得的。对于里格斯来说,他倒不是觉得自己应该怎么样,而是觉得有些傻逼不应该拿这些钱。"

"警察管这个叫偷窃。"

"也许吧。斯隆喜欢称之为'再分配'。"

"所以她和里格斯就一起忽悠米奇的钱,从他的客户手中收双份钱,从承包商那里敲竹杠?或者是别的?"

卢兹耸了一下肩。"这不关我的事。"

"他们只是搞在一起去行骗吗?或者他们两人偶尔会真的搞一搞?"

"里格斯说,不是他非得操她,而是米奇不愿去操。"

"原来是这样。里格斯和她老公有什么过节吗?"

"没啥。他们是死党。假如不是米奇怂恿他,里格斯是不会去接近斯隆的。"

"米奇搞同性恋吗?"

"米奇有别的女人干。他只是希望斯隆也有点乐子。他和里格斯一起搞了不少项目,里格斯回城里时就住在米奇的家里。只要斯隆在房间,他就忍不住自己打手枪。把她撮合给……这似乎对米奇来说是一个自然而然的安排。这里还有一些好的卖点呢,鸡巴大,年轻,没啥钱,容易控制在手里。当然,斯隆一开始不是很喜欢这个点子,因为她不喜欢欠米奇什么。"

"可是……"

"你为什么对这个感兴趣?"

"有钱有权的人就是爱胡闹。这比读《询问者》[1]有意思多了。"

"而且报纸是不能拿来操的,对吧,我的白人小崽子……"

"操,操,"多克温和地建议道,"要不再来一炮?"

所以他回到办公室时已经有点晚了,之后的一段日子他不得不编出一些理由来解释身上那些醒目的唇印和指甲印之类的。当卢兹准备开着自己的超级跑车离开时,多克说:"问一下。你觉得米奇到底出了什么事?"

她没了调情的腔调,甚至有点严肃,这让她变得更美了。"我只是希望他还活着,伙计。他不是一个那么坏的人。"

多克希望在办公室的这个上午能够无所事事地过去,可他刚点上大麻就听见那个古董对讲机开始传来刺耳的嗡嗡声。他动了几个塑料开关,只听见某人在喊着他的名字,可能是楼下的皮图尼亚。这通常意味着有人来访,很可能是个女的,因为皮图尼亚一直对多克的社交生活非常感兴趣,她现在显得很激动。"谢谢你,图尼——"多克诚恳地回喊道,"让她上来吧。我有没有刚好提到你今天早上穿的衣服? 太火辣了。那个鲜黄色的粉底和你眼睛的颜色非常搭。"他不知道这番话是否能原原本本地传送过去。

为了防止这个不速之客看见他抽过大麻会不高兴,多克跑去取来了一罐超市自有品牌的空气清新剂,让办公室充满了一种浓

---

[1] 《询问者》(*Enquirer*)是一个以专门刺探和报道名人隐私出名的八卦杂志。

得可怕的合成芬芳剂的味道。门开了，哦天啊，一个美得没谱的女人走了进来，甚至在暗淡的光线下也如此漂亮。红头发，皮夹克，小短裙，嘴唇上叼着一根香烟。她走得越近，越让人心神不宁。

"虱子食品！"多克情不自禁地喊了起来。曾经有人告诉他这句话是法语里的"一见钟情"之意。

"还得再看看吧，"她说，"不过这里是什么味道啊？真他妈恶心！"

他看了一眼这罐气雾剂的商标。"'野花异想'？"

"死亡峡谷的加油站厕所也不可能是这种味道。顺道说一下，我是克兰希·夏洛克。"她把手伸出来，两人握了一下。

"格伦·夏洛克的……"多克开始说道。与此同时，她说道："妹妹。""哦，我为你的哥哥感到难过。"

"格伦就是一坨屎，他注定有一天要这样玩完。不过我还是想知道究竟是谁杀了他。"

"你和警察谈过了吗？"

"是他们找我谈的。一个叫伯强生的家伙。应该说没谈出什么东西来。麻烦您不要这样盯着我的奶子看，行吗？"

"谁——哦。我刚刚是想试着……看你T恤上写了什么。"

"这是照片好不好？是弗兰克·扎帕[1]。"

"正是，正是……你现在说吧……伯强生警探推荐你来找我？"

---

[1] 弗兰克·扎帕（Frank Zappa，原名 Francis Vincent Zappa Jr., 1940— ），生于巴尔的摩，是美国60年代摇滚乐发展史上的先锋人物之一。

"他听上去更加关心米奇·乌尔夫曼的失踪案,而不是格伦的谋杀案。对于洛杉矶警察局来说,这种优先考虑很正常。不过我猜他很喜欢你。"她四处打量了一下这个办公室,口气变得有点犹豫,"对不起,你烟灰缸里是抽了一半的大麻吗?"

"啊!我太不会待人接物了。这里有一根新的,都卷好了,点上吧?"

如果他期盼的是同她浪漫地换着抽烟,就像1942年的电影《现在,航行者》[1]那样,那么他错了。还不等他表现出震惊,克兰希已经抢过了大麻,打开Zippo打火机,把烟点上。轮到多克抽的时候,已经只剩下不到一半的长度。"东西不错,"等到她终于把烟吐了出来,克兰希评价道。接着,他们有了一次悠长的目光交流,多克看得都勃起了。

他忠告自己,现在要表现得专业一点。"市中心警局的说法是,你哥哥试图阻止绑架乌尔夫曼的人,结果就因为这一举动而被枪杀了。"

"这种解释太自作多情了。"她溜进那间绿紫色的午餐间,把胳膊肘放在桌子上,"假如这里面有绑架的话,格伦更可能是参与者。拿钱装装坏蛋还成,但如果真有麻烦的话,格伦的反应肯定是溜之大吉。"

"那也许是他看见了不该看见的事情?"

她点了点头。最后,"是的……波利斯也是这么想的。"

"谁?"

---

1 《现在,航行者》(*Now, Voyager*)是一部美国电影,标题来自惠特曼的一首诗。电影中有段场景是男主角同时点燃了两根香烟,递给女主角一起吸。

"米奇的另一个保镖。他们都失踪了,但昨天深夜波利斯给我打了个电话。我们以前有过那层关系。看看他的样子,你就知道他是那种不好招惹的人。不过我可以告诉你,他现在吓得屁滚尿流。"

"怕什么?"

"他不肯说。"

"你觉得他会和我说吗?"

"可以试一下。"

"这里有个电话。"

"嘿,是公主电话,伙计。我以前也有一个,我的意思是,我那个是粉红色的,不过艳绿色也不错。你打算娶那支大麻,或者就是想抓住它不放?"

电话线很长,克兰希把它拿到尽可能远离多克的地方。多克走进厕所,被一本路易斯·拉莫尔[1]的书迷住了,他都不记得这本书是放在那里的。过了会就听见克兰希在捶门。"波利斯说必须是亲自见面。"

那天晚上,多克去接克兰希下班,她在英格伍德做酒保。他们驱车去到海港高速公路旁边的一家摩托酒吧,名字叫"傻瓜杰克"。当他们进门的时候,自动点唱机里正在放德尔·香农[2]那首不朽的《胜利》,多克认为这是一个吉利的兆头。房子里氧气

---

[1] 路易斯·拉莫尔(Louis L'Amour, 1908—1988)是美国著名的畅销书作家,以西部小说创作而著称。
[2] 德尔·香农(Del Shannon)是美国著名的摇滚歌手,他的《胜利》(*Runaway*)是1961年的冠军歌曲。

含量很低，浓度很高的倒是来自世界各地的烟草味道。

假如不刻意掩盖的话，波利斯·斯皮威拥有全国橄榄球联盟的线锋身材。他手中的台球杆看上去就像祖宾·梅塔[1]拿着的指挥棒那么大。"克兰希说他们因为格伦把你给逮了？"

"他们不得不放了我。错误的时间出现在错误的地点，就这么简单。我在现场被发现不省人事。我现在也不知道发生了什么。"

"我也是。我当时在皮科里韦拉看望我的未婚妻多恩内特。你玩台球吗？你怎么看扎杆[2]？"

"又爱又恨吧。"

"我开球。"

他们在这个台球桌上玩了一会这种扭曲的弧线球，结果桌子表面因为主球垂直方向的反复击打而有所破损。最后店主皮克斯里夫人走向多克和波利斯，脸上带着冷笑，手里拿着把锯短的猎枪。这里立刻变得安静起来。

"看见酒吧那边的牌子了吗，伙计？如果你们不认字，我可以帮你们。"

"哦，别这样，我们又没弄坏东西。"

"我不管这些，你和你的玩伴现在必须离开这里。不是因为我心疼更换毛毡的钱，只是我本人非常痛恨玩扎杆。"

多克四下望了一下，发现克兰希在小隔间里和两个摩托车手

---

[1] 祖宾·梅塔（Zubin Mehta，1936— ），是印度籍犹太指挥家，1969年成为以色列爱乐乐团的音乐总监。

[2] 扎杆（masse shot）是一种台球击球技法。击球时，将球杆几乎与台面垂直地击打主球，使主球产生强烈的旋转，绕过前面的球然后击打目标球。

正聊得火热。母亲们一般是不会同意自己女儿和那种摩托车手混在一起的。

"她能自己照顾好自己，"波利斯说，"她每次都是一对二，今晚似乎是她的幸运夜。走吧，我的卡车停在外面。"

这时，多克的脑海里不可避免地充斥着各种淫秽的场面。他跟着波利斯出去，外面有一辆46年的"道奇"运货车，上面涂着斑驳的草绿色和灰色底漆。他们爬上车，波利斯坐在那儿，观察了一会停车场。"你认为我们已经让那里面的人信以为真了吗？我觉得多些心眼总是对的。"

"我们要谈的是事情有多么严重？"多克给自己和他点上Kool烟。

"告诉我，哥们，就是你知我知——你杀过人吗？"

"每次都是自卫。故意杀人我可记不得了。你呢？"

"你现在带家伙了吗？"

"我们在等谁吗？"

"如果你在特别监室呆过一段时间，"波利斯解释道，"你就总会觉得有人想干掉你。"

多克点了点头。"这些是嬉皮士的行头，"他拉起喇叭裤的裤腿，露出一支短管M27手枪，"如果你想的话，这里差不多可以放下一把H&K。"

"我能看出来你是一个危险的家伙，对我来说太危险了。我想最好还是和你全说了吧。"多克已经做好准备跳出去逃跑，但是波利斯继续说道，"事实上，格伦是被人残忍杀害的。他们来抓米奇时，格伦本来应该是不在场的。他们买通了内线，帕克·比佛顿原本那天当班，计划是让他们进门，然后就闪人，但是帕克到了最后一刻时害怕了，和格伦换了班，并且没有告诉格伦会发生什么事，他只是自己跑路了。"

"这个叫帕克的家伙——你知道他去哪了吗？"

"可能是拉斯维加斯。帕克觉得那边有人可以罩着他。"

"我想应该和他联系一下。整个事情有点令人搞不懂。我们不妨说米奇遇到麻烦了。"

"麻烦这个词不准确。这是他所能惹上的最大麻烦。都是因为他脑子里的那个想法。他挣的所有钱——他所干的事情就是要把钱都送回去。"

多克从嘴里重重地吐出口气。"我还能把自己的名字放在名单上吗？"

"你认为我是在胡扯？那好，我们也都认为米奇是在胡扯。"

"是的，但为什么他要——"

"别问我。最近他又不是第一个受到良心谴责的富人。他经常嗑药，有时嗑佩奥特仙人掌，可能是吃到一定量了吧。你肯定见过这种事情。"

"一两次吧，但多半是打电话请几天病假，和女朋友分手之类的。从没见过这么严重的反应。"

"米奇当时说的是，'我希望能把做过的事情抹去。我知道我不行，但我相信可以让钱流向一个不同的方向'。"

"他对你说这些？"

"听他这么讲过，他和他的马子莎斯塔曾经有过几次这样的深谈。我不是故意要去偷听，只是恰好在那里，这是做隐身人的代价。莎斯塔认为米奇非常渴望把他全部的钱都捐出去。出于某种原因，她对这个想法感到害怕。他开始变得不耐烦，可能认为她只是担心失去自己的饭票。这种想法才是疯了，因为她是真的爱他，哥们。假如她为谁害怕过，那就是为了他。我不知道米奇是不是相信这一点，但是所有坐过牢的人，哪怕就一晚上，都能告诉你那种靠出卖色相骗钱的人和正常人有何区别。那种渴望。你需要做的就是看着她的脸。"

他们坐在那里抽烟。"莎斯塔和我曾经同居过一段日子，"多克觉得自己应该提到这一点，"我说不清楚她对我的感觉。不知道她爱得有多深。"

"伙计，"波利斯冲着多克脚踝上的家伙飞快瞥了一眼，"我希望你听到这些别太伤心啊。"

"波利斯，我只是看起来像一个邪恶的坏家伙，私下里我和所有前男友一样多愁善感。请你忘记这支'斯密斯'[1]，告诉我——还有什么人会担心米奇的大型捐赠计划？商业伙伴？他老婆？"

"斯隆？他不会告诉她半点的，'除非事情了结了，有了律师的证明'，他总喜欢这么讲。他还说，假如让她过早发现此事，加利福尼亚的律师联合会会宣布那天为感恩日，因为那意味着有新业务可以做了。"

"但是他迟早得找律师进来，没人可以随便送几百万出去，必须要有一些技术上的支持。"

"我所知道的是，突然有一些穿西装的家伙出现在米奇住所

---

[1] "斯密斯"指的是他脚踝枪套里的左轮手枪，它是"斯密斯 & 威森"（Smith Wesson）牌 M–27 转轮手枪。

附近——我能亲眼认出来的只有摩门教徒和联邦调查局的人，如果说两者有区别的话。不过我还是不太确定他们是干什么的。"

"你认为他们也许是斯隆的人？可能她发现了什么？或者因为有了什么预感？她的男朋友呢，那个叫里格斯的家伙？"

"是的，莎斯塔认为斯隆和他在合谋搞什么鬼。她本来就很紧张了，这下开始真的变疯掉了。米奇为她在汉科克公园租了一幢房子，有时候我如果不当班的话就会过去——你知道，不是男欢女爱的那种——你知道她总喜欢有人在旁边，会觉得安全得多。每天都会有些新东西出现，有车在房子四周晃荡，或者有电话打进来，那一边却没有人说话。她只要开着 Eldorado 敞篷车出去就会有人盯梢。"

"她的车牌号是多少？"

"猜到你会这么问，"波利斯拿出钱包，翻出一张折叠的麦秆卷烟纸，递给多克，"希望你有办法查查这个，但别让警察知道了。"

"我以前的老板有这种电脑。你为什么不想去找洛杉矶警察局？好像他们也很想找到凶手。"

"你是谁的医生啊？嗑药的？是哪个星球的大学来着？"

"听上去你似乎认为……洛杉矶警察局也卷入此事了？"

"我操，不是可能。米奇也被警告过很多遍了。他的警察朋友总是在他家出现。"

"让我猜猜——金色头发，瑞典人模样，有时说话怪怪的，名字叫做比格福特？"

"就是他。我认为他总过来的目的是找斯隆，如果你真的想知道的话。"

"但是他警告米奇防着……什么呢？远离那个少女星球按摩院？不要信任你的保镖？"

"不管是什么——米奇一律置若罔闻。他喜欢去峡景那边，尤其是那个按摩的地方。我们根本不会想到会在那里发生袭击。前一分钟你还在享受美妙的口活，下一分钟就像是可怕的越南，到处是进攻小组，从极可意浴缸里戴着水下呼吸器爬出来，小妞们尖叫着到处乱跑……"

"噢！听上去你就在现场啊，不像是在皮科里韦拉。"

"好吧，好吧。我确实去那呆了一会，就是去取点多恩内特喜欢的那种紫色东西，你把它放进浴缸里，就能够制造出泡泡来。"

"泡泡浴？"

"正是！我刚好在发生这事的时候走了进去，不过，等等，你——你说你也在那里？一直在那，失去了意识？那我怎么没看见你？"

"也许我在皮科里韦拉呢。"

"只要你不是在和我未婚妻胡搞就行了。"他们坐在那里，用古怪的眼神相互对视。

"多恩内特。"多克说。

这时哈雷机车那颇有特色的持久震动声愈来愈近，这是克兰希今晚的约会对象之一。克兰希坐在车后面。"没事吧？"她喊道，虽然她其实并不是真的很关心。

波利斯把车窗摇下来，探出脑袋，"这家伙把我吓傻了，克兰希。你是在哪里找到的这么彪悍的家伙？"

"中午给你电话，多克。"克兰希有点懒洋洋地说道。

多克想起了罗伊·罗杰斯[1]的一首老歌,用四小节的《一路顺风》[2]来回敬她,而克兰希则和她的新朋友奥布雷呼啸着离开了停车场。奥布雷挥舞着他戴着防护手套的手,很快他的同党索恩代克骑着哈雷"大滑翔铲头"[3]也跟了出去。

---

[1] 罗伊·罗杰斯(Roy Rogers, 1911—1998)是美国歌手兼演员。
[2] 《一路顺风》(*Happy Trails to You*)中的 trail 是一语双关,也可指服用迷幻药后的幻觉反应。
[3] "大滑翔铲头"是哈雷机车的一个经典款,其中"大滑翔"(Electra Glide)是商标名,而"铲头"(shovelhead)指的是哈雷特有的超强马力发动机。

十

多克回到海滩家中，瘫软在沙发上，开始迷迷糊糊地进入梦乡。刚等到他克服表层紧张，进入到"快波睡眠"[1]阶段时，电话却开始发出可怖的铃声。去年有一个多克认识的吸毒青年，脑子有点病了，在破坏公物的狂欢活动中，从自己读的高中偷了个火警铃。第二天这个年轻人深感懊悔，又不知道该如何处理这个警铃，于是就去找多克，要低价卖给他。楼下的艾迪曾经在电话公司呆过一阵子，电烙铁用得很熟，就把这个警铃给接到多克的电话上了。在当时这倒是挺酷的，但是从那以后就不是这么回事了。

原来电话那头是珍德，她出了点状况。从背景噪音上判断，她似乎是在街上的电话亭，但这一切掩盖不了她声音里的焦虑。"你知道在日落大道上的FFO[2]吗？"

"问题是他们知不知道我。有什么事？"

"是班比。她现在已经走了两天两夜了。我开始担心她了。"

"所以你跑到日落大道来听摇滚？"

"'葡萄干布丁'今晚要在这里演出。如果她还在的话，应该就是这里。"

"好的，别走开。我尽快过去。"

在苏珀威达大街以东，月亮已经出来了，多克于是把车开得很快。他在拉谢纳加[3]开下了高速公路，抄斯托克的捷径到了拉布里。收音机里的节目和这个时辰挺搭配，其中包括一首鲜为人知的黑人冲浪音乐作品，是"肉丸旗"乐队的《知心傻妹》——

> 是谁徜徉在大街上，
> 脚上穿着高跟人字拖，
> 脸上总是带着灿烂笑容，
> 从来不会被年轻人灌醉——
> 她是谁？［小调属七吉他和弦进入］
> 知心傻妹！

> 是谁从不担忧自己的因果报应？
> 是谁拿你的妈妈插科打诨？
> 她在那里，看上去很坏很大，
> 就像是戴着埃弗罗假发的桑德拉·狄[4]——
> 她是谁？
> 知心傻妹！

> 浪头来了，知心傻妹就在那里，

---

1 "快波睡眠"（REM）也叫快相睡眠或异相睡眠。人们睡觉经过慢波睡眠时期以后，肌肉也更加松弛，肌腱反射亦随之消失，双眼球有每分钟 50~60 次的快速摆动，脑电波由慢波转为快波。这时人体的各种感觉功能比在正相睡眠时期更进一步减退，这些都说明睡眠程度更进一步变深。

2 FFO 是日落大道上的一家音乐酒吧。

3 拉谢纳加（La Cienega）是洛杉矶的一条大街。

4 桑德拉·狄（Sandra Dee）是美国好莱坞的白人女明星。

头发里满是广藿香,

她沿着赫莫萨[1]疯跑,

在中南部她只是一个小孩——

哦,她是谁?

知心傻妹!

类似这样的歌词还有一些。接下来是"野人"费希尔[2]的作品连播。行驶在拉布雷亚的多克终于看到了品客快餐店的灯光,他这下要解脱了。他停车买了几个红辣椒热狗带走,然后继续往山上开,边开车边吃。他找到一个泊车位,然后剩下的路就步行到日落大道。在FFO前面已经聚集了一小群音乐爱好者,有的来回传着大麻,有的在和门口警卫吵架,有的伴着里面传来的被放大很多倍的贝斯起舞。这是"愤怒"乐队,在当时它出名的原因是乐队里只有三个贝斯手,没有主音吉他。他们今天晚上是来为"葡萄干布丁"乐队暖场的。在演出间隙,不时有人想冲到门里大喊:"弹《白色兔子》!"但都被拖了回来,扔到了街上。

多克不久就撞见了珍德和那个据说失踪了的班比,两人正在街上冰淇淋店的门前闲逛。她们叽叽喳喳地闲聊,挥舞着手上倒锥状的冰淇淋壳,里面多种颜色口味的冰淇淋叠得老高。

"咦,多克!"珍德警示地轻轻皱了一下眉头,喊道,"你来这里干什么?"

---

[1] 赫莫萨(Hermosa)是加州的一个海滩城市。
[2] "野人"费希尔(Wild Man Fishcer)生于1944年,是美国一个高产的作曲家,他年轻时曾用匕首袭击过自己的母亲,并患有多种精神疾病。

"是啊,"班比懒懒地说道,"我们还以为你只会喜欢听'赫伯·阿尔伯特和提加纳·布拉斯'。[1]"

多克把手放在耳朵上,冲着俱乐部的方向做喇叭状。"我还以为听到有人在弹《这个家伙在和你恋爱》呢,所以赶快跑过来。不是的?那我跑到这里来干什么?姑娘们,你们今晚过得如何?一切都很好吧?"

"班比给我们弄到了'葡萄干布丁'的门票。"珍德说。

"我们在搭伴约会呢,"班比说,"古板的水莲花要在这里找一个完美的男人,今天晚上这个闪亮登场的人就是马克·麦纳特雷,亲爱的。"

一辆由专职司机驾驶的白色劳斯莱斯停在了路边,从里面传出来一个声音。"好了,姑娘们,呆着别动。"

"哦,见鬼,"班比说,"又是给你拉皮条的,珍德。"

"给我?从什么时候开始的?"

"你没忘签那封意向信,对吧?"

"你是说厕所里面的那张纸?我用它擦屁股了,现在早不知道去哪去了。怎么了,很重要吗?"

"你们两个停一下,别在那扯鸡巴蛋,给我滚上车,我们有正事要谈。"

"詹森,我是不会上车的。它闻上去就像是广藿香工厂。"班比说道。

"是啊,到人行道上来——像个爷们一样站出来。"珍德窃

---

[1] "赫伯·阿尔伯特和提加纳·布拉斯"(Herb Alpert and the Tijuana Brass)是60年代一个著名的音乐组合,其中核心人物是赫伯·阿尔伯特,作品多次获得公告牌冠军和格莱美奖。

笑道。

"我猜我得闪人了。"多克笑道。

"别走远，巴尼[1]，"班比说，"好好看演出，你现在是在世界娱乐之都呢。"

珍德后来告诉他，这个皮条客名字叫詹森·维尔维塔，他年轻时原本能够更好地做一下职业规划。所有被他欺负过的女人都会帮他带午餐，有些女人（通常是不归他管的）还会不时给他点钱，因为她们觉得对不住他。不过这种补偿从来不能让他真正满意。

詹森在一阵广藿香中不情愿地下了车，走到人行道上。他穿着一件白色西装，它的颜色如此之白，以至于劳斯莱斯都变得黯淡下去。

"我需要你们姑娘们进到车里来，"他说，"现在。"

"我们啥时和你坐过一辆车了？想都别想了。"珍德说。

"我们可丢不起那人啊。"班比添油加醋道。

"你们不会损失什么的。"

"我们爱你，宝贝，"班比说，"但你就是一个笑柄。日落大道上上下下，整个好莱坞大道也是——嘿，哥们，这儿有关于詹森的笑话，用口红写在西科维那的厕所墙上。"

"哪里？哪里？我认识一个在西科维那的家伙，他有辆推土机，只要我吱声，他立马就去把那个厕所给推平了。那个笑话说的是啥？"

"不知道，亲爱的。"班比假装要依偎过来，冲着来往的行

---

[1] 巴尼（Barney）原指美国一部情景喜剧中的滑稽警探，这里是调侃多克。

人哈哈大笑,"你知道的,你只会更加难受。"

"哦,说吧。"尽管如此,詹森还是觉得受人关注是件好事。

"珍德,我们应该告诉他吗?"

"你决定吧,班比。"

"上面说,"班比用她最诱人的语调说道,"假如你付给詹森·维尔维塔任何佣金,你就不能在这里拉屎。你的屁眼是在好莱坞。"

"臭婊子!"詹森尖叫道。此时姑娘们已经顺着大街跑掉了,詹森就开始追,刚跑了几步就踩到一摊"石子路"牌有机冰淇淋上面(这是狡猾的珍德故意放在人行道上的),摔了一个四脚朝天。

多克不知怎么感觉到一阵子同情。也许是别的什么。"嘿,哥们。"

"这是什么?"詹森说。

"我的手。"

"哥们,"他摇晃着站起身,"你知道现在我清洗这套西装要花多少钱吗?"

"真倒霉啊。它们似乎看上去都和这种正点妞一样贵吧。"

"你今晚也在找伴吗?相信我,我们能帮你找到比她们更好的。来吧。"他们开始攀谈起来,而劳斯莱斯就用相同的速度在旁边慢慢行驶。詹森从口袋里拿出一根蔫掉的大麻,点上了火。多克从味道上认出了这是便宜的墨西哥货,而且某人忘记去掉大麻籽和茎了。当詹森把烟递给他抽时,多克假装吸了一口,然后又把烟递了回去。

"很正点的大麻,兄弟。"

"是啊，刚刚见了我的货主。他收费高，但是物有所值。"

他们走过夏特蒙特[1]酒店，来到好莱坞大道上。詹森不时找那些衣着火辣、打扮得像《花花公子》女郎的年轻女子搭讪，结果要么被一顿臭骂或者暴打，要么对方撒腿就跑。有时人家还以为詹森就是潜在的买春客呢。

"生意不好做啊。"多克议论道。

"啊，你知道吗，最近我一直在想洗手不干了。我真正想做的其实是电影经纪人。"

"你说得对。可以拿那些明星收入的百分之十作抽头——爽啊。"

"十个点？就这么多？你确定吗？"詹森取下帽子，一顶霍姆堡毡帽，也是耀眼的白色，然后充满怨念地看着它，"你身上带没带达尔丰？或者巴菲林？我头痛……"

"没有，不过你试试这个。"多克点上一根哥伦比亚大麻，这种货被证明能有效刺激交谈。詹森还没明白怎么回事，就开始口若悬河地讲起了珍德。如果多克没有搞错的话，詹森对珍德有点暗恋。

"她需要有人盯着她。她冒太多险了，不仅仅是在好莱坞这个需要往上爬的行当。她还和这些金镣牙的人掺和，哥们——她跟他们卷入得太深了。"

"哦……现在……我好像在哪里听过这个名字。"

"印度支那的海洛因联合企业。一套垂直管理体系。他们出

---

[1] 夏特蒙特（Chateau Marmont）是洛杉矶日落大道上一家著名的高级酒店，始建于1927年。

钱种东西，进行加工，弄进国境，加速转运，在国内经营街头贩毒网络，每次交易都拿单独的抽头。太帅了。"

"那个可爱的年轻姑娘也在搞白面？"

"也许没有，但她在一家按摩院上班，那是他们用来洗钱的地方之一。"

多克想，如果是这样的话，米奇·乌尔夫曼和金獠牙也许并非那么毫无瓜葛。

见鬼……

"不管你做什么，"詹森更像是自言自语地说道，"离金獠牙远点。如果他们认为你妨碍了他们发财，你最好去找点别的事情做。离得远远的，如果可能。"

多克和詹森·维尔维塔在太阳-法克斯市场告别，让詹森继续在日落大道上溜达，他自己则满腹心事地漫步下山。想想吧——这是一艘走私货物的帆船，还是神秘的控股公司，现在又变成了东南亚的海洛因集团。也许米奇涉及其中。哦，这个金獠牙，哥们——对很多人来说，它意味着太多不同的东西……

一旁驶过的小汽车有的没有摇上车窗，你能听见里面传来的小手鼓声，应和着收音机里播放的任何音乐。街角的咖啡店里自动点唱机正在工作，而公寓楼下的小院子里也传来非电吉他和口琴的声音。在夜晚的这片山区，到处都是音乐。慢慢地，多克恍然中察觉到前面某处有萨克斯和大型打击乐器的动静。是安东尼奥·卡洛斯·乔宾[1]的什么曲子，后来才发现是从一个叫

---

[1] 安东尼奥·卡洛斯·乔宾（Antonio Carlos Jobim）被人称为巴西的格什温，是当年爵士乐领域里 Bossa Nova 这一音乐潮流的领袖人物。

"欧·康加瑟罗"的巴西酒吧传出来的。

有人正在做次中音萨克斯独奏,多克出于某种直觉决定进去看一眼。里面已经聚集了一大帮人,有的在跳舞、抽烟,有的在喝酒、喧闹,有的则在毕恭毕敬地聆听乐队演奏。多克在乐队成员中认出了科伊·哈林根,这倒不是让多克特别吃惊。上次在多班加,他脸上还满是愁云惨雾,现在早就一扫而光了。科伊站在那里,上身专注地环抱着乐器,大汗淋漓,手指如飞,如痴如醉。吹的这个曲叫《德萨费南多》[1]。

当这帮子人表演完毕后,一个打扮得有点怪异的嬉皮女郎走到钢琴跟前,她的头发很短,烫着干练的发式,身上穿着一件五十年代的黑色短礼服,脚上蹬着很高的细跟鞋。事实上,当多克现在近距离看到她时,才发觉她也许根本不是什么嬉皮女郎。她坐在键盘前面的样子,就像是赌桌上踌躇满志的扑克玩家。她来回弹了几个A小调音阶,然后没怎么加以介绍,就直接开始唱"罗杰斯&哈特"[2]的那首经典酒吧歌曲《它从未进入我的心里》。多克并不是特别喜欢伤感的失恋歌曲,而且据说只要有人打算唱这种歌,他就会悄悄地跑到附近的厕所里。可是现在,他坐在那里,整个人呆若木鸡。也许是这个年轻女人的声音打动了他,她对于歌曲有种安静的自信。不管怎样,到了第二段八小节的时候,多克知道这段歌词令他感同身受。他在口袋里找出墨

---

1 《德萨费南多》(*Desafinado*)是乔宾的经典曲目,属于Bossa Nova风格。Desafinado这个名字在汉语中意思是"变调"。

2 "罗杰斯&哈特"(Rodgers & Hart)指的是Richard Rodgers(1902—1979)和Lorenz Hart(1895—1943)这对乐坛老搭档,前者作曲后者作词,共创作了25部音乐剧和500多首歌曲。

镜，然后戴上。在一段很长的钢琴独奏华彩段和重复的副歌之后，多克突发奇想地转过身，果然看见科伊·哈林根站在旁边，就像卡通片里的鹦鹉。他也戴着墨镜，点着头。"我能体会这首歌的歌词。就好比说，你做出了这些选择，你满以为自己做的这些是为所有人好，结果事与愿违，你发现这种做法是最错误的。"

这个时髦的女歌手接下来唱的是"迪兹＆施沃茨"的《孤独地在一起》。多克给他自己和科伊买了巴西朗姆酒，再加上啤酒殿后。"我不是让你泄露什么机密，不过我在电视上见到你出现在尼克松的一个集会上。"

"那么你的问题是，我到底是不是一个大嗓门的右翼傻逼？"

"差不多吧。"

"我想洗刷清白，我也曾想过去为我的国家做点什么，虽然这听上去很傻。这些人是唯一能给我提供这种东西的。虽然看上去让我做的事很简单，但他们真正想要的是控制其成员，让我们感觉到我们还不够爱国。我的祖国在打越战，她是对还是错？问这种问题的简直是疯子。假如你老妈吸海洛因，你会怎么想？"

"我的？这个嘛……"

"你难道不会说点什么？"

"等等，所以美国就像是你说的某人的母亲？……她沉迷于……什么来着？"

"沉迷于把自己的孩子送到森林里找死，没有任何缘由的。这是一种错误的自杀行为，她却无法停止下来。"

"那些'警戒者'可不这么想。"

"我根本来不及提起这事,当时已经太迟了。我看见了当时的情形,知道自己做了什么。"

多克站起来去续杯。他们坐在那里,听着那个并不是嬉皮女郎的姑娘继续演出。

"你的独奏可不赖啊。"多克说。

科伊耸了一下肩。"是个借来的萨克斯,能这样就不错了。"

"你还住在多班加?"

"别无选择。"

他等着多克说点什么,结果他只说了句:"真倒霉。"

"对啊。我连女歌迷的地位都不如。我得去拿大麻,开啤酒,还要确保客厅的大杯碗里只能有浅绿色的吉利豆[1]。不过算了吧,我又开始抱怨了。"

"我确实感觉到,"多克试探性地说道,"你宁愿呆在别的地方。"

"如果回到我原来的地方就好了。"他说到最后时声音有点异样,多克希望只有私家侦探才能听出来。干私家侦探这一行的已经习惯于多愁善感了。乐手们渐渐重新回到台上,多克很快发现科伊正在用一种复杂的方式和乐队搭档即兴改编《飞机之歌》[2],好像唯有这样,他才能把自己和那一团乱麻的生活结合起来。

---

[1] 吉利豆(Jelly Bean)是 Jelly Belly 公司的拳头产品,一种红豆大小的水果糖,外硬里软,有 50 种不同口味,每种味道都有自己独特的颜色。味觉和视觉融洽地合二为一,使得它在美国大受欢迎,被誉为"美国最受欢迎的糖豆"。

[2] 《飞机之歌》(*Samba do Avitao*)是乔宾的一首歌。

多克一直待到打烊的时候才走，看着科伊上了一辆"水星"。那天夜里在河谷追踪多克的，就是这辆邪恶的木纹车。他下山去到"亚利桑那棕榈"餐馆，点了一份通宵特价菜，然后坐在那里看报，等待黎明的到来。他一直等到上午交通高峰期过去，从旁边的窗户可以看到笼罩在烟雾中的山下风景。路上的车流越来越少，只剩下一道道反着光的细流，沿着近处的大街如鬼魅般驶过，很快就消失在耀眼的远方。此时他不断想到的却并不是科伊，而是后普。尽管没有证据，她却相信自己的丈夫没有死。他还在想念阿米希斯特，等到她学会了儿童的忧郁，除了那些褪色的宝丽来照片，她还应该拥有些别的什么。

十一

在多克办公室的门口躺着一张明信片，是从某个太平洋上他听都没听过的海岛上寄来的。这个岛的名字里有很多元音。邮戳上面写的是法文，首字母签名的是一个当地的邮差，旁边还注明了"*courier par lance-coco*"。通过法语字典，他推断它很可能表示某种与椰子壳有关的邮件弹射发送方式，也许因为有无法靠近的暗礁，人们就得这么送信。卡上没有署名，但他知道是莎斯塔寄来的。

"我希望你能看到这些海浪。在这种地方你能听到一个来自别处的声音，告诉你你注定要来这里。还记得玩显灵板[1]的那天吗？我很怀念那段日子，也想你。我希望很多事情会是不同的……一切不应该是这样的，多克。我很难过。"

也许她是这样感觉的，可说不定又并非如此。那个显灵板是怎么回事？多克开始在自己的记忆垃圾堆里翻找。哦……哦，对啊，隐约地……那是在一个没有毒品可以解馋的漫长岁月，大家都搞不到毒品，每个人都很抓狂，精神恍惚。人们把感冒胶囊打开，不辞辛苦地将里面的几千颗小药珠按照颜色进行分类，因为他们相信每一种颜色都代表了不同的颠茄生物碱，如果服用剂量足够大的话，也可以让人爽起来。他们还吸食肉豆蔻，将滴眼液和廉价的酒混在一起喝，吃整包的牵牛花籽，尽管有传闻说种子公司将这些花籽外面裹上了某种化学物质，能导致人的呕吐。大家什么事都干得出来。

有一天，多克和莎斯塔在索梯雷格的家里玩，她提到了自己的这个显灵板。多克灵机一动。"嘿！你认为它会知道哪里能买到货吗？"索梯雷格扬起眉毛，耸了一下肩膀，但却挥手指了一下那个板，意思是你可以试试。通常人们会怀疑，你如何能确定不是别人在故意移动那个心形占板，使得看上去就像是有来自灵界的讯息？"很简单，"索梯雷格说，"全由你一个人做就好了。"多克按照她的指示，小心地深呼吸，让自己进入空灵的状态，手指尖则尽可能轻地放在占板上。"现在，提出你的要求，看看会发生什么。"

"很好，"多克说，"嘿——我在哪里可以找到毒品，伙计？你知道，我要那种好货。"这个板子像野兔一样跳了起来，开始拼写一个位于日落大道上靠近佛蒙特东街的地址，速度快得让莎斯塔差点没记下来。它甚至还告诉了一个电话号码，多克立刻拨了过去。"你好，瘾君子，"一个女人温柔地说道，"我们有你要的任何东西，记住——你来得越快，能给你剩下的东西就越多。"

"啊，请问我是在和谁通话？你好？喂！"多克看了一下听筒，很困惑，"她刚刚挂断了。"

"也许就是录音，"索梯雷格说，"你难道没听出她是在大声对你说'离远点！我是警察的陷阱'？"

"你愿意跟我们过去，帮我们摆平麻烦吗？"

---

1 显灵板（Ouija board）：一种写着字母和其他符号的木板，人们认为用手指与其接触时，它就会以某种方式移动并在板上拼写出通灵的信息。

她看上去满腹狐疑。"我现在必须告诫你，这也许什么都不是。你看，显灵板的问题是——"

但是多克和莎斯塔已经出了门，开车驶上了坑坑洼洼的罗斯克兰斯大道。天空万里无云，阳光明媚，就像你在电视警匪片中通常看到的那样，甚至连桉树的树荫都没有，因为这些树最近被修剪过了。KHJ 电台正在放"托米·詹姆斯 & 熊德尔斯"[1]乐队的多曲联播，也就是没有商业广告的意思。还有什么比这更吉利的呢？

甚至在他们到达机场之前，光线就开始变得奇怪起来。太阳消失在每分钟愈来愈厚的云层之后。在油泵穿过的小山上，雨滴已经开始飘落。等多克和莎斯塔到达拉布雷亚时，他们正赶上一场并不算猛烈的瓢泼大雨。这天气未免太不正常了。在前方的帕萨迪纳上空已经聚拢了一片黑云，不是灰黑色的，而是午夜的那种黑色，像沥青坑一样黑，像尚未为世人见识的地狱一般黑。闪电开始划过洛杉矶盆地的上空，有时是单独一道闪电，有时是一组，接下来则是深沉如世界末日一般的轰鸣雷声。尽管还是中午，所有人都把车头灯打开了。雨水从好莱坞山上冲刷下来，卷裹着泥浆、枝桠，以及很多轻型的交通工具，一直滚到山下的平原。多克和莎斯塔花了好几个小时来避开山体滑坡和交通堵塞事故，最后才终于找到这个冥冥中启示的毒贩地址。这地方其实是个空的停车场，里面挖了很大一个坑，两边分别是自助洗衣店和鲜果汁店（外加洗车服务），都关着门。在浓厚的雾气和瓢泼的

---

[1] "托米·詹姆斯 & 熊德尔斯"（Tommy James & the Shondells）是由托米·詹姆斯作为灵魂人物的一个乐团，其成名曲是 1966 年代排行榜冠军歌曲《*Hanky Panky*》。

大雨中，你甚至都看不清洞的对面有什么。

"喂，我还以为这周围会有很多毒品呢。"

待到多克后来回到海滩边的住处，才知道索梯雷格当时是要向他解释显灵板的问题。在多克拧干袜子，四处找着吹风机时，索梯雷格告诉他，在我们身边总有一些淘气的精灵鬼怪，他们恰好横跨了阴阳两界，无法被人类所感知。这些小坏蛋以捉弄人为乐，喜欢戏耍那些仍然执着于深重而可悲的人类欲望的家伙。"当然！"他们的态度是，"你想要毒品？那给你毒品，你这个傻逼。"

多克和莎斯塔把车停在这个长方形的空地边上，看着这个泥水荡子的边缘不时滑落的碎土。过了一会，这一切转了九十度。至少在多克看来，这个水坑就像是通往别处的门道，像某个巨大湿润的庙宇入口。雨水敲打着车顶，电闪雷鸣不时打断多克关于一条河的思绪。这条河与它经过的这个镇同名，很久以前就因为开掘运河和引流而干涸，相当于匿名地告知天下，那贪婪之罪有多么可怕……他想象这个坑洼再次被水注满，漫过水泥外沿，然后那些许久以来一直被禁止在此流淌的水现在开始无情地报复，很快就填满了干枯的河床，淹没那些平房。所有后院的游泳池也都注满了水，水漫到大街小巷。所有这些预示着因果报应的泽国景象连接在一起，而此时雨水继续瓢泼而下，陆地消失了，变成了一个巨大的内陆海，成为了太平洋的延伸。

在这封用椰子壳抛寄的明信片里，莎斯塔得顾及篇幅，选择话题。可有趣的是，她偏偏选了这个雨天来谈论。那次经历一直在多克心中萦绕，虽然它发生在他们分手前不久。那时，她心思已经不在这里了，多克注意到了这个变化，但却未加阻拦。尽管如此，他们依然像在露天影院的孩子，很快就疯狂地粘在一起亲热，热气升腾到车窗玻璃上，把坐垫都打湿了。至少在那时那刻，他们可以暂时不去想未来究竟会如何。

回到海滩时，雨还在下。而在山上，每天都有不动产的某一部分滑向山下。保险销售员把"百利"发乳弄到了衣领里面，空姐发现根本不可能用她们在遥远的免税店买的摩丝来定型头发，甚至用上半加仑也维持不了一个时髦的小卷。戈蒂塔海滩那些被白蚁侵蚀的房屋都变得和湿海绵一般，管道工被紧急召来挤压房梁柱子，而他们满脑子惦记着的却是自己在棕榈泉的冬季度假屋。人们甚至在清醒的时候也开始变得疯狂。某个狂热家伙自称是"披头士"乐队的乔治·哈里森，他试图劫持一艘"固特异"飞艇[1]。这个飞艇冬天的时候都停靠在海港高速和圣地亚哥高速的路口。此人驾着飞艇飞向科罗拉多的阿斯彭[2]，而且是在雨里。

雨对于索梯雷格有一种特别的影响，她又开始纠结于利莫里亚和它那富于悲剧色彩的最后岁月。

"你前世生活在那里。"多克揣测道。

"我梦见过它，多克。有时候我醒来时非常确信。斯拜克也有那种感觉。也许都是这场雨的缘故，但是我们开始做同样的梦。我们找不到返回利莫里亚的路，所以它就回来找我们。它从海里升起——'嗨，雷格，嗨，斯拜克，好久了，不是吗……'"

---

[1] "固特异"飞艇（Goodyear Blimp）是"固特异"轮胎公司用来做广告宣传的飞艇，飞艇上印有 Goodyear 的单词。

[2] 阿斯彭（Aspen）：科罗拉多中西部的一座城市，位于落基山脉的萨沃奇岭。约在1879年由银矿勘探者建立，现为一流行的滑雪胜地。

"它和你们说话？"

"我不知道。它不单单是一个地方。"

多克现在把莎斯塔的明信片翻过来，注视着前面的图。这是一张摄于水下的照片，上面是某个古代城市的废墟——断裂的柱子和拱顶，坍塌的护墙。水显得异常清澈，似乎散发出一种明亮的蓝绿色光辉。鱼（多克猜应该是热带鱼）在水里游来游去。看上去都显得那么熟悉。他想找照片的致谢信息、版权日期和出处。结果没有。他卷了一根大麻，点上火，开始了思索。这肯定是来自太平洋某个他念不出名字的岛屿附近的信息。

他决定回去再探访一下这个显灵板昭告的地址。它是寻找毒品之途上的经典伤心地，已经永远进入了多克的记忆里。丹尼斯也跟着一起去，算做帮手。

地面上的那个洞已经没有了，在原址建起了一栋形状古怪的未来风格建筑。从前面看，你也许起初会把它当做某种宗教结构的东西，圆锥形的，又滑又细，就像是教堂的尖顶，但又不尽相同。建这个东西的人也一定有相当宽裕的预算，因为外面整个都用金叶覆盖着。然后多克又注意到，这个尖顶形状的房子从街上看还有弧线。他沿着街道又走远了一点，回头再看它的侧景。当他看到这条弧线有多么奇特，而那个顶头的尖尖有多么锋利时，他终于恍然大悟。啊！根据老洛杉矶那些异想天开的建筑传统，这个六层楼高的房子应该是按照金獠牙的样子来设计的！

"丹尼斯，我要四处去看看。你是想在车里等我，还是跟我进去，帮我做个掩护啥的？"

"我想去找个披萨店吃东西。"丹尼斯说。

多克递给他车钥匙。"你们当年在卢辛格高中[1]有驾驶课，对吧？"

"当然。"

"你记住，这是换挡杆，不是自动换挡或者啥的。"

"我没问题的，多克。"丹尼斯把车开走了。

前门几乎肉眼看不见，更像一个巨大的盖板，隐蔽地安放在弧形的楼体正面。在大厅里有一块漂亮的招牌，上面用灯芯体写着"金獠牙公司\公司总部"。在招牌下面坐着一个亚裔接待员，她前面的名牌上写着"仙德拉，嗨！"她穿着黑色的维尼纶连身裙，表情冷漠，用一种半英伦的发音问多克是否确定没走错地方。

"圣佩德罗的亚洲风情俱乐部有人告诉我这个地址。我就是过来替经理取一个包裹。"

仙德拉拿起电话，按了一个按钮，低声说了几句。她听着电话，满腹狐疑地上下打量了多克一番，然后站起身，领他穿过接待区，走到一个拉丝金属门的前面。他走了两步就明白过来了，她从前在柔道馆训练的小时数要比他这一辈子在电视前待的时间还长——她可不是那种你愿意招惹的年轻女士。

"左边第二个办公室。布拉特诺德博士过会就可以见您。"

---

[1] 卢辛格高中（Leuzinger High）：此学校位于加州的罗恩代尔，属于比较差的一所中学。

多克找到这个办公室,然后四处找镜子想整理一下头发。他在门旁边发现了一个很小的风水镜,镶在黄色框子里。从镜子里照出来的脸似乎不是他自己。"这可大事不妙。"他咕哝道。在一张钛合金桌子背后有个窗户,外面是日落大道下街的景色——墨西哥餐点铺、廉价酒店、典当铺。房间里摆着几个豆袋椅和一排杂志——《外交事务》、《无籽大麻的种植窍门》、《现代精神病患者》、《原子科学家快报》。这些杂志让多克完全琢磨不出来这里的客户是什么类型的。他开始翻看一本叫《发型2000》的杂志,读到"满分剪发——你的造型师没有告诉过你的事"时,布拉特诺德博士进来了。他穿着防紫外线的深色天鹅绒西装,非常宽的夹克翻领,下面是喇叭裤,还打着很显眼的紫红色蝴蝶结,口袋插着装饰用的手帕。他在桌子后面坐下,取出一本翻得很旧的大部头手册,开始查东西,不时斜眼瞅着多克。最后他说道:"我想……你带证件了吧?"

他在钱夹里翻出一张大麻用品店的名片,是北泉街的中国人开的。他觉得这个名片能蒙混一下。

"我不认识这上面的字。这是……东方……这是啥,中文吗?"

"哦,我猜你们,是中国人——"

"什么?你在说什么?"

"这个……金獠牙……"

"它是联合企业,正好我们大部分人都是牙医,我们很多年前为了少缴税就建了这家公司,都是合法的——等等,"他像诊断病人一样注视着多克,"你告诉仙德拉你是从哪里来的?"

"这个嘛……"

"哼，你是个整天嗑药的嬉皮士，对吧？我的老天。我敢打赌，你一定是来这里找乐子的——"他一眨眼工夫就拿出来一个圆柱状的棕色玻璃瓶，外面用鲜艳的红色塑料精致地包封起来——"尝尝吧！刚从达姆施塔特[1]弄来的，实验室级的品质，也许我还能给你点带走……"多克还没明白过来，这位狂热的牙科博士已经拿出一堆白绒绒的可卡因，然后把它们切成可吸食的分量，并在旁边的《枪支&弹药》杂志上排成一行。

多克抱歉地耸了一下肩膀。"我尽量不吸我付不起的毒品。"

"喔！"布拉特诺德博士拿出一根苏打水吸管，然后开始用鼻子吸食。"别担心，是免费招待的，就像那个电视天线男常说的……咦，漏了一点点……"他用手指把它蘸起来，然后使劲地往自己牙齿里刷。

多克出于礼貌，用左右鼻孔吸了半行，但他总有种挥之不去的感觉，认为这里的一切不像看上去那么单纯。他去过一两次牙医诊所，那里有股不同的气味。这里还少了一些心灵感应，房间里听不见回音，对此他开始有点担心，觉得这里可能还有别的事情在发生着——某种……不好的。

这时传来了安静而严肃的敲门声，只见接待员仙德拉探头进来。她把连身裙上面的拉链解开了，多克能看见一对没有戴胸罩的漂亮乳房，乳头醒目地耸立着。

"哦，博士。"她喘着气，如唱歌一般。

"什么事，仙德拉？"布拉特诺德博士笑着回答道，鼻子还

---

[1] 达姆施塔特（Darmstadt）：德国西南部一城市，位于法兰克福东南。

是湿漉漉的。

仙德拉点了一下头，转身又离开了门口。她扭过头笑着。"别忘记拿着那个瓶子。"

"我很快回来。"布拉特诺德向多克保证。他很快跟着出去，眼睛狂热地盯着她屁股刚刚停留的地方。他那没有回音的脚步声很快就消失在金獠牙大楼的未知之处。

多克走过去看了一眼放在桌子上的那本手册，标题是《金獠牙程序手册》，翻到的那一章题目叫"人际状况"。"第八节——嬉皮士。对付嬉皮士通常需要直接。他儿童般的天性通常会对毒品、性和（或）摇滚乐产生积极反应，不过使用这些手段的顺序应该取决于当时的特定条件。"

从门口传来了很响亮的叽叽喳喳声。多克抬头一看，发现是个微笑的年轻女人，金发，加利福尼亚人的模样，容貌上佳，穿着带条纹的超短连衣裙，上面有很多种不同的"迷幻"色彩。她冲着多克热情地招手，戴着的特大耳环形状就像某种佛塔，因为她的动作而摆来摆去，发出叮当声。"我在这里和卢蒂医生预约了笑容保养的服务！"

一声爆炸从近处传来。"嗨！你是杰庞嘉，对吧？杰庞嘉·芬维！真没想到会在这里碰见你！"

这并不是一个他特别惧怕或渴望的时刻，虽然不时会有人提醒他记住美国印第安人的一个古老信仰：假如你救了谁的命，这人从那时候就归你负责了，直到永远。他怀疑这个说法是否适用于他和杰庞嘉。那是他作为有执照的私家侦探的第一次有偿行动，当然确实收到钱了。芬维一家是在南部湾区的阔绰大户，住在帕洛斯韦尔德半岛一处大门紧锁的封闭领地，这个领地本身又位于罗林山一个禁闭森严的高档社区里。"我该怎么来见您?"当杰庞嘉的父亲克罗克·芬维在办公室给多克打电话时,他问道。

"我想只能在大门外找个山下的地方见你了,"克罗克说,"洛米塔怎么样?"

这是一桩女儿离家出走的案子,后来了结得非常利索,根本不值得小题大做,更别说克罗克在多克最后把杰庞嘉带回来时所执意支付的巨额奖金。当时杰庞嘉的金属框太阳镜少了一块镜片,头发上还沾着呕吐物。交接的地点就是在他和克罗克最初见面的那个停车场。多克不清楚她当时是不是记牢了他的样子,也不知道她现在记不记得他。

"啊!杰庞嘉!你最近在忙些什么?"

"哦,基本上就是东躲西藏,因为我父母总把我送到一个地方去。"

这个地方原来叫克里斯基罗顿,就是他记得里特阿姨提到过的奥哈伊的精神病院,斯隆和米奇曾经给这个地方捐建过一栋附楼。虽然多克也许曾把杰庞嘉从黑暗神秘的嬉皮恐怖生活中解救出来,但这种重归家庭怀抱的安排似乎已经让她真正发疯了。在对面那堵并无镜子的墙上,多克瞬间看见了一个美国印第安人,穿着印第安人的行头,也许就是《阿帕奇要塞》[1](1948)中亨利·方达的部队曾经消灭过的武士之一。这个人皱着眉头靠近过来。"多克,你现在要为这个白人疯女负责。多克,你打算怎

---

[1] 《阿帕奇要塞》(*Fort Apache*)是亨利·福特导演的一部西部片,主演为约翰·韦恩(John Wayne)和亨利·方达(Henry Fonda),以同情的方式再现了印第安人的 Sioux 起义(电影里化名为 Apache)。

处理这个事？如果你有办法的话。"

"对不起，怪发矮人，你没事吧？"她不等多克回答，就继续讲自己的各种出逃故事。她浑身闪着光，就像是一屋子的瘾君子在给圣诞树悬挂金属箔带。这开始让多克感到头疼。

因为里根州长关闭了大部分的州立精神病医院，私人诊所为了弥补这方面的缺口，很快成为了加州标准的育儿资源。芬维一家曾让杰庞嘉多次住进克里斯基罗顿，并和这个机构签了疗养合同。什么时候住院常常取决于他们每天的心情，而杰庞嘉和家人都过着常人难以理解的情感生活，并且通常喜怒无常。"某天我只是放错了音乐，结果他们就给我收拾好行李，送到正厅门口，那里有司机在等我。"

克里斯基罗顿很快就吸引了一些不爱声张的捐助者——他们都是中年男性，偶尔也会是女性，关注的焦点总是那些有精神问题的年轻人。举止乖张的小妞和放浪形骸的瘾君子！为什么他们会说这是"爱的一代"？你来克里斯基罗顿参加一次摇滚周末，就会搞明白！绝对保证让你自己作出判断！大概在1970年左右，"成年人"已经和从前时代的定义不太一样了。在那些能够玩得起的人中，出现了一股奋力对抗时间流逝的潮流。在这个长期致力于消费各种致幻产品的城市各处，富于洞察力的杰庞嘉发现了这批人。这些旅行者对其他人是隐形的，他们泰然自若地从烟雾翻滚的平顶山巅注视着下面的马路，他们能隔着空间和时间，从一个山顶到另一个山顶，在暮色中相互感知。他们保守着神秘的缄默。他们裸露的背脊上有羽翅在颤抖，他们知道自己可以飞翔。只要再过一瞬间，永恒中那一眨眼的瞬间，他们就能飞升……

所以，当卢蒂·布拉特诺德博士第一次和杰庞嘉约会时（那个地方叫"音思咖啡屋"，是一个颇为隐蔽的餐厅，后面有个天井，菜谱的设计者是一位三星级有机烹饪的驻店厨师），他不仅被迷住了，而且还怀疑是否有人在石榴马提尼酒中偷放了某种新型迷幻药。这个女孩很讨人喜欢！当然，由于缺少超自然的感知力，卢蒂未能发现在她闪烁的大眼睛背后，并不仅仅是关于另一个世界的想法，她本人那时更是亲临其境。这个正在和穿着古怪天鹅绒西装的老男人吃饭的杰庞嘉实际上是一个受控有机体，或者叫电子人，她受程序操纵去吃喝，去交谈寒暄。而真正的杰庞嘉却在别的地方忙乎重要的事情，因为她是"克孜米克旅行者"，在远处有要事等她处理。星系在旋转，帝国在崩溃，因果报应无处可逃，真实的杰庞嘉必须总是出现在五维时空的某个准确位置，否则混乱就会重新获得它的统治。

等到她回到"音思咖啡屋"时，才发现那个电子人"杰庞嘉"不知怎么搞出了故障，偷偷跑到了厨房，对着"今日荐汤"做了些龌龊的事。现在他们必须把这些汤都倒进水槽。事实上，这应该是"今夜荐汤"，它是一种可怕的靛青液体，也许根本不值得当回事。但即使如此，电子人"杰庞嘉"还是应该多体现出一点自控力才对。这是个调皮冲动的电子人"杰庞嘉"。也许真实的"杰庞嘉"本不应该让她拥有那些特殊的高伏电池。她总求着要这种电池，它会让她更招摇。

布拉特诺德博士护送她出来时，一屋子人都在对他们侧目而视，但布拉特诺德博士反而变得更加陶醉。这是一个拥有自由精神的嬉皮女郎啊！他曾经在好莱坞的大街和电视屏幕上见过这些女孩，但这是他第一次的近距离接触。难怪杰庞嘉的父母不知道该拿她怎么办好——他此时此刻的想法却是，他知道该如何对付杰庞嘉，虽然他对此并未加以深思熟虑。

"事实上，我并不太确定他是谁，直到我第一次去做笑容评估……"当杰庞嘉还在回忆时，这个淫荡的拔牙大夫突然进来了，同时还在拉裤链。

"杰庞嘉？我还以为我们说好了永远都不——"他看见了多克——"哦，你还在这里？"

"我又逃出来了，卢蒂。"她眨巴着眼睛说。

丹尼斯这时也摇摆着走了进来。"嘿，哥们，你的车现在在修车行。"

"它自己登记修车的，丹尼斯？"

"我把车前身给撞了。我当时正在瞅那些小圣莫尼卡的妞们，然后——"

"你去比弗利山买披萨，然后就和某人在那边追尾？"

"需要一个新的……他们是叫它啥来着，就是带软管子，水蒸气可以从里面跑出来的——"

"冷却器——丹尼斯，你说过你在高中修过驾驶课的。"

"不，不，多克，你当时问的是学校里有没有叫司机埃德[1]的，我就说有，因为的确有此人。这个家伙全名是埃迪·奥乔亚，因为南萨利纳斯没有一个警察能赶上他的车，所以大家都这么叫他了——"

"所以，你……压根就没有……学过……"

---

[1] "司机埃德"（Driver Ed）正好与美国口语中的"驾驶培训课"（driver ed）是谐音。

"你指那些他们想让你死记硬背的东西,兄弟?"

衣衫凌乱的仙德拉也跟着丹尼斯后面跑了进来,喊道:"我告诉过你,你不能上来的,"当她瞅见杰庞嘉时,尖叫了一声,"哦,笑容保养女郎。多么可爱啊。"仙德拉同时狠狠地盯着布拉特诺德博士看,那眼神就像功夫片里的回旋镖。

"芬维小姐,"医生开始作出解释,"也许今天有点精神异常……"

"太酷了!"丹尼斯喊道。

"什么?"布拉特诺德吓了一跳。

"因为疯了啊,哥们。这是很酷的,要不然你以为是什么?"

"丹尼斯……"多克喃喃道。

"发疯不是一件'很酷'的事情。杰庞嘉就是因为这个要住院治疗的。"

"是啊。"杰庞嘉笑道。

"就像在这里?迷幻的!他们拿那些电流去弄你脑袋,伙计?"

"电来电去。"杰庞嘉含情脉脉说道。

"天啊。这对脑袋可不好啊,伙计。"

"别说了,丹尼斯,"多克说,"我们还得想办法找个公共汽车回海滩呢。"

"如果你们需要搭车,我刚好也顺路。"杰庞嘉提议道。

多克很快对她做了一下眼球诊断,并没有发现值得特别警惕的征兆——在此时此刻,她就和这里任何人一样正常,多克也无法给出太多有用的评价,于是只好勉强接受,"你的车闸和车灯什么都正常吧,杰庞嘉?车牌灯之类的呢?"

"应该没事的吧。刚刚把沃尔夫冈送去做了定期保养。"

"这个是……"

"我的车啊。"嗯,另一个值得警惕的信号,但多克现在满脑子想的就是从这里到海滩可能会有多少执法人员部署在半路上。

"对不起,"刚才一直在瞅着丹尼斯的仙德拉问道,"你帽子上的是片披萨吗?"

"哦,天,谢谢,伙计,我一直在找它呢。"

"你介意我陪你们一道吗?"布拉特诺德博士问道,"以防路上有意外啥的。"

"沃尔夫冈"其实是一辆十年前出厂的奔驰轿车,带车顶盖,乘客可以将之滑到后面,这样就能像搭车的狗狗一样,在需要的时候把脑袋伸到风中。多克坐在副驾驶座上,用宽檐的软呢帽遮住眼睛,希望把前方的不祥之物挡在外面。布拉特诺德博士爬到后排座位,和丹尼斯坐在一起,然后费了点周折把一个装满东西的66号超市袋子塞到多克的座位下。

"嘿,"丹尼斯喊道,"你塞到多克座位下的袋子里放的是什么?"

"别管这个袋子,"布拉特诺德博士建议道,"这只会让大家得妄想症。"

大家确实妄想了,除了杰庞嘉。她带着他们平稳地驶上日落大道,穿梭在高峰后期的车河里。

丹尼斯把脑袋探出车顶。"开慢一点,"他过了会冷静了下来,"我想欣赏一下这里。"他们正在葡萄树街,马上就要经过瓦拉赫的音乐城市。楼里每一个试听间都有临街窗户亮着灯。在杰庞嘉逐一驶过的窗户里，都能看见一个嬉皮怪人或者他们搞的小型派对，每个人都在用耳机听不同的摇滚乐专辑，都在用不同的节奏摇摆。和丹尼斯一样，多克习惯于户外音乐会，那里几千人聚集在一起，自由地聆听音乐，所有东西都混合在一起，成为某个单一的公共自我。但是在这里，每个人都是在孤独地听着，自我禁闭，相互都听不到对方，他们有些人后来也许还要为听摇滚在收银台付钱。这在多克看来是一种奇怪的会费或偿款。最近他愈发喜欢思考这个集体的宏大梦想，它鼓励所有人都深陷其中，你只能在很偶然的时候，才会不经意看到它的另一面。

丹尼斯招手喊叫，对着他们挥舞和平手势，但是那些隔间里的人都没注意到他。最后他把车顶盖滑回来，坐进奔驰车。"太酷了。也许他们都嗑药了。嘿！这肯定是他们管那些东西叫'头戴式耳机'[1]的原因！"他把脸放到离布拉特诺德博士很近的地方，搞得牙医颇有些不舒服，"你想想啊，哥们！就像'头戴式耳机'，对吧？"

杰庞嘉的车开得很有水准，一直到他们已经离开了好莱坞的白色强光，穿越多希尼的时候，多克方才注意到（a）天已经黑了，而且（b）车头灯没有开。

"啊，杰庞嘉，你的灯？"

她对着自己哼歌，多克能认出这调子，它带着一种对于黎明的担忧，正如《黑影》的主题。等她唱完四小节，他又试着提醒了一下。"杰庞嘉，如果你能把车灯打开那就太好了，你知道比

---

[1] "头戴式耳机"（Headphone）：其中的 head 在嬉皮文化中多和毒品有关，比如 head shop 就是卖与毒品相关用具的商店。

弗利山的警察据说都藏在这些交叉路口的山坡上，他们就专门等人犯些小错，譬如闯红灯，然后就突然蹦出来。"

她的哼哼声有点过分紧张了。多克愚蠢地朝她看过去，竟然发现她正盯着他，而不是看着马路。她的眼睛透过那加州小妞的金发，闪烁着狂野的光芒。不，这可不妙啊。虽然他并不是辨别精神病发作的能手，但多克的确看到了一种包裹着的幻觉。当他看着一个人时就会立刻明白怎么回事，因为她似乎并没有真正看见多克，她所注视的东西其实是在物理上更远的地方，是在那渐渐浓厚的雾气中，并将要——

"一切都好吧，宝贝？"卢蒂·布拉特诺德说道。

"噢—噢噢噢，"杰庞嘉像小鸟一样歌唱着，并带着些许颤音。她脚踩在油门上，"噢——噢噢噢，噢噢——噢噢，噢噢噢——噢……"

在车流中，一些本地车辆（如爱克斯嘉莱伯和法拉利）风驰电掣地驶过，超车时与他们只相隔毫厘之间。布拉特诺德博士似乎希望针对心理治疗做一下讨论，于是看着丹尼斯说道："那里。那就是我一直在谈的病状。"

"当她开车的时候请你别说这些，哥们。"

杰庞嘉此时已经决定，她必须闯所有能看到的红灯，甚至在一些红灯即将变绿时特意提速闯了过去。"啊，杰庞嘉，亲爱的，这是红灯吧？"布拉特诺德好心好意地告诉她。

"哦，我认为不是！"她开心地解释道，"我想那是它的一只眼睛！"

"哦，是的，"多克安抚道，"我们能够理解，杰庞嘉，但是——"

"不，不，没有什么'它'在看着你！"布拉特诺德现在有点急了，"那些不是'眼睛'，那些灯是提醒你停下来，等着它变绿。你不记得在学校学过这些吗？"

"那些颜色原来是这个意思啊，伙计？"丹尼斯说。

突然，山上出现了警车的闪光，就像一个UFO从山脊上升起，它鸣着警笛猛冲到山下。"哦，见鬼，"丹尼斯又把头伸向顶盖，"我出来了，哥们。"他眺望着飞驰而过的街景。多克觉得她没有减速的迹象，他也试着不去想车座下的那个纸袋。他伸出脚去够那块刹车踏板，然后慢慢地把车带到路边停车带停下。假如开自己的车，他也许会选择逃跑，至少会把车门打开一两寸，然后将包给扔出去。但是他还没有来得及尝试做这步，已经有人走上前来了。

"驾驶执照，小姐？"警察似乎在盯着杰庞嘉的乳房看。她默不作声地冲他笑了一下，不时打量他臀上放的那把"斯密斯＆威森"。他的搭档是个金头发的新手，走过来倚在后排座位那侧。丹尼斯已经放弃了从车顶爬出去看巡逻警车顶上那排闪光警灯的尝试，新警官只是看着丹尼斯，不时说句："哇哦，伙计。"

"你就是大野兽吗？"疯狂亢奋的杰庞嘉用一种妩媚的语调勾引道。

"不不不，"绝望的布拉特诺德不停地说，"这是警官，杰庞嘉！他们只是想确定你没事……"

"如果不介意请出示驾驶执照，"警察说，"你知道刚才你开车时没有开前灯，小姐……"

"但是我在黑暗中能看清，"杰庞嘉用力地点了下头，"我能看得很清楚！"

"她姐姐大概一小时前进了产房，"布拉特诺德信口胡掰，想让他们逃过罚单，"芬维小姐答应过会赶到那里看孩子出生，所以可能开车的时候注意力有点不集中。"

"如果这样，"警察说，"或许可以换一个人代开。"

杰庞嘉很快跳到后座和布拉特诺德坐在一起，多克挪到方向盘后面，而丹尼斯则移到前面来，坐在副驾驶位置上。警察微笑着看着他们，就像礼仪课上的老师。"好，我们还需要所有人的身份证。"那个新警察宣布说。

"当然，"多克拿出自己的私家侦探执照，"为啥要查这个，警官？"

"新政策，"另一个警察耸了下肩，"你知道这种事，找个由头填表格。他们管这个叫'邪教防范机制'，所有三人及三人以上的平民聚会现在都被界定为潜在的邪教。"新警察对着一张纸夹板上的名单打钩。"标准包括，"另一个警察接着说，"提及《启示录》，头发及肩或更长的男性，通过疏忽驾驶造成危险的，所有这些你们都体现出来了。"

"是啊，伙计，"丹尼斯插嘴道，"但是我们坐在奔驰里，而且车只有一种颜色，米色——难道我们这样不会加分吗？"

多克第一次注意到这两个警察在……好吧，不是吓得发抖，警察是不会吓得发抖的，但他们的确是在抖动，带着曼森案之后笼罩这个地方的那种紧张。

"我们会把这个交上去，斯波特罗先生。它会进入本地和萨克拉门托某个主数据库，除非有我们所不知道的需要或命令文件，你不会再接到我们的通知的。"

顺着布拉特诺德博士的指示，多克驶下了日落大道，很快在一座有私家警卫把守的大门前停了下来。"晚上好，海因里希。"卢蒂·布拉特诺德低沉地说道。

"很高兴见到你，布博士。"哨兵回答道，挥手让他通过。他们在贝尔艾尔[1]蜿蜒穿梭，驶到山坡上，又转到河谷下，最后来到一栋带大门的豪宅。这个房子地势很低，几乎隐藏在它的园艺风景中。这个房子似乎是为了夜晚而建盖的，因为太阳升起来后，它可能就会隐去其形。在大门后的暮色中，隐约闪烁着一片灰色的空地。多克最后终于认出那是护城河，上面还有一座吊桥。

"很快就回，"布拉特诺德博士下了车，把前座下面的袋子拽了出来，然后跑到大门口冲着对讲机讲了些神秘兮兮的话。多克依稀辨出对方是女人的声音。过了一会儿，大门打开了，吊桥也在隆隆声中放了下来。夜晚又变得很安静——甚至听不见远处高速公路上的汽车声，也听不到丛林狼的脚步或是蛇的滑行。

"太安静了，"丹尼斯说，"我有点害怕了，伙计。"

"我想我们还是在护城河这边等你吧，"多克说，"好吗?"丹尼斯卷了很大一根大麻，点上了火，很快奔驰车里就满是烟味。过了会，大门对讲机传来一声尖叫。"嘿，伙计，"丹尼斯说，"你没必要吼啊。"

"布拉特诺德博士希望我们能告诉你们，"另一头有个女人说道，"他会继续在这里做客，你们没有必要继续等了。"

"好吧，你说话就像个机器人，伙计。"

---

[1] 贝尔艾尔（Bel Air）是洛杉矶的一处高级住宅区。

他们花了会工夫才找到回日落大道的路。"我可能会去太平洋帕利塞德[1]找朋友借宿一宿。"杰庞嘉说道。

"麻烦你让我们在圣莫尼卡的灰狗车站下,好吗?我们可以坐本地的午夜班车。"

"顺便问一下,你就是上次那个找到我,并把我带回到我父亲那去的人吧?"

"只是我的工作。"多克立刻谨慎地说道。

"他真的想让我回去吗?"

"我后来又接了几桩类似的活,"多克小心地说,以防她今晚要开得更远,"他就和那些担惊受怕的父母没什么两样。"

"他是个王八蛋。"杰庞嘉肯定地告诉他。

"嘿,这是我办公室电话。我没有固定工作时间,所以你可能有时找不到我。"

她耸了下肩,挤出笑容。"如果你故意不见的话。"

在"达特"被送到比弗利山的这几天里,一切都是怪怪的,虽然多克想象自己的车正在和那些"美洲豹"和"保时捷"之类的伙伴们厮混在一起。那个修车店叫"复活的肉身"[2],位于奥林匹克城南部的一个汽修中心里。当多克最后过去取车时,居然撞见了自己的朋友提托·斯塔夫罗,他正和店主曼纽尔拌嘴。提

---

[1] 太平洋帕利塞德(Pacific Palisades)是洛杉矶的一个区。

[2] "复活的肉身"(Resurrection of the Body)显然是故意的一语双关,因为 body 本身也有"车身"之意。

托开了家豪华轿车服务公司，不过他的车队里仅有一辆车。不幸的是，他的车并不是那种能够"滑过路缘"的款式，也没办法"轻而易举地融入马路"——不，这辆车从马路牙子倾斜着开过来，磕磕撞撞地驶到路上。有保险的时候，它至少一半时间都是呆在汽修厂里（这是提托最近那家保险公司发现的，这让该公司很沮丧；当然你可以想象，提托也不好受），或者由大洛杉矶区各种装填沙料的工地人员照顾维护着。有一年它换了六次漆。"你确定自己说的是豪华轿车，而不是柠檬柑[1]？"曼纽尔提醒他说。每当这车又带着一身凹痕出现时，店主就喜欢用这种方式来打趣提托。他们站在外面的大车棚里，这个棚子是用"匡西特"活动房屋[2]组装的，先把它们的预制件割成一半长度，然后重新组合在一起，在头上搭出像教堂那样的拱顶。"如果你先付钱，我会算你便宜点。收费很低，任何时候你需要喷漆，就把车拿过来，白天晚上都行，有各种颜色，包括金属色，进出只要几个小时就能搞定。"

"让我担心的，"提托说，"是'进出'。你知道的，在汽配领域你需要应对这些高风险因素。"

"这店叫'复活'啊！我们干的这行是创造神迹！假如耶稣在你眼皮底下把水变成了酒，你会接着说，'我喝的这是什么啊？我想要的是唐培里侬[3]啊'？如果我对那些找我喷漆的都那么挑剔，我会怎么干？我会问他们要驾照。那样，他们就都怒

---

1 柠檬柑（limon）的英文发音和豪华轿车（limo）相似。

2 "匡西特"活动房屋（Quonset）：一种用来指由预制件组成的可移动小屋的商标。小屋屋顶为半圆形，为波纹金属，卷下来可组成墙壁。

3 唐培里侬（Dom Perignon）是著名的香槟酒品牌。

了，然后跑别人店里去了，然后我还得上什么狗屁黑名单。"曼纽尔这才注意到多克，"你的宾利[1]？"

"你说这辆64年道奇产的达特？"

曼纽尔来回在多克和提托之间打量了一会。"你们互相认识吧？"

"这要看你怎么说了。"多克正想接着讲，结果曼纽尔继续说道："我本要多收你钱，但是因为有像提托这样的主，他们就算是帮你们补贴了。"不过，发票上的金额仍然像比弗利山一样坚挺，多克花了半天的时间才安排好还款日期。

"走，"提托说，"我请你吃午饭。我需要你帮我参谋点事。"

他们沿着皮克大道，去往牧场花园。这条街是饕餮者的天堂。想当初，多克刚来到这个城市时，有次日落时分——是每日必有的日落，而不是指日落大道——他正在靠近皮克大道西端的圣莫尼卡。洛杉矶腹地上空的光线变幻成柔和的紫色，还带着几缕金黄。从这个角度和时间看过去，他似乎能看见数英里长的整个皮克大道，一直绵延到这个巨大都市的心脏。多克发现，假如他愿意的话，他可以每天晚上顺着皮克大道吃下去，很长时间内吃的各国菜肴都不会重样。这对于那些犹豫不决的瘾君子们可不是什么好消息，因为他们可能知道自己是饿了，却不一定知道如何用某种特定的食物来应付这种饥饿。很多个夜晚，多克的汽车没了油，而他那帮被"脆脆"薯片折磨的伙伴又没什么耐心，只得花好长时间才能决定下来去哪吃。

---

[1] 宾利（Bentley）是一款顶级豪华轿车。

今天他们选择了一家希腊餐馆，名字叫"特克"。按照提托的解释，这个词在希腊文中的意思是"大麻老店"。

"我想冒昧问你一下，"提托说，"有传闻说你最近在忙活米奇·乌尔夫曼的案子？"

"我可不会这么讲。没人付我钱。有时候我想就是一种负罪感。乌尔夫曼的女朋友是我以前的马子。她说需要帮忙，所以我就试着帮帮她。"

提托特意看着大门口，然后把声音压低到多克几乎听不清的程度。"我猜你还没有被收买吧，多克。你没被收买，对吗？"

"现在还没有。但我可以经常拿到一个装满现金的漂亮信封。"

"这些家伙，"提托脸上露出一丝不快，"不会给你信封的。他们让你按要求做事，然后整你的时候可能会手下留情。"

"你说这事和黑手党有关——"

"我只是希望如此。我知道几个家族里的坏家伙，大多数人都怕他们，当然我也怕，但是我不会为这事去找他们。他们会看一眼我，然后说：'帕萨迪纳，伙计。'"

"更别提你欠他们钱。"

"不欠了，我都还上了。"

"什么？不赌马了？不欠美容院的了？不欠小霸王龙的了？不欠'切纸刀'塞尔瓦托·加左尼的了？不欠艾德里安·普鲁士的了？"

"是的。就连艾德里安我也撇清了，钱都还上了，包括高额利息，所有的。"

"这是好事，因为迟早这些崽子们会拿起球棒，去你混的地方找你算账。这些放高利贷的家伙名声可差了。"

"他们都已经成为我伤心的过去了。多克,我现在已经完成十二步戒瘾法[1]。开会什么的,我都去过。"

"好啊,伊内兹肯定很幸福吧。已经多久了?"

"下个星期就满六个月了。我们要好好庆祝一番的。我们会坐豪华轿车去拉斯维加斯,住在凯撒酒店——"

"对不起,提托,我不会是把拉斯维加斯和某个通宵赌博的地方搞混淆了?你怎么可以指望在那里——"

"拒绝诱惑?嘿,就是这样的,我怎么会知道呢?事情会突然出现,然后看看能发生什么吧。"

"天啊,伊内兹不介意吗?"

"她的主意。"

店主兼厨师麦克拿着一个大盘子过来,里面有菜卷饭、黑橄榄和菠菜小馅饼。看上去要花一个星期才能把这些吃完。"你确定想在这里吃饭吗?"他招呼提托道。

"这是多克,他曾经救过我的命。"

"这就是你感谢他的方式?"麦克不满地摇了一下头,"好好想想吧,我的朋友。"他嘟哝着走回厨房。

"我救过你的命?"

提托耸了一下肩膀。"那次在马尔霍兰德。"

"是你救了我,哥们。是你知道那东西在哪。"那个东西指的是一辆被窃的1934年"希斯巴诺-苏莎"产的J12轿车。多克

---

[1] 十二步戒瘾法(twelve-step program)指的是一套帮助各种毒瘾、酒瘾等人群摆脱依赖的指导性课程,它起源于"匿名戒酒会"(Alcoholics Anonymous)的做法。参加者往往会定期聚集在一起,交流戒酒或戒毒的心得体会,互相鼓励。

和一个立陶宛的软骨病患者谈判,想索回该车,结果此人带着一把改装过的AK‑47,塞的是香蕉子弹夹。这个夹子实在是太大了,以至于他总是被绊倒。现在看来,很可能正是这东西救了所有人的命。

"我做这些都是为了我自己,哥们。当我们把它拿回来,钱开始漫天飘散,而你刚好在那里。"

"不管怎么样,多克——有件事情现在我只能告诉你一个人。"他很快看了一下四周,"多克,在米奇·乌尔夫曼从大家视线中消失前,我是最后一个和他交谈过的人。"

"见鬼。"多克回答道,鼓励他继续讲。

"不,我还没说到最紧要的地方。这事若传到那些家伙耳里,还没等我出门,我就会成为人家的下酒小菜。"

"我守口如瓶,提托。"

"事情是这样的。米奇不是很信任自己的司机。那些人大部分都是坐过牢的,这意味着他们外面都有欠债,而米奇有时可能都不知道。所以他偶尔会用一个私密线路打电话给我,我就在临时商定的地点去接他。"

"你用那辆豪华轿车?这看上去可不低调啊。"

"不是,我们用'猎鹰'或'诺瓦'[1]。我总是能临时搞到车,甚至还能弄到'大众',如果车漆不是太花哨的话。"

"所以米奇失踪那天……给你打电话了?你带他去了某个地方?"

"他想让我接他。他是在半夜给我打的电话,听上去像是个

---

[1] "猎鹰"(Falcon)或"诺瓦"(Nova)分别是福特和雪佛兰旗下的汽车品牌。

付费电话。他说话时声音很低,吓坏了,可能有人在抓他。他给了我一个城外的地址,我就开车过去等着。但是他没有出现。过了几个小时,有人在那监视我,所以我就溜了。"

"那是哪?"

"在奥哈伊,一个叫克里斯基罗顿的地点附近。"

"我听说过这地方,"多克说,"是一家为有钱人开的精神病院。在古代印第安语里,这个词是'宁静'的意思。"

"哈!"提托摇了下头,"谁告诉你这个的?"

"是他们的宣传册上啊。"

"这不是印第安语,是希腊语,相信我。我每次去时,他们在房子里都用希腊语交谈。"

"在希腊语中是什么意思?"

"嗯,这是两个词混在一起的,但意思是'黄金牙齿'[1],就是这里——"他敲了一下自己的犬牙。

"哦,见鬼,是'毒牙'?可能是这个意思吗?"

"是,意思差不多。金獠牙。"

---

[1] 在希腊语里,gold tooth 的发音近似于"chryso donti"。

十二

多克打了几个电话,然后抄近道,经伯班克和圣保拉,在午饭之前刚好到奥哈伊的出口。有很多标志都指向去克里斯基罗顿研究所的路。这个收费高昂的精神病院坐落在距离克罗托纳山[1]很近的地方,正好可以利用此处更有名气的精神修炼场所,就像神秘的"内心学校"和"玫瑰十字会"[2]。主楼是一幢红瓦灰墙的教会复兴风格的房子,四周是一百英亩的果园和牧场,还有悬铃木树林。在正门,多克见到一些长发的服务员,身着飘舞的长袍,肩套里面塞的都是斯密斯手枪。

"拉里·斯波特罗。我有预约。"

"如果你不介意的话,兄弟。"

"当然,搜吧。我没带家伙,手上也没握武器。"按规定,他把车停在门口的停车场,然后等研究所的摆渡巴士带他去主楼。在门口有个牌子,上面写着"时髦即正常"。

多克今天穿着一件爱德华时代风格的夹克和喇叭裤,戴的棕色墨镜已经过时了,看上去不是很搭。他嘴上的胡须剪得一丝不苟,就像在夜场电影里常见的男主角。头发用"百利"发胶弄成大背头的效果,还贴着长长的连鬓胡子。所有这些都透露出他只是一个坑蒙拐骗的捐客,隐约有点焦急,不像是能付得起此处要价的人。从大家的反应来看,他这身行头似乎起到了效果。

"我们正打算去吃午饭,"副所长施雷普莱医生额头前挤出几排皱纹,用虚假的同情口吻说道,"和我们一道吧?吃完后我们可以带你参观一下设施。"

施雷普莱医生是一个虚与委蛇之人,他的这种品质你常常可以在那些兜售铝墙板和纱门的推销员身上看到,这类人都经历了某种创伤(如婚姻或刑事诉讼),以至于永远失去了宽容之心,所以他现在得求着自己的潜在顾客,让人们不要注意自己性格上那些讳莫如深的缺陷。

他们在行政人员休息室用午餐时,桌边站的服务生是医院病人,似乎是在靠打工来补齐住院费。"谢谢你,金博利。今天你的手稳如磐石啊。"

"很高兴您注意到了,施雷普莱医生。还要汤吗?"

多克正要用叉子把一堆叫不上名的蔬菜塞到嘴里,突然想到了个问题:假如在这里工作的人是精神病患者,那么在厨房的人呢?那可是远离公共视线之外的啊。也许同样是由病人在做菜?

"斯波特罗先生,尝尝这个白诗南葡萄酒?这是我们自己的葡萄园里产的。"多克开始听他父亲利奥说过,后来逛超市时又进一步了解了这个法语词"blanc",知道它是"白"的意思,而且加利福尼亚的白人似乎至少要比他眼前这个变幻的黄色更加白一些。他偷瞥了一眼商标,发现其成分介绍长达好几行,而且后面还有个括号,写着"背面接续"。但是每当他装得若无其事想看背面的商标时,就会有人瞪着他,有时甚至把瓶子直接拿走,

---

1 克罗托纳山(Krotona Hill):在奥哈伊附近,山上有通神学会建的学院。

2 玫瑰十字会(缩写 AMORC),Ancient and Mystical Order of Rosae Crucis,也叫 Rosicrucian Order。它是一个根植于西方神秘传统的秘传教团,以玫瑰和十字作为它的象征。

将商标那一侧转到他看不见的方向。

"你……以前来过我们这儿吧?"其中一个精神病医生说道,"我曾经见过你。"

"我是第一次来这里。正常情况下我绝少去南加州的南部。"

"那非正常情况下呢?"施雷普莱医生笑道。

"什么?"

"我只是想说,既然湾区有那么多好医院,为什么还要费劲跑这么远来我们这里?"桌旁的其他人都往前倾了一下,仿佛对多克的回答很感兴趣。

是时候抛出一些他曾经和索梯雷格演练过的谈资了。"我相信,"多克真诚地说道,"正如人体内可以找到代表能量中心的七轮[1]一样,地球上也有这样的特殊地点,那里是精神力量的汇集点,当然你也可以说是蒙恩之所。奥哈伊,仅仅凭借克里希那穆提先生[2]一人之力,就足以成为这个星球受神祇庇护的七轮之一。很遗憾的是,旧金山或者它周围的那些地方都不属此列。"

在沉默了一阵子之后,有人说道:"你的意思是……胡桃溪[3]……并非一个能量中心?"这引来了同事们的点头和嗤笑。

"这是宗教方面的事。"施雷普莱医生推测道。他试图在餐

---

[1] 指的是 chakra,原为梵文,意思是"轮子",它被印度神秘主义者认为是能量的中心。

[2] 克里希那穆提(Jiddu Krishnamurti, 1895—1986)出生于印度的婆罗门家庭,14 岁时被"通神学会"领养,被视为"世界导师"转世,随后移居英国等地,接受了西方教育。他通过演讲和写作教导人们用精神修炼的方法来寻求宇宙真理和灵魂自由。他晚年曾定居奥哈伊。

[3] 胡桃溪(Walnut Creek): 地名,位于旧金山湾区。

桌上恢复那种专业氛围,虽然并不清楚这种专业指的是什么。

吃完午饭后,多克走马观花地参观了宿舍和员工休息室,里面配备有电视和一家设施齐全的酒吧,还有知觉麻痹水箱[1]、奥林匹克运动会标准大小的泳池,以及用于攀岩的石头墙。

"这里面是什么?"多克尽量用一种随意的好奇口吻问道。

"这是一栋新的附属楼,用来安置我们那些不听话的病患,"施雷普莱医生说,"现在还没有投入使用,但很快就会成为我们全院引以为傲的资本。如果你想的话,可以进去看看,不过里面其实没什么东西。"他打开其中一扇门,在门廊内多克看到张宣传照,和他在乌尔夫曼家看到的一模一样:照片上,斯隆坐在铲土机里,递出一张超大的支票。他尽量走近,重新扫了一眼这张照片。这次,他发现照片上似乎并没有米奇本人。虽然多克现在看不见米奇,但却有一种奇怪的感觉,认为他就在附近的某处。米奇也许呆在一个奇怪的未知空间里,就连住在那里的人也不知道自己置身何处。在相框之内或之外,也许有另一个米奇,但他并不像那个拿着大支票的女人,因为这个女人只是作为某种版本的斯隆而存在;他可能已经被改变了——多克打了个冷战——精神乃至肉体都更改过了。过了这个门廊,他能看见一条很长的走廊,两边都是同样不带锁把手的门,渐渐隐没在金属的暗影下。在大门被关上之前,多克刚好看到一块镶在墙上的大理石,上面写着: 由克里斯基罗顿的忠实朋友无私慷慨捐建。

如果说斯隆拿米奇的钱去捐赠精神病院,为什么不公开承认

---

[1] 知觉麻痹水箱(sensory-deprivation tank),也叫"漂浮箱",外形就像是有密封舱盖的浴缸,其用途是在精神科深切治疗中使情绪激动的病人恢复平静。

呢？为什么要匿名呢？

"很好。"多克说。

"来，我们看看外面。"

他们来到外面的操场，多克透过薄雾能看见一些桉树、带列柱的散步小道、新古典主义风格的寺院、用白色大理石做的外墙，此外还有喷泉，里面引的是温泉水。一切看上去都像是旧式彩色电影中绘上画的玻璃蒙板[1]。那些阔绰的精神病患者和他们的扈从在远处不时走来走去。正如里特姨妈讲过的，这里有很多改造工程在进行。做景观美化的工人将一大堆陶土花盆滑着弧线抛送到半空，同伴则干净利落地接住。建筑工人一边听着卡车收音机里那激进的酸性摇滚[2]，一边和着拍子在那里钉东西。铺路工用铁锹将表层黑色硬土铲走，然后用滚子将之碾平。

这里还有网球场、游泳池和户外排球场。据施雷普莱医生说，禅园是从日本京都运过来的，在这里按原样重新组装，每一粒白沙和每一块带纹路的石头都原汁原味。禅园附近有一座礼钟，旁边是个荫蔽的凉亭。多克觉得它的样子有点古怪，就像是某本古代禁书中的钢版雕刻画，他仿佛听到了这本书中传出来的集体吟唱声。"这是高级治疗小组，"施雷普莱说。他带着多克走到一处隐蔽的旋转楼梯，下到一个潮湿昏暗的人工洞穴里。气温一下子低了二十华氏度。在湿漉漉的走廊里，吟唱声变得越来

---

1 蒙板（matte）指的是一种电影抠像合成技术，以虚假的背景或前景与演员表演相结合。早期电影往往采用画布作为背景合成，也有用画上图的玻璃来实现合成效果。

2 酸性摇滚（acid rock 'n' roll）是幻觉摇滚的一种激烈、大声的变奏，其中 acid 是迷幻药的俚称。

越大了。施雷普莱带着多克进到一个隔音的房间，里面装着单面镜。在地下室那和水族箱里的淤泥一样墨绿的暗影下，多克立刻在一帮穿着袍子跪在地上的人当中认出了科伊·哈林根。

哎，这算咋回事？

后来多克发现，这里还有其他让他似曾相识的脸。一个保安斜倚在观察窗边，显然是他把这些病人带到这里，现在等着把他们带回去。他打发时间的办法很老套了，就是卷起自己的领带，用下巴压一分钟，然后抬起下巴，让领带重新展开。这样能玩上好几个小时。多克起初没有注意到这条领带，直到后来盯着它看了一会，然后他喊了一句（也许是在脑海里喊，也许是真的喊出声音了，他不确定究竟是怎样）：真见鬼！原来这个打手戴的这条领带恰好就是米奇·乌尔夫曼定制的特别款——事实上，它正是多克在米奇的衣橱里没能找到的那条，那条手绘有莎斯塔的领带。假如多克此刻真的有心情琢磨这幅画，那么她在上面摆出的屈服姿势足以让前男友心碎。当多克的思绪回到现在时，施雷普莱医生正在做总结发言，并问多克是否还有问题。

事实上，有好几个问题呢。

多克至少想对这个窗边的保安提几句这样的话："嘿，你在那儿玩弄的可是我从前的女人。"但这样做有何明智之处呢？世界已经被拆解了，这里的所有人都以各种方式来欺骗你，正如沙吉说的那样，现在再想离开这里已经太晚了，史酷比。[1]

多克带着一大堆申请表格和医院介绍，坐上穿梭巴士回到了

---

[1] 沙吉和史酷比都是动画片《史酷比》（*Scooby Doo*）中的卡通人物，这个卡通系列剧从1969年开播，深受观众喜爱。其中史酷比是一只会说话的大丹狗，沙吉是史酷比的主人，他和自己的狗以及其他三个青少年伙伴展开了破案悬疑之旅。

大门口。路过那个古怪的凉亭时,有个乘客上了车,此人正是科伊·哈林根。他穿着带帽兜的袍子,做着哑语手势,其中一个意思是"跟我一道下车"。

他们在闪避球[1]球场下了车。这里正在进行某个地区级赛事的全院淘汰赛,很多穿着T恤的人在那边尖叫,虽然并不完全和比赛本身有关。没有人注意到科伊和多克。

"来,穿上这个。"这是一件周围的人都会穿的带帽兜的袍子,不过多克怀疑它并非来自提供宗教用品的地方——更像是清仓销售的过时海滩服装。他穿上衣服。"喔……这衣服穿着就像是……阿拉伯的劳伦斯!"

"只要我们慢点走,就像是吃了药的,就没有人会来找我们麻烦。"

"来,这个也许会有用。"多克拿出根哥伦比亚产的优质大麻烟。他们递过来递过去地抽着。过了会,科伊说:"你去见过后普了。"

"见了一会。她还好。她好像也不吸毒了。"

科伊戴着墨镜,不太容易看到他此刻的反应,但是他说话的声音突然低了下来。"你和她说话了?"

"我去敲门,假装是杂志社来的小混混。还看到了小阿米希斯特。据我观察,两人都过得不错。我差点说服后普订了一份《今日心理学》。"

"好。"科伊慢慢地摇了一下头,仿佛在听独奏,"你不知道

---

[1] 闪避球(dodgeball)是一种球类游戏,规则是尽力用球击中对方,而同时需要躲过对方的击球。

我多么担心。"他也许本不打算说这么多,"她戒了,你确定吗?她是参加了戒毒计划,还是她怎么弄的?"

"她就说自己回去教书了。公共健康、毒品意识之类的东西。"

"你会不会告诉我她在哪里教书?"

"知道的话也不告诉你。"

"你真的认为我还会去给她们惹麻烦吗?"

"我不做婚姻案子,哥们。我曾经有过不堪回首的经历,搞这种案子肯定没好下场。"

科伊走路的时候,脸庞隐没在帽兜的阴影里。"不说也无妨,我觉得。"

"为什么?"

"反正我也没办法回去找她们。"

这种说话口吻多克很熟悉,也令他深恶痛绝,令他想到了太多被呕吐物弄脏的厕所、高速公路上的天桥、夏威夷的悬崖边缘,他总是去恳求那些比他年轻的人们不要做傻事。这些人总是非常确定那让他们发狂的东西就是爱。正因为这样,他才不再接手婚姻案子。尽管如此,他现在还是在提醒对方:"你不能回去的,因为如果你这样做了……"

科伊摇了摇头。"那就是我的死期。懂吗?我的家人也是如此。这就像是黑帮,上了贼船,你就一辈子下不来了。"

"当你加入的时候你知道这一点吗?"

"我所知道的就是,如果继续呆在一起,对我们双方都没好。小宝宝惨不忍睹,一天不如一天。我们惨兮兮地坐在那里商量,'我们在彼此拉对方后腿,该怎么办啊?'然后也束手无策。有时我们说，'等到我们能搞到货，我们就能想出办法了，眼下这是不正常的'，但这一切也没有能够实现。这时出现了这个机会。这些人手上有钱，他们不像是那些圣经团体的怪胎们，在海滩镇上逛来逛去，只是冲着你大吼。他们是真的想帮忙。"

多克这时想起了詹森·维尔维塔对他说过金獠牙搞"垂直统一管理"的事情。他现在觉得，假如金獠牙能够让顾客们吸毒上瘾，为什么不能反过来卖给这些人戒毒计划呢？让他们来了又走，这样就可以赚两遍钱，完全不用担心没有新的客源——只要还有人想逃离美国生活，这家企业就肯定会有源源不断的新顾客。

"他们带我参观了一下这里。"多克说。

"打算也住进来？"

"不是我，我可没这么多钱。"

此时，他们已经相当有默契感了，只要科伊想说，他完全可以借这个机会来谈谈自己和对方达成的是什么交易。但是他只是默不作声地走路。

"你们缺少真正的婚姻顾问，"多克小心翼翼地说，"如果我当时能核查一下那些人就好了，也许能发现一些你没想到的阴谋——"

"我不是针对你才这么讲，"话中似乎有点愠怒，"不过这里有太多你根本意想不到的事情。你如果想去核查，我拦不住你，不过你最好还是别这样。"

他们几乎走到了大门口，周围的影子在夕阳下变得越来越长。在海滩那边，这时候可能已经开始刮起了海风。"我能明白你试图让我不要插手这个事情，"多克说，"我也的确不应该试着给你打电话。不过你看，无论如何你现在被关在里面，我还在外面呆着，置身事外。我现在能做的事情你可能就做不了了。"

"我现在不能再往前走了。"科伊说道。他们站在靠近大门的一个杏树园里。"来，把袍子还给我吧。"

多克当时一定是把视线从科伊身上挪开了片刻。还在脱袍子或者折衣服的时候，科伊就把东西突然拽走，像拿着魔术师斗篷一样抖了一下。等多克想找袍子时，科伊已经无影无踪了。

多克从101号公路返回，到去千橡市[1]的上坡时，他突然发现前面有一辆印着涡旋图案的大众巴士，里面坐满了笑嘻嘻的吸毒者。这些人出现在多克面前，他赶紧把刹车踩了下去。旁边的错车道已经被一些试图绕过大众巴士的司机们搞得拥堵不堪，所以多克也没必要再尝试。若在过去，多克也许就已经不耐烦了，但随着年龄和智慧的增长，他已经开始懂得这些车从一开始就根本没有什么狗屁压缩[2]，因为很久以前在沃尔夫斯堡[3]的工程师们就已经是这样设计的。他把车挂到低挡，伸手把收音机的音量旋钮调大。此时收音机正在放"滚石"乐队的《昨天我遭遇了一些事情》。多克想，上了这个坡，应该就到地方了，这样好倒是好，只是现在他刚好有时间思考米奇的领带。他想不通这个警卫是如何搞到这条领带的，也忍不住回想那个手绘的莎斯塔·菲。莎斯塔躺在地上，伸开四肢，已经湿了。如果他没弄错的话（虽然他只来得及瞥了一眼），她也即将达到性高潮。

---

[1] 千橡市（Thousand Oaks）：加州地名。

[2] 可能指的是一种优化发动机压缩率的设计，通常来说汽缸压缩率越高的发动机性能越好。

[3] 沃尔夫斯堡（Wolfsburg）：德国城市，是大众汽车的总部所在地。

米奇在被抓的时候一定就打着这条领带。他也许是那天早上随意从衣橱里拿出的这条，也可能是出于更深的考虑。当他们给他穿上克里斯基罗顿的病人制服时，没收了他的领带，这时那个警卫就看见了，并决定把它拿走。也可能是米奇后来拿它去交换精神病院里的某个好处，如打电话、香烟，或别人吃的药？在多克当年就读的那所专科学校，教授曾经向他指点迷津说，词非物，地图也不是领土。他想自己也可以把这个道理运用到这里，领带上的裸女并不是真的她。但多克此刻还不是那么的理性，他唯一能感受到的就是伤心，并不是因为米奇，而是为了莎斯塔——也许是因为两人过去的情史。暂不提画上的她在那个傻瓜警卫脑海里可能勾起的性幻想——米奇能这么做，这说明她在他心里有多么无足轻重啊。

第二天傍晚，多克回到了海滩。他驾车驶上小山丘的斜坡，看见薄雾笼罩下的海湾和海岬。纯净的夕阳就像是钢铁在高温加热后灼热燃烧的颜色。航班的灯光，有的在闪烁，有的则不变。这些飞机安静地从机场升起，划过短短的弧线，然后就要开始在天空中平飞。有时，它们和黄昏中亮起的星星汇聚在天穹，然后继续前行……他决定去一下办公室。刚要进门时，电话铃就响了，声音很低，仿佛在自言自语。

"你去哪里了？"佛瑞兹说。

"我可没有什么值得推荐的地方。"

"怎么了，你听上去很糟糕。"

"这事情已经越来越不妙了，佛瑞兹。我想我已经知道他们把米奇带到哪里去了。他也许已经不在那里，或者根本不在人间，但是不管怎样他现在都很惨。"

"幸亏我没掺和这事。不过警察呢？你确定他们不能帮你吗？"

多克找到一根香烟，然后点上。"没想到这话能从你口里说出来。"

"只是说走嘴了。"

"我真希望……"他觉得真他妈的累，"能信任他们一下，哪怕就一次。不过就像是万有引力，他们只会朝一个方向来拽你。"

"我一直很钦佩你的原则性，多克，尤其是现在。我查了那些你给我的车牌号码，发现有些是属于洛杉矶'后备警察'的车。在瓦茨骚乱[1]期间，似乎招募了很多这种人，这样他们就能玩'快跑，黑鬼快跑'的把戏，一切都是合法为之。从那时起，他们就像是洛杉矶警察局的私人武装，在警察不想被报纸抹黑的时候就派他们出场。你有铅笔吧，把这些抄下来。日后的事情别告诉我了。"

"我欠你一个人情，佛瑞兹。"

"别谢我。假如你打算体验一下做未来弄潮儿的感觉，就去雇一个叫史巴奇的家伙。他如果不能按时回家吃饭，还要给妈妈打电话。不过你猜怎么回事——我们竟然都是他的培训生！他在阿帕网上玩，我敢说那就像是迷幻药，完全是另一个奇异的世

---

[1] 瓦茨（Watts）是洛杉矶的一个区，1965年这里曾发生了严重的种族骚乱，品钦曾为《纽约时报》写过文章专门评论此事。

界——时间，空间，所有这些都不同。"

"那他们什么时候会取缔这东西，佛瑞兹？"

"什么？他们为什么要这样做？"

"你要记住，当他们发现凭借迷幻药能看到一些他们不想让我们看见的东西时，这玩意就不再合法了。信息为什么就不会是这个下场？"

"这样的话，我最好得让史巴奇快一点。今天他告诉我，说他找到了一个办法，能神不知鬼不觉地入侵萨克拉门托市情报机关的电脑。所以很快，州政府能有的，我们也会搞到。你可以把我们想成另一个情报基地。"

这时他们听到电话线里的电流声。有人在窃听。"好吧，他是只很不错的猎犬，"佛瑞兹泰然自若地接着说道，"如果有东西在那，史巴奇就能给寻回来。他喜欢干这事。"

"记得提醒我给他捎一些狗粮。"多克说道。

回到自己的住处时，多克发现丹尼斯叼着一支没有点燃的大麻烟，心神不宁地坐在小路上。"丹尼斯？"

"我操冲浪板！"

"发生什么事了？"

"他们把我家弄得一团糟。"

多克几乎想接一句："你怎么看得出来的？"不过看见他难受的样子，多克还是说："重要的是，你没事吧？"

"我当时不在，不过如果我在的话，他们也会糟蹋我的。"

"冲浪板乐队——丹尼斯，整个乐队，包括节奏吉他手和贝斯手，他们都破门而入了？然后呢？"

"他们来找我拍的那些照片。我知道的。我藏好的东西被扔得地板上到处都是,他们把冰箱都清空了,把所有东西都放到搅拌器里,弄成浆汁,一点都不给别人留。"

"'别人'?那就是指你了,丹尼斯。为什么他们要给你留?"

丹尼斯想了一下,多克看着他渐渐冷静下来。"进屋子里来,我们重新把你嘴上的东西给点上。"

"因为,"丹尼斯后来回答了多克的问题,"他们应该都是一些怪胎,是变态的冲浪迷幻乐队。这是他们的公众形象。怪胎是不会去欺压其他怪胎的。而且更重要的是,如果他们拿你的食物,就会一起分享。你没看过那个电影?[1] 就是那个'怪胎守则'——"

"我觉得你说的,"多克说,"可能是1932年某个巡回马戏团的故事。不过那可是不同类型的怪胎……"

"不管怎么样——那些'冲浪板'乐队的人就和那些正常世界里的人一样操蛋。"

"丹尼斯,你确定是'冲浪板'乐队吗?我的意思是,你有没有目击证人啊?"

"目击证人!"丹尼斯悲惨地笑了一下,"如果有证人,他们就要跑过来向这帮人要签名啥的。"

"你看,我已经拿到了底片和样片。比格福特拿到了有科伊模样的冲印照片。所以不管这是帮什么人,他们都不会在你家找到什么。很可能他们也不会再回来了。"

---

[1] 丹尼斯指的是1932年的电影《怪胎》(*Freaks*)。这部恐怖片讲述的是一个美丽女孩为了钱而嫁给马戏团里的畸形怪人,后来这个女孩被截去四肢,放到马戏团的怪胎展览里供人观赏。

"我所有的中国菜啊!"丹尼斯摇了摇头。每个月他都会从苏珀威达大街上的南湾广东菜馆订三十份菜,然后把它们放到冰箱里,接下来这个月,他每天就拿出一份解冻来吃。

"他们为什么要——"

"甚至连昨天晚上剩下的'左将军'[1]西兰花也没了。我是特意留着的,哥们……"

第二天上午,多克还是和往常一样去上班。他穿过那些买B_{12}[2]的老主顾的队伍,发现皮图尼亚的大腿上有个奇怪的瘀伤。多克上了楼,开始核对佛瑞兹给他的那张名单,上面记录着警察助手的名字。这可不是他渴望去做的工作。他过去也能偶尔碰见这些未来的警察,这些人总是一副携带了强火力武器的德行,牛逼哄哄地穿戴着准军事贝雷帽和迷彩制服,拿一些越南战场上淘汰下来的装备(都是在霍桑大道上的剩余品商店买的),还佩戴着徽章和勋带,有些甚至是真货,虽然严格意义上说不是他们赢来的。他不记得这些人中有谁曾经和和气气、甚至哪怕不带恶意地瞅过他。这些都是在本地拿着持枪执照的骂街者,真希望老天爷能救救那些头发长度超过海军陆战队规定的男性平民。

当然,这些人白天都有自己的工作。多克假装成各式销售员,打电话给他们,或者说自己是萨克拉门托车辆管理所的,问

---

[1] 左将军(General Tso)指的是清朝左宗棠,在北美的中餐馆中,"左将军鸡"(也叫"左宗棠鸡")是一道名菜。"左将军"西兰花可能同样也是湖南菜系中的一个菜名。

[2] B_{12}维生素是神经系统功能健全不可缺少的维生素,参与神经组织中一种脂蛋白的形成。

一些无伤大雅的问题，有时还说自己是失去联系的老友，已经结了婚——所有这些家伙都是顾家男人——突然想聊聊。谈天是婚姻所造成的不良反应，多克刚出来单干时，佛瑞兹就这么告诉他："这些女人迫不及待地想找人说话，因为在家里没有人听她们说的任何话。只要你刚坐下来，她们就会让你听得耳朵起茧。"

"她们找不到姐妹或者别的太太一起说话吗？"多克问道。

"当然可以。但是这对我们就没什么用了。"

一直等到晚上大家都吃完晚饭了，多克才买了个"塔可钟"[1]墨西哥馅饼打发自己。这东西足够提供一天的营养，而且便宜到只需69美分。他戴上另一顶栗色短假发，是偏分的发式。这个假发是在好莱坞大道某次打折活动时买的。多克还穿上了一件廉价商店买的西装，看上去就像是"活宝三人组"[2]穿剩下的。等路上的车稍微少了一点，他就开车去某个位于罗斯莫尔-赛普莱斯的地方，刚好在县界线之外。

刚驶上高速公路，他就听到收音机里的DJ在说："下面是班比点的歌，献给在KQAS强大电波国的'葡萄干布丁'全体成员——这是小伙子们的最新单曲——'漫长之旅'。"

前奏是斯梅德利演奏的Farfisa电子琴，里面充满了大西洋彼岸的弗洛伊德·克拉莫尔[3]的即兴乐句。接下来是"不对称的鲍勃"开始演唱：

---

[1] 塔可钟（Taco Bell）是全球连锁餐饮集团的名称。
[2] "活宝三人组"（Three Stooges）是美国20世纪一个非常经典的喜剧组合。
[3] 弗洛伊德·克拉莫尔（Floyd Cramer）是美国著名的乡村音乐钢琴家。

他曾经为一个法西斯国家而征战

所以不要指望第一次约会

能多么有趣,他会怀念那段生活,

他会怀念那些食物,

他会带着特殊的心情去闲逛,怀疑

自己怎么回到了眼前这个世界,

和那些疯癫的嬉皮士,以及

那些吸着大麻的女孩。这是一段,

漫长之旅,从德浪河谷[1]出发,

【斯梅德利和声,萨默塞特用滑音吉他伴奏】

这是一次糟糕的行程,你要远离

家乡的那些好兄弟,

你在异地只是希望,

第二天快些到来……

也许对你来说,这听上去就像是定制的排气管[2],

但他听到的并非如此,他想到了

从前,迷失在那充满炮火和恐惧的子夜,

他甚至不知道

---

[1] 德浪河谷(Ia Drang Valley):越南地名。美国介入越南战争以后,于1967在此地和北越人民军第一次正面交战。这场战役使北越从此决定避免与美军进行正面冲突,转而采取游击战的战术。

[2] 定制的排气管(custom exhaust)指的是改装车为了加强动力性能,将汽车排气系统做了改进。

自己在和谁一起玩,

你以为抽一根大麻会好点,

其实只会把事情弄得更糟,

你在愚弄你自己,因为这是一段,

漫长之旅,从湄公河三角洲出发……
这是最后一次无望的机会,你此时需要朋友,
子夜的你在金南湾[1]上空飞行,
你不知道该如何,
重新回到家乡。

当多克到达他要找的地方时,看见各家院子里停着塑料三轮车,有人在屋外给花浇水,有人在保养车辆,孩子们在私家车道上玩投篮游戏。纱门里传出电视机尖厉的高频扫描电路声,等到多克走到门口台阶时,这声音变成《疯狂兔宝宝》的动静。按照佛瑞兹的说法,扫描频率是15,750圈/秒,只要多克到了三十岁那一刻(现在随时都有可能),他就再也不能听见那种扫描声了。所以,本来只是对美国家庭的普通拜访,但却让他感到一种特别的悲伤。

阿瑟·奎多是个平民机械师,朝九晚五地在海军武器站工作。周末的时候(平时晚上偶尔也去),他会穿上从"杰克·弗罗斯特"(这是曼森家族在圣莫尼卡最喜欢的一家剩余品商店)买来的制服,然后去参加"加州警戒者"的会议。和他一道去的

---

[1] 金南湾(Cam Ranh Bay)是越南一处战略要地。

是邻居普雷斯科特,也是业余从事反颠覆运动的积极分子,佛瑞兹给多克的名单上就有此人。阿瑟戴着一副灰色的牛角边框眼镜,额头不仅很高,而且光滑平坦。他脸上的一切都不招人讨厌,除了那副有点僵化的表情,仿佛这是他还不知道如何去卸下的装置。

多克假扮成来自泰扎纳[1]的"毛绳"家庭保安公司的销售代表,他希望这个编出来的公司名不会真的存在。里特姨妈很久以前曾经告诉他,加州居民相信假如你在房子周围系上毛绳,就不会有蛇来袭扰。"我们的制度也是按照相似原则在运作,"多克向奎多夫妇(阿瑟和辛迪)解释道,"我们沿着你们的房屋地界线建立一个电子眼网络,上面连着喇叭。任何人只要穿过电子束,就会触发次声波脉冲——有的会呕吐,有的会腹泻,不管怎样都足够让那些入侵者滚回原地,而且得支付一大笔干洗费呢。当然,在你们需要进出家门或者修剪草坪的时候,你和家人可以远程关闭这个系统。"

"听上去有点复杂,"阿瑟说,"而且,我们这儿已经装了一个保安系统了,其效果是得到肯定的。你眼前这个就是。"

"但假如你需要离开城里时——"

"辛迪,"当她用碟子端着高颈啤酒瓶回来时,阿瑟捏了自己老婆屁股一下,"比我的枪法还准。我们会用点二二在你还没搞明白怎么回事之前就把那些小子给放倒。"

"时间过得真快啊。"辛迪说。

---

[1] 泰扎纳(Tarzana)是一个位于洛杉矶西部的城市。此地名源自电影《猿人泰山》(*Tarzan of the Apes*),小说原著的作者 Edgar Rice Burroughs 正是住在泰扎纳。

"听上去您家保卫工作做得不错,不过我顺道拜访一下应该也是没坏处的。您和当地一些业主一直都很关注家庭保安工作,这都是上了名单的……您还是预备警察,譬如……"

"我们严格说来并不是加州居民,但我是他们所谓的待命名单上的。车上装了对讲电话,随时可以出发。只要他们需要我,我可以在一个小时内赶到任何地方。"阿瑟说道。

"每次我们和洛杉矶警察局谈话时,总会有人提到你们,说他们真希望有更多人像你们一样。只有这么多巡逻车和穿制服的,而外面的局势真的是很不好。他们需要我们提供支援。"

这番话并没有立刻打开他们的话匣子,但是渐渐地,奎多夫妇开始互相鼓励,随着电视节目从《比弗利山人》[1]变成《绿色田野》[2],喝空的高颈啤酒瓶越来越多,阿瑟开始拿出他收藏的家庭防卫设备给多克看。这里面从女士用的 22 毫米口径的珍珠手柄手枪,到 35.7 毫米口径的麦格农手枪,再到越南战场流出的榴弹发射器,应有尽有。"这支是单发的,"阿瑟说,"全自动的家伙都在屋后面放着。"他领着多克穿过后门来到屋外,此时夜色正浓,两人穿过一块很大的空地,耳里尽是周围居民透过纱窗传来的动静,有电视声,有晚饭后收拾碗碟的声音,还有孩子们的吵架声。他们来到一处独立的外屋,样子就像是小谷仓,里面却藏有各种类型的突击步枪和轻机关枪,还有让阿瑟引以为傲的一体化 33 型自动火箭炮,这可是非法武器,需要两人小组才能

---

[1] 《比弗利山人》(*The Beverly Hillbilles*)是美国 CBS 制作的情景喜剧,从 1962 年到 1971 年一共播出九季。

[2] 《绿色田野》(*Green Acres*)同样是由美国 CBS 制作的电视剧,讲述了一个纽约律师和他妻子离开大城市去农村生活的趣事。

操作，一个拿着75毫米的发射管瞄准，另一个则驾驶改装过的高尔夫电瓶车，上面装着多达一百发的弹药盒。

"短时间内不会有任何黑鬼敢溜进这片西瓜地的。"阿瑟宣称。

"很精巧的设计啊，"多克说，"怎么会有人手上有这些东西？"

"哦，都是些卖家，"阿瑟认真地说道，"相互交换才见面，在敏感团体聚会时。"

"工作时能用上吗？警察局能允许你们带着这种家伙吗？"

"也许很快我们就能见分晓了。在瓦茨，这种武器肯定能起到作用。"

"最近可没有那种规模的行动了。他们是如何让你们这些人不闲着的呢？"

"周末对抗演习，城市反游击训练。有时他们想盯着某人，但却又调不出人手。并不是很刺激的工作——监视，也许就是拿石头砸窗户，石头上贴一张警告的字条。不过是当场付现金，足够买几个贝斯曼的披萨吃了。"

当他们离开阿瑟的工作间时，多克正巧发现了一个滑雪主题的滑雪帽挂在门后的钩子上。它看上去和法利·布兰奇拍的片子上那些袭击"少女星球"按摩院的人戴的帽子非常相似。

多克的鼻子开始变得很痒。"嘿，我圣诞节也买过一个这样的，"多克在码头边上随便扔下一条爬虫作诱饵，"只是我的帽子顶上有假鹿角，那种大大的，红红的，你知道的吧，就像鲁道夫鼻子上的那种颜色，用电池的……"

"这个是标准款，"阿瑟忍不住自鸣得意起来，"是制服的一部分，我们出去做对抗演习时要穿的。"

"几周前你们是不是在米奇·乌尔夫曼失踪的那个娱乐场所搞了次演习?"

"当然。我们后来就在峡景地产去追一帮开摩托车的流氓,那帮家伙长得邪恶至极,不过真到了事态严重的时候,这些人和黑鬼一样好对付,真的。"

"是啊,我总看到那个地方的广告,上面有个警察,叫什么来着?"

"伯强生——当然,就是老比格福特。"

"我想我曾经和他打过一两次交道,在市中心,是私闯民宅的案子。"

"他是真正的美国坏蛋。"阿瑟·奎多说。

"没开玩笑吧?他给我的印象更像是一个大学教授,而不是在外面跑的警察。"

"正是。那是他的假象,就像克拉克·肯特[1],看上去温柔和蔼。但是你应该看看他工作时的模样。我靠!台面上,他是皮特·马洛[2]。背地里,他就变成了史蒂夫·麦加利特[3]。"

"那么危险啊?下次我再和他接触,可得多加小心。"

结果,很快这种担忧就变成了现实。多克开车从地面街道回

---

[1] 克拉克·肯特(Clark Kent)是电影《超人》中的主人公,平日里是一个文弱怕事的男孩,但到了关键时刻就摇身一变成为拯救世界的超人。

[2] 皮特·马洛(Pete Malloy): 是以洛杉矶警察局为背景的电视剧集《亚当-12》中的年长警官,经验老到,破案能力超强。

[3] 斯蒂夫·麦加利特(Steve McGarrett): 是电影《夏威夷特勤组》中的警官,非常善于和各种犯罪集团和国际间谍打交道。

到了海滩，脑子昏昏沉沉，跑到厨房里去拿咖啡喝。这时电话发出了刺耳的警报声。

"白痴无极限，最先出发，最后明白。今夜，我们这种可悲的傻瓜又能如何帮到您呢？"

"我自己心情也很不好，"比格福特告诉他，"所以我希望你不要指望我对你表现出和蔼或同情，这些都办不到。"

克拉克·肯特那套蠢把戏。多克回来这一路上都试着别开错车道，尽量让自己别在方向盘前睡着。他还没有来得及考虑阿瑟·奎多的话，不知道一个比他想象中更加邪恶的比格福特·伯强生会是什么样子。他现在只是依稀知道，最好不要把阿瑟那些话拿出来说。坚持住，他建议自己，坚持住。

"你好啊，比格福特。"

"如果打扰到嬉皮士正在从事的某个特别紧急的任务，譬如说试着想起折叠纸上面的胶水在哪里[1]，我要表示道歉。不过我们又有事情找你，这事和你不无关联。每次只要你轻轻碰人一下，似乎总会给人带来灭顶之灾。"

"噢。"多克点了一根 Kool 烟，开始四处察看自己藏的大麻在哪。

"我非常清楚你们这些人需要不断面对失忆症的挑战，不过你是否刚好还记得一个叫卢蒂·布拉特诺德的牙科医生？"

"这个人，当然——怎么了，还有别人叫这个名字吗？"

"你还是和以前一样精明啊。能不能请你来我这里单独谈谈？我们可以派司机去接你。"

---

[1] 此处指的是手工自制大麻卷烟的过程。

"对不起……你是说布拉特诺德博士?"

"他恐怕已经再也不能插牙根管了。不到一个小时前,我们在贝尔艾尔的一个蹦床旁发现了他,颈子上有致命伤。也许是在漆黑的夜晚玩后院的经典游戏,结果受了伤,谁知道呢?但有些细节看上去前后矛盾。他穿着西服,打着领带,脚上是平底鞋,这身打扮根本与蹦床运动不相宜。我们开始怀疑有人蓄意谋杀,虽然目前为止还没有什么目击者,也没有查出动机,没有嫌疑人。当然,除了你。"

"不是我。"

"很奇怪,因为有人看见另一天晚上布拉特诺德博士在某辆车里,车上坐满了嗑了药的嬉皮疯子,包括你本人。你们的车在比弗利山被警察拦了下来,因为怀疑你们可能是邪教活动的据点。"

"好吧——那个车的主人呢?顺便说一句,她家可是住在帕洛斯韦尔德的有钱人。是她要载我的。警察甚至连罚单都没给一张。而且,布拉特诺德博士是她的朋友,不是我的。"

"我无意打听隐私,斯波特罗,不过今天晚上你去哪里了?我们整个晚上都在试着打电话找你。"

"我在看电影。"

"当然你是看电影了,不过是哪家电影院?"

"赫莫萨剧院。"

"电影叫……"

"《黄金三镖客》[1],"这实际上是多克在修车期间去看过的

---

[1] 《黄金三镖客》(*The Good, the Bad and the Ugly*)是一部反映美国南北战争时期的著名西部片。

一部电影,"和我一起的小姐想去看电影联票上的另一部片子,所以我们也看了这部。另一部片子是个关于年轻的英国辣妹,名字我得过会才能想起来……"

"啊,毫无疑问,肯定是《春风不化雨》[1],这是部非常棒的片子,玛吉·史密斯凭这部电影拿奥斯卡最佳女演员是实至名归啊。"

"她还演过另一个角色,大胸金发妹,对吧?"

"我看出来了,你不是很喜欢英国电影嘛。"

"坦白说,我更喜欢李·范·克里夫,我的意思是,那个克林特·伊斯特伍德,他还不错,但我总是最后会把他想成劳迪·叶茨——"[2]

"是,这里的警官有个放证据的袋子。我得回过头谈谈那天晚上的一件趣事。你介意明天来帕克中心一趟吗?我想和你聊聊那件你好心让我去忙乎的蠢事,也就是科伊·哈林根的案子。"

"是啊,顺便说一句,科伊的朋友昨天过来了,还把我合伙人的公寓搞得稀巴烂。所以也许这案子根本还没了结呢。"

"了结了,了结了。"比格福特神秘兮兮地说道,然后就

---

[1] 《春风不化雨》(*The Prime of Miss Jean Brodie*)讲的是一名热心教学、充满理想主义的老处女教师,在30年代的爱丁堡女子学校中,她用无比的热情启发青春少女对美术、音乐和政治的兴趣,但最后这些学生还是背叛了老师的一片苦心。该片于1969年上映。

[2] 李·范·克里夫(Lee Van Cleef)和克林特·伊斯特伍德(Clint Eastwood)都在《黄金三镖客》中出演主要角色,其中前者为一个杀手,而后者是西部牛仔。但克林特·伊斯特伍德还在《生牛皮》(*Rawhide*,美国最有名的西部片电视剧之一)中出演过劳迪·叶茨(Rowdy Yates)这一角色,这个人物就带着一种亦正亦邪的气质。

挂了。

那天晚上,多克梦见自己又变成了一个小孩子。下午两三点的时候,他和另一个像他兄弟吉尔罗伊的孩子在"亚利桑那棕榈"餐馆吃饭。旁边还有个女人,但又不完全像伊尔米娜,虽然她是某人的母亲。一个女服务生拿着菜单过来。

"香农在哪?"这个并不是伊尔米娜的女人问道。

"她被谋杀了。我是顶替她的。"

"我猜这只是时间问题。谁干的?"

"丈夫,还能有谁?"

她分了好几趟把食物端上来,每次都要讲点同事被杀的事情。武器,可能动机,审判前的各种操纵。她打断了关于"香蕉奶油派加冰淇淋"的讨论,说道:"我就知道会发生这种事,某人杀掉某人的性伴侣,甚至是爱侣。心理医生、婚姻咨询师和律师只能有这么大作用,你跑到那些大街后面,你就可以无法无天了,那些口口声声教导你们如何去遵纪守法的人可管不到那么远。南方这块全天二十四小时都是属于坏人的天下。"

"妈妈,"小拉里想知道,"当她回来时,他们会让她丈夫出狱吗?"

"当谁回来时?"

"香农。"

"你没听见那个女孩说的话吗?香农死了。"

"那只是在故事里。真正的香农是会回来的。"

"她不会的,见鬼。"

"她会的，妈妈。"

"你真的相信那些玩意？"

"你认为人死后会怎么样？"

"你就死了啊。"

"你不相信你能死而复生？"

"我不想谈这个。"

"那到底会怎么样？"

"我不想谈这个。"

吉尔罗伊瞪大了眼睛看着他们，玩弄着自己的食物，这让那个伊尔米娜生气了。对她来说，吃饭是严肃的事情。"哦，现在你可是在玩。别玩了，给我吃。还有你。"她告诉多克，"总有一天你不得不守规矩的。"

"你说什么？"

"就是变得和所有人一样。"当然，这就是她的意思。而现在，成年的多克感到自己的生活已被死者所包围，他们回来，但又不回来，或者说他们根本就没有离开过。与此同时，其他人都知道是怎么回事，唯独多克不能看清某些最清楚而简单的事情。他总是设法不要去搞懂它们。

他醒来时，外面的海滩上弥漫着这个特殊季节的雾气，洛杉矶国际机场的起降航班整夜都在发出巨大的轰鸣声，仿佛有某只手在控制台前，把贝斯音量推到极高。他发现自己的印度床单在长沙发上，他就在那里过了一夜。橘红色的床单有些掉色，唯一的原因就是他的眼泪。他上午出门时，半边脸上都印着浅浅的螺旋纹图案。

十三

过去曾有一段时间，多克很害怕自己会变成比格福特·伯强生。那样的话，他就成了另一个兢兢业业的警察，只是按照线索的指引去办案，而看不见其他人其实是在各自梦里找寻启示。而且，他也无法获悉那如电影银幕般宽阔的天启（比格福特管它叫"嬉悟"），注定只能被那一个个怪胎调戏勾引，"让我对你讲讲吸毒的快感吧，哥们"。这种警察永远都不会在破晓前起床目睹那种"假曙光"。这也许解释了为什么直到昨晚之前，他总是愿意给比格福特多一点机会，可这倒不是说他一定就想把秘密说给比格福特听。但现在，按照阿瑟·奎多的说法，比格福特很可能与洛杉矶警察局的秘密警戒部队有关联，他甚至可能（多克不禁这么去猜测）与发生在峡景地产的袭击有关联。等多克到达帕克中心的时候，他觉得自己就像是公园里某个具有隐喻的雕像，上面标着"共同谴责"。

"嗨，比格福特！最近有没有出来杀几个黑鬼玩？"不……不，他很确定自己大声讲出来的是，"关于贝尔艾尔的案子有没有什么最新进展？"

"别问了。好吧，尽管问，也许我需要发泄一下。"

今天早上，抢劫凶杀科的氛围和往常一样，毫无友好亲切的感觉。也许这是多克的原因，也许是此处工作的性质所决定的。不过他可以发誓，今天比格福特的同事们特意在躲着他们俩。

"希望你不介意我们找个地方先吃点东西。"比格福特从桌子下面掏出一个"拉尔夫"超市的购物袋,里面好像装着几公斤文书,然后站起身朝门外走去,招呼多克跟在后面。他们下了楼,来到外面街角一个日式小餐馆,这里卖的瑞典越橘煎饼非常好吃。比格福特进门还不到一分半钟,点的餐就端上来了。

"比格福特,还是喜欢吃外国菜啊。"

"我本可以分点给你吃,不过那样的话你就又会上瘾,那我的良心可过意不去。"比格福特开始狼吞虎咽起来。

这些煎饼看上去很不错。也许多克能够破坏一下比格福特的胃口啥的。他不怀好意地说道:"你难道不后悔自己错过了当年在切罗大街[1]的案子?难道你不想和那些生活奢靡的警察一道,在这个著名的犯罪现场踱来踱去,擦掉他们的指纹,留下自己的?"

比格福特把多克面前的叉子也拿了过去,现在他是两只手并用。"斯波特罗,你关心的都无足轻重,那都是自尊心加悔恨。每个人都会有——每个需要工作谋生的人。不过你想知道一个真相吗?"

"哦……不想。"

"还是告诉你吧。这个真相是……现在所有人都真的特别害怕。"

"谁?——你们这些人?所有那些凶杀科的警探们?害怕什么?查理·曼森?"

---

[1] 切罗大街(Cielo Drive)是当年曼森家族成员谋杀好莱坞著名导演波兰斯基妻子及幼子的地方。

"很怪吧,是的。在这个城市,人们青春永驻,夏日无尽,可那种恐惧又开始在城里蔓延,就像当年好莱坞黑名单和瓦茨暴乱那会,前面那个你肯定不记得了,后面那个你还没忘——这种恐惧就像游泳池里的血一样弥漫,直到它传播到所有地方。然后有个调皮的家伙出来,拿一桶水虎鱼[1]倒进游泳池,很快它们就尝到了血味,于是四处游弋去寻找流血的东西。但它们什么也没找到,于是它们变得越来越疯狂,直到这种疯狂达到一个临界点。这时它们就开始相互吞食。"

多克想了一下:"那些越橘里面是什么东西,比格福特?"

"这就像,"比格福特继续说道,"有个邪恶的半神统治着南加州,他不时会从沉睡中醒来,然后允许那些阳光背后的黑暗力量出现。"

"噢,你已经……见到他了?那个'邪恶的半神',也许是个男的吧……他和你说话了?"

"是的,他看上去就像是个嗑药的嬉皮怪胎!厉害吧?"

多克很奇怪这到底是什么意思,就试着掺和几句:"自从查理·曼森被判了死刑之后,我发现普通人之间的眼神交流少了许多。你们这些人过去就像是在逛动物园——'哦,看啊,那个男人抱着婴儿,那个女人买完东西在付钱,'都是这样讲话。但现在的状态是,'假装他们压根不在那里,因为说不定他们会把我们都杀掉。'"

"都变成了病态的迷恋,"比格福特认为,"整个凶杀科的人

1　水虎鱼(Piranhas):亦称食人鱼。一种锯脂鲤,属美洲热带淡水鱼,它是食肉动物,喜欢贪婪攻击并毁灭活物。

都兴奋不已——再见啦，黑色大丽花[1]！安息吧，汤姆·因斯[2]。是的，我们恐怕已经见证过老洛杉矶最后几桩精彩的谋杀疑案。我们找到地狱的大门，太多的洛杉矶老百姓被告知不要一拥而上去往那里，可他们如平日一样心猿意马地痴笑，寻找最新的刺激。对我和那些小伙子们来说，已经加班加得太多了，但最后换回来的只是让我们更加接近世界的末日。"

比格福特仔细观察了一下周围，从后面的厕所到街上的孤灯，都扫视了一遍。然后他把那个"拉尔夫"超市的袋子拿起来放到桌子上。"关于科伊·哈林根的案子，我不想在上面的办公室讨论。"他拿出一大摞很难看的纸，它们尺寸颜色各异，新旧程度也不一样。"我把这么多档案翻出来，希望能找点蛛丝马迹。让我非常吃惊的是，竟然有这么多的同事，甚至是执法部门里那些平日打不上交道的单位，更不用提这里涉及到各级权力部门，他们都介入了这个案子。科伊·哈林根不仅有多重身份，而且还有很多办公室在指挥他，基本上是在同时。其中有些人——我希望这不会吓到或冒犯你——压根不在乎科伊的死活，如果科伊有天带着最后那个假名字，躺在医院的花岗岩停尸台上，他们是无所谓的。"

"科伊服用毒品过量，或者不管是什么借口了——这里面肯定不少每月内部进度报告提及此事。有无可能查查那个？"

---

[1] 黑色大丽花（Black Dahlia）是 Elizabeth Short（1924—1947）的绰号，她被谋杀于洛杉矶的一个公园里，遭到残忍分尸。这个案子轰动全美，但最终未能破案。

[2] 汤姆·因斯（Tom Ince, 1882—1924）是美国默片时代的著名人物，被称为西部片之父。他死于自己在游轮中举行的生日派对上，坊间一直传言是竞争对手毒害了他，但真相始终未能揭晓。

"如果野口兄弟的局子里根本都不认为这是凶杀案，那就没戏了。这样大家就不用去填写什么进度报告，不管是内部还是外部，都不用。表面上看，只是多了一个吸毒致死的案子，少了一个瘾君子，案子就这么结了。"

换了过去，多克也许会说："好吧，原来是这么回事。那我现在可以走了吗？"但是现在比格福特俨然就是个新法西斯，多克最近发现也许根本就不能信任他，过去那种刺激他的方式再也不好玩了。"你的意思是，如果不是有这些文件材料，这只是个常规的案子，"多克小心翼翼地说道，"甚至只是看看这些材料就会发现不对劲。一般来说，写个'到达前死亡'粉红色小条子就足够了。"

"啊，你也注意到了。很少能有这么多档案文件是关于一个已经死掉的家伙。你甚至可以想象科伊·哈林根其实还在某个地方活着呢。你说是吧？复活。"

"那你发现什么了？"

"严格说来，斯波特罗，我甚至都没有意识到有这个案子的存在。你不生气吧？没事吧？你认为我们为什么要来这里，而不是在楼上？"

"我猜，也许是你们内部有什么矛盾纠葛，所以你竭力想让我避开。可能是什么事情呢？"

"很对。斯波特罗，我希望你避开的，是一件很大很大的事情。从另一方面讲，假如这是你能不时参与进来的小事，我又何必弄得那么疑神疑鬼呢？"他在那个"拉尔夫"超市的袋子底下掏出一个带斑点的长盒子，里面几乎装满了三乘五寸索引卡片，"为什么，为什么我们要来这里？哦，不过你知道这些是什么吧。"

"路检报告。这是你们在路上截下别人,然后加以骚扰的纪念品。不过对于嗑药的萨克斯手来说,这未免看上去太多了点。"

"你为什么不飞快地翻看一下,看看里面有没有让你眼熟的东西?"

"伊夫林·伍德[1],我现在可还没忘呢。"多克开始翻看这些卡片,试着警惕比格福特可能会发出的粗鲁惊讶声。他曾经见过几个近景魔术师,知道那种把卡片"硬塞"给观众的做法。他搞不懂为什么比格福特要玩这种把戏。

谁知道会怎样。这是什么?多克愣了半秒钟,想他到底该不该把眼前的这张卡片避过比格福特。然后他想起比格福特其实早已经知道这是哪一张。"这个,"他指着卡片,"我想我在哪个地方见过这个名字。"

"帕克·比佛顿,"比格福特点了一下头,把这张卡片从盒子里拿出来,"选得很好。他是米奇·乌尔夫曼的禁卫军,坐过牢。让我们看看。"他假装在读卡片,"治安警官刚好在维尼斯碰见了此人,他当时正在那个卖给科伊·哈林根毒品并导致其死亡(按照本案的描述)的毒贩家里。"他把路检报告卡推到桌面的另一头,多克满腹狐疑地扫了一眼。"此人无业,宣称是莱昂纳多·杰梅恩·鲁斯米特(也叫厄尔·德拉诺)的朋友。'我就是过来打几局台球。'德拉诺在比佛顿旁边时似乎非常紧张。就这

---

[1] 伊夫林·伍德(Evelyn Wood, 1909—1995)是一位美国教师,速读法的创始人,白宫政府职员都接受过这种速读技巧的培训。

么多？帕克在科伊的卖家那里干什么？你怎么想？"

比格福特耸肩道："可能是去那里买货的。"

"有没有记录显示他也吸毒？"

"得找人查查。"这句话即使在比格福特自己听来也挺扯淡的，因为他接着说道："帕克的资料可能存在很远很远的地方，也许是丰塔纳[1]或者更远的地方。除非……"他像骗子一样停顿了一下，仿佛突然想到了什么。

"说来听听啊，比格福特。"

"我似乎记得几年前，在他来福尔瑟姆之前，这个比佛顿曾经为市里一个叫艾德里安·普鲁士的人工作，那人是做高利贷生意的，而这个毒贩子厄尔·德拉诺又恰好是普鲁士的老客户。也许帕克在那里是代表自己从前的雇主呢。"

多克觉得有些不安，他开始流鼻涕了。"我记得过去有个艾德里安·普鲁士，当时我还在干追债的活。该死的奸诈小人，伙计。"

比格福特向传菜员打了个手势，用日语说道："嗨，肯！请再给我来点饼。"

"你找到快感了，警督！"

"这个和我妈妈做的还不太一样，但还算是真的有'快感'，"比格福特掏心窝地说道，"不过我之所以来这里，就是想要得到尊重。"

"你妈妈那里不能给你这个，对吗？"

多克真的说出声了吗？或者只是在脑海里？他等待比格福特

---

[1] 丰塔纳（Fontana）：美国加利福尼亚州南部的一个城市，位于圣贝纳迪诺西部。

反击，但这个警探只是继续说道："你也许以为我在抢劫凶杀科有很高的地位。不怪你这么想啊，我在那里就像是查尔斯王子，仿佛他们随时打算要给我加冕……而事实上……"他慢慢地摇了下头，以一种怪怪的乞求方式看着多克，"愿上帝帮助所有人。包括蹦床上的牙医们。"哦不，不是这个。不完全是。

"好吧，比格福特，"多克意识到该他掏心窝说话了，"我可以告诉你这个事——有天晚上，我们把卢蒂·布拉特诺德载到贝尔艾尔放下，天很黑，都是他指的路，有好多弯要拐。我不知道即使在白天我能不能顺着原路找回去，也不知道这和你们发现尸体的位置有什么关系。不过当时大概是晚上十一点。"——他在餐巾纸上草草写了一行字——"这是地址。"

比格福特点了下头："这正是我们发现尸体的地方。他当时是在那儿做客，这样就方便我们把案子的时间顺序理顺了。谢谢你，多克。虽然你头发太长，而且还吸毒，我一直都认为你是职业水准的侦探。"

"别和我玩煽情的这套，伙计，这太不像你了。"

"我还能弄得比这个更加煽情，"比格福特回答道，"听着，关于这个案子我们有一些保密线索。假如我告诉你的话，那么除了凶杀科的警察和凶杀之外，就只有你知道了。"

"那你别告诉我好了。"

"假如我非要说呢？"

"为什么啊？"

"这样我们就知道破案进展了，就像你们也说的那样。"

"你的意思是，这样你就又有理由来逮捕我了？谢谢，比格福特，假如你告诉我的话，我就把指头塞到耳朵里，然后尖叫。

怎么样?"

"你不会这么做的。"

"真的?"多克非常好奇,"为什么不?"

"因为你是城里比较少有的那种嬉皮瘾君子,你们知道'孩子似的'与'孩子气的'有何区别。这个线索非常对你胃口。听着……我们官方的说法是颈部受伤——别……那样做!——但确切地说,布拉特诺德在喉咙上有穿破性伤口,与中型野兽的犬类牙齿造成的咬痕相符。这是验尸官发现的。把它放到你的帽子下面。"

"哦,这就实在是太奇怪了,比格福特,"多克慢慢地说,"因为卢蒂·布拉特诺德是一家逃税公司的合伙人,听着,这公司的名字叫金獠牙。我想你们没找科学调查科[1]的人去化验颈部穿孔里的黄金成分吧?或者没发现?"

"我认为不会有这种线索。黄金是化学上的惰性金属。如果你当年不是总逃课去买毒品,可能就能在化学课上学到这些。"

"等等。那'罗卡德交换原则'[2]怎么说?每次接触都会留下痕迹。当然,我要说的这番话不过是反讽罢了,但假如布拉特诺德是被一个金獠牙击打致死的呢?或者更好可能是,两个金獠牙?"

"我不懂……"比格福特斜着脑袋,打了一下头,就像是游泳的人试着把水从耳朵里清理出来,"为什么……这种名字会

---

1 科学调查科(缩写为 SID)是洛杉矶警察局下属的一个部门,与凶杀科平级。

2 罗卡德交换原则(Locard's Exchange Principle)是由 20 世纪著名的刑侦化学家埃德蒙德·罗卡德提出的一个理论,任何案发现场只要双方发生接触都会留下对方的印迹。

是……真东西？"

"你的意思是，为什么这些毒牙要是金子做的？而不像是那些平日常见的狼人的牙齿？"

"这个嘛……好……吧。为什么？"

"因为它叫金獠牙啊，伙计。"

"是的，那是死人的避税手段？那又如何？"

"不，不只是避税，比格福特。比这个严重得多，用你的话说，是极其严重。"

"哦，这不会是，"比格福特还是很有耐心，"你们嬉皮士臆想出来的狗屁玩意吧？坦白说，警察局，尤其是我，根本没有时间浪费在这些嗑药后异想天开的情报身上。"

"那你不介意我自己独自展开调查吧？我的意思是，希望这里不会有什么调查授权的问题吧？洛杉矶警察局不会故意阻止我，对吧？"

"每个人的时间都是宝贵的，"比格福特说话时像个哲学家，他拿出钱包来，"只是方式不同。"

多克的车停在"小东京"，所以他和比格福特一起走到第三大街和圣佩德罗大街的交叉口，然后在那里准备告别。多克打出一个和平的手势，说道："哦，对了，比格福特。"

"嗯？"

"实验室有没有查黄铜？"

"什么？"

"不是那种在犯罪现场走来走去，把证据都破坏掉的东西——而是黄铜，那种金属？你知道吗，金牙并不是纯金的，牙医喜欢把黄铜掺和进去。假如你不是逃了很多刑侦化验学的课去偷汽车毂盖，以此来嫁祸一些无辜的嬉皮士，那么你应当知道这个道理。"

多克给在英格伍德的酒吧里上班的克兰希·夏洛克打了一个电话："嗨，那天晚上你后来和两个摩托车手玩得怎么样？"

"他们磕了很多镇定药，然后睡着了，谢天谢地。听着，你最近见到波利斯·斯皮威了吗？"她的声音有些跳跃，又不像是颤抖。这不可能是因为吸烟的缘故。

"这正是我要找你的原因啊！心灵感应啊，伙计。"

"因为事实证明波利斯失踪了。他的住处空了，他所有东西都没了，在'傻瓜杰克'也没有人见到过他。"

多克找到一根 Kool 烟，然后点上，呆坐在那里看着这根烟。比格福特难道是对的吗？多克就是死亡之吻，为所有他触碰到的人带去恶报？

"你是不是把他吓着了？"她现在听上去有些生气。

"我都没有他膝盖高，我怎么可能吓到他？也许他欠人钱，也许是从前马子出了事——顺便问句，你认识多恩内特吗？来自皮科里韦拉？"

"其实我给她打过电话，但她好像也失踪了。"

"你认为他们在一起？"

"你把我当成安·兰德斯[1]了吧？你为什么要找波利斯？"

---

[1] 安·兰德斯（Ann Landers）is Ruth Cowley 于 1943 在《芝加哥太阳报》创立一个答疑解惑专栏时使用的笔名，该栏目名字就叫《向安·兰德斯提问》。1955 年，这个专栏改由 Eppie Lederer 继续主持，并一直保持了 56 年。因为这个专栏为全国各个报纸所转载，所以"安·兰德斯"已成为美国家喻户晓的名字。

"我真正要找的家伙是帕克·比佛顿。我本以为波利斯能有些线索帮我找到比佛顿。"

"那个龟孙子。"

"听上去好像你也和老帕克……约会过?"

"他和他的室友艾纳。别让我告诉你细节。这两人对于三人行游戏的理解和常人稍有不同。结果后来我觉得,这么说吧,自己没派上太大用场。而且我傻傻地对他们说了实话。结果帕克和艾纳两人嘀咕了一会,然后把我给赶了出去。在西好莱坞,凌晨四点。"

"我本来不想——"

"重新唤醒痛苦的回忆?当然你不想,不过没事。就是被人摸来摸去的,这一点都不好玩。"

"波利斯提到说帕克可能已经去了拉斯维加斯。我就是想再知道得更加详细一点。"

"假如艾纳和他一起,他们就会去找妞来玩。但他们对女人很差劲,最好找一些不爱抱怨的。祝你寻人愉快。"

"也许在某个炎热的夜晚,我们可以玩玩加纳斯塔牌[1]?"

"当然,带上个朋友。"

多克在"瓦沃斯"咖啡馆吃完午饭回办公室时,发现有一个穿着迷你裙的女孩在等他。这个女孩头发凌乱,眼睛上的妆化得很时髦,不仅用了睫毛膏,而且还打了液体眼线和眼影,那颜色

---

[1] 加纳斯塔牌(canasta): 一种两到六人玩的纸牌游戏,玩时需要使用两副纸牌。

就像是从出了故障的汽缸盖密封垫片里冒出的黑烟。多克向来猜测这代表了一种深不可及的天真,于是他那原本挂在空挡的好色之心高速转动起来。

"特里莲·佛特奈特,"她自我介绍说,"他们说你能帮我。"

"他们说过这话,哦。"多克拿剩下的半包 Kool 温柔地朝她晃了一下,她谢绝了,"到底有多少人说过这话?"

"哦,我抱歉。多恩内特和波利斯,他们说——"

"哇。"多恩内特和波利斯,"多久之前说的?"

"大概一周前。"

"你……不知道他们现在在哪里吧。"

她摇了下头,在多克看来似乎有点忧伤。"没人知道。"

"但你和他们谈过。"

"在电话里。他们觉得有人在偷听,所以不肯打太久。"

"听上去像是本地打来的吗?你知道,有时候——"

"听上去他们在外面赶路,是某个州际公路道边的付费电话。"

"你能听出来这个?"

她耸了一下肩膀:"我根据周围各种声音判断出来的。"多克意味深长地看了她一眼。"不是根据说话的声音,而是像听音乐片段。"

"像是彼得比尔特拖车[1]和大众巴士小夜曲。"多克猜道。

---

[1] 彼得比尔特(Peterbilt): 美国汽车品牌。

"事实上，是肯沃思和伊克诺莱恩[1]面包车，还有街车款'Hemi'和哈雷摩托车，以及一些老爷车。"她继续解释说，这么敏感的听觉对她非常有用，因为她白天的工作是在加州大学洛杉矶分校教音乐理论，晚上则跑到一个演奏早期音乐[2]的乐团当兼职的木管乐器专家。"从十英尺长的低音邦巴管，到超高音的肖姆管，你问我就算找对人了。"

多克开始勃起了，鼻子也开始流水。他又找到了以前那种虱子食物[3]。而特里莲则陷入了一种奇怪的沉默。如果多克此时心态正常的话，应该能知道这种沉默的忧伤是因为思念某人。他从黄色的标准纸簿里找出一张纸，上面用铅笔记满了一大串垃圾食品的购物清单。多克把纸卷进打印机里，只是为了找点事情做。

"那么……波利斯和多恩内特怎么会认为我可以帮你呢？"

"一个我认识的人失踪了，我需要……我想知道他出什么事了。"

多克敲了"幸运的家伙"这几个字。"我们从名字和他最后一次在哪出现说起吧。"

"他的名字是帕克……"

"帕克。"啊，啊。

"帕克·比佛顿……最后的地址是西好莱坞，但是我不确定哪条街……"

---

[1] 肯沃思（Kenworth）和伊克诺莱恩（Econoline）都是美国汽车品牌。

[2] 早期音乐（early music）主要是指欧洲中世纪音乐、文艺复兴时期音乐和巴洛克音乐。"早期音乐"是一个标准用语，用于书刊、论文和唱片分类中。

[3] 虱子食品（cootie food）：参见第九章多克初见克兰希那段，此短语源自法语，有"一道闪电"的意思，引申为"一见钟情"。

现在，多克同时看见了两三个天使，他们像多维立体图出现在对面墙上。他常常对着墙做这种三维图的练习。特里莲自己也许就是别人雇来的侦探，她的任务就是追踪帕克，而她所代表的那方已经让帕克吓得东躲西藏。当然，帕克也许一直是古典音乐爱好者，非法经营一些超高音肖姆管的生意。或者，还有一种更让人心烦的可能：特里莲和帕克有很深的感情纠葛，并且无法释然。多克现在已经学会不要去对别人的爱情对象妄加猜测，可是天底下谁会去找帕克这种人？对这个梦中情人的职业生涯她到底知道多少？对艾纳呢？或者这个画着烟熏妆的天真小妞竟然认为帕克和艾纳之间的游戏很过瘾，尽管克兰希非常反感？现在除了对这一切缄口不语外，还有无别的选择？即使把她设想为一个职业杀手，那也会让多克心安很多。

"波利斯给了我一个拉斯维加斯的地址。"特里莲说道。

"你想让我做什么？——去查查？"

"我想让你和我一起去拉斯维加斯，帮我找到他。"

笨蛋。傻子。多克此刻很快想到了这些老电影里的台词。他看见了这里有诈，但却和往常一样只是在用下半身思考。当然，这次他更加情绪化。不管有何区别了，总之他说道："当然可以。你有没有这位先生的照片？"

她有。从肩膀上的挎包里，特里莲拿出一本塑料折叠相册，里面可能有（具体数字他没数）大概一百张帕克和特里莲的照片。有的是两人黄昏时在海滩上散步，有的是在各种大型户外聚会上跳舞，有的是在打排球，有的是在来回玩冲浪。这本相册就像是《洛杉矶免费媒体》上登的个人广告，区别只是更长，而且还配照片。多克注意到帕克在照片上剃了光头，刺有纳粹党的卐字文身，这也许能帮助辨认此人身份以及时间年代。而且，至少有一半的照片上还有第三个人，他两只眼靠得很近，上嘴唇生气地翘起，总是想挤到特里莲和帕克中间来。

"这个人是？"

"艾纳，帕克的搭档。他们在监狱认识的。"

"我能不能拿几张照片走？就是供人辨认？"

"没事的。我们什么时候动身？"

"任何时候。在西帝国航站楼[1]有穿梭航班。如果你同意，可以搭这个。"

"求之不得，"她说道，"我很讨厌开车。"

其实，多克很讨厌坐飞机，但他总是忘记这其中的原因，这次直到飞机在麦卡伦机场降落时也没想起来。他曾想过要在飞机上发作一下，只是为了保持练习。但这样一来，特里莲也许会问他为什么，这样解释起来就很烦，而且那种时候已经过去了。

他们租了一辆大红色的69年款卡马罗汽车，然后就去找住的地方。因为多克希望最好能靠近机场住，所以他们朝东走日落路，驶上伯德高速，在附近的廉价汽车旅店和有现场摇滚演出的当地赌场酒吧转了一圈，然后决定住在"鬼花庭院"旅店。这是一排始建于50年代的平房。他们挑了后面的一个两室套间，屋顶是那种粗盖板——也许有点年久失修，但里面很宽敞舒适。房

---

[1] 西帝国航站楼（West Imperial）：位于洛杉矶国际机场内，曾经专门用于起降各种包机和穿梭航班。现在这个航站楼已经改建成一个博物馆。

间里有冰箱、电烤盘、空调、有线电视，还有两张加大的水床，上面是豹纹床单。"太棒了，"多克说，"我想知道这些床带震动吗？"不能。"倒霉。"

波利斯给特里莲的地址位于一个不起眼的梯形街区，在拉斯维加斯大道以东，萨哈拉和市中心之间。一层楼是古董店，店主说自己叫德尔韦恩·奎特。"大部分都是当铺拿来寄卖的，不过瞅一眼吧，这里有一半的东西我都甚至不知道是啥。"他拿出个日本储物罐，涂的是黑漆，用珍珠母绘成仙鹤与柳树的主题图案。罐子里装满了卷好的大麻，他拿出一根点上，然后传给大家抽。

"这里有很多西部拓荒时期的玩意，"多克觉得，他想起比格福特·伯强生和那几百磅的铁丝网，"你有没有东西让我可以捎给一个铁丝网藏家的？不是要很多，你懂得吧，也许一点点……"

"刚刚卖完我最后的那点存货，现在卖的都是日本仿制品。不过你也许愿意瞧一眼这个——昨天进来的货，是考古学家直接从墓葬里挖出来的。"

这是一个外表普通的咖啡杯，杯口三分之一都被盖住了，只留了个小吸孔。这是为了防止喝水的人打湿自己的胡子。杯身一边装饰着鲜绿色的仙人掌，另一边则是两把长管左轮手枪，下面有个用过去通缉令的字体写成的单词"WYATT"[1]。

"很炫啊，"多克说，"多少钱？"

---

[1] 指的是怀亚特·厄普（Wyatt Earp, 1848—1929），美国西部著名的传奇警察，以使用长管左轮手枪而闻名，是众多西部片英雄的原型人物。

"出一千我就卖。"

"一千什么?"

"拜托。这可是厄普警长本人的东西。"

"我本来想的是两美元。"

他们开始聊这个,但总是会跑题。后来多克注意到在墙角有什么东西,怎么说好呢,就像是在发光。"嘿,这是什么?"这原来是一条领带,上面贴着几千个(或几百个)红紫色和绿色的亮片,它们排成钢琴键盘的样子,而领带边沿则颇具品位地嵌满了水晶。

"这个,"奎特说,"曾经属于利贝拉切[1]——他在里维埃拉演出的时候,一只手弹着肖邦的华丽大圆舞曲,另一只手就把领带解了下来,然后扔到观众席上。背后有他的签名,看见了吗?"

多克试了一下,看着它在镜子里的效果,如何折射光线之类的。奎特现在还是想兜售那个胡须杯,但也想把领带搭着卖。他们最后谈好每样东西十美元。"总是会发生这种事,"店主拿自己的脑袋去撞一个卖种子、饲料和化肥的店员用过的桌子(大约造于1880年),力度很轻,但样子很夸张,"我抽得快要破产了。"

"还有一件事,"多克说,"我们差点忘记问了,你楼上是不是租给人住了,对吧?"

"现在没有,他们上周搬走了。"他叹了口气,"帕克和艾纳。这附近来来往往有很多人,但他们,怎么说呢——很

---

[1] 利贝拉切(Wladziu Liberace, 1919—1987)是美国著名的钢琴演奏家。

特别。"

"他——他们说过要去哪里吗?"特里莲的声音滑到了更为灰暗的音域。多克会对这种声音熟悉起来的。

"没有。当然,没有人会这么做。"

"有没有别人在找他们?"

"有两个从联邦情报局来的先生。"奎特在一个装饰用的烟灰缸(此物来自沙漠地区,据说乔伊·毕晓普[1]曾经在这里呕吐过)里翻了半天,从里面找到张名片,下角印着"雨果·伯德莱恩,特别警探"的字样,还用圆珠笔写着一个当地的电话号码和分机号。

"见鬼,"多克想。这个特别警探的搭档弗拉特韦德也来了吗,就像是政府里爱管闲事的哼哈二将?假如是这样,为什么他们不在洛杉矶待着,让那些黑人革命者相互残杀?拉斯维加斯似乎在这个方面没有什么搞头啊。除非那个黑人民族主义者的故事一直就是个幌子,目的是掩盖别的动机?比方说,他们要对付的其实是有组织犯罪,这些人拥有维加斯的赌场,并且这段时间来基本上控制了此地。不过等等——这些联邦调查局的人来这里调查帕克,那帕克又怎么会和这些东西扯上关系呢?多克起了疑心,就像半夜里醒来心脏狂跳不止时的那种猜疑。他怀疑帕克的命运其实是和米奇连在一起的。现在要问的问题是,米奇可能和这些黑社会在做什么交易?——或者更可怕的是,和联邦调查局在做什么交易?

"在你们谈话时——你有没有对他们隐瞒什么?"

---

[1] 乔伊·毕晓普(Joey Bishop, 1918—2007)是美国著名的喜剧演员。

"我当时想推荐一个叫'卷毛'的酒吧,在拉姆帕特那边。不过和他们接触多了,我发现他们这种人是不会去那种地方的。"

"这是帕克和艾纳常去的地方吗?"

"这取决于每周放什么类型的音乐,我印象中是如此。"

"让我猜猜。乡村和西部音乐。"

"是百老汇演出的调调吧。"特里莲低声说道。

"你怎么猜到的?"奎特点了点头。

"帕克曾经演过艾索尔·摩曼[1]。"她回忆道。

"他们都演过。他们会凌晨四点回来,唱着《没什么行当像娱乐圈》。从好几个街区之外你都能听见,然后越来越大声。不过没有人抱怨过什么。"

回到车里时,多克说:"来,我要给你买个墨西哥玉米卷饼。"

迎着壮观的大漠夕阳,他们开车拐上了南梅恩大街。"索姆布雷罗"[2]餐厅似乎有不少人排队,饥饿的人们从这家世界著名的墨西哥餐厅门口一直排到大街上,站在人行道上流着口水。多克继续往前开,经过几个街口,来到一家闪着霓虹灯的气派餐厅,叫"德克士-麦加"。导游手册上没有提这个店名,但对于美墨边境上那些饥饿的瘾君子和搞小偷小摸的人来说,这里就是一

---

1 艾索尔·摩曼(Ethel Merman)是美国百老汇女歌星,亦为舞台、电影演员。首次登台演出音乐剧《疯狂女郎》,后又成功演出《安妮,拿起你的枪》、《吉卜赛人》,在前 50 年影响最大的音乐剧女演员中,艾索尔·摩曼以 75% 的得票率名列榜首。

2 "索姆布雷罗"(El Sombrero)是美国的一家连锁墨西哥餐厅,其中 Sombrero 在西班牙语里是"帽子"的意思。

个朝圣之处。

刚走进门两步,多克就看见了联邦调查局的特别警探伯德莱恩和弗拉特韦德。这两个表情略显困惑的白人同时在做的事情,就是将店里最负盛名的超级墨西哥玉米卷饼塞到嘴里。这个嘛,多克猜道,联邦调查局也需要吃饭啊。他想了想在电视上的卢·艾斯凯恩警探吃过些什么,结果脑海却一片空白。在这两个穿着棕色西服的司法人员认出他之前,多克带着特里莲飞快地走到他们视线之外的一个拐角坐下,把自己脑袋藏在菜单后面。他想好了,就算是在这里遇到像联邦调查局警探这么让人扫兴的人,他也不会让自己的胃口受到影响。

一个女服务员走了过来,他们点了两份叫"阿托米克"的菜,里面东西很多,有玉米卷饼、油炸三明治、煎饼、炸玉米粉圆饼和玉米粉蒸肉。菜单上的这道菜有个脚注,申明对该食物不负法律责任。

"你认识那边两个人吗?"特里莲说,"他们似乎认识你。"

多克斜过身子去观察。这两个警探正在朝门口走,但一直回头在往多克的方向瞅。

"这就是奎特提到的那些联邦的人。"

"这个和帕克有关吗?你认为他是不是惹着联邦调查局了?"

"好吧,你知道他是米奇·乌尔夫曼的私人保镖,对吧?米奇可能被绑架了。所以他们需要找帕克做例行调查。就这么回事。"

"他不能再回监狱去了。他会死在那里的。"

她脸上的那副神情就像是害了相思病一样。多克推测,哪怕他变成米克·贾格尔[1]，哪怕让她破涕而笑一次就付六位数的酬劳，哪怕他放弃看湖人队的比赛，这一切都不可能让美人动心——对这个女孩来说，除了帕克·比佛顿就别无他人。多克已经是不止一次碰见令他梦寐以求的女孩，却都是镜中月，水中花。现在他要做的，就是保持职业风范，哪怕不能完全释怀的话。他应该去试着安慰她一下。

"告诉我，特里莲——你们两个是怎么认识的？"

谢天谢地，她居然真的以为多克想知道。"哦，是在加州大学洛杉矶分校的保利-帕维隆体育馆。"

"不会吧！嘿，上赛季那些家伙可是很屌啊！我肯定会怀念卡里姆[2]和卢修斯[3]——"

不，其实不是篮球。洛杉矶爱乐乐团也偶尔会在保利-帕维隆体育馆演出，那是个跨文化的音乐系列活动，请来的嘉宾有像弗兰克·扎帕这样的人，有时还会临时从本地找个簧管演奏家。有天下午，特里莲拿着个英国号[4]来参加排练，对于要演奏的作品颇为怀疑。这是一首为冲浪乐队和交响乐队写的交响诗，请来的是"冲浪板"乐队，而帕克正好是乐队的保镖。他和特里莲是在后台的更衣室里碰见的，人们在演出间隙从那里跑进跑出，有的是抽大麻，有的是吸可卡因。她弯着腰站在水槽面前，对着小

---

[1] 米克·贾格尔（Mick Jagger）是美国著名的"滚石"乐队的主唱。

[2] 卡里姆（Kareem）是篮球运动员贾巴尔的名。贾巴尔曾经在60年代效力于加州大学洛杉矶分校篮球队。

[3] 卢修斯·阿伦（Lucius Allen）在加入NBA之前，曾经在60年代末效力于加州大学洛杉矶分校篮球队，获得过全美大学篮球联赛冠军。

[4] 英国号（English Horn）：一种中音双簧管。有趣的是它并不是一种号，也不是英国人发明的。

镜子照，突然感觉到有人站在她后面。她看见了帕克，虽然因为吸了不少白粉，他的样子有些扭曲。他正盯着特里莲的屁股看，表情沉郁。等到她明白过来怎么回事时，特里莲已经被带到一辆偷来的 1962 年款的庞蒂亚克[1]的后座上。这辆车停在日落大道旁边一个死胡同里，倒像加州刑事局[2]的风格。"女孩子们总说不喜欢这样的方式，"帕克后来解释道，这时她刚刚来得及喘几口气，"可是过了没多久，她们就又自己回来了，求着我做。对我来说，这种事情司空见惯了。"

"你是在道歉吗？"

"我认为不是。"

不过关于回来求着他的事，他倒是说对了。她后来拿着一大把用来打公用电话的硬币，因为她永远都不知道自己什么时候就会饥渴难耐——有时她在高速公路的出口，距离他在西好莱坞的住处有好几英里远，有时她正在"西夫韦"[3]超市买蔬果，有时她正在用木管乐器演奏赋格曲，突然就会感到不可自遏但却又令人难堪的燥热。她这时除了打电话给他就别无办法。他并不总是会接电话。有一两次她疯了，把车停到他家门口，然后等在那里好几个小时，甚至是通宵，直到他出来。此时，她又害怕他会发火，因为他的脾气不可捉摸，不知道什么时候会发作，也不知道会多可怕。特里莲于是又不敢面对他，只能跟在他后面。不管他

---

[1] 庞蒂亚克（Pontiac Bonneville）最早问世于 60 年代，以其加利福尼亚传统的简洁明快的风格、389 马力的强大动力，在横贯北美大陆的一个个椭圆形赛道上，以风驰电掣般的速度赢得巨大声誉。

[2] 加州刑事局（California Department of Corrections and Rehabilitation），也可称为"加州惩教局"，主要负责本州的刑事罪犯的惩戒、假释等工作。

[3] "西夫韦"（Safeway）是全球性的连锁超市集团。

要去哪里工作，她都一直等，直到有警察把她叫醒，告诉她必须把车开走。

"所以我会说：'帕克，没事的，我不会做过激的事情。我就是想知道她是谁。'帕克就开始笑，也不告诉我答案。但是差不多在那个时候，我发现了他和艾纳的事。有一天，我从西莱恩会堂的排练中出来，觉得演出效果很一般，所以心里颇为纠结。我正好看见了艾纳，他拿着一大捧夏威夷兰花，脸上带着无比甜蜜的笑容。至少一个月之后，他才承认自己就像是大使馆的名媛成年舞会派对上的扒手，在拥挤的人群中偷取晚礼服上的装饰花束……"

这是一个很长的故事的延续，多克已经忘记或者错过了它的开头。

"我不知道自己为什么要和你讲这些。"

多克也不知道。不过他希望，如果每次有人要向他讲超越原本意图的话，但又解释不清楚为什么，那么多克就该增收一些费用。但想为"超越"这个词找些新用法的索梯雷格认为这是一种蒙恩的形式，多克理当欣然受之，因为它可能在任何时候突然消失，就像它突然来到一样。

按照特里莲的说法，帕克和艾纳是在福尔瑟姆的车牌作坊[1]里认识的。性立刻成了两人的话题，他们争论不休的古老问题是：到底谁更具有男子汉气概？监狱里的家伙们拿着不知多少条香烟去下注，打赌这种关系会持续多久。结果让所有人吃惊的

---

[1] 福尔瑟姆是加州州立监狱的所在地，该监狱里设有生产车牌的加工厂。加州的车牌大部分出自这里。

是，两人居然在服刑期间一直都相好着。在一个好日子里（就像奇凤组合唱的那样[1]），两人在圣莫尼卡大道以南的西好莱坞定居。他们住在一个带庭院的小区里，那里种了很多亚热带的灌木丛，名字大家多半都记不清。那里非常阴凉，你如果在游泳池旁边躺一天，根本就不用担心那从监狱里保养出来的白皙皮肤会被晒黑。

"哇，特里莲，餐厅的人这是怎么了？他们可是好久都没把吃的给端上来。"

"我们已经吃完了吧。"

"什么？账单拿过来了吗？是谁埋的单？"

"不记得了。"

他们动身去"卷毛"酒吧。快到目的地的时候，多克已经下定决心，以后除非迫不得已，否则绝不再在拉斯维加斯开车了。这里的所有人开车时都像一个彻头彻尾的失败者，每秒钟都在期待有什么事故发生。多克对此很有感触——这就像在海滩，你所居住的地方充满了无限的嬉皮信仰，你假装信任所有人，但又总是准备着被人出卖——当然，他也反感滩区的这一切。

"卷毛"酒吧曾经是一个开在十字路口的酒馆，它让多克想起了洛杉矶的"傻瓜杰克"，只是区别在于这里每一寸空间都尽可能地被利用来摆设老虎机。乐队在演奏一些翻唱作品，有老厄内斯特·塔布、吉姆·里佛斯、韦伯·皮尔斯[2]的歌。所以多克

---

[1] 奇凤组合（the Chiffons）是美国纽约60年代组建的黑人女子歌唱团体，1963年发行过一张著名的专辑，名字就叫《一个好日子》（*One Fine Day*）。

[2] 厄内斯特·塔布（Ernest Tubb）、吉姆·里佛斯（Jim Reeves）、韦伯·皮尔斯（Webb Pierce），都是美国老式乡村音乐歌手。

猜帕克和艾纳今晚也许不会来的。

特里莲脸上有种躁动的表情。多克开始觉得她身上有一种神秘的气场,就像个刺青,上面写着"进来嘛,亲爱的"。这个东西是隐形的,只有那些更为高大残忍的人才能看见。她也许已经意识到了这点,但与此同时又加以否认。不管怎么说,这时走过来一个大个头,戴着黑色牛仔帽,冲着多克微微点了下头,然后就把手放到特里莲的头发和裸露的大腿上,很有风度地把她从酒吧凳子上抱下来,然后一起跳着得克萨斯两步舞离开。你或许认为至少她要尖叫一下以示抗议,但她只是在经过多克的时候耳语了几句:"我看看能不能找到点线索。"多克并不确定,但觉得她是笑着说的这番话。

"你这个婊子。"他喃喃道,冲着眼前的长脖子缓缓地摇了一下头,心下好奇的是如果换了约翰·加菲尔德碰到这种情况,他会如何应付呢?

"你不要把奥斯古德想得太坏。"提建议的这个声音有些饱经沧桑的味道,"这个男的天生擅长追女人。从这儿到米德湖,所有还活在人世的女人都知道这一点。"

"谢谢,很高兴听到这些。"多克扭过头,看见一个小个头的家伙,戴的帽子却比奥斯古德都大,晃着一个空啤酒瓶。"当然。"多克对着酒吧老板打了个手势,老板心领神会地拿出两瓶酒放在吧台上。"我今天来这里的原因,"多克假装叹了口气,"其实是想找那个欠我钱的人。这个女士还以为我是约她出来在镇上玩一晚上。况且,房租也快要到期了。"

"见鬼,"这个年长的男子说自己叫伊夫,"有时候人们还来不及赖账,就已经花光了所有的钱,破了产。这里有很多混混过来的,说不定我认识你要找的那个人。"

"有人说他也算这里半个常客。他叫帕克·比佛顿。"

伊夫不怀好意地干笑了几声,这动静要比多克料想的更持久。"年轻人,希望你的房东能交好运!那个疯狂的帕克几乎欠这里所有人的钱。据我所知,他从来不会还一个子。"

"他在哪里上班?也许我可以过去找找他。"

"帕克和他的同党基本属于那种从老虎机里捞钱花的人。我印象中是如此,但这不是说我们属于关系很铁的那种——那个小个子的艾纳有双极其灵敏的手,他的罕见本领是能感觉到杠杆,精确判断每个转轴是在哪个点相互触发。他每次转的时候,就能对旋转量加以微调,在赔付线上得到自己所想要的任何结果[1]。我见他做过,厉害极了。"

"那帕克干什么?"

"赌场保安迟早要去找艾纳麻烦,所以他没必要冒险去取自己赢来的钱。帕克的工作就是等在附近,找个博彩机玩,直到艾纳得手——这时艾纳迅速闪人,而帕克就跑过去把赢来的钱拿走。"

"可是很快他们就会去抓帕克啊。"

"对。这就是为什么很久以前两人就被市中心和拉斯维加斯大道附近的赌场封杀。所以如果你要去找帕克,最好试试本地的赌坊,就像伯德高速公路旁边的。我现在能想到的是'方块九'。"

---

[1] 老虎机视窗内通常有三个转轴(reel),转轴上有各种图案。最后的输赢金额按照三条转轴上的图案配对结果来计算。

特里莲回来的时候扣子松了好几颗，短裙上有块神秘的湿渍，双目恍惚无神。奥斯古德已经带着一位穿着李维斯[1]、戴着女牛仔帽的金发女郎出去了。现场乐队正在演奏的是《瓦伯什加农炮》[2]，不时还蹦出几段迷幻金属吉他的即兴乐句。"玩得痛快吗，亲爱的？"多克尽量装得高兴。

"是又不是，"她的话很简练，多克虽然不爽，但又感觉到一种欲火。"给我买瓶啤酒吧。"

她静静地喝着，直到多克说："好吧，那个奥斯古德今天晚上和你说什么了？"

"我觉得自己好傻，多克。我不应该提到帕克的名字。"

"我猜他也欠奥斯古德钱吧。"

"是啊，结果把奥斯古德也惹毛了。他表面上看着大大咧咧，其实不是这么回事。"

"他有没有告诉你帕克的藏身之处？"

"北拉斯维加斯，他只知道这么多了。我认为他不知道地址，否则他自己就找上门去了。"

"那样的话，报纸上都会报道的。"

他们出去的时候伊夫跟在后面。"这么早就离开了？默尔如果在城里，通常会在凌晨左右过来，然后唱几首歌。"

"默尔·哈格德[3]在城里？"

"不在，但你们也没必要因此就走掉啊。"多克眨了几下眼

---

[1] 李维斯（Levi's）是著名的牛仔服装品牌。

[2] 《瓦伯什加农炮》（*Wabash Cannonball*）是一首著名的乡村音乐老歌。

[3] 默尔·哈格德（Merle Haggard，1937— ）是美国著名的乡村音乐歌手、吉他手和作曲家。

睛,给这个老头买了杯拉莫斯-杜松子菲兹酒[1],然后离开了酒吧。

在外面的停车场,多克注意到有辆很长的卡迪拉克,车体上的凹坑让他看得眼熟。

"嘿,多克!我开始就觉得是你。"

"提托,这是纯属意外的巧合呢,还是我真的需要发神经联想一下?"

"我告诉过你我们要去拉斯维加斯。伊内兹去看演出了,我来这里赚点零钱。你应该瞧瞧这里的哥们是怎么付小费的,我在这里度假期间赚的钱要比在洛杉矶一整年的都多。"

"哦,不会吧"——多克做了个滚骰子的动作——"也许是中了拉斯维加斯的咒语吧。"

"多么厉害的咒语。你看看这个地方。这一切可能是真的吗?你怎么可能严肃地看待这里?"

"你是一个该死的赌鬼,"豪华轿车里传出一个粗犷的声音,"你不可能用别的方式看待这里。"

"我的妹夫阿道尔佛,"提托皱着眉头,"我拿他没辙。只要有钱进来,他就会在我之前给夺过去。"

"这是约定。"阿道尔佛解释道。原来,他是被伊内兹委派来坐在豪华轿车里,盯着提托不让其惹事。

"可怜虫合约服务公司。"提托嘟哝道。

特里莲有点心不在焉,决定回房间去睡觉,所以她开着"卡

---

[1] 拉莫斯-杜松子菲兹酒(Ramos gin fizz)是一种鸡尾酒,由姜酒、柠檬水、糖、奶油、苏打水等调配而成,通常用大杯装。

马罗",而多克则加入了提托和阿道尔佛,坐进那辆豪华轿车里。

"你知道一个叫'方块九'的地方吗?在伯德高速公路那里。"多克说。

"当然,"提托说,"你介意我和你一道进去吗?我想进去逛一下,也许试试自助餐,再看看表演什么的。"

"听上去你有点迫不及待啊,提托。"

"是,你应该是发牢骚的才对。"阿道尔佛插嘴道。

"这是顺势疗法[1]啊,伙计们。"提托抗议说。

按照比格福特·伯强生的说法,方块九是野比尔·希柯克[2]临死前手中的第五张牌(另外四张是一对A和一对黑8)。这个西部小掌故曾为比格福特在酒吧赢过很多次打赌。停车场里停满了各种车,有装着货架的敞篷小货车,有福特"朗切罗"轻型皮卡(后面的敞篷车厢上还有残留的干草),有老式的雷鸟和雪佛兰"流浪者"卡车(车上的铬金条条早就已经脱落了,只留下生锈的条纹和焊点)。店门口亮着灯的大招牌是杰特森[3]风格的多边形,上面提示今晚会有一个叫"卡米恩 & 卡尔地区"的乐队来

---

[1] 顺势疗法(homeopathy)是一种不同于传统西医或者中医的另类治疗方法,由德国医生塞缪尔·哈尼曼创立于18世纪。其主要治疗原理是"同样的制剂治疗同类疾病",意思是为了治疗某种疾病,需要使用一种能够在健康人中产生相同症状的药剂。有点类似"以毒攻毒"的意思。这里显然是提托为了自己进赌场找的借口。

[2] 野比尔·希柯克(Wild Bill Hickok)是美国西部最臭名昭著的赌徒,他在1876年被刺杀在达科他的一家酒馆里,当时他正在玩扑克,手中握着的那副牌是对A和对8,对于第五张牌究竟是什么历来众说纷纭。

[3] "杰特森"指的是美国著名的动画片《杰特森一家》(The Jetsons),剧中人物生活在2062年的未来。所以,"杰特森风格"指的是一种未来派的后现代风格。

演出。

里面的顾客似乎并非远道而来,所以他们不像那些拉斯维加斯大道上的游客,那些人是一门心思找乐子的,而这里的玩家都是为了赌钱而来。赌桌上的他们有的充满希望,有的绝望悲伤,有的嗑过药,有的还算清醒,有的相信赌博中的科学,有的则执着于某种自己都无法解释清的异国迷信。在灯光照不到的地方,店主、金融公司和放高利贷的人默不作声地坐在暗处,用昂贵的皮鞋敲打着地板,心里盘算着如何奖惩——甚至偶尔还会破天荒地考虑一下宽恕。

卡米恩是一个长头发的酒吧男高音,他拿着一把莱斯·保罗[1]款的吉布森电吉他[2],他也许拿着它上过几次课,不过这乐器对他来说更像是个道具,包括把它当成冲锋枪使。"卡尔地区"的其他成员倒是按照摇滚乐队的标准各司其职。两个伪娘穿着维尼纶面料的红色迷你裙和黑色渔网长筒袜,头发漆得闪闪发光,一边做和音伴唱,一边跳着白妞节奏步。当多克穿过人群走到赌场里面时,这个乐队正在演奏他们最新发行的歌。

只是千层面(半波萨诺瓦[3])

那是 U,FO 吗?

(不,不——不是!)

---

[1] 莱斯·保罗(Les Paul, 1915—2009)是美国最负盛名的爵士乐吉他手,被称为"电吉他之父",正是他设计的硬体电吉他使得后来的摇滚乐成为可能。

[2] 吉布森(Gibson)是一家吉他生产厂商,曾在 50 年代早期与莱斯·保罗共同设计了一款经典的电吉他,并以莱斯的名字命名(Gibson Les Paul)。

[3] 波萨诺瓦(bossa nova)是一种南美风格的爵士乐,由爵士乐和桑巴舞曲混合而成。

也许是的——等等,我知道!它
只是千层面![节奏吉他进入]
只是千层面……
　　　(只是千层面),
突然地,它来了,
　　　(突然,它来了)
无人知晓,它的名字,只是
"那个千层面"……
只是……"那个千层面"
　　　(只是"千——层——")
　　　　　　哦,喔,千——
厉害的女人呀!
谁能超过
你,
你只是坐在那里,说
"哟喂,哟喂!"
哇塞!千层面,你
应该害臊!你
这条离家的狗!
为什么你要问我,
　　　(问我)
　　　　　——嘿,

这不是什么神秘稀罕物,这
只是千层面——

他们就这么说……（哦，

呜呜——哦呜）

我中了你的咒语，

千——层——面！

多克花了点时间和换币女郎、酒保、发牌的庄家、赌台老板、夜场的当班（和下一班的）女郎聊天，其中包括一个穿着酒红色天鹅绒迷你裙的年轻女人。此人最后告诉他说："所有人都知道帕克曾经在米奇的手下。这里没有人会透露他的行踪的，尤其不会对陌生人说什么。当然，这不只是针对你。"

这时，有个负责在场子里逗乐观众的滑稽演员走了过来，眼里闪烁着不怀好意的凶光。"晚上好，泽科尼亚！我看你又在帮人忙啊。这位是？玩得好吗，先生？他要说：'这是什么星球？我把UFO停在哪里了？'哈哈，不逗你了，伙计。你还不错啦，这个头发——我很喜欢，它漂亮极了。过会在车库见吧，你可以给我擦车……"

这个爱说俏皮话的家伙和泽科尼亚一起走了，差点就和进来的提托撞了个满怀。提托显得有点激动。"多克！多克！你快去看看那个哥们的活，他真是个天才啊。快来看一下。"他带着多克在赌场绕来绕去，最后走到里面的一个区域。对于玩老虎机的人，这种地方是不宜去的，因为他们相信越靠近街面的机器越容易赢钱。两人最后绕过拐角，看见一条摆满老虎机的长廊。提托说："就这里。"

从提托的精神状态来判断，多克压根没指望能在机器周围看见迷幻的光晕，但他却果真看见了一台古旧的老虎机，上面贴着已经褪色破旧的五十年代女牛仔画像。这个女的笑容可掬,按照当时的时尚标准,还算是很漂亮的人儿——譬如超大的乳头,加上短短的烫发和鲜艳的口红。一长串五十美分硬币沿着泛黄的塑料滑槽移动。硬币边缘的花边就像是轮齿,各自带动这几十枚闪亮的"肯尼迪"[1]慢慢转动,然后颤抖着滑下缓坡,一个接一个地被拉斯维加斯那冷漠的胃腔所吞噬。因为机器前的这个玩家背对着多克,所以起初他只注意到此人是如何小心翼翼地扳动拉杆。多克觉得这个赌徒并不是来这找乐子的,他更像是在附近某个食杂店里付账。然后多克用眼睛扫了一下旁边的老虎机,认出了那个脑袋上有纳粹标志的帕克·比佛顿。帕克正在假装玩另一种只需要五分钱就可以下注的机器。这样的话,在另一台机器前奋战的"天才"肯定就是帕克的搭档艾纳了。

这是一个绝无仅有的时刻。多克本想走过去,说"能和你聊几句吗,哥们"。他刚要挪步,好几件可怕的事情同时发生了。伴着军号的奏鸣声(尤其是大号),加上火车的汽笛、火警铃和体育馆里大批观众的喝彩声,无数印着肯尼迪头像的50美分硬币开始从机器里如潮水般涌出来,掉到地毯上越堆越高。艾纳点了下头,然后拔腿就走——多克有没有眨眼?——居然就这么突然消失了。帕克最后猛拉了一下他的5分钱老虎机,然后起身过来收取大满贯的奖金。这时鬼使神差的事情发生了,帕克骂了句"我操",他那台机器也叫了起来,而且动静比前面的更响亮。帕克站在两台都赢钱的机器中间,呆若木鸡。这时来了一帮子赌场工作人员,他们要确认游戏结果,并向这两个幸福的大满贯赢

---

[1] 50美分硬币的头像是美国前总统肯尼迪。

家发奖状。此时的帕克似乎对于这种进退两难的局面很敏感,于是就尖叫着朝最近的出口逃走了。

周围没有别人比多克和提托更加适合在此时混水捞鱼了。两人只用了一毫秒的时间就达成协议,由提托去取那个50美分一注的老虎机里的奖金,而从不贪婪的多克则去拿另一边的钱。现在看上去,那堆五分硬币已经有好几立方英尺之多了。

阿道尔佛接管了提托(实际上是艾纳)赢来的钱,然后三人开车返回"鬼花庭院"旅店。多克发现特里莲正睡在其中一张水床上。他走向另一张床,最后应该是办到了。

等到他醒来时已是下午两三点的光景,特里莲不在了。他望了眼窗外,卡马罗也被开走了。他吹着沙漠地区的微风,溜达到街上的一家小商店,买了点烟,用几罐咖啡和一些巧克力派当早餐。多克回来后就打开电视,看起了《小呆猴》[1]的重播,一直到本地新闻的时间。今天的嘉宾是从某个华沙条约成员国来美国访问的马克思主义经济学家,此人似乎正处于精神崩溃的状态中。"拉斯维加斯,"他试着解释道,"位于沙漠腹地,并不生产任何有形的商品,钱从这里流入流出,没有制造任何东西。这个地方,按照我们的理论,根本就不应该存在,更别提如此繁荣。我感觉自己一辈子都是基于某些虚幻的前提。我失去了现实感。你能告诉我,现实在哪里?"访问者看上去不太自在,于是就试图把话题岔到艾尔维斯·普雷斯利[2]上去。

---

[1] 《小呆猴》(*The Monkees*)是1966—1968年NBC电视台播出的情景喜剧,描述了一支虚构的摇滚乐队的生活。

[2] 艾尔维斯·普雷斯利(Elvis Presley)即"猫王"。

天要黑的时候，特里莲终于出现了。"请别生气。"

"自从那个谁罚丢球[1]后我就没有生气过。"他使劲回忆了一下，"想不起来名字了，就在嘴边的……算了。你去哪了？"从她脸上的表情和走路的姿态——她那种做作的步态就像是朋克在健身场上——他知道了答案。

"我知道应该早点告诉你的，不过我想先见他一面。其实我一直就有他的电话——对不起——我一直拨啊拨啊，最后他终于接了。"她在天蒙蒙亮的时候去了帕克给她的一个地址，那是在北拉斯维加斯的一所公寓，下面是车库，旁边的空地上开满了扁果菊。两个男的喝着啤酒，依旧是在讨论他们男性气质的高低问题。当然，还会有一个人唱着歌剧《吻我吧，凯特》中那首《妙不可言》[2]，另一个人则在和声。

"你有没有和帕克提我想见见他？"

"事实上，我照例得费尽口舌才使他相信你不是职业杀手。"

"我们可以在任何他觉得安全的地方见面。"

"他提议在北拉斯维加斯的一个叫'天命'的赌场见。他和艾纳喜欢在凌晨时分去那里。"

"你也得过去吧，否则……"

"最好把车给我开。我有点事情要办。"

多克拿出一根大麻点上，然后打电话叫提托。他正要去工

---

[1] 很可能指的是60年代湖人队某一场因为罚球失误而败北的关键总决赛。

[2] 《吻我吧，凯特》(*Kiss Me, Kate*)是由 Cole Porter 作词作曲的歌剧，于1948年在百老汇首演。《妙不可言》(*Wunderbar*)是出现在第一幕中的一首歌。

作。"你有没有时间今天深夜送我去北拉斯维加斯?"

"按我们这一行的说法,豪华轿车是不载侦探的——伊内兹想看完最后这场演出。她很迷乔纳森·弗里德[1]。"

"什么?"多克眼睛一亮,"巴纳巴斯?是《黑影》中的吸血鬼么?"

"他在拉斯维加斯大道上有一场室内演出,多克。圈子所有人都喜欢他——弗朗克、迪恩、萨米——每天晚上至少有一个会出现在观众席里。"

"不仅仅是伊内兹,"阿道尔佛在电话分机里说道,"小孩子的便当盒上都有这个家伙的照片。"

"哟喂,他唱什么类型的歌了?"多克问道。

"似乎偏重于迪兹 & 施瓦茨[2],"提托说,"他的终场曲目一般是《纠结的心》[3]。"

"他还唱猫王的歌,"阿道尔佛补充说,"唱《万岁,拉斯维加斯》[4]。"

"我载过他一两次,给小费很大方。"

特里莲请多克到拉斯维加斯大道上的一家赌场的自助餐厅吃晚饭——这是她为人处世的方法,虽然她显然没有心情去和多克

---

1 乔纳森·弗里德(Jonathan Frid): 美国演员,曾扮演过 NBC 热门剧集《黑影》中的吸血鬼"巴纳巴斯"一角。

2 迪兹 & 施瓦茨,指的是好莱坞和百老汇两位金牌音乐搭档 Arthur Schwartz 和 Howard Dietz。

3 《纠结的心》(Haunted Heart)是迪兹和施瓦茨 1948 年合作谱词曲的音乐剧《美国之内》(*Inside U.S.A.*)中的一首歌。

4 《万岁,拉斯维加斯》(*Viva, Las Vegas*)是"猫王"60 年代演唱的一首热门歌曲。

谈任何事情，尤其是关于帕克。

"你看上去很兴奋啊。"他对她说道。特里莲淡淡地一笑，然后默不作声地拿着大虾比划了好半天，似乎是在指挥室内交响乐。多克把手拢在耳边。"我听听……是婚礼进行曲吗？"

"我会回来的。"她溜出小隔间，朝女厕所的方向走去。多克想起来这里公用电话和厕所一样多。她不到一个小时就回来了。多克一直在吃东西。"你发现了吗，"她并没有对着任何特定的人说这番话，"公用电话有一种情色意味。"

"你开车把我带到旅店吧。也许晚上在北拉斯维加斯我能见到你。"也许不能。

十四

按提托的说法,建于二战后的"天命"赌场本身就代表了一场赌博,即认定北拉斯维加斯将成为未来的发展中心。然而,一切都在向南发展,拉斯维加斯大街以南就像拉斯维加斯大道一样成为了传奇,而像"天命"赌场这样的地方就衰败了。

沿着北拉斯维加斯大街行驶的这一道上,不断迎面而来的是耀眼的灯光,最后才是一段接一段的黑暗,就像沙漠夜晚的微风。向后急闪而过的是停在路上的拖车和小木场,还有装着空调的商铺。拉斯维加斯上空的红光渐渐褪色,仿佛进入了"历史之外的一页"(就像《打火石一家》[1]唱的那样)。不久,在前方的马路旁出现了一个亮着光的建筑,虽然远不及南方那种灯火通明。

"这块儿就是个垃圾场啊,哥们。"提托把车开进大门,停在一个有倾水斜坡的门廊下面。因为光线昏暗,没有人注意到他们的到来,更别提去迎接他们。曾几何时,这里肯定有过千盏华灯,到处都是白炽灯、霓虹灯和荧光灯,但现在只有几盏还亮着,因为现在的老板负担不起高额电费了,几个不幸的业余电工还试图从民用电线上偷电来用,结果触了电,被炸得粉碎。

"我们过一两个小时就会回来,"提托说,"你不要惹太多麻烦,行吗?你过来玩带没带够钱?阿道尔佛,给他个黑筹码。"

"这可是一百美元,我不能——"

"求你了，"提托说，"我站在旁边也会感到爽的。"

阿道尔佛递过去一个圆筹码。"这里的人都拿这个付小费，"他耸了耸肩，"我们到现在为止都不知道收到了多少这种玩意。太他妈疯狂了。"

多克下了车，顺着一个拜占庭风格的拱廊溜达到楼底的游戏大厅。里面空间很大，但是脏兮兮的，赫然吊着个破旧不堪的枝形吊灯，下面是牌桌和赌博室，还有半地下的赌博区。这个巨大的吊灯已经要散架了，带着股鬼魅之气，假如它有情感的话，可能还会感到一种怨怒——灯泡早就报废了，但却无人更换，水晶垂饰有时突然就会掉下来，砸到牛仔的帽檐、人们的饮料，或是转动的轮盘里，发出刺耳的叮当声，像是在诉说自己的悲欢离合。屋子里的所有东西都是东倒西歪。旧轴承带着轮盘赌的转盘，时慢时快地运动，毫无规律。经典款的三轴老虎机很久以前所设定的赔率在幸运路[2]以南是不为人知的，也许全世界都搞不清楚。这三根轴各自为阵地转动，就像小镇上的商人，有的朝着阔绰的奖金数额奔去，有的则给出一个悭吝的结果。地毯是那种皇家深紫色，这些年不知道被重新编整过多少次，上面有无数个烟头烧过的印子，每次都把合成绒毛烧成一小坨塑料硬结。整个效果就像是在湖面上刮了一阵风。大厅地面要比外面的沙漠低十英尺，这就给赌场提供了天然的屏障，所以在这个巨大无形的空

---

[1] 《打火石一家》(*The Flintstones*) 是 ABC 电视台于 1960 至 1966 年播出的动画情景喜剧，故事以新石器时代的一家人为背景，对现代社会的诸多话题进行了调侃。在主题曲中，有这样一句歌词："Flintsotnes. Meet the Flintsotnes./They're the modern stone age family./From the twowno f Bedrock, /They're a page right out of history."

[2] 幸运路 (Bonanza Road) 是位于拉斯维加斯的一条马路。

间里，凉气并不完全来自空调。为了省电，空调在任何情况下设定的都是最低档。

在柔暗的灯光下，稀稀落落的一些人走来走去，有烧烤厨师、轮胎销售员、建筑工人、眼科医生、管筹码的工作人员、换币女郎、从豪华包间轮岗下班的警卫（他们被禁止在豪华包间参赌），还有年长的驯马师（他们生逢这个人口众多的高速交通时代，心仪的对象早就变成了F-100[1]和雪佛兰"阿帕奇"）。他们来回走动，似乎是为了保持警惕心。这里的饮料并不免费，但如果你会在真实生活中讨好周围的人，那么这些饮料倒也不算贵。

多克要了一杯用柚子果汁兑成的玛格丽塔酒，然后思维就进入发散状态，开始在这家大赌场里逛来逛去，四处寻找帕克和艾纳。这时，一个漂亮的年轻女人走了过来，她穿着涡旋纹路的迷你裙，用的是人造丝面料，脚上穿着白色塑料靴。她说自己叫拉克。

"我不是个好打探隐私的人，不过我注意到您没玩牌，只是在这转来转去。这意味着您要么是个老江湖，来这里有神秘使命，要么只是个玩累了的骗子，来这里找点便宜货。"

"嘿，也许我是黑手党。"

"鞋子不对。别那么不相信我嘛，看在老天爷的分上。我想说的是，凡是从洛杉矶过来的游客，每个人肯定会很想来为米奇下注开赌。"

"这是……？"

---

[1] F-100是世界上第一款超音速战斗机，从1957年开始在美国空军服役。

拉克解释说,"天命"赌坊提供一种游戏赌博项目,你可以就新闻时事下注,譬如最近神秘失踪的建筑巨头米奇·乌尔夫曼。"米奇在这个城里算是小有名气,所以我们搞了个限时竞猜,赌他生还是死,或者按我们牌桌上的说法,过牌或者要牌。"

多克耸了下肩。"你读我就像读《先驱考察家报》[1]一样,拉克。NCAA 现在挑好运动员也不如你这样仔细啊。"

"得了吧,"她动了动脑袋,"我是把你作为客人带过去。我能够拿到佣金。"

"天命"赌坊的体育竞技类博彩区有自己独立的鸡尾酒吧台区,装修用的是紫色丽光板,像金属薄片一样闪着光,这让多克感觉像回了家。他们找了张桌子,要了杯冰冻迈泰鸡尾酒[2]。

多克知道这行业大部分悲歌的轻快曲调和音域,但还是想看一眼乐谱。拉克似乎是在田纳西的拉弗涅[3]长大,那个城市在纳什维尔[4]旁边。拉弗涅和拉斯维加斯除了首字母缩写相同,而且连纬度也一样。"实际上和亨德森[5]一样,但我现在就和男朋友一起住在那儿。他是内华达大学拉斯维加斯分校的教授。他说美国人喜欢沿着纬度线迁徙。我的命运就是如此。我总是要朝着西前进。当看到胡佛大坝的刹那,我就第一次知道我是真的回

---

[1] 《先驱考察家报》全称是《洛杉矶先驱考察家报》(*L. A. Herald-Examiner*),是加州一家著名的日报。

[2] 迈泰鸡尾酒(mai tai): 用朗姆酒、库拉索酒和果汁配制的一种鸡尾酒。

[3] 拉弗涅(La Vergne)是田纳西州的城市名。

[4] 纳什维尔(Nashville)是田纳西州的首府。

[5] 亨德森(Henderson): 美国内华达州东南部一城市,位于拉斯维加斯的东南。

家了。"

"你有没有弹琴或者唱歌啥的,拉克?"

"你的意思是,既然我住在纳什维尔附近,为什么不去搞音乐呢[1]?你试试,亲爱的。你排队的时间会把脚站断的。"但是多克注意到她眼神里有一丝闪躲。

"我希望不会又来一个暗杀三连赢[2]。"说话的这个先生看上去就像老电影中的银行家,穿着定做的西装,每只袖子上都开着一个纽扣孔,目的就是让人知道这不是普通货。拉克介绍说他叫法比安·法左。

"这位女士告诉我可以直接下注,赌米奇·乌尔夫曼是否还活着。"

"是的。如果你喜欢更加新奇的玩法,"法比安回答道,"我也许能推荐一种叫艾米·瑟姆珀·麦克菲尔逊[3]的赌法,这里我们假定是米奇自导自演了绑架案。"

"我们怎么可能证明这种事情的存在?"

法比安耸了耸肩。"没有索要赎金的条子,然后他还活着出现了?声称有健忘症?而警察局长爱德·戴维斯连新闻发布会都不开一个?这些都可以证明。假如米奇是自己绑架自己,一

---

1 田纳西州是美国著名的音乐之乡,这里曾经走出了像"猫王"这样的超级巨星。

2 三连赢(trifecta):一种赌博方式,押注者必须猜中前三名胜利者及其正确名次。所谓"暗杀三连赢"大概指的是就美国下三位被暗杀的公众人物按先后顺序下注。

3 艾米·瑟姆珀·麦克菲尔逊(Aimee Semple McPherson, 1890—1944)是美国著名的公众宗教人士,创立了"正方教会"(Foursquare Church),善于利用媒体来进行布道。1926年,她在加州海洋公园海滩游泳时神秘失踪,大家一度认为她溺水身亡。数天之后,麦克菲尔逊现身于亚利桑那沙漠地区,宣称自己曾遭到绑架。对于她的说法外界历来多有质疑。

赔一。如果他没有，那就一百赔一。赔率高的话，要看索要赎金的条子上有多少个零，他是否出现，何时出现。我们可以白纸黑字写下来，没有写下来的都不算，到时候就退钱，也无须担心。"

好吧，多克自言自语说，好吧，好吧。这笔聪明的钱——他脑海中短暂地浮现出这样一幅场景，百元美钞戴着牛角眼镜，读着一本关于统计的书——出于它自己的理由（这个理由极好，但他还得好好调查一下），认为米奇会导演一场流亡归来的头条新闻。对这些精明的人们来说，这一切几乎就是板上钉钉的事情。但是，让他们见鬼去吧。多克在自己口袋里摸到了提托给的黑筹码。"拿去，法左先生。我想玩赔率大的。"

在这一行当里，多克已经学会接受别人轻蔑的表情，但法比安这时的嗤之以鼻实在是让人伤自尊。"我会去给你记下，很快的。"他摇着头离开。

"你不至于这么傻吧。"拉克拨弄着饮料中的小伞。

"哦，拉克，我们这些纯真的嬉皮士总不可能对一切都愤世嫉俗吧？哪怕这关系到洛杉矶房地产商……"

法比安很快就回来了，态度完全变了。"您介意上楼去我办公室坐一会吗？需要核对一两个细节。"

多克谨慎地摆了一下腿。是，小斯密斯手枪还在脚踝的枪套上。"一会儿见，拉克。"

"你小心点，亲爱的。"

法比安·法左的办公室居然很漂亮讨喜，完全不像多克预计的那样阴森恐怖。墙上挂着带框的幼儿涂鸦作品，屋里有株鳄梨树，那是法比安1959年拿着个果核，种在一个标准大小的青豆罐头瓶里，并一直养到现在。墙上还有幅很长的照片装饰画，上面是法比安和"耗子帮"[1]的合影，还有些脸看上去眼熟，像是在电视上的夜间电影频道见过。弗兰克·辛纳屈玩闹着把一根巨型古巴"科罗娜"雪茄塞到法比安嘴里，而后者似乎半推半就。小萨米·戴维斯在和照片外的某个人高兴地说笑。在迪恩·马丁的下嘴唇上叼着根燃着的大麻（多克可以保证这大麻是仓促卷成的），他还挥舞着一瓶唐培里侬香槟王[2]。

法比安把多克的百元筹码放到桌子上。"您别介意，不过您看上去像是个私家侦探，不过一般干这个的都穿胶鞋，您穿的却是拖鞋。出于职业上的礼貌，我再给您一次机会来考虑这个关于米奇·乌尔夫曼的赌局。我想我们在这儿比较有隐私一些，因为现在联邦调查局的人正在楼里。"

"那和我有什么关系？我只是来城里登记结婚的，对于违章经营赌博、赌场所有权纠纷之类的事情不感兴趣。我不是来调查马蒂·罗宾斯说的那种'龌龊之事'[3]的。"

法比安微微地耸了一下肩。"我猜这些联邦的人在拉斯维加斯有个庞大计划，那就是要把赌场从黑手党那边夺过来。这事从

---

[1] "耗子帮"（Rat Pack）指的是五六十年代美国一些演艺界人士组成的非正式团体，前期的核心人物是亨弗莱·鲍嘉（Humphrey Bogart），后来鲍嘉于 1957 年去世后，以弗兰克·辛纳屈（Frank Sinatra）、迪恩·马丁（Dean Martin）、小萨米·戴维斯（Sammy Davis Jr.）、彼得·罗福德（Peter Lawford）等人为主。他们往往同时进行演艺活动（主要是在好莱坞和拉斯维加斯），并一起出演电影，如六十年代经典影片《十一罗汉》（*Ocean Eleven*）。

[2] 唐培里侬香槟王（Dom Perignon）是法国酩悦香槟 1921 年推出的顶级香槟品牌，现在属于路易·威登集团旗下品牌。

[3] "龌龊之事"（foul evil deeds）是美国著名乡村歌手马蒂·罗宾斯（Marty Robbins）在热门歌曲《埃尔帕索》（*El Paso*）中的唱词。

霍华德·休斯[1]买下沙漠客栈时就开始进行了。不过我只是个中层管理人员，没有人对我讲这些内幕。"

多克老练地转移了话题。"米奇·乌尔夫曼——他也在这边花了大手笔，对吧？我听说他在这儿碰见了自己未来的妻子，那时她还是拉斯维加斯的演员。"

"米奇那时和很多女演员约会过，他喜欢这个城市，尤其是过去的拉斯维加斯。他在红石附近建了栋房子。还梦想有朝一日能在沙漠从无到有地建一座城市。"法比安取下他的阅读眼镜，满怀心事地瞥了多克一眼，"这让你想到什么了吗？"

"米奇也涉足赌场业了吧？"

"司法部的人会很希望看到这一切发生的。"

"这里的'天命'赌坊也在转让之列吗？"

"你已经看过这个地方了。他们迫切希望有黑手党之外的人来接手，并且好好翻新一下这里。他们经常送来自己搞的蓝图，每张都充满了艺术感——这些破旧的三轴老虎机？忘记这些东西吧，山姆大叔们想要的是电子屏幕，每次你在机器上玩的时候，都会看见一个动画的转轴图片，然后赔付线上就会出现结果。而这一切都是电子的，明白吗？而且，可以从别处进行操纵。过去那些在老虎机上骗钱的根本就无计可施。"

"你听上去有点挖苦的意思，法左先生，如果您不介意我这样说的话。"

---

[1] 霍华德·休斯（Howard Hughes）是美国著名航空家、工程师、企业家、电影导演、花花公子、怪人（有些是因为罹患强迫症的影响），以及当时世界上最富有的人之一。其父靠石油起家，休斯后来创立了"休斯飞机公司"。

"我当然介意,但是现在我对任何东西都看不惯。我试着找到其中原因,可是大家都闭口不谈。你告诉我吧。我现在只知道一切在65年就结束了,而且那种时代以后再也不会有。50美分的硬币,过去是百分之九十的银,到了65年他们把它降低到百分之四十,而现在已经干脆不含银了。铜、镍,接下来是什么?铝箔么?你知道我在说什么吗?看上去像是50美分,但实际上只是空有其表。就像那些视频老虎机。他们计划在全城都使用这种机器,弄成一个迪斯尼动画世界。健康的家庭娱乐,儿童在赌场戏耍,去限额十美分的牌桌上博手气,头条新闻是帕特·布恩[1],由不属于艺人工会的演员扮演滑稽的黑手党成员,开着搞笑的老爷车,假装打打杀杀……诸如此类的狗屁。哈哈,这是拉屎维加死。"

"所以你也许能懂得给米奇按赔率最大的押有多么好玩了吧。"

法比安不自然地笑了,但很快就收住了。"如果你在这里呆的时间久了,就能感受到这些氛围。你说说,假如米奇的失踪并不像我们想的那样会如何?"

"这样的话,我就向您的修缮资金中捐献了一部分钱。你可以用我的名字来命名庄家穿的鞋子,私底下还能有治病的功效呢。"

法比安似乎等着多克说点别的,但最后他还是翻翻手掌,耸耸肩,起身送多克离开。法比安带他走过一条走廊,转了几个

---

[1] 帕特·布恩(Pat Boone, 1934—),是五六十年代著名的歌手、演员和作家。他是一个比较激进的保守主义者,致力于推动基督教事业。

弯,说道:"过了这里,你就应该能回到原来的地方了。"多克脑海里突然闪过一道电流,想到他曾经被维伊和索梯雷格下药的经历,想到自己如何在一个正缓慢沉入大海的迷宫中寻找出路的情景。虽然这里是干燥的沙漠和破旧的木纤维板,但多克却同样感觉到升起的洪水,觉得自己无论如何不能乱了阵脚。他听到前面某处传来了音乐声,不是那种在表演厅的乐队齐整协调的演奏,更像是音乐家在私下随性的排练。这个紧凑的小房间过去也许是当录音棚用的,多克发现里面烟雾缭绕,既有大麻,也有烟草。一盏琥珀色聚光灯正在和踏板电吉他[1]分享那一点点搜刮来的电能,而乐队其他人则在不插电演奏。站在灯下的正是拉克。尽管刚刚下班,而且上班期间一直都是站着的,她仍然充满活力。拉克在唱一首乡村摇摆乐歌。

月满双鱼宫,

危险的梦就在前方,

假如你驾船出游,

假如你卧床在家,

带上六盒冰块,

确认你戴好了帽子,

月满双鱼宫,

周六之夜……

我曾经最铁的哥们,

---

[1] 踏板电吉他(pedal steel,也作 pedal steel guitar):一种电子强音吉他,有十根弦的,它的音高可以通过在弦上滑动一钢条或踏动连在它上面的踏板而改变。

他穿上了弗兰克斯坦之鞋,

还有我的女朋友艾拉,

她唱起了狼人的布鲁斯,

但唱到高音C时,

她就准备好了咬人,

    (小心!)

月满双鱼官,

又是周六之夜。

   那个家乡

吸血鬼家族全都

露出他们的獠牙,它能

对你的脑袋,做出好玩的事情——那么,

假如你感觉到,

一点点头晕目眩,

这不打紧,因为你没有真的

   发疯——

这只是嗑药的幻觉作用,

不会持续太久,

好好上床睡觉,

醒来就是黎明——

忘记那些恐怖和危险,

打开那盏霓虹灯——

月满双鱼官,

见鬼，

　　这是周六之夜。

　　她从站的地方看不到多克，但他却挥了挥手，还鼓掌吹口哨，就像所有人一样。然后，多克继续在这个灯光昏暗的赌场后区寻找出口。过了会，他突然想，也许法比安·法左是故意要带他去个别的地方。这时多克来到一个拐角，因为走得快了点，结果遇到了穿着棕色鞋子的麻烦人。

　　"哦，见鬼。"哎，来者正是特别警探伯德莱恩和弗拉特韦德，旁边跟着一帮西装革履的同伴。他们所护送的那个人，多克过了好半天才认出来——很可能因为他不想相信自己的眼睛。更何况，根本没有任何人应该看到这一幕。多克模糊瞥见的，是穿着白色西装的米奇，容貌看上去和他在洛杉矶山居里的那幅肖像几乎一模一样。那个赌局看来颇具远见。米奇从多克身边走过，然后被带着继续往前，威严泰然，仿佛要被摆渡到另一个世界，或者至少是去窗户不透光的防弹车里。很难说这是他们扣押了他，抑或是他们正引着他做"过堂检查"[1]（这是地产界的说法）。

　　多克已经往暗处退了一步，可还是迟了。弗拉特韦德警探看见了他，停下来说道："我这里有点事，你们先走，我随后到。"剩下众人继续朝着走廊走去，这位联邦特工则靠近了多克。

---

[1] "过堂检查"（walk-through）指的是在房屋竣工后，拿着点燃的香烟在装有烟雾报警器的无烟区行走，以测试报警器能否正常工作。

"第一次，在西博纳维尔大街的墨西哥饭馆，那也许还只是个巧合，"他假装扳着指头，乐滋滋地说道，"各种各样的人都会去拉斯维加斯，对吧。第二次，你现身于那个很特别的赌场，这就开始招人猜疑了。而第三次，在'天命'赌坊，这个甚至大部分当地人都没听说的地方，我们可以说你已经不再属于概率讨论的范畴了。这事值得好好调查一下。"

"怎么个调查法？您已经快顶着我的脸了。"

"靠得太近的那个人是你。"他朝着身后几乎已经消失的米奇晃了晃脑袋，"你认识那个人，是吧？"

"猫王，对吗？"

"你在故意让我们难办啊，斯波特罗先生。你对迈克尔·乌尔夫曼的事情太关注了吧，这可非常不合时宜。"

"米奇？对我来说这案子已经结了吧。事实上，我根本没接过这个案子，因为没人雇我做。"

"可是你一路追他到拉斯维加斯。"

"我这是在调查别的案子。刚好来'天命'玩玩，就这么回事。"

联邦警探盯着他看了很久。"你不介意我和你说句心里话吧。你们嬉皮士把所有人搞得疯疯癫癫。我们从来没想过迈克尔的良心会出现问题，因为这么多年，他从来没表现出自己有良心过。可突然他决定要改变自己的生活，要把千万家财捐给各种堕落之人——黑鬼，留长发的，流浪汉。你知道他是怎么说的吗？我们有录音。'我觉得仿佛自己突然从一个犯罪之梦中醒来，这个罪是我绝对无法赎回的，我无法回到过去，让一切从头开始。我不能相信自己一辈子就是在让大家成为房奴，而居所本应该是免费的。这一点太明显不过了。'"

"你居然能把这段话背下来?"

"这是不抽大麻的另一个好处。你也许可以试试。"

"呃……试什么?再说一遍。"

伯德莱恩警探走了过来,他那张红彤彤的大脸上露出关切的神色。"啊,斯波特罗,很高兴又见面了!"

"我知道你们都很忙,"多克说,"所以我就不耽误你们了,我想我要,"多克模仿卡西·凯森[1]为沙吉的配音(是在每周六上午播出的《大狗史酷比》)喊道,"见鬼,操,我要闪了!"他正是这么做的,虽然并不清楚应该往哪边跑。他们会怎么做?开枪射击吗?可实际上……

最后,气喘吁吁的多克发现了两间厕所,一个标着"乔治",另一个标着"乔琪"。多克打赌联邦调查局的人会忌讳进女厕,所以就躲了进去,结果居然在里面发现了拉克。她站在一面镜子面前,正在补妆。

"见鬼!又来了一个男女不分的嬉皮士!"

"亲爱的,我在等联邦调查局的人忙乎别人的事。顺便提一下,我听见你唱歌了。多莉·帕顿[2]应该开始担心自己了。"

"嗯,罗伊·阿卡夫[3]那边上个星期过来人了,听了我的演唱,所以你应该为我祈祷一下。"

---

[1] 卡西·凯森(Casey Kasem):美国著名的电台节目主持人和配音演员。

[2] 多莉·帕顿(Dolly Parton):美国著名女歌手,以乡村音乐见长。

[3] 罗伊·阿卡夫(Roy Acuff, 1903—1992):被称为美国"乡村音乐之王",他还是乡村音乐的重要推动者,于四十年代成立了自己的音乐公司,专门发掘乡村音乐人才。

"通常情况下我会说,走吧,喝杯啤酒,不过——"

附近传来了联邦警探的叫骂声。

她做了个鬼脸。"我觉得是从小教养太差的问题。我会告诉你如何从后门出去,希望你能自己搞定。"

多克在新木屑、未干的油漆和大麻的混合味道中穿行,最后来到一扇消防门前面。他使劲把它推开,这时立刻响起了一段响亮的警报录音,建议开门者停在原地,等待获得合法授权的专业人士过来把他大卸八块。多克走出门,前面是一个灯光昏暗的进货平台,水泥地面已经年久失修,台子下他能看见一些黑色的身影正在向他跑来。

这时,响起了引擎的声音。多克回头一看,发现提托的豪华汽车以非常糟蹋轮胎胎面的方式转弯开了过来。阿道尔佛打开车顶天窗,露出半截身子,手里晃着一把半自动冲锋枪。多克的追兵们停了下来,开始商量对策。

豪华汽车在多克身旁停下。"快跳上车!"提托喊道。这时阿道尔佛已经钻了回去,多克便跳到车顶,顺着天窗滑进车里。阿道尔佛重新回到战斗位置上,而提托则提挡加速,然后又突然停车,留下的轮胎印足有一条街那么长,尖厉的刹车声在去伯德大坝的半路上都能听见。"哥们,去哪啊?"提托问。

"你不会相信我刚才看见了谁。"多克说。

"阿道尔佛觉得自己见到了迪恩·马丁。"

阿道尔佛缩回车内坐下。"才不是呢。"

"这个……"提托说,"很像啊……是迪恩·马丁吗?或者不是迪恩·马丁?"

"你懂吗,就是这样子的——那个人是迪恩·马丁,并且也不是迪恩·马丁。"

"'并且'？难道你的意思不是转折吗？"

多克的心思一定又移到别的事情上了。当他们把他带到旅店下车时，特里莲已经走了，不过她的东西还在。他四处寻找字条，不过没有。

他卷了一根大麻，点上火，然后坐下来看《深夜怪谈特辑》，其中那集《哥斯里根之岛》[1]马上就要开始了。这是一部在电视上播出的电影，讲的是个日本怪兽遇到了情景喜剧中的那些海难幸存者。伴着开头的字幕，哥斯拉在疯狂地破坏完人类城市后，出来找地方休整，结果不小心撞上——真的是"撞"——这座孤岛。这种局面让"蚪蚪"号上那次历史性航行的幸存者立刻感到非常忧虑。

"我们必须活下去，"玛丽·安对金吉尔说，"直到日本自卫队开始干预此事。他们动作神速，你还没念完'神风特工队'这几个字，他们就到了。"

"神——风——"金吉尔刚开始说，声音就被天空中密密麻麻的喷气式战斗机的轰鸣声所淹没。战斗机开始向哥斯拉发射火箭，而和往常一样，怪兽对这些小打小闹并不太看在眼里。"你明白了吧？"玛丽·安点了下头，而观众的笑场音也同时切入进来。在混乱中，无人注意到教授已经拿着一款外形独特的反哥斯拉武器来了。这个东西上有各种模拟控制面板、抛物线形状的天线、巨大的螺旋玻璃线圈，里面发出一种神奇的紫色脉冲波。不

---

[1] 《哥斯里根之岛》（Godzilligan's Island）：是《哥斯拉》（*Godzilla*）和《盖里甘的岛》（*Gilligan's Island*）混拼而成的一个虚构节目。

过教授还没有来得及演示武器，盖里甘就误以为这玩意是船长，结果从树上摔了下来，跌到设备上，差一点就被辐射和尖角给弄死。"我可是刚刚做的校准！"教授沮丧地哭喊道。

"也许它还在质保期内呢？"盖里甘问道。

这时画面变成了升降镜头，这应当是哥斯拉的视角。他正低头看着岛上众人的行为，那副困惑的表情依然让人忍俊不禁。哥斯拉抓脑袋的样子，让人不禁想起斯坦·劳瑞尔[1]。接下来转入广告时间。

这部电影多克一定也是断断续续看下来的。第二天早上醒来时，电视上正在放亨利·基辛格在《今日》[2]上带着德语口音的讲话："那么，我们就应该选择轰炸他们，对吧？"

国家安全顾问的声音被屋外空地上一辆汽车的喇叭声给淹没了。原来是帕克和特里莲开着卡马罗回来了。这车已被装饰一新，上面用手纸贴成各种时尚太阳镜的样子，还配着迷幻印花和啤酒易拉罐，以及一个简单制成的标语，上面写着"结婚了"。这两人似乎是参加完通宵连续派对，然后就去了城里的法院，拿到结婚证，径直开到幸运花婚礼教堂[3]，很快就完成了仪式。伴郎是艾纳，他当时决定与另一位正等着结婚的准新郎私奔。此人原本在等新娘，但那个女的却吓得当了逃兵。艾纳后来发现，其实自己也没有这个勇气，这倒是让他松了一口气。在退场赞美诗的环节，帕克和艾纳说服那个电子风琴手为他们伴奏一段二重

---

1 斯坦·劳瑞尔（Stan Laurel, 1890—1965）：英国喜剧演员。

2 《今日》（*Today*）是美国 NBC 电视台著名的早间谈话节目。

3 幸运花婚礼教堂（Wee Kirk O' the Heather）：拉斯维加斯城的第一个婚礼教堂，建于 1940 年。

唱，选的是艾索尔·摩曼[1]最喜欢的那首《你没有病，你只是恋爱了》，来自歌舞剧《叫我疯子》[2]。不过，就谁应该唱艾索尔·摩曼的部分，两人还是像往常一样争执不下。

帕克和多克简单聊了一会。"恭喜你，哥们，她是一个很不错的小妞。"

即使是在这个城市，婚姻也能对男人产生奇特的效果。"她能够拯救我。"帕克睁着大眼睛，点了下头，就像巴士车站的逃亡者。

"是谁要抓你，帕克？"

"没谁。"他眼里几乎是透着恳求，虽然不一定是对多克。

"拯救，我懂。我自己也有这方面的苦恼，因为我总觉得自己也许可以拯救米奇，不管他现在遇到什么麻烦。甚至也许还能拯救格伦？"

帕克脑袋上的纳粹标志开始抽动起来。"我可不是为了自己才在郁金香花圃里踮着脚尖行走[3]，"他说，"格伦就是个蠢蛋，不过我们毕竟是拜把子兄弟。但这不意味着任何事情。假如那天我去当班会怎么样？那这事就得发生在我头上。"确切地说，这不表示他会因为格伦而牺牲自己。他眼里的神色让多克觉得有点不舒服。"而你，你也不能拯救谁。"

---

[1] 艾索尔·摩曼（Ethel Merman）：二十世纪美国百老汇音乐剧舞台上最负盛名的女演员之一。

[2] 《叫我疯子》（*Call Me Madman*）：一部政治讽刺歌舞剧，主演是艾索尔·摩曼和欧文·伯林，该剧于1950年获得托尼奖。

[3] 此句语出美国歌手小提姆（Tiny Tim，1932—1996）演唱过的一首流行歌曲"*Tiptoe Through the Tullips*"。小提姆在演唱时运用了非常多的假声。

"你认为那件事已经无法挽回了,对吗?"

"你最好不要去蹚这道浑水,斯波特罗先生。"那个纳粹标志现在开始狂怒地颤动起来,"这不像是和黑手党打交道。甚至那些你们认为像是黑手党的其实也不是黑手党。"

多克摸出一根大麻。"我没听懂你的话。"

帕克从多克的衬衣口袋里拿出一盒 Kool,点上根烟,然后把整盒都给自己留着了。"这些在联邦调查局的摩门教教徒全是傻瓜。他们总是鼓吹说这里的一切都是意大利人搞的。就像在故事的结尾,不提别的,就是说意大利人,只要除掉这些意大利人,到处都会长出玫瑰花来,就像艾索尔唱的那样。好吧,忘记这些种族主义狗屁,哥们,那些都不过是个借口。霍华德·休斯,他是干什么的?骨头缝里都是雅利安人,对吧?但是他为谁工作?听过'黑手党背后的黑手党'吗?"

现在,假如帕克只是一个生活在加州海滩小镇里的普通吸毒者,多克也许会把这一切归结于普通的臆想症,并祝福他蜜月快乐,然后自己就回去工作得了。但帕克依然想否认自己知道任何内情。不管是什么样的真相在他身后,包围着他,那些东西一定非常令人胆寒,以至于保持沉默也不会让他就好过多少。

"来吧,问你一个简单的,"多克改变了策略,"米奇有没有和你提过他打算在沙漠里建个什么?"

"最近一段时间,他根本没提过。不过,关于阿瑞彭提米恩图(这在西班牙语里是'为此抱歉'的意思),他的想法是任何人都可以在那里免费生活,不管你是谁,只要你过来,而且那里又有空位,你就可以住,过夜可以,永久住也行,等等等等,诸如之类的话,就像泰国国王常讲的那样[1]。你拿个公路地图出来,我指给你看。"

特里莲走过来,将手塞到帕克一只刺青的手臂下,上面的图案是眼窝里插着匕首的骷髅头。"我们最好得上路了,亲爱的。"

"你们可以用这辆车,"多克说,"租金已经付到了下个星期。你们也可以把房间里的任何东西拿走,算是我送的结婚礼物。我能拿回那盒烟吗?"

特里莲陪着多克走到外面,提托已经开着豪华汽车在门口等他了。"他真的是我生命里的挚爱,多克。他需要我。"

"你有我办公室和家里的电话,对吧?"

"我们会打电话的,我保证。"

"一切顺利,比佛顿夫人。"

暮色已至,这让所有人都觉得惊讶。提托载着阿道尔佛和伊内兹去了机场。当他转回到高速公路上时,他和多克注意到有一辆车刚好开进机场入口,是灰色的特别用车,它行驶时带着某种决绝,这让大家知道它来这里是为了谁。提托开到高速公路上,向着沙漠驶去。"是个不错的城市,不过让我们离开吧。"

当提托开始表演他的绝密车技时,他们的后背便紧紧地贴在车座上,就像是飞船上的宇航员。窗外,城市的霓虹灯光开始拉长,那模糊的魅影向光谱中的蓝色靠拢。而透过提托的车镜,每

---

[1] 此典故来自 1956 年的电影《国王和我》(*King and I*),其中泰国国王的扮演者尤尔·伯连纳总喜欢说"等等,等等,等等"(et cetera, et cetera, et cetera),以表现该角色知识广博,却不屑于提供细节。这部电影改编自《安娜与国王》。

一点光亮都在黑茫茫的远处变为红色,然后消退,最后汇集在一起。提托在车里放的是洛扎·艾斯克那兹[1]的磁带。"听听她,我喜欢这个女的,她就是当年的贝西·史密斯[2],纯粹的灵魂歌手。"他跟着唱了几段,"*Tiatimo meraki*[3],谁不曾有过这个呢,伙计?一种需要,如此绝望无助,如此不知羞耻,别人说什么根本都不重要。"对多克而言,这听上去更像是嗑药后的胡言乱语,但当他习惯了这个歌手的音阶变化和演唱风格,他不禁想起了特里莲。如果她在这里,会如何看待提托的这些希腊贫民窟女歌手呢?又如何理解她们所歌唱的那种特殊渴望?

他们驾车开了一整夜。天蒙蒙亮时,终于到达了帕克在地图上指给多克看的那个岔道口。然后,他们顺着本州公路到了一条郡县公路,又从柏油马路换到满是尘土的乡村小道,经过一些破败不堪的大门,穿过牲畜防护网下的干涸河床,经过丝兰[4]和低矮的小仙人掌,经过路边的沙漠野花,经过在远处露出地表的岩石层,经过光亮的盐碱地上移动着的一片片黑乎乎的东西(它们可能是驴子、山狗、骡鹿,或是很久以前着陆的外星人,因为多克能感觉到这里处处都是古代超自然接触的证据)。

他们开到山脊上,然后顺着一段很长的坡下到河谷中,那儿的河水可能在好多个世纪之前就已经消失了。这里正是米奇·乌

---

[1] 洛扎·艾斯克那兹(Roza Eskenazi, 1890—1980):著名的希腊女歌手,以 rebetiko(即希腊贫民窟的音乐)的音乐风格为主。

[2] 贝西·史密斯(Bessie Smith):美国二十世纪二三十年代著名的女歌手,曾被誉为"布鲁斯女皇"。

[3] 洛扎演唱的希腊歌曲名。

[4] 丝兰(yucca):一种丝兰属常绿植物,原产于北美的温暖地带,枝干长而粗壮,开有白色的顶生花簇。

尔夫曼的梦想之地,用以救赎自己曾经向人类居所收费的罪孽——它的名字叫"阿瑞彭提米恩图"。多克和提托点了一根用来提神的大麻,然后两人换着抽。在住宅区之外是一片广袤的沙漠,只有零星的几处被开发了。这边几栋混凝土建筑,那边远远的在灌木丛中立着一两根烟囱。后来,对于他们所见到的景象,多克和提托无法达成一致。有几个被里格斯·沃布林称之为"宙母"的东西,它们之间用封闭走廊连结在一起。这些多面体穹顶并非完美的半球形,它们的顶部是尖的。多克数了有六个,提托说是七个,也许是八个。在这个楼群之间的地面上散落着巨大溜圆的粉色石头,虽然它们也有可能是人造的。

"我们能下去看一眼吗?"多克问道。

"什么?开这辆车?我们会弄断车轴、碰掉底盘的。你需要的是一辆四轮马车。除非你认为我们可以走着去。你有帽子吗?"

"我走路还需要帽子?"

"射线,哥们,危险的射线。"提托在后备厢里找出了两个特大的墨西哥宽边帽,这是他在金沟银壑[1]买来做纪念品的。他和多克分别戴上帽子,然后迎着沙漠上的微风开始向阿瑞彭提米恩图进发。

路上花的时间比他们料想的长。前方的宙母就像是从前科幻电影中的背景画,似乎你永远都无法走近它们。虽然多克能意识到头顶的太阳,但这一路上就像是在夜里摸索着通过危险地带。太阳是在另一个星球上看到的样子,显得更小,比实际密度更

---

[1] 金沟银壑(Glitter Gulch):拉斯维加斯市中心弗雷蒙特街周围的赌场区域。

大，用它那猛烈的辐射不停地炙烤着他们。蜥蜴不知道是从哪里钻出来的，就像石头一样亘古不变地蹲在那里，静静地望着多克和提托。

过了一会，这一切开始看上去更像是废弃的建筑工地。在阳光下褪色的木材余料，一捆捆生了锈的缆线，很长的塑料管，纠缠错结的"罗美克"电线，残破的空气压缩机。塑料盖膜被吹得七零八落，露出里面的骨架（有撑架和连杆），有时看上去就像是镂空的足球，有时像是仙人掌的图案，有时又像是人们从夏威夷带回来的贝壳。

"没看见任何门锁啊。"多克说。

"这不意味着我们就能进去。"

多克找到一扇门，很容易就给打开了。他走进一个高耸的拱顶建筑，里面很幽暗。

"好的，你可以停在那里了。"

"哦——噢。"多克说。

"要么你就继续走，然后就去另一个世界报到吧。我才不在乎你怎样。"说话者是里格斯·沃布林，胡子有几个星期没刮了，双手分别拿着点四四口径的麦格农和鲁格"黑鹰"[1]，手指头已经扣在了扳机上，枪口对着多克的前额中心。枪管几乎纹丝不动，不过现在多克的声音也可以说是毫不发抖。

他恭敬地拿下自己的墨西哥宽边帽。"你好啊，里格斯！我刚好来这里转转，我想接受你的那个邀请！记得我吗？拉里·斯波特罗啊。外号叫多克。这个是我的朋友提托。"

---

[1] 麦格农（Magnum）和鲁格"黑鹰"（Ruger Blackhawk）都是著名的手枪品牌。

"是米奇派你来的？"

"噢，不。事实上，我一直在调查到底米奇发生了什么事。"

"天啊，他可是什么事都赶上了。"里格斯松开了扳机，尽管他还是看上去很恼火，"进来吧。"

房子里面摆了一台装满了啤酒等饮食的超大电冰箱，还有很多老虎机、一张台球桌和几把躺椅。事实上，多克发现这里的实际空间要比从外面看上去大很多。里格斯看见他四下张望，便知道他心里想啥。"很不错吧？这基本上是对巴克·福勒的一种改造——不再是每立方英尺节约多少美金，而是每一美元能多得多少立方英尺。"

若换了平时，多克也许会说："难道这不是一码事吗？"但里格斯现在的举止还是有些乖张，可能是因为他那眼神不太像正常人，或者是因为他双手依然紧紧握着闪闪发亮的黑色手枪，或者是因为他说话的声音总是不自觉地变成大嗓门。总之，多克觉得自己还是装聋作哑比较明智一些。

突然，里格斯的脑袋开始偏向一个新的角度。他的目光似乎穿透了宙母的墙体，在看着远处天空中的某处。过了几秒钟，外面传来了战斗机引擎的轰鸣声，顺着里格斯倾听的方向，声音越来越大。里格斯将枪口往上抬了几英寸，似乎有点要开枪射击的架势。头顶的轰鸣声几乎剧烈到让人无法忍受的程度，然后又慢慢消失了。

"他们每半个小时就从内利斯[1]派飞机过来，"里格斯说，

---

[1] 内利斯（Nellis）：美军在拉斯维加斯的内利斯建有一个空军基地。

"起初我以为这只是例行的飞行线路,但实际上这全是故意搞的,是官方让他们搞的噪音。从白天吵到黑夜。总有一天他们会让米奇批准对这个地方来次火箭袭击,然后阿瑞彭提米恩图就成为历史了——也有可能不成为历史,因为他们会销毁所有的记录。"

"米奇为什么会炸掉这个地方?这里可是他的梦想。"

"曾经是。你也看见这地方现在成什么样子了。他已经把钱撤走了,放了所有承包商的鸽子,大家都走了,除了我。"

"这都是什么时候发生的?"

"大概就是他失踪前后。他突然就不再是那个嗑药的慈善家了。他们一定对他做了什么。"

"谁?"

"不管是谁。现在他又回到了斯隆的身边,是的,这对幸福的夫妇又在一起了,他们待在凯撒宫酒店的蜜月套间里,里面有很大的心形水床。米奇时刻把手放在她屁股上,就像是在说'这女人是我的,伙计们,你们想都别想',而斯隆现在完全是副一本正经的样子,甚至看都不正眼看别的男人,尤其是那些她曾经,怎么说呢,相好过的。"

"我以为米奇对这些都无所谓呢。"多克几乎说了出来,但他确定自己还是忍住了。

"他又重新变成了顾家男人,他们不只是对他的脑袋动了手脚,就连鸡巴也重新改造了。现在,她当然不会再抽任何时间见我。我就坐在这里,把来复枪放在膝盖上,就像是在某个古老银矿里阴魂不散的疯狂探矿者,等待着正义的丈夫来选择自己的时机。我已经死了,却还不知道。你听说过他和司法部达成的协议吗？"

"也许是谣言吧。"

"听听他做了什么吧，这对年轻人也许是个榜样。米奇先在拉斯维加斯大道买下一小块地，小到连当停车场都不够，但正好在大型赌场的隔壁。接着他就宣布要搞'迷你赌场'的计划，就像加油站旁边的那些小便利店一样。这种赌场进出方便，只有一台老虎机、一台轮盘赌、一张玩二十一点的牌桌。隔壁的意大利商人觉得这种地方会招来一些低档次的客流，这和他们自己的精品客户摆在一起完全格格不入。他们于是很抓狂，又是威胁，又是大吼，派他们母亲坐头等舱飞过来冲着米奇怒目而视，作出无声的谴责。这种谴责有时并不是无声的。最后赌场方面让步了，米奇得到了自己开出的价码，这比他当初买地的钱要多出无数倍。他现在拿着这笔钱，去投资改造扩建'天命'赌坊和酒吧。米奇是那里的积极合伙人。"

"所以他现在成了新的拉斯维加斯巨头？你们这些霍华德·休斯都得小心点了？好吧，谢谢你告诉我这些最新消息，里格斯。"

又一轮战斗机巡航来临了。

当他们能重新听见对方时，提托第一次开了腔："我们能载你去哪里吗？"

"宙母的妙处就是，"里格斯咧嘴大笑了一声，"它们能作为进入其他时空的通道。F-105战斗机、山狼、蝎子、蛇、沙漠高温，所有这些我都不在乎。我想离开的话，随时可以。"他脑袋动了一下，"我需要做的就是跨过那边的门，然后我就安全了。"

"我可以看一下吗？"多克说。

"最好别。这不是人人都能试的。假如它不适合你的话，对你会有危险的。"

他们于是告辞，留下里格斯在这里，对着一台便携式黑白电视机收看《让我们做个交易》。每次战斗机飞来时，电视画面就会乱成雪花点，似乎永远都无法重新组合在一起。但是在飞机巡航的间隙，画面还是会恢复正常，仿佛这是专门施与宙母的某种宽恕。

提托和多克驱车前行，直到他们看见一家汽车旅馆，上面的招牌写的是"欢迎来到土布弗雷克斯！拥有全城最好的有线电视[1]！"他们于是决定住在这里。因为时区的缘故（这个问题太复杂了，两人都搞不懂），这里电视节目（包括电视网或独立电视台）的数量竟然多到让人瞠目结舌。那些有创造性头脑的有线电视经理很善于发掘时空中的奇怪打嗝声[2]……所有人都是奔着某个节目来这里的。有肥皂剧的爱好者，有老电影的影迷，有怀旧的情侣驱车几百甚至几千英里，只为沉浸在阴极管的射线中，就像是祖母当年那个时代的洗澡迷，会专门跑到某个温泉去泡

---

[1] 在1970年，美国的有线电视还远未达到普及程度，只有少量的几家电视台。1975年，HBO（Home Box Office）成为全美第一家通过卫星传输的全国有线电视网。HBO也是最早的一家付费电视台，通过订阅服务观众可以收看到海量的电视节目，其中不乏各种重播的电视剧和电影。"土布弗雷克斯"（Toobfreex）也许是品钦的文字游戏，因为它可以排列组合成"to free box"三个单词，暗示了这家旅店的电视服务代表着美国有线电视产业的未来，而多克和提托就像是无意中闯入了未来世界。

[2] 这里可能指的是付费的有线电视往往利用观众的怀旧心理，播放一些老剧集来丰富自己的节目库。

澡。他们一个小时接着一个小时地沉溺在电视机前,太阳在灰蒙蒙的天空中升起落下,室内游泳池的瓷砖上的扑溅声也渐渐听不见了,只剩下打扫房间的推车吱吱呀呀地来来回回。

电视遥控装置安装在床尾,如果全部频道都过一遍,似乎要比你看任何节目所花的时间都要久。当多克的手指肌肉按到要抽筋时,恰好看到约翰·加菲尔德的电影展播。他寻思这节目已经连轴放了好几个星期了。现在正要放的是另一部约翰·加菲尔德主演的电影,由吉米·王·豪担纲摄影,名字叫《一路狂奔》(1951)。事实上,这片子不是多克的最爱——这是在那些反颠覆人士搞死他之前,约翰·加菲尔德拍的最后一部电影[1],里面从头到尾都充满了黑名单的味道——达尔顿·杜鲁波写的剧本,但片尾致谢名单上还写着另一个名字[2]。约翰·加菲尔德扮演一个亡命天涯的罪犯,他在公共泳池里认识了雪莱·温特斯[3],接着就让她全家的生活陷入麻烦中,譬如加菲尔德拿枪逼着他们吃一只看上去很恶心的道具火鸡("你们得吃下这只火鸡!")。因为那陷入歧途的悲惨一生,他最终死在阴沟里。是真正的阴沟,当然,布光还是很漂亮的。多克原本希望在看到一半的时候就睡着,可最后那一幕开始时他醒了,盯着屏幕,身上出的汗在空调房里冻住。这仿佛就是在目睹约翰·加菲尔德本人真正地死

---

1 40 年代末和 50 年代初,麦卡锡开始对好莱坞艺人进行调查,以抵制所谓的共产主义渗透。具有自由主义进步倾向的约翰·加菲尔德因此上了黑名单,无法继续在好莱坞拍片。这些迫害极大影响了加菲尔德的身体健康,他于 1952 年心脏病发作身亡,年仅 39 岁。

2 另一个编剧名字叫雨果·巴特勒(Hugo Butler)。

3 雪莱·温特斯(Shelley Winters)是这部电影的女主角,她在片中扮演被绑架的佩格·多布思(Peg Dobbs)。

去，而那些衣冠楚楚的中产阶级则站在大街上，洋洋得意地看他这样完蛋。

提托在另一张床上打鼾。在他们周围，这个旅店的每一寸角落，土布弗雷克斯正透过视频世界大显其才，把人们带到热带小岛[1]、朗布兰奇酒吧[2]或"企业号"星际飞船[3]，看发生在夏威夷的犯罪奇闻[4]，看那些古灵精怪的小孩在假造的客厅里生活（他们的一举一动都会引来那些隐形观众们的笑声），看棒球比赛集锦，看越南的电影镜头，看武装直升飞机和炮战，看午夜的笑话节目，看那些名人侃侃而谈，看装在瓶子里的女奴[5]，看小猪阿诺德[6]。而此处的多克，头脑清醒，就像是被困在一具失败潦倒的低等皮囊中，不知该如何摆脱。迷幻的六十年代就像是闪着光的小括号，也许就此终结，全部遗失，复归于黑暗中……一只可怕的手也许会从黑暗中伸出来，重新为这个时代正名，这就简单到像拿走瘾君子的大麻，放到地上踩灭，这都是为了他们好。

多克直到快天亮时才睡着，一直到他们开车经过克洪山口[7]

---

1 此处指的是六十年代最热门的电视剧《盖里甘的岛》。

2 朗布兰奇酒吧（the Long Branch Saloon）指的是电视剧《西部枪手》（*Gunsmoke*）中 Kitty 小姐在堪萨斯的道奇市开的酒吧。《西部枪手》是美国电视剧历史上播出时间最长的剧集，从 1955 年到 1977 年，共播出了 635 集。

3 "企业号"（Enterprise）指的是电视剧《星际迷航》中的星际飞船。

4 指的是电视剧《夏威夷特勤组》。

5 在六十年代的一部名叫《我梦见了珍妮》（*I dream of Jeannie*）的电影中，Barbara Eden 扮演一个住在瓶子里的千年精灵，她的主人是个宇航员，后来成为了她的丈夫。

6 阿诺德（Arnold）是 CBS 播出的情景喜剧《绿色田野》（*Green Arces*）中的一只猪。

7 克洪山口（the Cajon Pass）：位于南加州，是大洛杉矶区和拉斯维加斯之间的重要纽带。

时才真正醒过来。感觉上就像是在做梦，梦见自己爬过一道不只是地理意义上的山脊线，离开某个已被耗尽和筛选过的地界，顺着最后一个大斜坡，下山去往新的地方。他已无力回头再次翻越这个山坡了。

十五

傍晚时分,提托让多克在杜恩克雷斯特下了车,这感觉就像是在另一个星球着陆。他走进"流水线"披萨店,结果发现一两百号他根本不认识的人,但从举止上判断又像是这里的常客。更糟糕的是,他认识的人全都不在。没有安森阿达·斯林姆,没有"坏蛋"福拉戈,没有"圣人"弗利普,住他楼下的艾迪也没来。多克又跑到"瓦沃斯"咖啡馆、"史诗"午餐馆、斯林姆开的"尖叫的紫外线大脑",还去了"梦幻骑士"(那里的牛肚汤看着就会让人流口水),结果每次都是一样的情况。他一个人都不认识。他有点想回自己的公寓去,但又开始担心自己会认不出家门,或更糟糕的是,那个家也不认识他——可能房子没了,钥匙打不开之类的。他又想也许是提托把他带到了另一个海滩城市,也许是曼哈顿、赫莫萨,或雷东多[1]?他刚才走进的那些酒吧、餐馆等只不过是刚好在另一个城市也有,而且位置差不多——能看到相似的海景和街道——他于是用双手小心翼翼地抓住自己的脑袋,用意念告诫自己要集中注意力,等下一个外表和气的行人走过来。

"对不起,先生,我可能有点迷路了。您能告诉我这里是不是戈蒂塔海滩?"他尽可能表现得精神正常。被问的这个人并没有惊慌失措地向附近的警察奔去,而是说道:"哇,多克,是我啊,你还好吧?你看上去精神状况很差啊。"过了一会,多克才搞清楚原来此人是丹尼斯，或者是某人装成丹尼斯的样子。在这种情况下，他也懒得细究了。

"大家都去哪了，哥们？"

"可能是大学生放假了[2]。城里来了很多闹哄哄的年轻人。在他们走之前，我会一直呆在家里看电视的。"

丹尼斯有从墨西哥搞来的货，是干冰加强型的，于是他们跑到海边去抽。两人望着一架单引擎飞机闪烁的翼灯，那飞机看上去很脆弱，似乎已经迷了方向，起飞后便消失在渐渐阴沉的暮色中了。

"在拉斯维加斯玩得怎么样，哥们？"

"从老虎机里赢了一大包五分钱硬币。"

"太厉害了。听着，你猜谁回来了？"

丹尼斯看着他的那种样子让多克知道不可能还有别人。多克点燃一根 Kool，但却弄错了正反，而且自己过了一会才发现。"她现在怎么样？"

"你能不能把那东西给灭了，太他妈难闻了。"

"或者换句话说——她和谁在一起呢？"

"据我所知，没和谁。她住在埃尔波多那家冲浪商店的楼上，弗利普的房间。'圣人'跑去毛伊岛[3]了。"

"她精神怎么样？"

"为什么问我？"

---

1 这三个地方都是位于加利福尼亚的海滩城市，其中曼哈顿海滩是品钦当年居住过的。

2 指的是美国大学四五月份放的春假（spring break），一般在复活节以后。

3 毛伊岛（Maui）：美国夏威夷州夏威夷岛西北部岛屿，是该州的第二大岛。

"我的意思是,她有没有臆想症?警察知道她回来了吗?上次我还听说那些警局的协查通告上她可是头号人物。都搞定了吗?"

"她似乎不很担心这个。"

"哦,这倒是奇怪了。"她也和警方达成某种协议了吗?

"如果你想的话,我们可以走过去看看。"丹尼斯说。

出于各种原因,多克还是决定不这么做。丹尼斯自己跑去看劳伦斯·维尔克[1]的节目了。"什么?"多克禁不住感叹道。

"是为了看诺玛·奇默[2],"丹尼斯回头喊道,"我自己还在想究竟为什么。"

钥匙还好用,住处并未被洗劫或枪击,植物还活着。多克给所有花草浇上水,把咖啡放到渗滤壶上,然后打电话给佛瑞兹。

"你女朋友回来了。"佛瑞兹宣布完这个消息就沉默了。

过了一会,多克带着几分恼怒说道:"是的,她看上去气色还不错。那又如何?"

"根据阿帕网的显示,莎斯塔·菲·赫本华兹是昨天出现在洛杉矶国际机场的。而且联邦调查局的人现在不知怎么的,每次我上网时都会监视我,而且总过来问我为什么对她感兴趣。你能不能告诉我这他妈的是怎么一回事?"

多克简单讲了一下自己的拉斯维加斯之行,或者说,自己还能想起来的部分。他说了十分钟,然后停下来说道:"当然,假

---

[1] 劳伦斯·维尔克(Lawrence Welk, 1903—1992):美国音乐人和节目主持人,曾在洛杉矶主持一档著名的音乐综艺节目《劳伦斯·维尔克秀》(*The Lawrence Welk Show*)。这个节目比较老套,本应该不对嬉皮士们的口味,所以多克对丹尼斯感到吃惊。

[2] 诺玛·奇默(Norma Zimmer):歌手,长期担任《劳伦斯·维尔克秀》上的"香槟女郎"。

如他们能监视你的电脑网线,电话对他们来说更是小菜一碟。"

"天啊,"佛瑞兹同意这种说法,"你继续说。"

"米奇看上去安然无恙,那些联邦的人把他扣押起来了。格伦·夏洛克还是死的,不过,鬼才在乎这种犯罪分子呢,对吧?"

他抱怨了一分半钟,直到佛瑞兹说:"好吧,这现在是你的问题。阿帕网太耗费我时间了,应该用它来追踪那些冥顽不化的逃犯和欠债不还的家伙才对。所以我想我得撒手了。如果还有别的问题,你最好现在就问我,因为老佛瑞兹侦探又要回到那个有血有肉的世界去了。"

"让我想想,"多克说,"有个叫帕克·比佛顿的……"

"我记得当年和一个叫这个名字的家伙打过交道。他怎么了?"

"我不知道,"多克说,"有点问题。"

"有种古怪的迷幻感应?"

"你说对了。"

"一种奇怪而难以言说的因果失衡?"

"我就知道你会懂的。"

"多克……"

"别说出来。那个叫史巴奇的小孩还在为你工作吗?"

"你去我那儿吧,我会把你介绍给大家的。我还有一种新玩意,他们管它叫'泰国棍子'。有点黏糊糊的,但是你一点燃……"

多克刚一挂断,电话铃又响起了。这次是比格福特,他倒是直奔主题。"怎么样,那个行踪诡秘的赫本华兹小姐似乎又回到了你们这些吸毒狂人的小家园了。"

"哇,这次没用'狗屎'啊?这对我来说可是个新闻。"

"哦,说得对啊——你又从这个星球临时蒸发了。打电话,登门拜访,都不管用。你知道我们有多么焦急吗?"

"出去休整了一下。我多希望自己也能像你这样爱岗敬业啊。"

"哦,你才不想像我呢。科伊·哈林根的案子有什么进展吗?"

"逐个线索跟进,都没啥价值,就这么回事。"

"那些线索中有没有关于一个年轻人的……叫什么名字来着?好像是比佛顿。"

我操,比格福特。"我一直追踪他到西好莱坞,但自从米奇失踪后就没有人见过他。"

"关于布拉特诺德博士和他不幸的运动伤害,我们的确向野口[1]的人提过你那个穿孔伤口的有趣理论——我咨询了一下检测牙齿上的铜金合金的事情,其中一个人诡异地笑了,然后对我们说:'我给实验室打电话问问这事,你们不介意吧?''当然不介意,'我说,'好极了。哦,德韦恩!'这只凶狠的拉布拉多猎犬跳了进来,我敢说那德行完全帮不上忙,搞得我们都有点气馁。"

"真怪啊,它们应该是那种适合陪小孩玩的乖乖狗啊——"

"我们楼里其实养了一只。"

"我本以为这种提醒会对一个专业同行有点帮助——完全就是想帮你省点麻烦,没别的原因……"

"你这话什么意思?"

---

1 野口(Thomas Noguchi):洛杉矶最受推崇的一位首席法医。

"当你自己要去上听证会时。"

"天啊……斯波特罗,你的意思是——"

多克每个星期都会让自己邪恶地大笑一次,今夜就是该大笑的时候了。"我要说的就是,假如托马斯·野口这种全美最出色的医官都会遇到类似的麻烦[1],那么你们执法界谁又是安全的呢?哪怕只是郡里管事的那帮人屁股上爬了只臭虫,你们也可能会倒霉的。"

鸦雀无声。

"比格福特?"

"我正在和伯强生夫人、孩子们和狗享受一个安静的夜晚,看着劳伦斯·维尔克的节目。现在你看看自己做了什么。"

多克听见有人拿起了分机。是个女人的声音,刚开始很尖,但衰减期很短。"没出什么事吧,奇巧[2]?"

"您是?"多克说。

"我是恰斯提提·伯强生夫人。假如你是我丈夫手下某个有反社会情结的'特殊雇员',我想请你不要在他的休息日骚扰他,谢谢你了。他这个星期已经够忙了,一直在努力把你们这种下三滥的瘾君子从街面上清除出去。"

"好了,好了,我的小草莓,斯波特罗只是想耍耍宝而已。"

"多克·斯波特罗?那个多克·斯波特罗?难怪呢!就是道德败坏先生他本人?你知不知道,因为拜你所赐,我们这里的医

---

1 野口在1969年曾被洛杉矶郡监察委员会解职,经过一个月的听证会程序后才恢复职务。
2 奇巧(Kitkat)是雀巢公司生产的一种巧克力棒的商标。这里是对比格福特的昵称。

疗账单有多高吗?"

"亲爱的,大部分费用是警察局出的——"

"那个免赔额高得几乎可以搞死一匹马。再说了,老公,我真的搞不懂,为什么这个可恶的嬉皮怪胎如此不停地激怒你,你却完全是个没骨气的软蛋——"

多克发现自己香烟抽完了。他把听筒放到餐桌上,然后去找自己那包 Kool。找了很久,终于在冰箱里翻出来了,就放在一块吃剩的披萨旁边,他早忘记这码事了。这披萨的配料虽然丰富多彩,可是具体成分他已经认不全了。尽管如此,多克还是觉得有点饿了,于是决定去做一个花生酱加蛋黄酱的三明治,然后找一瓶冰冻啤酒,到别的房间看电视。这时他注意到电话里传来了奇怪的噪音,原来是听筒没挂上……

"哦。"他过去把听筒拿到耳边。伯强生夫妇现在已经陷入了高声骂战,两人声音在多克厨房每个角落都能听见。他们吵架的内容是关于最近的私生活,巨细无遗,虽然多克不了解这些事,但听上去已觉得很难为情了。他花了一两分钟来计算自己插嘴的可能性,但最后还是把听筒轻轻地放回到电话托架上,仿佛要对着它唱一曲摇篮曲。然后,多克回了房间,看《亚当-12》的最后几分钟去了。

今晚是周六,有恐怖电影,放的是瓦尔·刘顿的《我和僵尸一起走》(1943)。这个节目的主持人是拉里·文森特,他是一位非主流文化巨星,也叫"西魔"[1],喜欢管自己的忠实观众叫

---

[1] 拉里·文森特(Larry Vincent, 1924—1975):美国恐怖电视节目主持人,"西魔"(Seymour)是他曾经主演过的恐怖电影中的角色,后来成为文森特的绰号。

"边边"。文森特每年还在维尔特恩剧院主持一档万圣节演出，多克可是从不错过的。这部僵尸片他已经看过好几百遍了，但对于结尾还是很不解。所以他利用播新闻的间隙卷了几根大麻，还唱起了即兴小调，希望能一直保持清醒。但即使这般努力，他还是和往常一样在半途就睡着了。

第二天早上——大洋的味道，新鲜的咖啡，凉爽的海边——多克坐在"瓦沃斯"咖啡馆，读着周日的《洛杉矶时报》，想看看有没有关于乌尔夫曼案子的新闻，结果没找到——当然，这里面有二三十个不同的版面，你永远都不知道那些房地产广告里藏着些什么。多克正要品尝这家店里的特色菜，名字叫"射击码头"，基本上就是以鳄梨、芽甘蓝、墨西哥胡椒、洋蓟心泡菜、蒙特里杰克干酪、"绿色女神"作为配料，夹在酵母长面包里面，事先被竖切成几块，再洒上大蒜酱，烤成吐司，售价79美分，半价的时候就很划算了。这时，莎斯塔·菲走了进来，除了她还会有谁呢？据多克观察，除非她现在有一抽屉的这套衣服，否则莎斯塔穿的就是同一件"乡巴佬和鱼"的旧T恤、同一双拖鞋、同一件比基尼底裤。奇怪的是，他的胃口并没有请假离开，而是相反。这算怎么回事？他是不是嗑药后返劲了？或是要撞见《时间隧道》里的"月亮狗"詹姆斯·达伦[1]？多克所知道的最新情况是，他的前任女友至少已成为各级执法部门那里的利害关

---

1 詹姆斯·达伦（James Darren）：美国演员，曾主演过科幻题材的电视剧《时间隧道》（*The Time Tunnel*）。

系人，然而她现在却在这里出现，同样的衣着打扮，同样的乐天派态度，仿佛她压根就没遇见过米奇·乌尔夫曼，仿佛有人把唱针抬了起来，放回到黑胶密纹唱片的前一段位置，播出历史精选辑中的某首煽情老歌。

"嗨，多克。"

这么简单一句话就够了，当然，不信你可以看看。多克轻轻地把书评那页纸盖在自己的膝前[1]，然后用尽最大的真诚笑了一下。"听说你回来了。你的明信片收到了，谢谢。"

她疑惑地皱了一下眉头，这种小动作她在幼儿园时就掌握得炉火纯青。"明信片？"

好吧，这个教训看来很重要，他想，我最好还是写下来，以免忘记了。显灵板里的淘气鬼又显灵了，肯定是的。

"我以为是你的字迹，肯定是其他人写的……那你最近过得如何？"

"我去了趟北部，家里有点事。"她耸了一下肩膀，"这边都发生什么事了吗？"

提米奇吗？不提米奇吗？"你的……从事建筑行业的朋友……"

"哦，已经结束了。"她似乎对此不是特别难过，也不算开心。

"也许有些新闻我没看到——他是不是还没有……回来？"

她微笑着摇了摇头。"我出门了。"她的脖子上戴着一根皮绳，上面系了个海贝壳，也许是从遥远的太平洋海岛上带回来

---

[1] 可能指的是莎斯塔的声音让多克勃起了，所以他要用报纸盖住裆部作为掩饰。

的，那个形状和斑纹让多克想到米奇已经荒废在沙漠里的宙母。

安森阿达·斯林姆走了进来。"你好啊，莎斯塔！嗨，多克，比格福特正在找你呢。"

"哦，天啊，什么时候？"

"我刚刚在大麻用品店那边看见他，好像挺急的。"

"你们俩谁能帮我把这个吃完？"多克从后门偷偷溜出去，结果发现比格福特正在巷子里溜达，脸上带着古怪的微笑。

"别搞得那么紧张，我不会对你实施肉体伤害的，虽然我挺想揍你。这个嬉皮时代太悲惨了，连男人的价值观都被腐蚀了。若是换了怀亚特·厄普，现在肯定会拿你的脑袋当大铁锤敲。"

"嘿，这倒是提醒我了——我的包，我要从里面拿点东西，行吗？就用两个指头，慢慢地？"多克拿出他在拉斯维加斯买的那个古董咖啡杯。

"虽然做警察的人都会变得铁石心肠，"比格福特说，"不过偶尔还是会感情用事一下。这个玩意……是什么？"

"哥们，这是怀亚特·厄普本人用过的咖啡杯，带护盖。你看，上面有他的名字。"

"我不想冒犯你，不过我能不能问问这个……的出处？"他停顿了一下，仿佛在想合适的词。

"拉斯维加斯的古董商，名字叫德尔韦恩·奎特。看上去还挺靠谱的一个人。"

比格福特挖苦地点了点头，而且不止一下。"你显然没有订过《墓碑纪念品收藏家快讯》。奎特兄弟至少每两个月就会上一次中页插图。这家伙是厄普收藏圈子里的著名骗子。"

"天啊。"更糟糕的是，假如那根利贝拉切的领带也是假的那可怎么办？

"重要的是你有这份心，是吧，"比格福特说，"听着，"他和多克居然不约而同地说了句"昨晚的事我很抱歉"，而且连语调都一样。两人停顿了同样长的时间，然后又整齐划一地说道："你？你为什么要抱歉？"这种巧合也许能一直持续下去，不过多克接下来说了句"真怪"，而比格福特则说"太不同寻常了"。于是这个咒语被打破了。他们默默地沿着小巷子漫步，直到比格福特说道："我不知道该如何告诉你。"

"哦，见鬼。这次又是谁？"

"莱昂纳多·杰梅恩·鲁斯米特，你也许还记得，维尼斯那个卖海洛因的小贩子。浮尸。是在一条运河里发现的。"

"就是厄尔·德拉诺，科伊·哈林根的卖家。"

"对。"

"很有趣的巧合。"

"定义一下什么是'有趣'吧。"多克听见他的声音有点不对劲，仔细看了比格福特一眼，刹那间觉得他已经到达了久违的临界点，即将要像其他警察一样精神崩溃了。他的嘴唇在发抖，眼睛湿漉漉的。他看着多克的眼睛，过了好久才说道："你最好不要去掺和这个案子，多克。"

帕克·比佛顿也给过同样的忠告。

尽管如此，多克还是当晚就开车去了维尼斯，想看看能不能找点线索。莱昂纳多生前住在一栋平房里，旁边就是运河，后院是一个小码头，上面系着艘划艇。每隔一段时间，这里就会有挖泥船经过，所有把货藏在运河里的吸毒者就会在前一天夜里跑过来，拼命地想究竟是谁把什么东西放在哪里了。多克来的时候恰好就在这个节骨眼上。夜色轻柔温暖，从敞开的窗户和玻璃拉门里，同时传出了六七台立体声音响的声音。在私家车道两旁和院子里，那些昏暗的庭院灯透过黑暗中的树叶闪着微光。附近的人们有的手中拿着啤酒瓶或大麻，四处溜达，有的跑到小桥上观看河里那些人拌嘴。

"什么？你又忘记用防水布包着了？"

"见鬼。"

多克有厄尔·德拉诺的地址，是从比格福特的路检卡上查到的。他刚刚准备要敲门，一个胖胖的男子就过来开了门。此人戴着厚厚的眼镜，留着撮小胡子，拿着一根镶了祖母绿的漂亮台球杆，正在给前端加粉。

"什么，不会又是狗仔队吧？"

"其实我是代表 HULK 来这里的，也就是'海洛因使用者解放团'[1]。我们办公地点在萨克拉门托，是一家游说公司，专门在州议会为吸毒者争取民权。我想向您表示哀悼。"

"嗨，我叫皮匹。那些瘾君子们，一般也叫吸毒者，他们根本就是人类中的病人和渣滓。假如民权走到他们面前，咬这些人屁股一口，他们根本不知道该如何是好。当然，民权不会真的咬人屁股，你懂的。哦，进来吧，顺便问问，你玩不玩黑八

---

1 海洛因使用者解放团（Heroin User Liberation Kollective），一个虚构的机构名，缩写 HULK 在英文里是"废船"的意思。

桌球？"

里面的墙面用的是纤维板，刷成了监狱制服的那种粉红色，据说在当时人们认为这种颜色可以给坐牢的人带来平静。每个房间都有台球桌，甚至连厕所和厨房都有那种酒吧用的小型球桌。屋里的电视机和台球桌一样多。皮匹似乎在厄尔·德拉诺去世后就没人可以说话了（或是听他唠叨），所以他一直在那里自言自语，而多克则不时试着插话问几个问题。

"……我不是舍不得他借我的那些钱，甚至也不是因为那些他欠着没还的钱，因为我玩台球总是能赢钱的。真正让我不爽的是那些放高利贷的，还有他们派来的那些打手。如果只是为了高利息的借款，我觉得那就不要再把别的扯进来，但他们还会拿肉体折磨和宽恕做交易——他们的宽恕！——他们和那些管事的有权机构做买卖，而那些机构的人迟早会撕毁所有的约定，因为那种暗箱操作的东西根本没有信任和尊重可言。"

他在其中一台电视机面前停了一会，把所有频道都拨了一遍。多克利用这个机会问道："你觉得会不会是那些放高利贷的人杀了莱昂纳多？"

"他和他们已经撇清了。自从我认识他开始，莱尼就不欠外债了。我记得在某个时候有人决定把他的欠债一笔勾销。除此之外，他那时每个月还会收到邮寄来的支票。有一两次我偷偷看了一下那数额，乖乖，可不是小钱，我的朋友——你叫什么名字？"

"拉里。嗨。这笔钱——你觉得是客户寄给他的吗？"

"我当然这么问过，他有时说是运营费，有时又说是雇工费。不过有天晚上——他本来不该吸的，不过那天是圣诞节——

他心情不错，对所有人都很好，钱包又变鼓了一些——大概凌晨三点左右，他开始不对劲了，这时他提到了什么'血钱'。我后来问他这事，他假装说不记得了。不过我还记得他当时的脸，每个毛孔都记得，他根本没忘记那事。他心里有个什么东西在腐蚀着他，当你看着他时，并不知道那是什么，但他是个有良心的人。上个星期又有支票寄到了，若是平时，莱尼会第一时间去银行取钱，可这次他没去，而是忧心忡忡……看，就是这张支票，对我没有啥用，我又没有律师的权力。"

这张支票是来自奥哈伊的阿博拉达蓄信贷协会——多克记得这是米奇·乌尔夫曼名下的，克里斯基罗顿研究所也是这个机构的客户——支票上有一个财务主任的签名，但是两人都认不出写的是什么。

"这比伪造处方还要糟糕。"皮匹说。

"很大一笔零花钱啊，皮匹。你总会找到办法兑这些钱的。"

"也许我应该把它捐赠给你们的组织，当然，用莱昂纳多的名义。"

"我不会给你施加压力去做出选择，不过这笔钱会对我们一个叫'拯救摇滚'的新项目有用。你知道有很多音乐家近年来都吸毒过量而死吧，这就像场瘟疫。我在自己住的地方尤其留意到这一点，那些搞冲浪音乐的。我刚好是'冲浪板'乐队的粉丝——其实，我是因为这个才开始搞毒品滥用预防的，那时他们的萨克斯手去世了……你记得科伊·哈林根吗？"

可能是因为多克吸毒所产生的意料之外的副作用，他现在感到一股冰冷的电流在房间里炸开——皮匹变成了个木头人，尽管脸上还有粉色墙面的反光,但脸色突然就变得惨白。多克看出来他这些日子一定经历了很大的痛苦,莱昂纳多对他来说很重要,他如此绝望地喃喃自语,无非就是想摆脱伤痛……但有件事是他现在没法讲的,也许他连自己都信不过,所以干脆不让自己去想。这事的核心人物就是科伊·哈林根。皮匹继续保持着沉默,所有房间的电视都开着,声音交叠在一起,听上去刺耳且不和谐。过了很久,他终于说道:"不,这个名字我没印象。不过我懂,太多人本不该死。你们要做的事情很好,我相信。"

假如厄尔·德拉诺在某人的授意下,将卖给科伊的毒品中的百分之三换成了足以致命的东西,那么很显然后来没人告诉过他这一切只是个局,并且科伊现在还活着。这些日子里他们让他觉得自己是凶手。是不是皮匹良心受到了太大折磨,所以打算找某人去忏悔坦白?是谁不想让他这么做呢?

在其中一张台球桌上,球的摆位非常刁钻,只有这项运动中的超级达人才能应付得来。"莱尼打这个球保证能进,"皮匹说,"自从他出门,就再也没回来,这一桌球就摆在这里。我总想着要把这局打完,我知道我能办到,不过也不知怎么的……"

多克走回到车里。周围的社区要比刚才稍微安静点,瘾君子们都回到房里睡觉去了,喧闹声已经越来越小。月亮出来后,有的东西总是失而复得,有的东西却永远地丢了,挖泥船上的人如果走运的话也会捡到一些。失去的,没有失去的,还有索恩乔所谓的"投海物"(故意丢掉然后又去找回来)……现在有些东西在多克脑海里骚动,就像一只不安分的小鸡,在又脏又乱的谷仓空地边缘抓来挠去，但又逮不住它，更别说在暮色降临时对这只家禽的行为做出什么解释了。

他觉得自己最好还是去找佛瑞兹来了解一下艾德里安·普鲁士，因为佛瑞兹和这个放高利贷的家伙打交道的次数比他多。上夜班的史巴奇还没有来。

"我不会去招惹艾德里安的，"佛瑞兹提醒道，"多克，他不再是我们从前认识的那个在商会里牛逼哄哄的普通人了。他现在可是个大王八蛋。"

"他还能比过去更坏吗？当年我就是为了他才放弃和平主义信仰，拿起了武器。"

"他经历了一些事情。他跟更大牌的人物做了交易，他以前从来没和那么大来头的人办过事。"

"我今天晚上在维尼斯也听到有人用差不多的话来谈论他。说什么'那些管事的有权机构'。当时听上去还觉得怪怪的。你又是听谁说的？"

"州总检察长办公室的人。他们已经调查他好多年了，但总是动不了他。其中部分原因是他手上拿着的这份欠款记录。欠的数额倒不是很大，但每次拿一笔的话，还是足以让有些人好好听话。"

"听谁的话……"

"管事的，有权的。普鲁士拿钱，还有利息。另一些人则可以把想办的事给办了。"

"但是到处都有放高利贷的。他们都牵扯进来了吗？"

"也许没有。普鲁士对于竞争很敏感。任何人如果威胁到他赚钱,就有可能突然倒大霉。"

"死?"

"如果你想这么说的话也可以。"

"但如果他越经常这么干的话——"

"那么他就越可能被逮捕,你是这么想的,对吧?但如果他是在和那些最可能抓他的人做交易,那就不会了。"

"洛杉矶警察局?"

"天理不容啊。"

"不仅普鲁士有豁免权,就连他派出去收债的人也可以不用担心警察找事吗?"

"通常是这样子的吧。"

"不过这儿可有件不太对劲的事。"多克把帕克·比佛顿的来龙去脉简单说了一遍,"上次他被抓的时候,我查了一下。他们在他吸尘器的袋子里找到一根大麻。我的小侄子藏了五根都能没事。但没有人保比佛顿,他还是被捕了。按照他的前科,至少可以关上六年。"

"也许是他惹着哪个警察了。"

"不可能是那些借了普鲁士钱的警察——那些人借款条件都很优惠的,和他关系不错。帕克可能是普鲁士手下唯一被抓过的。"

"所以这是针对他个人的了。"

"见鬼,这就是说我又得去找比格福特谈谈了。"

"你现在应该已经知道怎么和他说话了吧。"

"不是。我的意思是面对面的。"

"天啊,接下来的事你可别告诉我了。"

多克觉得他可能会在拉布雷亚南路上的"缉凶"靶场碰见比格福特。出于某种原因,比格福特喜欢去民用靶场。难道洛杉矶警察局禁止他使用警局的这些设施?是不是有太多同事打算射杀他,然后装作是意外?多克可不打算去刨根问底。

吃完晚饭后天刚一黑,他就去了这家靶场。他知道比格福特喜欢UGH区(代表的是城市、黑帮和嬉皮主题),在那里有黑人、墨西哥佬和长头发的坏蛋人像,用塑料制成真人大小,排成3D射击场的样子。等到它们突然蹦出来时,你就可以把这些倒霉鬼打成碎片。多克自己喜欢去打靶场光线较暗的地方呆着。最近他到这里来了好几次,并不是为了训练夜视能力,而是为了感受一下约翰·加菲尔德的阴沟之死。他是被真实世界里的好莱坞背叛和迫害致死的,在那些当权者的操纵下,这种下场不可避免,因为他们翻脸时都铁石心肠,速度和出膛的子弹一样,而且喜欢在暗地里放冷枪。

果真,比格福特正在收银机前结账。

"想和你谈谈。"多克说。

"我正要去'雨票'[1]酒吧。"

这个很上档次的西好莱坞酒馆在当时以节约用电而闻名。多克和比格福特在后面找了个小隔间坐下。

---

[1] 雨票(raincheck):如果球赛进行时天公不作美,骤然倾盆大雨,不得不暂停,观众可领"雨票",球赛改期举行时可凭之入场。

"伯强生夫人让我顺便问候你。"

"你在说什么啊,她可是恨死我了。"

"不,其实你现在让她很着迷呢。假如不是对自己的婚姻很有信心,我几乎都要吃醋了。"

多克在思考的时候试着不让脸上流露出同情。哎,你这个可怜的软蛋,我希望你把那把军用点三八手枪给藏好了。据多克观察,这个女人精神有崩溃的危险。他估计再过一两个星期,末日就会降临到伯强生一家的头上。"哦,当然,向她问好。"

"今晚我还能为你做什么吗?"

"如果我说错了请你纠正,比格福特。我这段时间发现,你很迫切地想找帕克·比佛顿,但却又不敢承认,因为你担心会招惹上某些神秘的权力部门。所以你就让我替你去冲锋陷阵——我到现在为止说得对不对?"

"我们现在谈的话题比较敏感,斯波特罗。"

"是的,我知道。不过你总得偶尔减少点敏感,正儿八经地好好谈谈事,因为我已经厌倦总是被人捉弄了。假如真的有什么事情,你只需要把它讲出来,这真的有那么难吗?"

对多克来说这就算是情感爆发了,比格福特瞪眼望着他,算是表示他很震惊。他冲着多克的衬衣口袋点了下头。"介意给我一根吗?"

"你还是别抽烟了,比格福特,抽烟对你屁股不好。"

"哦,我可不打算用屁眼去抽烟,对吧?"

"我怎么知道你会不会?"

比格福特点上烟,还没吸进去就吐了出来,这种抽法让多克很不舒服。"我的某些同事认为帕克·比佛顿是个很招人稀罕的家伙，尽管这人犯过重罪，明显有情绪暴躁的心理问题，而且脑袋上还有纳粹标志，"他说了句半截话，"这里原因很复杂。"

"那么我现在应该说——"

"就是给你一个提示。对不起，这成习惯了。"

"就像是抽烟？"

"好吧。"比格福特不耐烦地把烟给掐灭了，怒视着多克。多克此时条件反射般地盯着那根还剩不少的烟蒂，流露出很羡慕的样子。"帕克以前的老板是搞金融生意的艾德里安·普鲁士，他和警局里很多长官都有生意来往。据我所知，这些友好交往都是摆到台面上搞的。可能不幸除了某人是例外。"

这个名字是不能大声说出来的。多克耸了耸肩。"是来自你总提到的内务部吧。"他希望自己把话说得很轻巧。

"我希望你要懂一点，如果不是特别需要知道……"

"我无所谓的，比格福特。这个不能透露名字的警察——帕克是怎么看他的呢？"

"恨他。两人互相仇恨。因为——"比格福特说话又开始犹豫了。

"因为合适的原因？不过你们的第十一条戒律就是不能批评同僚。我懂的，"多克又有了一个念头，"能不能问一下，此人还在位吗？"

"他已经——"比格福特沉默了会，欲言又止，"他现在挂掉了。"

"我猜档案也找不到了。"

"内务部已经把东西锁起来了，要到2000年才能解密。"

"听上去原因不那么单纯。就像'猫王'唱的那样，假如你有机会的话，会感谢哪个人[1]？"

"你的意思是，除了那些众所周知的？"

"对，可能也包括帕克。不过你现在告诉我，这个警察——我们怎么称呼他？——X警官？"

"是警探。"

"好，就这么说吧，该神秘警察实际上就是那个因为芝麻绿豆大的事逮捕帕克的人，希望因为他的前科，能让其在福尔瑟姆关上一阵子。假如不是帕克把他干掉的，那我们想想还会有谁……哦！会不会是艾德里安·普鲁士呢？他不能容忍自己在道上丢了面子，哪怕只是自己从前的手下被抓起来，也许还被判了刑。别人会觉得这事不是针对帕克，而是针对他本人。这事就像有人赖着账不还钱一样严重。碰到这种情况会发生什么？我忘记了。"

"你终于懂了？"比格福特阴郁地点了点头，"你以为洛杉矶警察局就是一个集体行动的大型玩乐派对，是吧？大家整日都没事可做，光琢磨新招去迫害你们这些嬉皮流氓？不是的，我们还要对付圣昆丁监狱的那帮人。黑社会的、吸毒的、不男不女的、卖淫的、小偷小摸的，所有人都带着家伙。"

"我能不能大声说件事？有人在听吗？"

"所有人。没有人。这有区别吗？"

"假如说是艾德里安·普鲁士干掉了这个X警探，或者找人干掉了他，那么后来又如何？什么都没有发生。也许洛杉矶警察局里所有人都知道是他干的，但并没有人利用幕后渠道去写材料

---

[1] 指的是"猫王"那首《*All Shook Up*》。

大声疾呼，也没有义愤填膺的同僚警官采取什么报复行动……没有。相反，内务部把一切都封存起来，而且要封存三十年。所有人都假装这不过是另一个因公殉职的警察。你们忘记了什么是正义，也没有尊重所有真正牺牲的警界英雄——你们这些人怎么可以他妈的这么不专业？"

"还有更糟糕的，"比格福特用缓慢低沉的声音说，仿佛是要徒劳地向多克诉说那些对普通人讳莫如深的禁史，"普鲁士在……这么说吧，他在很多凶杀案中是主要嫌疑人——但每次都会有来自最高层的干预，他总是安然无恙。"

"你要说什么呢？'这太可怕了'？"

"我想说一切都有它的理由，多克。在你情绪失控之前，最好先想想，为什么内务部一开始要卷入其中？更要问问，为什么这个部门要去掩盖真相？"

"我放弃了。为什么？"

"你自己想啊，使劲动脑筋。你们这些人的问题是，别人在帮你们的时候你们根本不知道。你们觉得不论如何这些都是应得的，因为你们比较聪明可爱。"他站了起来，拿出一把零钱放到桌上，对着酒吧老板不情不愿地打了个招呼，然后准备出门离开，"有时候应该照照镜子，'了解'一下自己，直到你搞清楚没有人亏欠你什么，然后你再回来找我吧。"多克曾经见过比格福特偶尔发发脾气，但这次他纯属感情用事了。

他们站在圣莫尼卡大街和斯威泽大街的交叉口。"你车停在哪？"比格福特说。

"在费尔法克斯那边。"

"我也要去那里。我们一起走吧，斯波特罗。我带你看样东西。"他们开始沿着圣莫尼卡大街溜达。大街两边有嬉皮士们竖着拇指求搭顺风车,汽车收音机里传来了震耳欲聋的摇滚乐。刚刚醒来的音乐家们晃荡出"热带天堂"酒店,准备去找地方吃早餐。街上有些地方弥漫着大麻烟的味道,若是行人不小心路过就可以闻到。人们在门口相互窃窃私语。过了几个街口,比格福特向右转,缓步向梅尔罗斯路走去。"这地方你看起来眼熟吗?"

多克感觉到了答案。"这是帕克以前的住处吧?"他想看看特里莲说过的那些高大茂盛的庭院植物在哪儿。他开始流鼻涕,锁骨在颤抖。他怀疑那三个幸福的爱侣会不会现身,也许是一个人,也许是全部。索梯雷格管这种现身叫"显现"。多克用余光瞥见比格福特正在盯着自己。是的,谁又说不可能有时间旅行呢?谁又说现实世界里的住处不能闹鬼呢?不仅仅是死掉的鬼,也可以是活着的人啊。如果抽很多大麻,并来点迷幻药,也许会看到。不过有时候,身边站个像比格福特这么头脑清醒、从不嗑药的人,也可能会实现这一愿望。

他们走近一个带庭院的公寓楼,沉沉的夜色几乎都要把它淹没了。"去随便看看吧,斯波特罗。坐在那个游泳池边,上面就是新西兰的树蕨。体会一下夜的感觉。"他做了一个看手表的动作,"很遗憾,我得走了。老婆还在等我呢。"

"她真是一个特别的女人。帮我问好。"

所有的公寓窗户里都没有灯,不管是白炽灯还是日光灯。这整个地方可能都不住人了。这里几乎听不见圣莫尼卡大街上的车流声。月亮升了起来。在矮树丛里有一些小东西在跑来跑去,可是过了一会,从灌木里鬼鬼祟祟出来的却并不是鬼,而是符合逻辑推理的结论。

假如内务部掩盖过一起针对洛杉矶警察局警探的谋杀案,那么局子里肯定是有人想让他死的。假如他们不愿意自己出手,那么他们就会雇专门的杀手来做。按常理他们可能会找艾德里安·普鲁士。如果能查一下比格福特提到的那些与普鲁士有牵连的谋杀案就好了。但哪怕比格福特真的能搞到这些卷宗(这种可能性并不大),他也不太可能直接把这些信息透露给多克。也许正是因为这个原因,比格福特才从一开始就在诱导多克,希望他能另寻他途去调查这个放高利贷的家伙。

多克在想这个"他途"究竟是什么。佛瑞兹的阿帕网实在是太不靠谱——按照佛瑞兹的意思,你根本不知道今天或者明天能找到什么,也许你根本什么都找不到。那就只剩下佩妮这条路。她已经把他出卖给了联邦的人,估计再把他出卖给洛杉矶警察局也不是什么难事。佩妮也许再也不想见他了。那个佩妮。

十六

多克从来没有具体算过，不过他在司法大厦的楼上（也就是男监室）呆的时间很可能要比在楼下（法律的另一边）多得多。升降电梯是由一组穿制服的女人在操作，有个像监狱大姐大的胖女人指挥呵斥着她们。她留着埃弗罗头，站在大厅里，手里拿着一对响板，用不同的信号来调度电梯。譬如，"嗒咔—嗒—咔—嗒咔—嗒咔"可能就表示"下一个该二号电梯上去，45秒进出时间，我们快点"。在让多克上电梯前，她表情严肃地扫视了多克一番。

佩妮的办公隔间是和另一位地区助理检察官露丝·弗洛辛汉姆共用的。当多克伸头进去时，佩妮并没有倒吸凉气，只是不由自主地打起了嗝。"你没事吧？"露丝说。

在打嗝间隙，佩妮做了一番解释，不过多克能听到的就是"……我和你说过的那个人……"

"我应该叫警卫吗？"

佩妮望了多克一眼，似乎在问，我应该吗？她那反应就像是海滩上的那帮空姐过来了。露丝笔直地坐在桌前，假装在看文件。佩妮告辞去了洗手间，留下多克在这里被露丝怒目而视，就如同旧车的散热器在酸液池里做清洗。过了会，他站了起来，跑到走廊里，等着佩妮从厕所出来。"就想问你有没有时间吃晚饭。不是想来吓唬你的，这次由我买单。"

佩妮眼睛往边上一斜。"我还以为你再也不想和我说话了呢。"

"和联邦调查局呆在一起，真的非常刺激。所以，我觉得自己至少欠你一顿牛排吧。"

然后两人就去了最近新开的一家健康食品餐馆，在梅尔罗斯路旁边，名字叫"智慧之价"。多克是从丹尼斯那里听说的，他把这家店吹到天上去了。它位于某个破旧的酒吧楼上，多克还记得自己在潦倒时曾光顾过，但不记得是什么时候了。佩妮抬头看了一下闪烁着红色霓虹灯的招牌。"卢比的酒吧啊，我记得的。这里曾经每周至少会有一起严重犯罪发生。"

"我记得这里的干酪汉堡非常不错。"

"被本地美食家一致评价为南方最有毒性的汉堡。"

"是的，但这样会减少餐饮卫生方面的违章啊。每天早上，所有那些耗子和蟑螂都蹬着小腿，死在它们吃过的那些汉堡旁边。"

"说得我越来越饿了。"楼下有个手写的指示牌——"智慧之价比珍珠更高，《旧约·约伯记》（28：18）"[1]。多克和佩妮上了楼，房间里摆满了蕨类植物，墙砖裸露在外，玻璃是彩色的，桌子还铺了桌布，音响里放的是维瓦尔第[2]。所有这些都让多克觉得兴趣寥寥。在等桌子的时候，他扫了一眼屋里的食客。

---

1 "智慧之价比珍珠更高"语出《旧约·约伯记》，根据 King James 的版本，译作"the price of wisdom is above rubies"。此处 rubies 可指卢比酒吧（Ruby's Lounge），一语双关之意是"智慧之价"在卢比酒吧的楼上。

2 维瓦尔第（Antonio Lucio Vivaldi, 1675？—1741）：意大利作曲家和小提琴家。以充满活力的协奏曲最有名，尤其是一组小提琴协奏曲《四季》（1725）。

很多人看上去都体重超标了，他们两两相望，眼皮底下摆着各种沙拉，堆成了禅宗花园的假山模样。这些客人拿出小手电筒或者放大镜，试着辨认那些用大豆制成的各种东西究竟是什么。他们两手分别紧握着刀叉，盯着一大盘子的惠灵顿茄子，或是深绿色的菱形甘蓝面包。因为他们点的菜很多，这些大盘碟都快摆不下了。

多克开始怀疑那个嗑过药的丹尼斯来这里会是怎样的情形，不过现在担心这个已经太晚了。终于拿到菜单时，一切似乎还是很不妙。"你认识这些词吗？"多克过了一会说，"我不会认。这是我的问题，还是因为这些是外语？"

她冲他笑了一下，多克知道自己千万不可掉以轻心。"多克，很明显你有事情找我，因为带我来这种地方，这可以被理解为一种有敌意的做法——你是生我气了吗？还是没生气？"

"就这两个选择？好吧，让我想想……"

"那些联邦调查局的人曾经帮过我的忙。我是为了还人情才那么做的。"

"用我还人情，"多克说，"说得那么轻巧。"

"你生气了。"

"我已经不气了。不过你之前并没有问过我。"

"你会说不的。你们这些人都恨联邦调查局的人。"

"你在说什么？我们这些人？我曾经是'少年差佬'[1]中的

---

[1] "少年差佬"（Junior G-Man）是由著名的 FBI 英雄人物 Melvin Purvis 建立的一个儿童俱乐部，性质很像当年的童子军。参加这个组织的少年儿童要学习一些治安知识，并留意身边的可疑犯罪线索，并及时向当地警察汇报。作为奖励，他们能获得勋章和印有 Melvin Purvis 照片的证书。G-Man 是 Government-Man 的俚称。

迪克·特雷西[1]，就是因为一件衣服而被扫地出门了。我一年级时就学会了如何到周围邻里去刺探隐私，查取指纹。因为把墨水弄得到处都是，他们就把我送到校长办公室——'可我是少年差佬啊！华盛顿特区的人都认识我的！'我有一个月放学都不能回家，不过这是因为基里太太，我总是偷看她的裙子，这很好玩。"

"多么可怜的童年。"

"你知道吗，迷你裙的发明是很多年以后的事情。"

"听着，多克，联邦的人想知道你去拉斯维加斯干什么。"

"我就是去看弗兰克和耗子帮啊，玩玩巴加拉纸牌。更重要的是，你那两个穿着廉价西装的傻瓜朋友去那里干什么？"

"别这样。他们可以传唤你。他们有固定的大陪审团，据说曾经判过一块玉米馅饼有罪。他们可以想尽办法折磨你的。"

"就为了搞清楚我为什么去拉斯维加斯？这听上去倒是很划算啊。"

"或者你可以告诉我，我再告诉他们。"

"我作为一个少年差佬来问你，佩妮，你从这个事情中要得到什么好处？"

她变得很严肃。"也许你不会想知道的。"

"让我猜猜。他们并不是要帮你做什么事，只是他们不会让你倒霉。"

她碰了一下他的手，仿佛她很少这么碰他，已经不知道该怎

---

[1] 迪克·特雷西（Dick Tracy）：一个同名漫画系列中的神探，在美国流行文化中，Melvin Purvis 就是迪克·特雷西的化身。

么做了。"假如我哪怕有片刻能相信……"

"相信我能保护你?"

"在这个时候,甚至只是一个实际的想法也能有用。"

午夜,一片漆黑,不记得他们是否把游泳池的水放干了。不过,嘿,这他妈的有何关系?他在跳板上弹了一下,两下,然后像黑夜中的炮弹一样冲了下去。"你也许知道你的朋友们已经找到米奇·乌尔夫曼了吧。"

"联邦调查局。"这句话的结尾可能有一个问号,不过多克并没有听见。她的眼睛眯了起来,他注意到她的太阳穴有明显抽动,这让她戴的耳环坠子都开始晃闪起来,就像是警示灯一般。"我们有过这种怀疑,不过没有得到证实。你能吗?"

"我看见他们扣押着他。"

"你见到他了。"她想了一会,用高中生游行乐队的节拍在桌布上敲了几下,"你愿意为我作证吗?"

"当然,宝贝,没问题!……哦,等等,这是什么意思?"

"你,我,录音机。也许还要找一个地区助理检察官来做见证人。"

"哇,我还会唱几段《这就是爱》呢。不过还有个问题……"

"好的,你想要什么?"

"我需要调查某人的卷宗。都是些过去的事了,不过还处于封存期。可能要一直封存到 2000 年。"

"就这个?没问题,我们总干这种事。"

"什么?偷偷窃取官方封存的档案?我本来对这个制度还很有信心呢。"

"假如是这样的话,你很快就能参加律师执照考试了。听着，你介意一起去我家吗？"多克立刻有了勃起——虽然他打赌自己不会的。她仿佛注意到了什么，于是补了一句："我们可以顺路买个披萨。"

若是在过去那个意气用事的年龄，多克这时候也许会说"嫁给我吧"。不过他现在只是说："你的头发变样子了。"

"有人劝我去罗迪欧大道[1]找一个很厉害的设计师。他给我的头发加了这些纹道，看见了？"

"很不错啊，你看上去就像是在滩区呆过一阵子的人。"

"他们在推广一种适合冲浪女生的特别发型。"

"就是为了我吗？"

"还能有谁，多克？"

回到佩妮的住处后，两人花了大约一分半钟就把披萨解决掉了。两人同时伸手去拿剩下的最后一块。"我相信这块应该是我的。"多克说。

佩妮把手从披萨上拿开，顺势滑到下面抓住他的阴茎，然后捏了一下。"这个嘛，我相信……"她取过来一个储物罐，里面放着些亚洲大麻，他刚一进屋就闻到了。"给我们卷一根，我去找件合适的衣服。"当他给大麻烟卷尾巴时，她回到房间里，身上什么也没有穿。

"太带劲了吧。"

"现在，你确定自己不生气了吧。"

"我？生气？气什么？"

---

1 罗迪欧大道（Rodeo Drive）：位于比弗利山附近，是洛杉矶市最高档、最精美的服饰商业街，这里聚集了世界闻名的国际顶级大师的设计作品。

"你知道的。假如有哪个我在乎的人把我出卖给联邦调查局,哪怕对方只是个普通炮友,我也会有所犹豫的……"多克点上大麻,递给她。"我的意思是,"她吐了口咽,满腹心事地说道,"假如这是我的鸡巴会怎样?某个自鸣得意的女检察官本以为她可以逃脱指责。"

"哦,"多克说,"你说得有道理……来,让我……"

"不行,"她喊道,"你这个被毒品搞疯了的嬉皮怪胎,把你的手从这里拿开,谁说你可以动我的,放开我,你以为你是谁啊——"此时他们已经开始干起来了,你可以用"性致勃勃"来形容。这次做得很快,也不是说特别快,但足够淫荡,活也很俊,算是爽翻天了。事实上,在某个电光石火的瞬间,多克甚至想象这一切永远不会结束,不过他还是设法让自己不要为此恐慌。

一般情况下,佩妮此时会立刻起身,然后开始做自己的正事,而多克则会跑到电视机前,希望还能看上点季后赛,哪怕今夜是轮到东部赛区。不过这次不同,两人似乎都很喜欢这种安静拥抱的感觉,他们躺在那里,又把大麻点上,慢慢地把它抽完。因为这大麻里面树脂成分太高,刚把它放到烟灰缸上就会差不多熄掉。但这一切很快就结束了,因为到了十一点新闻的时间,就像"现实"阔步走进了房间,打开了灯,瞥了他们一眼,然后清了一下嗓子说"注意点啊"。新闻里全是曼森案子的消息,这案子马上就要开庭了。佩妮已经越来越讨厌这些报道了。

"歇歇吧,布里欧斯[1]。"她冲着屏幕吼了一句。此时,这个

---

[1] 布里欧斯(Vincent Bugliosi):曼森家族案件的首席检察官,后来写过一些纪实题材的畅销书。

首席检察官正在摄像机前侃侃而谈。

"我还以为这些开审前的花絮会很对你的胃口呢。"多克说。

"曾经有一段时间是。他们让我处理过几段证词，不过这简直就像是让男孩子跑到树屋上玩耍。我唯一喜欢的就是听这些嬉皮小妞们讲述自己如何服从曼森指示去做事的。这就是主仆关系，你知道吧，是不是很好玩？"

"哦，是吗？你从来没告诉我你参加过这个案子。佩妮，你的意思是，我们这一直以来可能只是——"

"和你？少来，多克。"

"什么？"

"好吧……"她的眼光是不是闪过了一丝淘气？"我猜你的身高倒是够矮了，但是，这不仅仅是用眼神催眠那么简单。查理的最大魅力在于，他利用身高和自己手下那些妞们眼球对眼球地交流。这里可能有和父亲做爱的因素，但真正变态的快感来自父亲只有五尺二的身高。"

"天啊，好家伙……我也许可以学着点。"

"随时让我知道进展。"

这时电视上播了一部深夜电影的广告片，今天晚上要放的是《三头怪兽吉德拉》（1964）。

"嘿，佩妮，你明天要去上班吗？"

"可能中午去吧。你有没有什么好建议，要不然我就睡了。"

"别啊，等等。这个东西你也许会真喜欢的。"他试着解释说，这部日本鬼片其实是从经典女性电影《罗马假日》（1953）

改编过来的，两部电影都有一个时髦的公主在异国访问，刚好碰见工薪阶层的男主角，这个男的对她很好，两人共同经历了一些险境，但最后又不得不分开。不过当多克介绍到一半的时候，佩妮就优雅地滑跪到地上，开始吮吸他的鸡巴。还没等两人返过劲来，就又开始做爱了。后来，他们坐在沙发上，而电影刚好开始了。多克在电影播放半途一定是打盹了，不过快到结束时他醒了，发现佩妮正拿着面巾纸抽泣。她被这部电影中某段充满人情味或者罗曼蒂克的情节打动了。

第二天，像人们说的那样，又是新的一天。多克到了司法大厦，坐在一把很久以前从小区二手商品卖场上搞的椅子上。他呆在闲置的小隔间里，前面放着卡带录音机的麦克风，周围是扫帚、拖布和清洁装备，还有一个很古老的地板打蜡机，可能是用二战时的坦克零部件组装而成的。他开始怀疑昨天晚上那个深情款款的佩妮会不会只是另一个异想天开的幻觉。她总叫他拉里，可另一方面又不敢直视他。她带来的证人当然就是和她共用办公间的露丝。经过一夜之后，她的火辣目光已经从怀疑变成了憎恨。

多克向她们讲述了自己在拉斯维加斯看到的那一幕。他来之前还去了趟自己的办公室，取了一份记录本，这并不是出于职业精神，而是瘾君子的记忆力使然。出于某种原因，她们对米奇的白色西装格外感兴趣，譬如翻领凹口的位置，是成衣还是定制等。她们还想知道他当时是怎样的态度？除了联邦调查局还有谁在场？当时是由谁在负责？

"看不出来。那里有赌场的保安,还有各种各样穿着西装的普通人走来走去。不过,你是不是想问有没有黑手党的人,戴着黑色软毡帽,像艾迪·罗宾逊[1]一样说话?没有,据我所知是没有。"

在多克看来,这种县级助理检察官的问话就像是蚂蚁对大象。你也许会看见光天化日之下联邦调查局在林肯纪念堂鸡奸总统,而当地执法部门只是在旁围观,他们被恶心的程度仅取决于这是哪一个总统。

另一方面,没有人问帕克·比佛顿的情况。多克也不会主动交代什么。他发现,这两位地区助理检察官还不时意味深长地交换一下眼神。他不知道这是什么意思。最后磁带录完了,佩妮说:"我想我们就到这里吧。代表地区检察官办公室,斯波特罗先生,我们非常感谢您的合作。"

"也谢谢你,金博小姐,因为你在磁带录音时没有感谢我。弗洛辛汉姆小姐,我还想补充一句,您今天裙子的长度很诱人。"

露丝尖叫了起来,拿起镀锌的垃圾桶,准备朝多克的脑袋砸去。佩妮赶快阻止了她,把她哄劝到门外。在露丝离开之前,她回头看了一眼多克,指着电话,做了一个打电话的手势。至于这表示谁要给谁打电话,就不得而知了。

墙上的钟让多克想到他在圣华金的小学,上面显示的时间很不对头。多克等着指针走动,但却没有任何动静。他推测这个钟应该坏了,而且停了很久。这倒无所谓,因为很久之前索梯雷格

---

[1] 艾迪·罗宾逊是爱德华·罗宾逊的昵称(Edward G. Robinson)。好莱坞男演员,曾在《小恺撒》中刻画了 Caesar Enrico "Rico" Bandello 的形象,后来他的说话风格变成了黑帮谈吐的代名词。

就教过他一种从破钟上读出时间的玄技。你首先要做的就是点燃大麻,在司法大厦做这事可能有点古怪,不过在楼内这么偏僻的角落肯定没关系——谁知道呢,也许这里根本不属于本地禁毒机构的管辖范围。为了安全起见,他还是点了一根从前黑手党最爱的"高贵"牌雪茄[1],让房间里充满了烟雾作为掩护。在吸了几口大麻之后,他抬头看了一下钟,显然,现在已经显示出另一个时间了。不过,这也可能是因为多克忘记了原来的指针是在哪里。

电话响了,他拿起听筒,是佩妮的声音:"你下楼来我的办公间,那里有一个给你的包裹。"她没说"嗨"之类的话。

"你也会在吗?"

"不。"

"那个谁呢?"

"没有人会在场,除了你。你可以不用急。"

"谢谢你,宝贝。噢,对了,我想问你件事,假如我能给你买个曼森那帮小妞款式的假发,你会戴吗?"——她挂断时带来的声音氛围变化持续了好一会——"我在想,弄个'尖叫女'利内特·弗洛姆[2]的发型,你知道的,又长又卷,而且——噢,喂……佩妮?"

在楼下佩妮的办公间,多克在一张贴满了各种"最高机密"

---

[1] 在电影《教父》中,就有黑手党大佬抽"高贵"牌(De Nobili)雪茄的桥段。

[2] "尖叫女"利内特·弗洛姆(Lynette "Squeaky" Fromme):曼森家族成员,在1975年曾试图暗杀美国总统福特,被判处终身监禁,后来在2009年获释。非常巧合的是,在弗洛姆假释的那个星期,这本小说正好出版发行。

便条的破旧木桌上看到了艾德里安·普鲁士的档案，这里记录了他和加州公共执法部门的奇特交往史，包括他是如何多次逃脱了谋杀罪的惩罚。多克点上一根 Kool，打开文件夹，开始了阅读。很快他就清楚了警察局不希望这些秘密曝光的原因。他最先想到的是佩妮把这些封存的东西拿出来会有多大的风险——可能她自己没有意识到这其中的危险程度。对她而言，这不过是一些旧档案。

X 警探的名字原来叫文森特·因德利卡托。艾德里安的律师认为这是一起正当的误杀。他们的当事人普鲁士先生是深受爱戴的商人，他相信有人闯入了自己在古莫马克斯道[1]的海滩公寓。普鲁士将死者误认为是一位女性朋友的暴怒丈夫，他发誓自己看见了对方拿枪，所以他也开了枪。普鲁士先生后来发现自己杀死的是洛杉矶警察局的警探，对此他比任何人都要难过，因为他其实在平日生意场上还见过死者几次。

认尸的是一位引人瞩目的警官，他是因德利卡托警探多年的搭档，克里斯蒂安·F·伯强生警督。

"什么？"多克吃惊地喊了出来，"这他妈到底是怎么回事？"

比格福特的搭档。这些年以来他只是独来独往，也没有谈过此人，甚至连名字都不提。比格福特那种深深的忧郁现在看来是有原因的。这就是一种哀悼，而且痛得很深。

而这个案子居然发生在古莫马克斯道——当地人称之为

---

[1] 古莫马克斯道（Gummo Marx Way）是品钦虚构的街道名，其中 Milton "Gummo" Marx（1893—1977）是美国一个喜剧家族"马克斯兄弟"家的老四。

GMW，但凡住在多克家这片海滩的人，迟早都会和这条倒霉的街道扯上关系，尽管多克认识的人中没有人住在那儿，也不知道有谁住在那儿。但是，这条街道总是连接着南部湾区的海滩小镇居民和他们有朝一日会去的地方。那里住着女朋友，她那患了精神病的父母总是希望女儿在宵禁前回家。那里住着毒品贩子，他们和棕榈树上的耗子一样狡猾，那些粗心大意的客户会发现自己用的竟然是牛至[1]叶子和必士奇蛋糕粉。那里还有酒吧公用电话，一个朋友的朋友在遇到危险、山穷水尽时打电话给你，他的声音在深夜里变得越来越绝望。

"好吧，等一下，"多克喃喃道，也许还很大声，"现在的情况是……"比格福特的搭档被艾德里安·普鲁士谋杀了，这其中显然得到了警察局的暗中支援。那么比格福特如何反应？他有没有去武器房拿出大小适中的榴弹炮和备用的子弹夹，然后找艾德里安算账？他有没有在这个放高利贷的老大车里装上炸弹？他有没有在洛杉矶警察局内部着手进行非暴力的孤独圣战，以将坏人绳之以法？没有，这些都没发生。比格福特所做的只是去找个傻瓜私家侦探来替他调查此事，也许这个笨手笨脚的私家侦探自己都会惹来嫌疑。

那又怎么样？比格福特希望发生什么？这样就会有人决定来追查多克？很好。又会有哪个无影无名的搭档来给多克做掩护呢？

多克仿佛是要找一些自己并不想找到的东西，他又飞快地翻

---

[1] 牛至（oregano）：欧亚大陆的一种多年生唇形科草本植物，叶子有香味，可用于烹调。

阅了文件夹里的其他卷宗。有一件事就像你放在冰箱里的伏特加一样确定明白，那就是不管洛杉矶警察局和艾德里安·普鲁士是何种关系，他可能还为他们做过职业杀手。他一次次被抓进局里，被审问、传讯、起诉，但不管怎样都会全身而退。不知何故，这些案子都不会走到开庭那一步，每次都出于司法上的考虑而撤案。当然，这也是艾德里安求之不得的。在多克的意识当中，有一个想法挥舞着飞蛾般孱弱的翅膀进进出出，那就是助理检察官办公室的人如果不是同谋的话，至少也早就知情。有的理由是案子证据不足，有的是证据难以认定或过于间接，有的是找不到尸体，有的是出现了第三方，揽下了故意杀人的虚假罪名。在这些助人为乐的替死鬼当中，有一个名字引起了多克的注意，他居然是曾经和多克在停车场有过你问我答的波利斯·斯皮威。他现在正和自己的未婚妻多恩内特在美国某个地方跑路，他的家乡是皮科里韦拉。奇怪的是，他在圣昆丁的监狱里获得了减刑，出来后直接就去了米奇·乌尔夫曼的手下做事。加上帕克，这是多克所知的第二个艾德里安·普鲁士的前任手下去为米奇工作的。难不成艾德里安·普鲁士还开猎头公司吗？

多克正打算合上文件夹，然后去找个卖香烟的贩卖机，结果一份最新的文件引起了他的注意。这是一张光线明亮的照片，似乎不属于任何别的文档，仿佛它就是随手混进来的。照片上是一些站在码头上的男子，旁边有个敞开的盒子，尺寸和棺材差不多，里面装满了美钞。这些人当中有艾德里安·普鲁士，他穿着游艇上的装束，拿起一叠钞票，脸上露出吃屎的笑容。正是这种笑容让很多人如此喜欢他。这些钞票都是二十元面值，看上去很眼熟。多克在自己的边沿口袋里掏出一个柯丁顿放大镜，然后眯着眼睛观察这张照片。"啊,天!"他想到时尖叫了一声。这就是那个中央情报局弄的带尼克松头像的伪钞啊!索恩乔和他的朋友们从海里钓出来的就是这东西。在照片背景处,有一艘船稳稳地停靠在某个无名港口前,它略微有些模糊,仿佛为另一个世界的面纱所遮掩。这艘帆船正是"金獠牙"号。照片背面有日期。距今还不到一年。

在回海滩的路上,多克去了一趟"哈代-格里德利&加菲尔德"律师事务所。索恩乔人在那,但完全心不在焉。他前些天晚上刚好第一次用彩色电视机看了《绿野仙踪》(1939)。

"你知道吗,这个电影以前是黑白的,"他急迫地告诉多克,"但它变成彩色的了!你知道这意味着什么吗?"

"索恩乔……"

没有用的。"——观众在电影一开始看到的多萝西所生活的世界是黑白色(其实是棕色加白色)的,只是她想象自己住在一个彩色的世界——就像我们日常生活中的正常样子。然后,龙卷风将她刮到了芒奇金城,她走出门,突然我们看见那棕白色变成了彩色影片。但假如这是我们所看到的情形,那么多萝西又经历了什么呢?她那'正常的'堪萨斯色彩又变成了什么样子?对吧?这是多么奇怪的超色[1]啊。它和我们日常生活的颜色大为不同,就像彩色影片与黑白胶卷截然不同一样——"他就这样说个没完。

---

1 超色(hypercolor):指可以根据温度而变色的一种颜色现象。

"我知道我应该……关注这些事情,不过,索恩乔……"

"至少应该发布一个免责声明,"索恩乔此时有点义愤填膺,"芒奇金城已经很古怪了,对吧,不要再把观众搞得更加稀里糊涂。其实,我想可以搞一个很好的集体诉讼来告米高梅,所以律师所下周例会时我可以把这个提出来。"

"好吧,我能问你一个与之相关的问题吗?"

"你的意思是关于多萝西和——"

"这个——就算是吧。你还记得那一堆你们从海里捞出来的尼克松钞票吗?我刚好看见一张艾德里安·普鲁士的照片,就是那个放高利贷的。他站在一个箱子边上,里面装满了这种钱。也许就是从你发现的那堆东西里搞到的,不过也可能不是。有没有人记录过你们捞起来的这批钞票的去向?"

"我觉得大部分应该都还安全无虞地摆放在联邦部门的某个证据室里吧。"

"你觉得?但是……"

"这个嘛,东西刚出水的那会,大家都觉得兴奋异常……联邦的人就像所有人一样,不能指望他们就靠那么点死工资活吧。"

"这个照片的问题是,他们都看上去像是刚刚从'金獠牙'下来,或者即将登上这艘船。"

"好吧。那这又和多萝西·盖尔以及她看到的彩色世界有何关系呢?"

"什么?"

"你说你看到的这张照片多多少少与之有关。"

"哦,哦。这个照片经过了一种奇特的颜色处理。所以,看来就像他们都嗑过药。"

"很机灵啊，多克。"

多克想去自己办公室看看，所以他走林肯大道，离开玛丽娜，然后穿过小河，沿着卡尔弗城到了维斯塔德马尔。在停车场时，他就感觉到有点不对劲，不仅仅是因为这楼在下午显得异常安静，而且皮图尼亚的举止也有些怪。"哦，多克，你真的需要现在就上楼吗？我们已经很久没有开开心心地聊天了。"她非常性感地坐在登记站旁边一个酒吧高脚凳上，多克不禁发现她今天穿着淡紫色的衣服，但里面似乎没有配任何内衣。幸亏他这时戴着墨镜，所以可以盯着看更长时间。"呃，皮图尼亚，你是不是要告诉我有客人在等我？"

她把目光放低了一些，轻声说道："不完全是。"

"不是客人？"

"不是在等我？"

楼上的门没有锁，只是轻轻地带上。多克躬身从膝盖的枪套里拿出一把狮子鼻"麦格农"手枪，其实如果他耳朵尖的话，就足以听出里面在发生什么事。他悄悄地推开门，最先映入眼帘的是克兰希·夏洛克和塔里克·卡里，他们正在办公室地板上做爱。

过了一会，塔里克抬头看见了多克。"嘿，斯波特罗医生，我的哥们。没啥问题吧？"

多克抬起自己的太阳镜，假装在仔细看着这个场景。"我觉得没啥问题，不过你应该比我清楚……"

"他的意思是，"在下面的克兰希解释道，"我们用你的办公室没问题吧。"原来，当多克在拉斯维加斯时，他们有天各自过来找他，结果皮图尼亚认为他们是一对璧人，于是给了他们备用钥匙。多克告辞离开，下楼去找皮图尼亚算账，脑子里想的就是那个词"璧人"。

"我知道你生来就是个媒婆，皮图尼亚。我一般对于各种形式的亲密关系都无所谓，但你在我办的案子中撮合两个当事人就不好了。你让我的眼睛错过了太多信息……"

多克说的这些，对她眼里那几乎已经疯狂的目光只能是火上浇油。"但已经太晚了，你还不明白吗？他们相爱了！我只是冥冥中促成他们好事的人。我真的有这种天赋，知道谁和谁应该在一起，谁和谁不应该在一起。我从来没错过。我一直都在熬夜攻读我的'恋爱咨询'学位。不管这个世界上总共爱还剩下多少，我多少都能作点贡献。"

"什么总共？"

"哦，多克。爱是唯一将拯救我们的东西。"

"谁？"

"每个人。"

"皮图尼——亚！"涂伯赛德医生在办公室套间的后面尖叫道。

"好吧，也许不包括他。"

"我想我现在要再上楼去一趟，看看他们是不是真的在那里……"

多克先小心地敲了一下自己办公室的门，然后谨慎地从门缝里瞅了一下，这回他发现塔里克和克兰希已经把衣服穿上了，安静地在里面玩着拉米牌，听着一张"伯恩佐狗"乐队的专辑（据多克所知，他并没有这张唱片）。很显然，不能完全排除幻觉的可能性。但假如这一切真的是幻觉，他这个普通瘾君子需要做的就是看着他们，因为两人的共同元素，即格伦·夏洛克，正聚集着能量在这里现身，就像是鬼魂渐渐现出身影。

克兰希注意到了多克，然后对塔里克窃窃私语了几声。他们放下扑克，只听塔里克说："我们一直等着你过来呢，哥们。"

多克走到电咖啡壶那里，开始煮咖啡。"我去了趟拉斯维加斯，"他说道，"我是去找帕克·比佛顿的。"

"克兰希提到了。运气如何？"

"没啥，不过，"多克耸耸肩，"那可是拉斯维加斯啊。"

"他生气了。"克兰希说。

"我没有。"

"我想找你谈谈格伦。"塔里克说。

"我也是。"克兰希加了一嘴。

多克点点头，想在衬衣里翻出一根香烟，结果没找到。

"这里有。"克兰希说。

"维珍妮[1]？这是什么？"不过克兰希举着自己的打火机，就像是自由女神一般。"好吧，"多克说，"至少是带薄荷醇的。"

"我本应该把整个事情告诉你的，"塔里克说，"现在太晚了，不过我还是可以多给你点信任。"

"你以前没有和白人侦探打过交道吗？所以你不信任我？喔，我现在可是真的生气了。"

"你需要告诉他。"克兰希告诉塔里克。

"但是——"多克去看咖啡煮得怎么样了，"等一会，哥们，你不是说自己曾经发誓要保密的吗？"

1　维珍妮（Virginia Slim）：一种女士香烟。

"那不算数,"塔里克说,"我曾以为这算数,不过帕克和其他纳粹分子也发过誓,说什么无论如何都要互相照应,可是你看看格伦最后的下场?我也应该遵守这种狗屁誓言吗?我现在不受这个约束了。他们并不喜欢这种东西,就是想利用这个捞到好处。"

"好吧。那格伦到底欠你什么?"

"你首先要发个誓。"

"什么?你刚才说这是狗屁。"

"是的,不过你是白人。你必须盖血印,是血!你得发誓不要告诉任何人。"

"血?"

"克兰希也做了。"

"我正在来月经,亲爱的。"她指出。

"那……我能借一点你的血吗?"多克问道。

"嘿,少鸡巴胡扯。"塔里克朝门口走去。

"激动了不是?"多克从文件柜里找出了他紧急情况下才会用的藏货。可这算是紧急情况吗……

在抽完第二根(也许是第三根)大麻之后,所有人都开始放松下来了。塔里克谈起了他和格伦在监狱里做过的那次交易。

这事很复杂。最初结怨的是两个墨西哥人的帮派,一个叫"我们的家庭"[1],总部在北加州,另一个叫"南方帮"[2],他

---

1 "我们的家庭"(Nuestra Familia): 成立于六十年代末的墨西哥裔美国人的监狱帮派,在加州势力很大。

2 "南方帮"(The Sureños): 另一个墨西哥裔美国人的监狱帮派,成员主要来自加州南部。在六十年代的加州监狱曾发生过"我们的家庭"与"墨西哥黑手党"(The Mexican Mafia)的冲突,倒向后一帮的人最后成立了"南方帮"。

们是从南边来的。在当时的监狱里活跃着一个告密分子,名字叫厄尔·胡冯茨托,他让很多狱友都倒了血霉,受害者有白人、黑人,还有老墨。所有人都恨这个奸细,所有人都知道要收拾他,但是因为帮会的历史原因(特别是当你在抽大麻的时候,这段历史就更不好讲清楚了),北边和南边的老墨都不方便去干掉他。所以他们就找雅利安兄弟会的人去做这件事。刚好那时候兄弟会中需要招一个新成员,就打算拉格伦·夏洛克入伙。入会的条件之一就是你得先杀个人。有时在人脸上划道口子就够了,不过这就意味着他们总有一天会找上门来寻仇。所以,塔里克解释说,最好就杀死,一了百了。

格伦想加入兄弟会,但又不想杀人。他知道自己肯定会把这事搞砸,还会被抓,因为不知怎么的,他总是办不好这种事。就算不是当场被厄尔·胡冯茨托的同党给杀掉,他也会被转到北边圣昆丁的绿色监室,或被永远关起来。而他真正想要的,而且有时还很渴望的,就是能出去。另一方面,兄弟会的人又对这件事情非常看重。所以格伦就想找个办法,把这个转包的活再转包给别人,不仅自己可以去兄弟会那里邀功,也不会遭到别人的报复。

塔里克自制刀具的手艺很出名,而且从来没有被抓住过。不过格伦费了九牛二虎之力才最终和他悄悄搭上线。白人黑人从来都不是一起混的,而且也不被鼓励去相互交往。"听上去很有意思,"塔里克承认,"不过这得花很多钱。如果我没搞错的话,你应该拿不出这么多钱,也不可能有这么多钱。"

尽管这话不假,但格伦和外面的人有些不同寻常的联系。除非万不得已,他是不会告诉塔里克这事的。但现在他不得不说了。

"你想要怎么付酬劳？现金？毒品？小妞？"塔里克瞪了他一眼，"告诉我吧。西瓜？"

塔里克本想翻脸的，但他只是耸耸肩，用食指做了个扣扳机的小动作，意思是枪械。

"这也太巧了。我朋友正好就是专门干这行的。你想要多少？"

"哦，足够一帮黑鬼和公司用的就好了。"

格伦看了看有没有人在偷听。"你不会想在这里搞吧，哥们？"

"操，当然不是。我很坏，但还不傻。不过我们在外面都有朋友，我的那帮子人现在想用。"

"多快？"

"你希望他们那些人什么时候来舔你的鸡巴作为感谢呢？"

一个模糊的影子闪过，塔里克和格伦都不确定自己看到了什么，但他们知道这人是谁。"有耗子[1]钻洞去了。"格伦说道。

"这意味着我们走路和说话的时间都太久了。从现在开始，我们得快点。"

不久以后，厄尔·胡冯茨托就归了西。他一天早上在塔里克的监区里吃完饭，就神秘地咽了气。塔里克有很好的不在场证明，所以这事根本没怀疑到他。格伦也能证明自己的清白，不过他还是很聪明地先弄点自己的血，滴到一把从食堂搞来的自制匕首上，然后请兄弟们帮他处理掉凶器。他于是加入了雅利安兄弟

---

1 耗子(rat)在英文里有"告密者"的意思。

会，在塔里克获释后不久，他也出了狱，在米奇·乌尔夫曼那里找到了份差事。

后来的情况是，因为后勤不畅的缘故，塔里克的人（叫"反人类勇士黑人武装团"，简称WAMBAM）一直没拿到格伦按约定应给他们的那部分轻武器，而且等得越来越不耐烦了。

"我大概就是这时候去找了你。"塔里克说。

"我能明白为什么你不想说得太具体，"多克说，"也许我应该发一下誓的。"

"我知道你跟本地联邦调查局有交情，卡伦加兄弟是他们的铁哥们。"

"是的，不过我那时没什么好告诉他们的，因为我也不知道啥内幕。现在我觉得自己该开始提心吊胆了，说不定红色分队和P-DID会找我麻烦。"

"为什么？"

"你看啊，这个是黑人武装起义，对吧？这让我们想到查理·曼森那些异想天开的东西[1]。当他开始吼叫着这些玩意时，洛杉矶警察局总有不少白痴把老查理当回事。"

"是啊，在WAMBAM也有人相信这些。我见过那些T恤之类的东西。曼森戴着埃弗罗假发的入狱照片，用油漆喷枪印到衣服上。这东西真的很流行。"

"那'尖叫女'利内特·弗洛姆呢？"

"是的，她可是个很仗义的婊子啊。"

"不，我的意思是，有没有'尖叫女'T恤啊？上面她也戴

---

[1] 查理·曼森认为自己是弥赛亚，鼓吹黑人针对白人的革命即将到来。

着埃弗罗假发？"

"哦……据我所知没有。你想让我帮你找找吗？"

"也帮着看看有没有莱斯利·冯·休顿的吧，好吗？"

"伙计们，"克兰希咕噜了一下。

"好吧，"多克说，"那么……我想我真正需要从你那里了解的，就是格伦那些朋友究竟是什么人？那些帮他搞武器的。"

"一些在日落大道下区的白人牙医。他们的办公楼很古怪，就像是颗巨大的牙齿。"

"噢，"多克尽量不显露出空虚灵魂给自己的震撼，"好吧，也许我能想到一两个地方去查查。"

很多问题出来了。就比方说，这到底是他妈的怎么回事？假如格伦一直都有帮金獠牙"朋友"，那么他去监狱做什么？他是不是替别人顶罪的？金獠牙组织的某个高层人物？他们是不是要把他放在那作为线人，作为金獠牙在监狱里的耳目？也许他们有一个庞大的计划，要把自己的人部署到公共生活的每个领域？对于格伦被谋杀，金獠牙究竟卷入有多深？格伦是不是另一个卢蒂·布拉特诺德？是不是他触碰了金獠牙这个神秘组织某个讳莫如深的穴位，所以必须要被除掉？

这里面可以有多种答案吗？

这时天已经黑了，他们都很饿。后来，三人去了苏珀威达大街的"塑料五分钱"餐厅。里面的墙上贴着美国五分硬币的正面图，银白色，用塑料仿制而成，每个都是大号披萨的尺寸。在两列座位的中间隔着一道人工树篱，大约有两英尺高，很绿，也是用塑料做的。那些组装这个树篱的无名专家们非常小心地把几千个仿制小树叶的组件安装在一起，个中工序复杂无比，让这个灌木树丛有一种奇特而好玩的效果。长期以来,各式各样的小玩意遗落在里面,有大麻烟夹、大麻烟蒂、大麻烟枪、零钱、车钥匙、耳环、隐形眼镜,还有装可卡因、海洛因等物件的小玻璃纸袋。这是一克以下的生活。据说有些顾客会花上好几个小时在这个树篱里一寸寸地搜寻,咖啡冷掉了也不顾,尤其是当他们吃了兴奋剂的时候。夜深的时候,他们不时会被墙上的塑料人像打断,托马斯·杰斐逊会从左侧像变成正脸照,解开他后面马尾辫子的绳结,然后让外面的一切变成古怪的红色晕轮挂在自己头上。他这时就挑选出一些瘾君子,开腔对着他们说话,常常是引用《独立宣言》或《人权法案》里面的字句。这些东西对司法辩护非常有用,尤其是关于搜查和扣押的案子。今天晚上,当克兰希和塔里克两人去厕所的时候,他突然转向多克,说道:"哦!金镣牙不仅在蓄奴时期搞走私,他们还在黑人争取解放的时候叫卖工具。"

"嘿……作为国父,你难道不为这种黑人的末日言论感到害怕吗?"

"自由之树必须不时用爱国者和暴君的血来灌溉,"杰斐逊回答道,"这是自然肥料。"

"是的。可如果爱国者和暴君是同一批人,那怎么办?"多克说,"比方说,我们现在的这个总统……"

"只要他们流血,"杰斐逊解释道,"那就足够了。与此同时,你该如何处理你从卡里先生那里获得的情报呢?"

"你看,我们有这样一些选择。可以去联邦调查局告发塔里克和WAMBAM。或者先让塔里克避避风头,然后让联邦的人去调查金镣牙。或者把所有的事情告诉比格福特·伯强生,让他汇报给 PDID 等部门，然后让他们去处理这事。我还漏掉什么了吗？"

"你有没有发现这里的一条共同线索，劳伦斯？"

"我不能信任这里的任何一个人？"

"你还要记住，格伦的武器交易根本没有完成。所以你没有必要告诉谁任何事情。你真正需要去做的，就是——"他突然沉默了下来，转过头去，重新变回了那个马尾辫侧面像。

"又在和自己说话呢，"克兰希说，"你需要找到真爱，多克。"

其实，他当时想的是要靠自己来把这事查个水落石出。他的手指头好像有自己的思维，开始向塑料树篱摸去。如果他在那里搜得更久一点，一直搜到半夜的话，他也许会发现某个有用的东西——某个在他生命中被遗忘的微小碎片，他甚至都不知道自己把它弄丢了，而这东西现在最关键。他说："我为你高兴，克兰希，不过你后来和上次那两个男的怎么样了？"

她回头看了看身后的塔里克，他正要走过来。"多克，这个家伙至少能顶得上两个。"

十七

多克回到自己的住处，发现斯科特和丹尼斯正在厨房的冰箱里搜东西。他们是从后门窗户爬进来的，之前丹尼斯在自己家睡觉，嘴上还习惯性地叼着点燃的大麻烟。不过这次烟头并没有掉落到胸口，把他烫个半醒；它滚到了床单上，冒起了烟。过了一会，丹尼斯醒了，起床溜达到浴室，打算冲个澡啥的。而这时床已经烧着了，最后一直烧到了天花板，正上方就是他邻居奇科的水床，走运的是奇科本人并不在上面。因为床是塑料做的，受热后溶化，几乎有一吨水就从天花板被烧破的洞里倾泻而下，扑灭了丹尼斯卧室的火灾，并且将地板变成了浅水游泳池。丹尼斯游魂般地从浴室出来，无法立刻解释眼前的一切。而且，他把已经到达现场的消防员误认为是警察，所以沿着后街小巷一路狂奔到斯科特·欧弗的海滩住所，试着向他讲述自己的遭遇。按丹尼斯的想法，这是"帆板"乐队在故意搞破坏，他们从来没有停止过针对他的阴谋行动。

多克找出一根"白猫头鹰"雪茄，里面大部分烟叶都被他抽了出来，换上了洪堡无籽大麻。他点上火，吸了一口，然后和大伙轮流抽。

"我想不通怎么可能是'帆板'乐队的人，真的。"斯科特吐了口烟。

"嘿，我看见他们了，"丹尼斯坚持道，"就是那天，躲在巷子里。"

"那只是贝斯手和鼓手，"斯科特说，"我们当时一起出来玩，要在威尔罗杰斯公园办一场免费音乐会，他们管这个叫冲浪迷幻怪胎的和平示威。'帆板'想要我们'啤酒'乐队为他们暖场。"

"很好，"多克说，"恭喜。"

"是啊，"丹尼斯说，"不过他们都是魔鬼。"

"好吧，他们的标语牌上的确画着魔鬼，"斯科特承认道，"不过……"

"就连多克也认为他们是僵尸。"

"这很可能是真的，"多克说，"不过你不能责怪僵尸的境遇，他们身边又没有什么职业顾问告诉他们：'嘿，孩子，你们有没有想过找份活人的差事——'"

"我的顾问说我应该去搞房地产，"斯科特说，"就像我妈妈一样。"

"你妈妈并不是僵尸。"丹尼斯指出。

"是的，不过你应该看看她的一些同事……"

"那你得经常查看她有没有被咬伤，"多克建议说，"这东西就是这么传染的。"

"有谁知道他们为什么管这个叫'真实的'不动产？"正在卷大麻的丹尼斯问道。

"嘿，多克，"斯科特想起了什么，"我又见到科伊了，那个曾经在'帆板'乐队的家伙。他应该是死了的啊，可是后来又没死。"

多克尽量装作若无其事地问："在哪?"

"荷摩沙[1]，在'灯塔'[2]外面排队。"

这让多克跌进了记忆的马桶，想起了他和莎斯塔的第一次约会。那些晚上，他们在"灯塔"酒吧门口溜达，两人都没钱买票进去看演出，只能听着从里面传出来的音乐声，吃着街角摊子上卖的"多汁詹姆斯"汉堡。这种著名汉堡的商标牌上有一只特大热狗，上面不仅有人脸，还长了胳膊和腿脚，一身牛仔的衣服和帽子，拿着两把左轮手枪，似乎很开心的样子。周日的时候，那里总有爵士乐即兴演奏会。有些录过唱片的音乐家会过来，开的车子都是他们用拿到的第一笔丰厚薪水买的。多年以后，这些车要被拉到专门的停车场扣押并等待赎回，人们要用绞车把它们从泥流里拉出来，存在安全地方，以防离婚律师过来抢夺；所有的汽车零配件都要藏好，便于将来转卖（虽然这一切根本不会发生）。这是那些欲望蔓延的年代的幻想——在西伍德大街的展厅里，"摩根"轿车的车篷被皮带绑在一起，还有"科波拉"289、1962年款的"伯恩维尔"和超凡脱俗的"迪索托"（被爱迷了心窍的詹姆斯·斯图亚特[3]在1958年的电影《迷魂记》中正是驾着它追踪金姆·诺瓦克[4]的）。

那次在奥哈伊，多克和科伊告别的方式有些古怪，科伊突然一下消失在夜色中，既带着几分怒气，又带着几分绝望，因为多

---

1 荷摩沙（Hermosa Beach）：加州洛杉矶县的城市名。
2 灯塔（Lighthouse Cafe）：在荷摩沙的一家爵士乐夜总会，从40年代开始就成为了西海岸的爵士乐中心。
3 詹姆斯·斯图亚特（James Stuart）：美国男演员，在希区柯克的著名悬疑片《迷魂记》中出任男主角。
4 金姆·诺瓦克（Kim Novak）：美国女演员，以在《迷魂记》中的精湛表演而出名。

克之前含含糊糊地许诺说要帮科伊找办法摆脱那些控制他的反颠覆组织。多克只是在比格福特那里扫了一眼科伊在洛杉矶警察局的卷宗，从那以后就没有什么进展，他也感觉到有些愧疚，因为严格说来他应该也受雇于后普。

所以他还是想去皮尔大街溜达一下。透过雾气，海滨路两旁的棕榈树投下了阴影，和往常一样，这雾带着化学制品的味道。"多汁詹姆斯"的招牌在某个不确定的远处发出朦胧的亮光，而站在"灯塔"门口的，毫无疑问，正是科伊。他和一些爵士乐爱好者站在参差不齐的队伍中，跟着音乐摇头晃脑。今天要来表演的是巴德·申克[1]，还有些玩节奏乐器的。

多克等到表演间隙，走过去问了声好，满以为他又是那副隐身人的德行，可现在的科伊看上去就像是自由活动的水手，愿意尽情享受这个时刻，直到他不得不返回到那苦役之地。

"我得请假才能出来，"他看了一下太平洋上空的天色，"不过似乎我马上就要算擅离岗位了。"

"你需要我开车带你回多班加吗？前提是我不用陪你进去。"

"哦，我都治好了。现在一切都很好。"

"德古拉也是乐队的一员？"[2]

"说真的，是因为那些小妞。她们再也受不了了，所以就集合起来，凑份子雇了个驱魔人。此人是市中心一个寺庙里的佛教

---

[1] 巴德·申克（Clifford Everett 'Bud' Shank, 1926—2009）：美国音乐家，以表演次高音萨克斯而闻名。

[2] 德古拉（Dracula）伯爵是流行文化中"吸血鬼"的代名词。多克的这句打趣"德古拉也是乐队的一员"承接上句"现在一切都很好"而来，典故是 1962 年的热门单曲《魔鬼情人》（*Monster Mash*）中的歌词："Now everything's cool/Drac's a part of the band/and my monster mash is the hit of the land ..."

法师,有天他过来做了法事。现在帆板乐队和他们那栋房子已经正式鬼魔不侵了。他们和他签了一个保养合同,让他定期来家里办法事,做检查。"

"乐队里有没有谁突然认出了你?"

他耸了耸肩。"也许。这无关紧要,以前也是一样。"

当两人走到车边时,雾气变得更浓了。多克和科伊上了车,多克把雨刷打开转了几下,然后就沿着皮尔大街朝北开去。

"能讨根烟抽吗?"科伊说。多克从仪表板下的屉子里找出一包烟递给了他,点燃打火机,然后左拐上到太平洋海岸高速公路。"嘿,这个按钮是干什么的?"

"哦,最好别动,那个是——"他们被剧烈的音乐声包围了,连骨头都在震动。这首曲子是平克·弗洛伊德的《星际超速传动》。多克找到了音量调节钮。"——这可是带震颤效果的Vibrasonic收音机。它把车尾箱占了一半,但你最好在需要的时候再打开。"

当车在机场跑道下面行驶时,他们有一分钟的时间听不见音乐声。多克说:"所以'帆板'乐队不再是魔鬼了?"

"也许有时候还是会犯糊涂吧。你知道乐队的人是怎么回事的,对吧?"

"你现在回去和他们一起演出了?"

"正在弄这个事。"多克知道还有下文,"你看,我总希望有人会在乎我。当'加州警戒者'打来电话时,就好像是有人一直在关注我,有人需要我,在我身上发现了某些我自己都不了解的东西……"

"他具有一种天赋,"他们告诉他,"扮演另一种人的天赋。他可以渗透到别人的组织里,打探情报,然后回来汇报。"

"就是间谍,"科伊翻译说,"告密的,卧底。"

"演演戏,报酬很不错,"他们答复说,"不用担心那些女粉丝、狗仔摄影师,或者啥也不懂的观众。"

这就意味着必须戒掉海洛因,或者至少要改掉从前的习惯。他们对他讲了一些人们如何控制毒瘾的故事。这被称为"更高的戒律",要比宗教、体育或军事上的戒律更为森严,因为每一天的每一秒你都要有勇下地狱的果敢。他们带科伊去见了一些已经获得超脱的毒瘾人士,这些人精力充沛,气色健康,走起路来大步流星,思维敏捷,让科伊非常吃惊。假如科伊能按要求完成或超额完成任务,他还会得到额外的奖赏——每年吃一次"珀克丹"止痛片,这东西在当时被视为麻醉类药物中的劳斯莱斯。

当然,这也就意味着要离开后普和阿米希斯特,也是为了她们好。他不断提醒自己,大家在家里都好景不长。"警戒者"保证说要匿名送给后普一份钱,并暗示这是科伊留下来的,看上去就像是他在遗嘱中留给她们的遗产。为了做这份特别的工作,他必须使用好几种不同的新身份,这也就意味着原来的科伊·哈林根不能继续存在于这个世上。

"伪造我的死亡?哦,我不知道,哥们,我的意思是,这可是要遭到恶报的。我不知道自己是不是想去尝试,就像'小安东尼与帝国'[1]唱的,'撩拨命运之手'[2],你知道吗?"

---

[1] 小安东尼与帝国(Anthony & the Imperials):美国五十年代的一支街头布鲁斯乐队,主唱是 Anthony Gourdine,以美轮美奂的假声而闻名遐迩。

[2] 这句歌词来自"小安东尼与帝国"组合的经典歌曲《我枕头上的眼泪》(*Tears on My Pillow*),原文是:"If we could start anew, I wouldn't hesitate, I'd gladly take you back, And tempt the hand of fate."

"为什么要把这个当成死亡？为什么不是投胎转世？每个人都希望能有不同的人生。这就是你的机会。而且，你会玩得很开心的。即使是在这个海洛因泛滥的世界，你的刺激经历也会是前所未有的。酬劳远远要高于最低薪水标准，如果你拿过底薪的话就知道了。"

"能给我一个新的嚼子吗？"

"假牙？没问题。"

他们向科伊保证，已经买通了卖他毒品的人（也就是厄尔·德拉诺），此人会提供一种无人试过的中国白粉，这东西足以致命。他们把它放到科伊吸毒过量致死的现场，而科伊则被建议仅食用够他昏迷的剂量，让人们在急救室不要起疑心，但又不至于让他真的死掉。

"我可不喜欢玩这种诡计，"科伊向多克坦白道，"就像是告诉自己，我千万不能搞砸了，我最好放聪明点，当然，我后来并没做到。事实上，我差点就见了阎罗王。"

"你的毒品卖家是从哪里搞到这种海洛因的？"多克假装随意地问了一下。

"是一些黑社会的人直接运进来的——厄尔·德拉诺通常不走这些人的渠道。不管他们是什么来头，他可是被吓得屁滚尿流，尽管作为中间人，他的作用只是防止别人追查到货源的上家。他们总是一个劲告诉他：'一个字都别说。'沉默，这是他们最关心的事情。所以后来当他的尸体浮在运河上时，你知道吗，我自然会忍不住起疑心。"

"也可能是别的原因，"多克说，"他的背景很复杂。"

"也许吧。"

最后，就像之前其他的戒毒人士一样，科伊住进了克里斯基罗顿疗养院，接受痛苦的戒毒治疗。在这期间，如果有机会去牙科博士卢蒂·布拉特诺德的"维持微笑工作坊"，那就简直像是度假了。新的牙齿意味着新的吹奏口，这也需要一段时间来调整适应。但终于有一天夜里，他被派到洛杉矶国际机场的一个厕所隔间里，将写在手纸上的招安字条从隔板下面递给一位州议员，此人有隐秘的性取向，"警戒者"希望能让他"加入到队伍中来"。在这次练兵——他猜的——之后，任务就逐渐变得困难起来——有时为了做好准备工作，他还需要读赫伯特·马尔库塞和毛主席的书，并要学着领会其中的思想。此外，科伊每天还要去惠蒂尔市的一家柔道馆训练，到好莱坞郊外的某个地方学习方言，并参加在查茨沃斯的驾车逃脱课程。

科伊很快发现，这些操控他的爱国者也受另一级权力部门的控制，此部门认为自己有权破坏那些不如自己优秀和聪明的人（即所有人）的生活。据科伊了解，他们给他贴的标签是"上瘾性人格"，认定他一旦投身于为祖国做奸细的工作，就会发现生活其实和戒掉海洛因一样艰难（如果不是更难的话）。不久，他们派他去学校附近活动——大学、社区学院和高中——他逐渐学会打入各种反战、反征兵和反资本主义组织的内部。在最初几个月，他工作非常忙，根本来不及细想自己究竟做了什么，或者说干这一行有什么前途。有天夜里，他在韦斯特伍德跟踪加州大学洛杉矶分校一个名叫"水烟枪使用者革命旅"的组织（缩写是 BURB）。这时，他注意到一个和阿米希斯特年龄相仿的小女孩，站在一家亮着灯的书店的窗边，兴奋得忘乎所以，喊她妈妈过来看什么。"书，妈妈，书！"科伊挪不动步了，就像脚板被钉住了一样，而他的猎物则在夜色中继续自己的生活。这是他和"警戒者"签约后第一次想到被抛弃的家人，尽管他当时认为自己做出选择的原因要比家庭重要。

就在这一刹那，所有事情都变得清楚了——他诈死是一个要遭到恶报的错误；他帮助去陷害的那些人很有可能遭遇不测，包括真正的死亡；而且最清楚不过的是，他非常非常想念后普和阿米希斯特——越来越想，远比他当初预料的要强烈。科伊既没有办法，又没有人同情和支持他，但他突然想回到自己原来的生活中，虽然这有点太晚了。

"所以那时你请我帮你去看看她们？"

"是的，我那时愿望真的非常迫切。"

"你到了，对吗？"

多克把车停在路边，不远处就是"帆板"乐队住所的车道入口。"还有件事。"

"说吧。"

"你最开始为'加州警戒者'做的这份工作——是谁给你打的电话？"

科伊看了一下多克，仿佛他就是个陌生人。"当我刚开始做间谍的时候，我曾经很好奇为什么那些人想搞调查。然后我开始发现，很多时候他们其实已经知道答案了，只是想听见这个答案再从别人的嘴里说出来，就像要利用别人的大脑。"

"好吧。"多克说。

"我觉得你最好去找莎斯塔·菲谈谈。"

多克沿着海滨公路开车回家时，设法让自己开始一场关于莎斯塔的胡思乱想。当她和多克在一起的时候（也许从他们认识之前就开始了），莎斯塔一定曾千方百计利用某个听她使唤的白粉瘾君子，在某个微风习习的夜晚溜到外面去玩，那些人可以帮她守着衣服，这样她回到家就不用背着多克把衣服藏着掖着……她只是想暂时回到那些瘾君子的圈子里，暂时离开这个潦倒的爱情傀儡，因为她早就计划着要背叛这个对她有恩的男人。他在回戈蒂塔的一路上几乎都在回忆，想到自己又当了一次王八蛋。等回到住处，多克整理了一下自己的头发，弄成半时髦的造型，然后沿着海滨休闲道，朝厄尔珀多的方向溜达。夜色降临了，海浪隐在暗处，他又重新找回了过去那个精明的自我，缺乏乐观精神，随时准备要被人戏耍。这很正常。

一楼的冲浪商店很早就关门了，但"圣人"的房间窗户还亮着灯。多克才敲了两三下，莎斯塔就开了门，冲他笑了一下，然后说，嗨，快进来。她没穿裤子，套着一件墨西哥式衬衣，是淡紫色的，上面有橘黄色的刺绣。她的头发用毛巾包着，闻上去好像是刚洗完澡。他知道自己当年之所以爱上她是有原因的，但是多克总忘记这原因究竟是什么。但现在他又隐约记起来了，他必须用意念抓住自己的脑袋，快速地摇上几摇，然后才能放心让自己说话。

莎斯塔介绍他和自己的狗"米尔德雷德"认识，然后去厨房忙乎了好一阵。弗利普起居室的大半面墙都贴着一张放大的照片，上面是去年冬天马卡哈的魔鬼巨浪，浪里面有一个细微但却清晰可辨的人影。那个冲浪者正是格雷格·诺尔[1]，就像是在上

---

[1] 格雷格·诺尔（Greg Noll, 1937— ）：美国冲浪运动的先驱。这张照片记录的是诺尔在1969年12月冲的有记录以来最大的一次浪头的情形。

帝拳头里忠诚祷告的信徒。

莎斯塔从冰箱里拿出半打"库尔斯"啤酒走了进来。"你知道米奇回来了吧。"她说道。

"是有这个传闻。"

"哦，他安然无恙地回来了，是的，回家陪着斯隆和孩子们。那又怎么样？这就是生活。"

"该来的一定会来。"

"你说得对。"

"你见到他了吗？"

"这怎么可能？我现在就是一个笑柄。"

"是的，不过也许你可以改改头发……"

"我操。"她伸手解开毛巾，然后把它扔给多克，将头发摇晃出来——他并不想说这种感觉很强烈或者很准确，但她的这个眼神是他记得的，或者自认为记得的。"现在怎么样？"

他歪着脑袋，仿佛她问了一个严肃的问题。"比以前要黑。"

"我头发又回到了从前灰灰脏脏的金色。米奇喜欢那种铂金色的，曾经去罗迪欧大道找一个染发师弄过。"多克非常确信她和佩妮曾经在同一家发廊遇见过，而且两人至少有一次谈到了他，"据说你对曼森的小妞有感觉？"

"这个嘛——'感觉'，我猜这取决于——你确定要这么做吗？"

她已经解开了衬衣扣子，看着他的眼睛，开始不紧不慢地摩挲着自己的乳头。米尔德雷德抬头看了一小眼，慢慢地摇了摇脑袋，然后跳下沙发离开了房间。"顺从的、被洗脑的、性感的小女生，"莎斯塔继续道，"她们完全按照你的想法做事，甚至还没等你搞懂自己想要的是什么。你不用说出一个字，她们就会心灵感应到。这就是你喜欢的小妞，多克，这是你内心的真相。"

"嘿，你是不是那个偷我杂志的人？"

她把衬衣脱下来，一直褪到膝盖上，然后慢慢地爬到多克坐的地方。多克手里拿着一罐还没打开的啤酒，早已坚硬如铁。莎斯塔跪在地上，小心翼翼地脱下他的拖鞋，给他两只光脚温柔的一吻。"现在，"她低声说道，"查理打算怎么做？"

查理也许不会这么做，不过多克打算在衬衣口袋找出半根大麻，然后点燃。他也的确是这么做的。"你想要来点吗？"她抬起脸，他把大麻送到她唇边，让她吸了一口。他们安静地抽着，直到多克不得不拿出随身带的颚口夹子，把剩下的烟蒂夹起来抽。"我对于米奇的事很难过，但是——"

"米奇。"她意味深长地看了多克一下，"米奇可以教给你们这帮海滩小混混一些道理。他是个很有权力的人。有时他能让你们觉得自己是个隐形人。速度快，心肠狠，并不是你们常说的那种体贴的爱人，他事实上是一头野兽，但斯隆喜欢他这一点，还有卢兹——你们可以看出来，我们也是。变成隐身人的感觉有时候是非常美妙的……"

"是的，男人喜欢听这种扯淡。"

"……他会带我去比弗利山吃午餐，他会一路用大手挽着我光光的手臂，带我从灯火通明的街上摸瞎走到某个黑漆漆的地方，里面又暗又凉，你闻不到食物的味道，只有酒精——他们都在喝酒，房间里的桌子上全部都是这东西，瓶子有大有小。那里所有人都认识米奇，他们中的有些人想成为米奇……他有时候也会用绳子把我牵进去。他总让我穿那种很小的超级迷你裙，从来不允许我穿任何内衣，就是把我送给所有想看我的人观赏，捏玩。有时候他会安排我和他的朋友们在一起，我必须做任何他们想做的事情……"

"你为什么要告诉我这个？"

"哦，我很抱歉，多克，你难受了吗？你希望我停下来吗？"她此时懒懒地趴在他的大腿上，双手在身体下面拨弄着自己的阴户，露出让人无法拒绝的屁股。即使在多克看来，这里的目的也是再明显不过了。"假如我的女朋友蹿了我去找某个混球开发商，当他的娼妇去接客，我会非常生气。我会不知道自己该怎么做。好吧，我在这里没说实话，我知道我会怎么做。假如我有一个背信弃义的小婊子就这样趴在我腿上——"她说到这里就停了下来。多克尽量发自内心地冲着她屁股重重地拍了五六下，她立刻把手从下面抽回来盖住屁股。"操你大爷！"她哭喊道——多克猜她不是在骂自己——"你这个杂种……"

他过后才想起来要查看一下自己身上有没有吸血鬼的咬痕，因为无论她去了哪里，他们都有可能对她做了手脚，就像他们改造米奇的方式一样。但莎斯塔似乎还是从前的那个她。当然，她也许是和谁达成了交易，从而摆脱了米奇的命运。如果是这样的话，那和她做交易的人又是谁呢？交易的条件又是什么？他还没来得及问任何问题，她就开始安静地讲述这一切了。他知道，自己最好就这么听着。

"我之前说因为家里的事情去了北部，但其实是有几个坏蛋把我绑架到了圣佩德罗，然后把我扔到一艘船上。我压根都不知道他们对我打的什么算盘，因为到达毛伊岛时，我就想办法逃出来了。"

"肯定是某个欣赏你那美丽屁股的大副了。"

"其实是厨师长。然后我在普卡拉尼[1]偶遇了弗利普,搭了他的顺风车,他把这个地方的钥匙给了我,邀请我去做客。为什么你突然看上去表情怪怪的?"

"大约在这事发生的同一个时间,维伊·费尔非德给了我一些迷幻药,在药效上来时我见到了你。当时你在同样一艘船上,叫'金獠牙'号。我在风中飞行,我也不知道怎么回事,我试着想降落到船上,或者尽可能靠近它……现在是你看起来怪怪的了。"

"我知道!我当时也感觉到了什么,我所能想到的,就是那个人可能是你。这太古怪了。"

"那就一定是我。"

"不,我的意思是,感觉上……像是被鬼缠了身。所以我一到岛上就给你发了那张明信片。"

"维伊的精神导师说,你不是自愿上船,但是你会没事的。"

"我怀疑他是否知道船上的人都带着武器。船长,船员,旅客们。"

她并没有特意问这事,但那个叫波费里奥的厨师长很乐意作出解释。"海盗。"

"你再说一遍?"她说。

"小姐,我们装的货物很多人都想要,尤其是在第三

---

[1] 普卡拉尼(Pulakani):夏威夷的一个地名。

世界。"

"我能不能从船上的武器库里借个东西防身，就是以防万一。"

"你是乘客，我们会保护你的。"

"你确定我是？我难道不是更多人想要的货物？"

"但这就是在调情了，对吧？"

"是吗？"多克过了一会儿说道，"那你怎么说……"

"我说，'哦哦，波费里奥，我希望他们不是打算把我卖到中国哪个邪恶变态的组织里去吧，那些共产主义者会用各种可怕的中国酷刑来折磨我……"

多克找到了一点佛瑞兹留下的泰国大麻，于是点上火。"哦，"他给她抽了一口，"那波费里奥怎么说？"

"'请允许我先为你做一次，小姐，当然会先征求你的同意，做完了你就至少会知道那些到底是怎么回事。"

"什么？"

"呃，你知道那些帆船吧，上面有很多绳子、链子、滑轮和钩子之类的东西……"

"好吧，够了——让我们看看那个漂亮的粉红屁股。"

"不过……多克……我当时说了啥？"她跪在沙发上，脸埋在枕头里，把屁股翘起来。

"你这里需要一个文身，写'坏坏女生'怎么样？"

她往后看了一下，双眼眯成缝，眼圈红红的。"我想你最好多弄点大麻叶子来……"

"嗯，也许我最好——"

"别……"

"你到底是什么样子的性奴？你就想……弓起你的后背——是的，漂亮，就是这样……"

他们开始做爱，这次的时间也不是很长。过了会她说道："这不代表我们复合了。"

"不，不，当然不是。我能告诉你点事情吗？"

"当然。"

"我并不是真的生你气，你知道吧，从来没有过。莎斯塔，不是因为我们的关系。我从来没觉得自己是任何意义上受伤害的一方。事实上，有段时间米奇真的看上去像是从正常人变成了个异类，我当时甚至愿意去解救他。我相信你知道他当时有多么真诚。"

"麻烦的是，"她有点忧伤地说道，"我也是如此。"

"假如有人要拿这里谁的屁股撒气报复的话……"

"哦，"莎斯塔说，"哦，好吧，让我想想这种可能性。"

她走进厨房，找出来一盒早餐麦圈，然后他们打开电视，亲热地坐在一起，一边嚼着麦圈，一边看尼克斯和湖人队的比赛。多克觉得这一切就像是回到了从前，只是今非昔比，他对两人这种关系很糊涂，远不如他当年觉得自己知道得多。

"你需要打开声音吗？"

"不用。不想听那些篮球鞋在地上吱吱响。"

在半场休息的时候她端详了一下多克，然后说道："你有心事吧。"

"科伊·哈林根。我在荷摩沙撞见他了。"

"所以他并没有真的像大家说的那样吸毒而死。"

"比这个还好，他现在已经戒毒了。"

"很高兴听到这个消息。希望他能持之以恒。"

"但是他被卷入了一些自己并不想参与的事情。他为洛杉矶警察局做线人。我还在电视上看见他跑到一个像法西斯一样狂热的自由主义集会上，装模作样地冲着尼克松大喊大叫，而实际上他是为一个叫'加州警戒者'的组织做内应。"

"这样的话，"莎斯塔低声说道，"我想这个组织和我有点关系，因为是我让科伊去联系伯克·斯托奇的，又是伯克帮他和'警戒者'搭上了线。"她并没有找借口，只是继续说。当时刚刚发生了莎伦·塔特的事情，整个好莱坞地区都人心惶惶。少数一些星途光明的小明星开始明白，仅仅靠中规中矩的相貌和纤细的身材是无法让你买到什么有用东西。切罗大街上的谋杀案对于普通人的生活已经足够震惊了，但对于莎斯塔和她的朋友们来说，这事的影响简直是毁灭性的。你也许是这一行里最甜美的女孩，善于理财，不碰毒品，也知道该如何同城里的人们保持距离（其实就是别信任任何人），你对所有人都很好——摄影助理、剧务，甚至是作家这些人，你其实根本没必要和他们打招呼——即使如此，你还是遇到了麻烦，被残忍地谋杀。过去你不太上下打量别人，但现在你会寻找别人眼里某种怪异的眼神，一旦不对劲，你就会把自己用两重锁、三重锁关在房间里，不开灯，只打开电视机，依靠冰箱里剩下的那些东西度日，直到你感觉到自己平复得差不多了，才会再次出门。

"我差不多就是这时候碰见的伯克·斯托奇。我们曾经是邻居，过去每天早上都同一时间出去遛狗。我多多少少知道他的身份，但从没有看过他的任何电影，直到一天晚上我睡不着觉，就胡乱拨着频道，正好看见了《吻别点四五手枪》。一般情况下我是不会看这类电影的，但是这个片子里有些东西……"

"我能理解！"多克喊道，"那个电影让我成为现在的我。伯克·斯托奇扮演的那个私家侦探就是我一直想成为的那种人。"

"我还以为你想成为约翰·加菲尔德。"

"这个嘛，两种说法都对。可是你知道吗，约翰·加菲尔德刚好也演过这部电影，不过演员表上没写他名字——还记得那个葬礼的一幕吗，伯克在那儿小心翼翼地抚摸着坟前的寡妇，用伞来打掩护，可假如你再仔细看，就会发现在她左乳后面，也就是屏幕的左方，有一个失焦的人影，在树旁边，穿着细条纹的黑社会西装，头戴小礼帽，那就是约翰·加菲尔德。他当时上了黑名单，肯定觉得跑龙套也算是份工作啊。"

"伯克也遇到了同样的麻烦，不过他说自己找到了另一种解决的办法。"

"那种让他不至于心烦意乱到心脏病发作的办法……好吧，我不多说了，这些话太尖刻了。"

让这一行里很多人大跌眼镜的是，伯克竟然投身到那些搞红色恐怖的激进分子的怀抱里，可当初正是这帮人逼他离开这个国家。他在一个专门委员会作了证，并且把自己的船捐献给反颠覆事业。他很快就重新工作了，开始演一些低成本的联邦调查局题材的电视剧，就像《我曾是一个红色毒虫》和《告密，左棍，告密！》。在反共题材影视剧还有市场的时候，他一直都算顺风顺水。当莎斯塔遇到伯克时，他基本属于半退休的状态，也就满足于去威谢尔乡村俱乐部玩玩下注金额不高的十八洞高尔夫（甚至也玩九洞，假如他能找到一个半犹太血统会员的话），或者和其他老家伙们去姆索＆弗兰克酒吧闲扯一下娱乐圈八卦，至少在这个圈子里还有那么几个人不会特意穿到大街另一边（有时甚至是高速公路的另一边），带着恶心的表情对他唯恐避之不及。

伯克知道一条去高尔夫球场的小道，于是他和莎斯塔就养成了习惯，每天早上散步溜达都要走那条路。对于莎斯塔来说，这常常是每天最好的一段时间，人们忙着早起送货，或是在院子和游泳池里干活，或是用软管冲洗人行道——安静，凉爽，闻起来就像是雨后的沙漠，花园带着几分异国情调，到处都有遮阴的地方，而晴朗无云的天空要过段时间才能显出自己的炎热。

"我看见你演了一集《布拉迪一家子》[1]。"她有天早上说道。

"我刚刚又演了一集，现在没播出，是关于简[2]戴假发的故事。"伯克在草地里找到一个几乎没有用过的球，把它捡起来放到自己口袋里。

"什么样子的假发？"

"我想是黑色头发。她已经厌倦了当金发姑娘了。"

"快给我讲讲。我猜这和你改变政治立场不太一样吧。"

她担心自己这样说太直接了，不过他拿手慢慢地梳了一下头发，似乎是在思考着什么。"这个嘛，当然，我在夜深人静的时候会经常犹豫反复，想到那些老家伙。但他们对我很好，我还是会和他们一帮的，有时甚至要做点事情。"尽管这个早晨令人心

---

1 《布拉迪一家子》（*Brady Bunch*）：美国情景喜剧，1969年首播，一直持续到1974年。故事主要围绕一个离异重组的家庭及子女展开。编剧 Sherwood Schwartz 之前创作过大受欢迎的《盖里甘的岛》。

2 简（Jan）：《布拉迪一家子》中的一个儿童角色。

旷神怡，尽管他戴着时髦的草帽，穿着浅色条纹的衬衣和灰色亚麻短裤，但他声音里还是流露出了几分老演员的黯然神伤。"顺便要感谢你没提到越南。如果要聊那个，你可能会更加看不起我的。"

"那现在你就做这些？就像是遥控指挥？"

"无论如何，现在没有什么男孩子会跑到街上去，大喊一声'打倒猪猡'，然后扔个炸弹什么的吧？"

她摇了摇头，笑了起来。"忘记那些搞政治的家伙吧。在这一行里我碰见过多少可以约会的对象？"

"能抓到一个是一个，而且一直也是如此，孩子。今天我所发现的唯一不同就是毒品。在我到过的地方，几乎到处都是那些原本前途美好的年轻吸毒者，有的锒铛入狱，有的干脆就吸死了。"

她那时自然想到了科伊。他并不是（也绝不可能是）她生命中的恋爱对象，但她对音乐还算有些鉴赏力，非常敬重科伊的职业（假如这能称为职业的话）。他是一个很好的朋友，在当时也不招人烦。虽然他吸海洛因的历史很长，但从来不会用那种可怕的曼森式眼神看着她。显然他需要把毒品从生命中戒掉。

"我很担心一个吹萨克斯的。"莎斯塔继续说道，她本不打算对伯克说那么多科伊吸海洛因的事，但最后就滔滔不绝了，"他没钱去找地方戒毒，但他需要这么做。这是唯一能拯救他的办法。"

伯克在太阳下安静地走了一会。两只狗跟了过来，伯克的狗艾迪生抬头看着他，扬起半边眉毛。"你看到了吧？这狗坐在电视机前太久了,他总看乔治·桑德斯[1]的电影。不,不——'你太矮了,做不了那个手势'[2]……不过现在让我想想,有一个康复项目,他们说非常管用。当然我不知道那个地方离你朋友家远不远。"

她下次见到科伊时,就把伯克的电话号码给了他。"然后科伊就失踪了。这没什么稀罕,因为他总是玩失踪。前一分钟还在这里,也许还在吹着独奏,然后下一分钟就,咦,他去哪里了?不过这次他虽然无声无息了,但却仿佛还有声音在人耳边。"

"这肯定是他第一次住进奥哈伊精神病院的时候。"多克说。

"第一次?他住进去过几次?"

"不知道。不过我的感觉是他是那里的常客。"

"所以他也许还在吸毒。"她脸上露出一丝不快。

"也许不吸了,莎斯塔。也许是为别的原因。"

"还可能是什么?"

"不管他们吃的是什么药,那种治疗方式都不能帮助瘾君子重新回到健康正常的轨道上去。"

"我本应该说,'好吧,科伊是成年人了,他有能力照顾自己……'不过,多克,他其实不是,所以我才担心他。并不仅仅是为了他,也是为了他的妻子和孩子。"

---

[1] 乔治·桑德斯(George Sanders):好莱坞著名男影星,以出演行为不端的性格角色而出名。1943年出演《六便士》(又译《画圣奇迹》),受到好评,1951年以《彗星美人》获第23届奥斯卡最佳男配角金像奖。1972年4月在西班牙巴塞罗那旅馆里服安眠药自杀。

[2] 这句台词来自乔治·桑德斯主演的电影《彗星美人》(*All About Eve*,1950)。

她第一次见到科伊时,他正在日落大道上和后普与阿米希斯特一起拦顺风车。莎斯塔当时开着她的Eldorado,但她记得当年自己也曾很多次在这条街上来来回回,希望能搭别人便车。所以,她决定载他们一程。科伊说他们的车出了故障,正在找修车店。后普和阿米希斯特坐在前排,而科伊坐在后面。这个小孩子真的看上去很可怜,脸颊绯红,无精打采。莎斯塔知道那满是针眼的手臂是因为海洛因。她明白这个小孩子的父母去好莱坞只是为了买毒品,但是她忍住了不要去教育他们。即使是在当时,她已经懂得了一个道理:身为米奇·乌尔夫曼的女朋友,她没有资格去学上流名媛的做派——这纯粹是运气,狗屎运,才让她们有了当时的地位,而回报这种运气(无论它多么短暂)的最好办法,就是在力所能及的时候帮助他人。

"你和米奇那时已经开始吸毒了吧?"多克忍不住问道。

"你这个爱管闲事的,去你的吧。"

"换句话说——你和科伊的太太相处得如何?"

"那是我唯一一次见到她。他们住在托朗斯的某个地方。科伊很少回家。我有没有给他我自己的电话号码?没有,过了几天我就去拉布雷亚,科伊正好在'平克'夜总会门口排队,看见我的Eldorado,立刻就从大街上逃走了。我们是不是一对?我是不是在背着米奇乱搞?你问的这是什么话。"

"我什么时候——"

"听着,免得你还不明白,我从来不是这一行里最有爱心的女孩。对我而言,根本没有理由把哪怕半分钟的时间浪费在病怏怏的吸毒鬼身上,就像科伊那样的,很显然他不会有好下场的。他不是我慈善计划的一部分,我们也没在一起注射毒品。不管怎样，你可以想想那些和你一起约会过的小妞——"

"好吧。不管你的目的是什么，你最后都救了他的命。他后来就成为了洛杉矶警察局的线人，还给'警戒者'做奸细，可能也包括金獠牙——这是一个组织，不是那艘船——目前为止已经有三个人送了命，这些人的死可能是他造成的，当然也可能不是。"

"等等。你认为科伊——"她支着一只胳膊肘，用通红的眼睛看着多克，"你认为我和这个有关，多克？"

多克摸了一下自己的下巴，然后把目光投到远处。"你知道吗，有些人说自己能有'心灵感应'。好吧，莎斯塔·菲，我拥有一种'鸡巴感应'，我的鸡巴感觉到——"

"很高兴我问你了。我正在做咖啡，你要点吗？"

"当然……不过现在，我多少有点怀疑……"

"哦？"

"当我说在荷摩沙看见科伊时，你似乎不是特别惊讶。"

她在厨房里沉默了很久，只有煮咖啡的声音。她回房间时在门口停了一下，露出半边臀部，膝盖微弯。莎斯塔的胴体很漂亮。"我曾经有次在劳瑞尔峡谷见过他，他让我发誓永远不向任何人提到此事。他说如果有人知道，他就完蛋了。但是他没有说具体细节。"

"听上去好像有人非常急于阻止这个事情的败露，可它还是败露了。科伊第一次拿假身份出来用的时候就露馅了。他到底认为将会是什么下场呢？"

"我不知道。当你开始做私家侦探这一行时，你是怎么想的？"

"我们情况不同。"

"哦？据我所知，你和科伊都是一丘之貉。"

"谢谢。为什么？"

"你们两个人都是不想当警察的警察。你们更愿意去冲浪、抽烟、泡妞，宁可做任何别的事，也不愿意干现在的职业。你们这些家伙一定以为自己是在捉拿罪犯，其实你们不过是人家的马前卒罢了。"

"天啊，伙计。"这可能是真的吗？多克一直都认为自己是在为别人奔劳，这些人如果付报酬的话，那也只是半盎司的大麻或者一个略微出格的小忙，再或者就是匆匆一笑（如果这是发自内心的话）。他开始挨个回忆他所能记得的那些付现金的客户，从克罗克·芬维一直到录影棚经理、投机时代的股市英雄、远方那些靠汇款度日的侨民（他们需要新路子去泡妞或者买毒品）、娶了年轻貌美太太的老头子（或者相反）……这份职业经历实在是太可怜了，他觉得自己和科伊为私利卖命的行为并无二致。

"见鬼！"难道真让莎斯塔说对了？多克此时一定脸色很难看。莎斯塔走过来抱住他。"对不起，我又耍演员那一套了，总说些刻薄话，管不住自己的嘴。"

"你觉得这就是我为什么疯狂想办法来帮助科伊摆脱那些人的原因吗？哪怕我自己都无法独善其身？因为我不能——"

"勇气，卡米尔[1]——你离洛杉矶警察局那帮人的境界还有很远呢。"说得漂亮。不过现在他开始有了疑心。

后来他们出了门，外面正在下小雨，雨水中混杂着海浪的咸

---

[1] 卡米尔（Camille）指的是《茶花女》中的女主人公。

湿味道。莎斯塔沿着海滩慢慢地逛着，穿过湿润的沙地。每次当她转身回头时，颈部的曲线都显得格外美，对此她心里很清楚。多克跟在她光脚踩出来的脚印后面，哪怕它们早已经被雨水和背影所湮没。他就像傻瓜一样在徒劳地寻找回到过去的路，尽管他们两个人都已经走向了未来。时隐时现的海浪正在拍打着他的精神，把思绪打碎，有些掉进了黑暗被永远忘却，有的却进入到他捉摸不定的意识中，不管他是否真的想面对它们。莎斯塔深深懂得这一点。忘记是为了谁——他究竟是在为何而工作呢？

十八

随着多克离洛杉矶的市中心越来越近，雾霾也越来越浓，到后来连一个街口之外的地方都看不清了。所有人都把车前灯打开了，他记得在自己身后的某个地方，在海滩那边，此刻依然是加州最有特色的灿烂晴天。他此行是要去拜访艾德里安·普鲁士，所以决定少抽点。这时他眼前突然升起了一个黑乎乎的隆起物，它有着金属的灰白色光泽，大概有直布罗陀岩山[1]那么大。多克完全不知道该如何解释这看到的一切。其他车辆在旁边驶过，没有别人注意到这个东西。他想到了索梯雷格提到的沉没大陆，会不会是它又回来了，重新在洛杉矶那迷失的腹地中崛起呢？他怀疑假使它真的出现了，又有谁会注意到呢？这个城里的人们只看得到那些他们一致同意去看见的东西。当他们在高速公路上开车上班时，他们相信的是电视，相信的是早上的报纸（有一半的人会读报）。他们都梦想能变得聪明起来，梦想真相会让他们自由。利莫里亚会给他们什么好处呢？尤其当他们发现这个地方是昔日的家园，很久很久以前他们被放逐离开，现在早已记不得它了。

AP金融公司坐落在中南大街和一条废弃的河沟之间。这里曾是印第安人、流民和午夜酒吧里各色各样买醉者的家园。公司建在一段看似空旷的街道上，周围是老旧的铁轨，在草丛间弯曲延伸，两旁砌了砖墙作为遮拦。在大街两旁，多克注意到有六七个年轻人,他们不是在溜达或者做事,而是全身紧张地摆着姿势,仿佛在等待某个"稍息"命令的生效。好像他们在那里就是要做这件事情,这是一个特别的动作,剩下的事情都不重要,因为别的东西都会由上帝、命运或因果报应去负责。

在公司前台有一个女人,她给多克的印象是刚刚打完了一场糟糕的离婚官司。她脸上的妆很浓,给她做头发的人应该是正在戒烟,她完全不知道该如何打理身上穿的迷你裙,就像是某个不知道该拿维多利亚式长礼服怎么办好的小明星。他本想说的是"你没事吧",结果还是告诉她自己要见艾德里安。

在艾德里安办公室的墙上有一张裱起来的结婚照片,是很久以前在欧洲某地拍的。桌子上有块吃了半边的油炸面包圈和一个纸咖啡杯,艾德里安坐在后面,默默地注视着多克。市中心闷热浑浊的日光透过他身后的窗户照射进来,这种光不可能来自任何稳定或者纯粹的拂晓,因为那种光线模式更适合大局已定的情形,所谓的谈判往往只是走个过场罢了。在这种光线下,很难看透任何人,更别提艾德里安·普鲁士了。不过多克还是试了一下。

艾德里安有一头银色的短发,偏分的发际线上露出粉红色的头皮。如果不看头发,只是盯着他的脸看,多克发现他还是很年轻的,和青年人那种乐观的样子相差不多。可能是还没到时候,也可能命中注定他永远都不会变成那头白发所象征的刻苦能干的形象了。他穿着天蓝色的针织西服,还配着软塌塌的摆边,手上

---

1 直布罗陀岩山(The Rock of Gibraltar):侏罗纪时期的石灰石山,高1396英尺,坐落于伊比利亚半岛,有时也被称为"大力神之柱"。雄伟壮观的直布罗陀岩山是大约5500万年前非洲板块与欧洲板块猛烈碰撞的产物。

戴着的劳力士"切利尼"系列款的手表,尽管这表似乎没有走,但他还是会不时看看它,以便让来访者知道他们浪费了他多少时间。

"你来这里是因为帕克的事?等一会,这太狗血了——我记得你,你是佛瑞兹侦探所里的那个家伙,在圣莫尼卡,对吧?我曾经把自己那个特别版的卡尔·亚斯崔斯基[1]球棒借给你,让你去找一个欠着儿童赡养费不还的家伙讨钱,你追着他坐的'灰狗'长途汽车,最后把他从车上拽下来,但又不肯用棍子。"

"我当时就想解释来着,这其实是因为我非常崇拜亚兹。"

"干这一行的犯不着扯那些犊子。你最近混得如何?还是在帮人要债?或者当了神父?"

"私家侦探。"多克觉得没有理由去隐瞒。

"他们居然给你发执照?"多克点了点头。艾德里安笑了。"那是谁派你来的?你现在为谁工作呢?"

"就是胡打乱撞,"多克说,"花的都是我自己的时间。"

"回答错误。你觉得自己还剩下多少时间,孩子?"他又看了一下那块不走的手表。

"我正打算问你来着。"

"让我打电话招呼合伙人过来一下。"门开了,径直进来的那个人根本不管这个门是开着、关着或是锁着。他正是帕克·比佛顿。

这看上去可不妙。"你好啊,帕克。"

---

[1] 卡尔·亚斯崔斯基(Carl Yastrzemski):曾是波士顿红袜队的著名棒球运动员,绰号是亚兹(Yaz)。

"我认识你吗？我不觉得啊。"

"你很像我曾经碰到过的一个人。我错了。"

"你的错，"帕克说，冲着艾德里安·普鲁士，"我和……能有什么关系啊？"他把脑袋斜对着多克。

"今天还有很多事呢，"艾德里安说完就出了门，"我对你们的事可一无所知哦。"

"终于就剩我们俩了。"多克说。

"记忆力不好有时候能帮忙，"帕克建议说。他坐在艾德里安的老板椅上，卷了一根比正常尺寸更长的大麻，就多克的观察，好像用的是 E-Z 牌宽卷纸。帕克点上火，深深地吸了一口，然后递给多克。多克想都没想就接过来抽。多克后来才知道，原来帕克经过多年的学习，已经在波义尔高地[1]的一所忍者学校掌握了所谓的"假吸"技巧，他可以让自己和受害者吸同一根大麻烟，使多克麻痹大意，以为这根烟很安全，而其实里面装的"天使粉"[2]足以晕翻一头大象，这显然是派德药厂[3]发明这种迷幻药时的最初目的。

"迷幻药能诱使你穿过一道门，"丹尼斯常说，"而天使粉可以打开这扇门，把你推进去，然后把门重重地关上，再合上锁。"

过了一会，多克发现他和自己并排走在街上（也许是一条长

---

1 波义尔高地（Boyle Heights）：洛杉矶市地名。

2 "天使粉"（PCP）：化学名叫"苯环己哌啶"，是一种强力麻醉药中的活性成分，有很强的致幻效果。

3 派德药厂（Parke-Davis）：曾是美国最早和最大的制药厂，现在是辉瑞公司旗下的一家子公司。

走廊)。"嗨。"多克说。

"哇,"多克答道,"你就和镜子里看上去一样啊。"

"太好了,因为你看上去不像任何东西。哥们,你其实是隐身的!"一段经典难忘的嗑药幻觉就此开始,虽然瘾君子们多半记不住什么事。这里似乎有两个多克,一个肉眼可见,他就相当于多克的身体,另一个隐而无形,代表了他的思想。据他的了解,这两个多克斗得很凶,而且这种不和睦已经持续很久了。更糟糕的是,这一切还伴随着麦克·科布为《大反弹》[1](1969)写的音乐,它可能是有史以来最糟糕的电影配乐。对两个多克来说,幸运的是他们这些年来已经历了足够多这种意外的旅行,所以已经学会了一套有用的臆想症技巧。甚至在现如今,虽然多克会偶尔惊讶于一些恶作剧者的做法(如在看似正常的鼻吸瓶里放满硝酸戊酯,或者某个面颊绯红的小孩子请你咬一口用佩奥特仙人掌做的火炬冰淇淋),但他知道这种被下药的耻辱可以帮助他,以及与他敌对的那个多克,安然渡过任何凶险的嗑药反应。

至少直到现在还是如此。但这时,有个东西出现了,它也不算是凭空出现,而是来自某个邪恶无情的国度。它很高大,穿着袍子,长着硕大无比、恶气腾腾的金色大獠牙,亮闪闪的眼睛打量着多克,这种方式既令他厌恶又似曾相识。"你可能已经猜到了,"它低声说道,"我就是金獠牙。"

"你的意思是,这就像埃德加·胡佛'即'联邦调查局?"

"不完全是……这名字来源于他们最恐惧的东西。我是不可

---

[1] 《大反弹》(*The Big Bounce*):根据传奇犯罪作家艾尔墨·莱昂纳多的小说改编的电影,讲述了一个居无定所、逃避法律的天才在夏威夷的历险故事。

思议的复仇力量，当他们黔驴技穷，而所有别的制裁手段都无效时，就会求助于我。"

"好吧，我能问你点事情吗？"

"关于布拉特诺德博士？布拉特诺德博士遭遇不测是因为他在分摊盈利时使了诈，他的同党们因此看不起他也是可以理解的。"

"那么你实际上……应该怎么说来着……"

"咬？用这些牙齿，"它狰狞地笑了一下，"刺进他脖子里？对。"

"哦。好吧。谢谢你澄清了这一点，獠牙先生。"

"哦，请叫我'金'。"

"他疯了。"有人说道。

"我没有。"多克抗议说。

"来，这个应该可以让他冷静下来，"接下来他发现一根针刺入了手臂，他自然而然地问了句，"这是什么——"他还没来得及说完就醒了，幸运的是没有昏迷太久。他躺在一个房间里，手被铐到监狱式的铁床上。

"——操！让我换句话说，那大麻里装的什么？"

"感觉好点了吗？"说话的是帕克，他用一种非常邪恶的方式斜眼看着多克，"我不知道你原来只是个周末勇士，只能去便宜地方喝点啤酒。"

多克不知道该如何答他，但很清楚的是帕克故意给他下了药，给某人借口去注射镇定剂，并把他搞到了这里。这是哪里？他觉得自己听见周围有海浪声……也许是隔着屋梁听到的。

"又是你，帕克？你太太怎么样？"

"谁告诉你这个的？"

"哦。发生什么事了？"

"超医学曾给她带来了希望，要比你刚才吃的药好。"

"你对她做了什么，帕克？"

"我没逼她任何事情。这他妈和你有什么关系？"

"人们忘性多大啊。我就是为你们两个牵线的月下老人啊。"

"别为她担心，我知道怎么照顾她。我甚至知道如何照顾你。不过，还是有些事情我得告诉你。是关于格伦的。"

"格伦？"

"听着，斯波特罗，在他们干掉他之前，我真的警告过他。"

"在他们干什么之前？"

"格伦一直都是目标，他是个自作聪明的家伙。他帮着搞枪的组织根本不信任他，而兄弟会那些人也把他列上了黑名单，视他为种族叛徒。"

"你告诉我这些是因为……"

"你是我知道唯一还关心格伦命运的人。他和我，我们曾经一起在道上混，我为他挨过刀，他为我关过禁闭。后来我背叛了他，帮别人一起陷害他。我很操蛋，对吗？不过我至少应该给他打个电话，对吧？"

"你警告了他？为什么他不闪呢？"

"这是他做过的头一遭光明正大的事。这个傻瓜说，'保护米奇是我的职责'。事实上，你和格伦都属于同一类型的傻瓜。"

"我不想打断你，不过我们这是在哪里？我什么时候能离开这地方？"

"当你不再具有危险性以后。"

多克很快搞懂了状况。他被铐着，有人拿走了他的斯密斯手枪。"我不确定，不过我属于毫无危险性的人啊。"

"艾德里安在城里办些事，但他很快会过来，然后咱们就可以继续谈自己的事。想要香烟吗？"他等着多克点头说好，"太可惜了——我戒烟了，你也应该戒的，混球。"

帕克拿过来一张折叠椅，把它向后拉开。"让我告诉你一点艾德里安的事情吧。他干的一级谋杀案多得数不清，每次却能安然无恙。放高利贷其实只是他白天的工作。当百叶窗关上以后，当最后那些大麻被邮走以后，当血汗工厂的人们和那些吸完小包毒品的混混去了他们要去的地方，当空荡荡的街上再次恢复了宁静——这时艾德里安就开始工作了。"

"他是个杀手吧。"

"一直就是，不过他直到几年前才明白这一点。"

按照帕克的解释，艾德里安从一开始就懂得了这个道理：当人们付利息借钱时，其实买的是时间。所以，如果谁不能支付这笔手续费的话，唯一公平的解决方式就是把这些人的私人时间再讨回来。这种时间货币更加珍贵，它包括这些人还剩下多少年的活头。严重肉体伤害不仅仅意味着痛苦，它还带走了这些人的时间。那些他们原以为属于自己的时间现在只能花在住医院、看大夫、物理康复之类的事情上，而且每件事耗费的时间都较常人更久，因为他们会行动不便。所以，自艾德里安入行以来，他从来干的都是为钱杀人的买卖。

有一天，艾德里安出门巡视，顺道拜访了洛杉矶警察局扫黄组中的一位客户，此人偶然提到（也就是瞎胡扯）在电影圈里活跃着一个边缘人物，他既是色情片摄影师，同时也是个皮条客，涉足于脱衣酒吧、模特经纪公司和"专业出版"。警察局似乎非常迫切地想摆平此人，因为他记录了一份十分详尽的材料，上面有位于萨克拉门托的一家色情集团的内幕。他现在威胁说，除非拿到一笔钱，否则就要将这份材料公布于众。此人不太识趣，不知道当局根本不可能答应这种要求，而根据他所掌握的黑材料，哪怕是那些轻微的指控（不管是否属实），都足以让里根州长丢掉乌纱帽。

"州长现在有宏图大志，美国的未来就在他手上，他能给美国历史写下浓墨重彩的一笔，艾德里安。"

虽然艾德里安的选票上已经有了很多中意人选，许多都和"路易斯维尔斯拉格"[1] 棒球杆有关，但他心里确实暗暗地恍然大悟。这种宿命的彻悟也许和他总是投共和党人的票有关。

"好，就算作为一个爱国的美国人，"艾德里安说，"我也要自愿做这件事。我唯一的条件是，不要抓我坐牢。"

"你看这样如何，我们先起诉你，然后你提出抗诉，最后在开庭前我们就把你放了？"

"太好了，不过为什么要先抓我呢？为什么不直接宣布这个案子破不了？"

"因为联邦经费。我们的经费由每年的破案率来决定。这个规矩是，我们破的案子越多，我们的日子就越好过。"艾德里安

---

[1] 路易斯维尔斯拉格（Louisville Slugger）：美国最著名的棒球杆生产商，有超过125年的历史。

当时肯定显得有点不太自在,所以警察又补了句,"我们可以保证——对你没有任何不良后果,无论是法律上还是别的方面。"

虽然他并不太愿意领教被捕和传讯这一套,尤其不想花那些律师费,但艾德里安还是觉得这些代价花得值,因为它能带来一种冷酷刺激的惊悚感,而且越到事情临近时,越感觉强烈。这种感觉其实很性感,就像是色诱。

他于是找人绑架了这个目标,把那家伙带到商业市[1]的一家空仓库,并雇了几个专门搞性虐的同性恋人士。"不要弄得太狠,"艾德里安说,"只要把他弄出感觉就够了。然后你们就可以闪人。"

他们看了一眼艾德里安,又看了看客户,然后又相互看了一下,耸了耸肩,便开始干活。他们的原则是"不该问的不问"。当他们拿到钱并离开以后,就轮到艾德里安上阵了。

"你毒害了那些单纯的人们,"他告诉自己砧板上的鱼肉,此人现在已经满是瘀伤和鞭痕,下身由于欲火难耐而勃起,"你不仅仅让无数渣滓痞子整日沉溺于幻想着那些长着纯金色体毛的女人阴户和男人巨屌,你还毁掉了他们的家庭生活,你让他们挥霍浪费了那么多的钱,结果他们最后只能来找我——找我,操——仅仅是为了付房租。而且,你居然还有这种傻瓜胆子去招惹像罗纳德·里根这样的人?你甚至想把自己和他放到一起去?哥们,你犯大错了。事实上,你也没命再去犯更大的错了。所以,混球,开始祈祷吧,因为我向你严正声明,你已经时日无多了。"

---

[1] 商业市(City of Commerce):加州城市名。

艾德里安前一个周末特意去市郊各家商场转了一下,在家居商店里搜罗了一堆工具,他现在就要把它们拿出来用了。不用说,受害者的阴茎是要被特殊关照的对象。

当艾德里安的工作结束以后,他将被肢解的尸体收起来,开车带到数英里之外在建的高速公路上,然后把它扔到将要浇灌混凝土的桥柱模具里。艾德里安的朋友们认识一个水泥搅拌机操作员,此人拿了笔丰厚的酬劳,帮助把遗体封在里面,使之成为垂直的墓穴,里面立着一尊肉眼看不到的雕像。权力机关当然不希望去纪念这人,而是巴不得他从这个地球上消失。直到今天,艾德里安在高速公路上开车时,还是会禁不住想知道,他眼前这些桥柱里面究竟有多少藏着尸体。"这赋予,"他高兴地评价说,"'社区栋梁'以新的意义。"

除了确定自己在案发傍晚曾和受害人一起出现在西好莱坞的酒吧里,艾德里安还为自己设计了一大堆旁证。他在仓库里的两个助手被鼓励站出来作证,而且艾德里安故意在仓库周围留下了血迹和指纹,以便让警察调查。当然,这些警察一如既往地会把现场破坏得一塌糊涂。虽然水泥搅拌工神秘地失踪,还是有很多工具店员工能认出艾德里安,指认他曾经买过在仓库发现的那些东西,这些工具上的血迹被认为是受害者留下的。但是,没有人真的想办这个案子。艾德里安签署了一份联邦的官差们可以接受的声明,然后就大摇大摆地出来了。

就这么简单。他的生命好像出现了转折。正如他后来发现的那样,警察局希望能清除掉的恶人名单似乎是看不到头的,秘密名片夹里装满了私家包工头的名字,这些人都希望能揽到这种生意。因为联邦方面给地方警局的拨款非常丰厚,他们对于报价也通常非常满意。

在之后的数月直至多年里，艾德里安的工作专门集中在对付政治分子——黑人和墨西哥裔活动家、反战人士、校园爆炸犯，还有各类赤色分子，最后对于艾德里安来说，这些人都没什么差别了。他选择的武器通常是自己收藏的垒球棒，虽然偶尔还是会接受他人建议用一下枪。这些枪原来都在时空相距遥远的其它犯罪现场，但却神秘失踪并出现在艾德里安那里。他成了帕克中心的常客，那里的人并不总是知道他的姓名，但对他的存在却从来不闻不问。这就像发现了一段军旅生涯。在如瞎子摸黑一样误打误撞了多年之后，艾德里安终于发现了自己的人生事业，并宣布要改头换面。

可是有一天，他那神秘的恩主（洛杉矶警察局）竟然要求他去干掉自己的成员，这可让艾德里安非常吃惊。这到底是怎么了？他们知道他是专门搞那些政治分子的。

"干掉一个条子？这事我就不懂了。你该怎么说来着，是不是有点神奇？除非我这里搞误会了……"

"在职场上，"他的接头人解释说，"总是有一些规矩。人和人必须有信任。所有事情都依靠这一点。这是容不得讨价还价的。"

"这个警探……"

"这么说吧，他破坏了规矩。"

"当了联邦政府的奸细吗？或者类似的行为？"

"我们最好还是不要谈这个。"

事实上，艾德里安记得这个警探的名字，文森特·因德利卡托，此人不时会向他的公司借点钱——并不是那种赖账的客户，每次都能按时连本带利还钱。艾德里安恰好还知道的是，帕克·比佛顿和因德利卡托很早之前就结了仇，当时帕克正好取保候审，而因德利卡托抓他的原因不过是些鸡毛蒜皮的小罪，仅仅是关于一粒大麻种子。

艾德里安一度试着要像仇恨赤色分子和 A 片摄影师那样仇恨因德利卡托，但是不知怎么搞的，他做不到。最后，他把帕克给喊了过来。

"帕克，你看，我已经尽量去帮你摆平被捕的那桩破事，但他们就是不肯松口。"

"别急，普先生，"帕克答道，"这种案子就是在错误的时间碰见了错误的警察。文森特·因德利卡托是我在警局里最他妈痛恨的人，他也同样恨死我了，所以他不会放过我的。"

"这和艾纳有关系吗？"

"这个可恶的条子，只要他有机会……就会把艾纳在路上拦下来，然后毫无理由地带到局子里……纯粹就是出于对同性恋的仇恨。而艾纳，他是那么的单纯，就像一个小孩子，他不明白这事有多么邪恶，不知道这是专门针对他的。因德利卡托是个婊子养的，他就应该被抓起来枪毙。难道就不能找个正儿八经的罪名抓我吗……也许这样我就算进去了，也没人敢小瞧我。"

"既然你提到这个……"艾德里安把他受雇杀人的来龙去脉解释了一通，以及他为什么每次能安然无恙从警局里出来，"我这次真的没有什么特别的杀人欲望。我的意思是，这个因德利卡托，他是客户，也是一坨屎，不过对我来说，他无足轻重。我可以动手杀了他，但是那又如何？激情从何而来？你懂我的意思吧？不过，如果换了一个真正对他恨之入骨的人——"

"你的意思是……让我去干这事——"

"不过他们最后逮捕的是我。假如你真的又因为别的什么轻罪坐了牢,我会让人捎话进去,说其实是你干掉了那个逮捕你的警察。这样你在监狱里的声望很快就会变得如日中天。"

于是这事就这么办了——艾德里安接下了这单买卖,帕克负责实施。若是换了一个完善的司法系统,这两个人都要因为谋杀罪而坐监,但为了把他们保出来,本身制度漏洞百出的洛杉矶警察局会不厌其烦地用尽各种办法。"最后为了万无一失,"帕克总结说,"那个该死的私藏大麻种子案还没来得及开庭就已经被摆平了。很酷,对吧?"

"还有一个问题,"多克说,"我们只是在这里闲聊一下。到底是谁雇的艾德里安?"

"谁他妈在乎啊?警察干警察,这事张嘴问都是浪费口舌。"

"不是的。就像斯波克先生[1]说的那样,再告诉我多一些吧。"

但是他们两人都听见车库里有车子开进来的声音,然后门被推开。很快,外面传来了艾德里安那低沉但却清晰可辨的声音:"帕克……我回来了……"

帕克站了起来,多克看到他脸上的表情,发现这位阳光大男孩的疯狂已经非常彻底和危险。但和平日一样,多克的这种发现总是姗姗来迟。"多克,今天准备了特别东西款待你。我们刚运

---

[1] 斯波克先生(Mr. Spock):是科幻电影《星河舰队》中瓦肯和人类的混血儿,外形是尖耳朵、西瓜太郎头。

到一批高纯度的货，从金三角再到你跳动的血管，这一路上还没有哪个白人试过这东西呢。要想把谁从暗杀黑名单上永远抹掉，还有很多更可怕的办法。我这就出去帮你弄点来。"

他注意到多克低头瞅了一眼自己脚踝上空空的枪套，于是冷笑了几声。多克发觉帕克脑袋上的纳粹标志也眨巴了两下。"是，枪在这里呢，"帕克拍了一下自己的夹克衫衣兜，"你很快就能拿回来，不过我可不敢说你还有能力使用它。现在你先别乱跑。"他离开时关上了门，锁也死死地扣上了。

多克知道一种非常简单的开手铐的办法，这在他开始和洛杉矶警察局经常打交道以后就学会了。只要把圆珠笔上的金属扣针掰下来就能搞定，只是他们在卸枪时连笔也拿走了。不过，多克总喜欢在裤子各个口袋里放两三张塑料垫片，都是那种很松的口袋，塞进去也不惹人注意。这些塑料垫片是他很久以前从一张布罗克商场[1]的过期购物卡里割下来的，都是莎斯塔留下的东西。开锁的原理是将塑料条片插进手铐中，让制动爪打开，同时封住棘轮齿，让制动爪无法重新啮合。

多克花了好半天工夫，先是上下蠕动，又是肌肉使劲，再是身子半朝下，这才成功地让其中一张垫片从口袋里掉了出来。多克最后终于把手铐给弄开，翻身下床，四下观察了一番，却没发现什么新情况。这个门被设计成无法从里面打开，也找不到什么可以撬门的东西。他把折叠椅拿过来放到顶灯的下方，站在椅子上把灯泡给拧了出来。屋里变成漆黑一片。等到他设法从椅子上下来时，脑海中浮现了从前的一些情景，也许是他们给他吃的那

---

[1] 布罗克商场（Bullock's）：位于洛杉矶市内，始建于1907年。

颗大象麻醉药还在起效。他看见了一些从前熟悉的形象，譬如那些来帮他的精神导师，"大悟"和蒂瑟先生[1]，兔八哥和约塞米蒂·萨姆[2]，大力水手和布鲁托[3]，他们在被涂成绿色和红紫色的尘雾里激烈转动。多克突然明白了，原来他属于一种源自古代的武侠传统，反抗权暴、击退雇凶和英雄救美其实都是一回事。

他听见门外有动静，但却听不见人说话。有可能只是帕克。多克手里拿着半边手铐，另一边则打开静候着。帕克打开门，刚注意到里面的黑暗，还没来得及说"哦噢"，多克就已经扑了上去，用手铐一头来回抽打着他的后脑勺，接着用扫堂腿把他撂倒在地，然后压在他身上。多克使出浑身解数，抓住帕克的脑袋，不停地朝大理石门槛闷声猛撞，直到血涌得到处都是，把一切都弄得滑溜溜的。

帕克摔掉了一个盘子，上面有汤勺和装着针管的注射器，但什么都没有砸破。"好的，你去死吧。"他从帕克的口袋里找到了自己的手枪、钥匙串、一包烟和打火机——这个吝啬的混球竟然连这个都撒谎。多克一边竖着耳朵听艾德里安来没来，一边小心翼翼地把海洛因溶好，吸到针管里，然后也不管针尖里有没有空气，就径直把毒品注射到帕克脖颈里，大概位于颈部动脉的地方。他把推塞一直推到底，然后把帕克铐住，以防他醒过来。他拿起自己的皮凉鞋，然后溜到外面的走廊。看上去这里并没有人。他点上一根帕克的薄荷烟，小心翼翼地吸着，因为担心里面

---

1 大悟（Dagwood）和蒂瑟先生（Mr. Dithers）：长篇连环漫画《勃朗黛》（*Blondie*）中的两个死对头。

2 约塞米蒂·萨姆（Yosemite Sam）是兔八哥（Bugs）的仇敌。

3 布鲁托（Bluto）是大力水手的情敌。

还藏着天使粉。多克凭借着海浪的声音作为指引,朝着他认为是街上的方向走去。

"帕克?"艾德里安站在走廊的另一头,手里拿着手枪,刚等他举枪射击时,多克就逃走了。子弹打中了旁边挂着的一口巨大的越南铜锣,发出的声音很纯粹,就像是钟声,萦绕着整个楼房。多克跑到一个很大的屋内天井里,前方有个房间,里面围着一圈沙发,还有拉着窗帘的落地窗。海边的夕阳透过窗帘的缝隙照了进来。他能看见,但也不甚清楚。多克溜进房间里,滚到沙发后面,脱下一只皮凉鞋,然后朝着艾德里安的方向扔了过去。这从天井里引来一声枪响。房间里此时枪声大作,而那口锣还在鸣奏着。多克凭着感觉发现艾德里安正朝他悄悄走来,于是等到一片厚厚的黑影映入眼帘时,他立刻开枪射击,自己则马上滚到旁边。一个人影倒了下来,就像是给时间的嘴里塞进了迷幻药。这时枪声停止了。多克等了五分钟,也许是十分钟,直到他听见这个黑黢黢的房间某处传来了哭泣声。

"是你吧,艾德里安?"

"我正在操午餐肉呢,"艾德里安啜泣道,"哦,见鬼……"

"我打中你了?"多克说。

"你打中了。"

"我猜是致命伤吧?"

"感觉像是。"

"我怎么能确定?"

"也许十一点晚新闻会报道的,混球。"

"呆在那里,不要唧唧歪歪。我去叫人。"

他站起来去找电话,似乎也没人再向他射击。当他打电话叫救护车时，听见地板的正下方传来了动静声，他猜那里应该是车库。他找到楼梯，小心翼翼地走下去想看个究竟。

有个人正忙着从林肯欧陆[1]汽车的后备厢里卸下一个二十公斤重的包裹，此人正是比格福特·伯强生。比格福特看见多克时并不惊讶。"你照顾好他们了吗？有没有我能——"

"比格福特，我操，你设陷阱害我。这是怎么回事，你难道没有胆量自己做吗？"

"很抱歉，我和警局队长之间的私人恩怨太缠人了，刚好又看见你在搞这事。"

"那个，是我想的那种东西吗？"

多克的心咯噔了一下，就如同大团积雪停在高高的山坡，正等待着雪崩的指令。比格福特耸了耸肩。"这个嘛……这只是一包。还有更多的呢。留下来的足够当证据了。"

"啊，你搬的这个东西在市面上的价值要比你们警察想得高。比格福特，比格福特，我看过那个电影，哥们。据我所知，那个角色最后的下场很惨。"

"我这是不得已而为之。"

车库门打开了。比格福特把包裹运到一辆停在车库门口的1965年产的"英帕拉"边上，打开后备厢，然后把东西放了进去。

"你要吞的货可是金獠牙的，哥们。这个组织深不可测，如果你还记得的话，那天夜里就是他们在贝尔艾尔干掉了自己的手下。"

"当然，那是按照你精神错乱的说法。我们部门现在把重点

---

[1] 林肯欧陆（Lincoln Continental）：福特汽车公司生产的一款轿车。

可是放在丈夫报复杀人身上，嫌疑人的名单那可是相当的长。我能载你一程吗？"

"不！你知道吗，我操……事实上，我想干你老母。我宁愿走路。"他转过身走开了。

"哦，"比格福特说，"好敏感的人。"

多克继续往前走。太阳刚刚落下，在世界尽头的上方还残留着一抹诡谲的晚霞。他步行时，发现这一带的灰墁小别墅和海滩小屋愈发感觉眼熟，过了一会他终于想起来，原来这是古莫马克斯道。根据佩妮给他看的那些档案，艾德里安的房子就在这里，而比格福特的搭档也是在这里被射杀的。主动脉血管一头连着冲动的情绪，一头连着那已被遗忘的过往，它两个方向都是上坡路，不管这么多不符合几何老师在课堂上的讲法。在搭档死后，说不定比格福特曾无数次来到这里呢，他那时的心情该多么激动而又无助呢？

多克克制住自己的冲动不要朝后看。让比格福特做自己的事去吧。这里离巴士车站应该只有一两英里，多克也需要锻炼一下了。他能听见棕榈树上风吹过的声音，也能听见海浪有节奏的拍打。不时会有轿车从身边驶过，估计又有人要去忙什么费力不讨好的事情，有的车上开着收音机，有的则冲着多克按喇叭，因为他是行人。不久多克就注意到马路对面有个很漂亮的简易浴室，是供冲浪者用的。它的门口停着一辆1959年产的卡迪拉克灵柩车，车窗摇上了，看不见里面，根据多克的观察，上面的镀铬非常货真价实。旁边还放着几个死者曾经用过的长冲浪板。他于是想过去瞧个究竟。

突然他视线中闪过一个东西，就像是在原本荒弃的房子里看到了活物。他急忙蹲到灵车后面，拔出自己的斯密斯手枪，而前方街灯下出现的那个人正是艾德里安·普鲁士。

怎么搞的？

要么就是多克幻想自己杀了艾德里安（这倒是不无可能），要么就是艾德里安只是受了点伤，已经设法从后门离开，沿路到了海滩，并穿过花圃，又来到街上。

"我操，你们这些嬉皮士真容易被骗啊。"艾德里安听上去状态不佳，但多克此时此刻不敢随便乱猜了。

"艾德里安，你可以继续走你的路，你还可以安然离开，不要让我留你，那你就完蛋了。"

"在看到你那么对帕克以后，我就不想走了。我就是要来找你的，混球。"多克蹲在最后一抹落日余晖之下，盘算着能不能爬到灵车下面，然后对着艾德里安的脚来一枪，"也许你有时间再开一枪。不过你总得站起来露出身子开枪，这一切必须做得很漂亮才行。在你开枪的刹那我就会看见你，我会把你脑袋崩掉。"

在古莫马克斯道的远处，多克听见了警笛的声音。似乎还不止一辆，而且声音越来越大。"你看，我帮你叫了救护车。"

"谢谢，"艾德里安说，"你实在是太有心了。"说完他就一头扎倒在了街上。多克最后终于探出身子察看，发现他似乎一动不动，早就断了气。

多克回头望去，看见艾德里安的房子前闪着警灯——有一辆救护车，还有两三辆警车。他们肯定正在和比格福特说话。最好还是继续这次傍晚的散步之旅吧，沿着古莫马克斯道往北走。他可不是要逃离案发现场啥的，对吧。他们会看见艾德里安的尸体，他们可能会来抓多克，也可能不会。他们可能现在抓他，也可能日后再说，这又有什么了不起的。从理论上说，他刚刚杀死了两个人，会有长达几个月（也许几年）的麻烦等着他。不过话说回来，他可不会再回到这里。

他试着回忆了一下《明亮飘忽的爱蝴蝶》[1]的歌词，只听见后面响起了悦耳的轰鸣声，他认出了这是 V8 发动机经由樱桃炸弹玻璃纤维消音器[2]排出的尾气声。车上的人正是比格福特，他把车速减慢，停在多克旁边，并把车窗摇下来。"你上来吗？"

当然。多克上了车。"你的 El Camino 在哪里？"

"在修呢，需要换个圈子。这是恰斯提提的。"

"那……我们现在就闪吧。"

"别担心，斯波特罗，一切都会搞定的。"

"当真吗？"

比格福特举起三根手指头，就像是童子军宣誓，不过区别是这些指头有点，怎么说呢，不直。"一半一半吧。"

比格福特一直把车开到圣地亚哥高速公路上时才重新开口说话。"你说得对，我知道这事本来应该由我做的。"

"这是你和那个谁之间的事情，哥们。也许是你搭档的鬼魂。"

---

1 《明亮飘忽的爱蝴蝶》(*The Bright Elusive Butterfly of Love*)：歌曲作者和原唱是 Bob Lind。
2 樱桃炸弹玻璃纤维消音器 (Cherry Bomb Glasspack)：一款汽车排气管，有降低噪音的效果。

比格福特把车载收音机打开，正好对准了某个轻音乐频道——也许调台旋钮被焊死了。播的是格伦·坎普贝尔[1]的作品串烧。比格福特满脑子想的还是古莫马克斯道。"文森特是从纽约过来的，你知道吗，我花了一周时间才听懂他说的话，并不是因为有口音，而是那种说话节奏。然后我也开始用那种方式说话，于是所有人都听不懂我了。我现在还总是问自己，那天我是不是能为他争取一些时间？不过他总是动作那么迅速。我们来古莫马克斯道，因为他说自己接到了线报。还没等我把车停好，他就已经冲出车门，进到屋里。我知道会发生什么事情。我呼叫增援时听到了枪响。我一度只是在那里傻乎乎地喊叫，文森特，你在那里吗？是的，他在里面，但人却死了。可怜的家伙，他迟早是要遭遇不测的。尽管他们搞得很疯狂，但我在他之前和之后再也找不到当时的那种安全感。很难和外面的人解释这个，不过我真的……真的亏欠他很多。"

比格福特开了一会儿。多克说道："喂，你说的全是真的吗？我开始还以为是你干的呢。"

"以为是我干的？会是我杀的文森特？我自己的搭档？天啊，斯波特罗，你能不能不要总这样嗑完药以后胡乱猜疑了？"

"你爱怎么说就怎么说，比格福特，这是正常反应，对吧？我怎么会知道你们那帮人在搞什么鬼？你们那些人躲在蓝色铁幕下，偷偷摸摸玩一些权力游戏，我们哪里想得到？"

比格福特没有答话，但是多克常常能听到他的沉默，这次他

---

[1] 格伦·坎普贝尔（Glen Campbell）：美国著名的乡村音乐歌手，他也曾演唱过《明亮飘忽的爱蝴蝶》。

仿佛说的是：有太多鸡巴烂事是你不能知道的。

多克还是想再继续刺激他一下。"有可能警局把你们两个人都列上了黑名单，这样一来，把他搞倒就能帮助你恢复名誉，对吧？"

"你根本不知道自己在说些什么。真的感谢你的关心，不过这事是归我管的，好吧？我是一个杰出警察，记住这一点，我必须要对这里的方方面面都负责。"

"不，比格福特……不，你知道我觉得你其实是什么人吗？我觉得你就是洛杉矶警察局的查理·曼森。你是个邪恶的疯子，在这个小小的警察王国的心脏高声尖叫，没有什么事能影响到你，也没有什么人能管到你。如果有一天你醒来时心血来潮想把这个王国给毁掉，那他们就可得祈求上帝保佑了，因为那时警察会和警察干起来，当硝烟散尽，一些鸟儿就会在玻璃大厦的空角落开始筑巢。当然，还会有破碎的玻璃和残片。"

比格福特似乎对这样新的性格解读非常得意，于是把车速加到八十五或者九十英里每小时，并且很高兴地（你也可以说是自杀式驾驶）在车流里穿梭摇摆，就像是高速公路的传统驾驶风格一样。这时，恰斯提提·伯强生的车载收音机里传来了慢吞吞的铜管乐和半嬉皮风格音乐的切分，这种不敬的编曲正是赫伯·阿尔伯特的风格。多克愈发恐惧地意识到，原来这是在翻唱"俄亥俄快车"的那首《亚米亚米亚米》。他想去调音量按钮，但却被比格福特抢了先。

"如果你感兴趣的话，我可以告诉你一件事，"多克说，"帕克对我说，其实是他开的枪。艾德里安负责收钱坐监，然后他们又把他给放了。老规矩了。也许这些你都知道。也许你还知道其实是洛杉矶警察局内部的人买通艾德里安干的这事。"

比格福特回头看了一下多克，然后又继续注视着前方的高速公路。"有可能我的确知道，但我不会对你说，或者说我不知道，在这种情况下你永远无法独自找出真相。"

"好吧，忘了这事。我只是一个傻瓜老百姓，跑出来挨子弹的。"

"我给你的工作机会还没过期呢。加入我们吧，也许你还能长点见识。你甚至可能成为奥斯卡的素材。"他们这时快到卡诺加公园的出口处了，比格福特把警笛安到了车顶。

"你不会是想？"多克说。

"是的，我们不得不在此将你临时扣押，因为你在艾德里安家附近非法泊车。"

"等等。你这是在让我脱身，你不会抓我的，也不会开我的罚单啥的，对吧？这笔人情我该怎么还你？"

"还什么？"

"所有这些——你知道的。"多克把头向古莫马克斯道的方向偏了偏，然后用拇指和食指含糊地做了一些杀人的手势。

"不知道你想说什么，斯波特罗。你肯定是又有什么幻觉了。"

"我不明白。艾德里安肯定是警局里最重要的宝贝之一。他们怎么会舍得失去这个人呢？"

"我现在方便告诉你的就是，艾德里安这人很聪明，以至于聪明过了头。你别逼我告诉你细节，你只要放心好了，他们会很乐意除掉此人。帕克也是如此，因为他们现在可以说终于找到了凶手，凶手虽然遭遇不测，但也算罪有应得。结案率因此也会提高一步，我们从联邦政府那里又能多拿不知道几百万的钱。城里所有人，怎么说呢，都会喜欢这个结局。"

"也许我应该拿一小笔佣金。"

"但这样的话，你就算吃公粮了啊，对吧？"

"是的……那么，也许你可以甩给我一点小费啥的吧？这些案子我是有功的，对吧？帕克还算不错，告诉我那天在少女星球按摩院的动乱其实是为杀格伦·夏洛克打掩护。他说其实根本不是针对米奇。你知道这事吗？当然你知道。为什么你不告诉我？"

比格福特笑了。"我不小心让你看出来了？天啊，我现在连吸毒的人都不如了。是的，米奇只是恰好碰见了他不该看见的一幕。那些穿得像约翰·韦恩的哥们就慌了神，所以把他也给绑走了。然后联邦的人发现，有一个脑筋错乱的亿万富翁要把自己全部的钱捐献出来，当然，对于怎么花这些钱他们有自己的主意。他们在远东和你说的那个从事贩毒活动的金獠牙联系很紧密，所以就把米奇送到奥哈伊做了一点洗脑工作。"

"似乎他们也达到了自己的目的。我运气真差，赶不上好时候。有人看到了天启，努力想改变自己的生活，而我得到了一个重大机会，可以把像他这样的人从体制的牢笼中拯救出来。但我去得太迟了。现在米奇已经回到了从前那种贪得无厌的老路上。"

"这个嘛，也许不对，斯波特罗。有些事情是会轮回的，但它绝不会停留在原地，你发现了吗？就像是转盘上的唱片，你只需要在凹槽上移动一格，整个宇宙就会截然不同，放出不同的歌曲来。"

"你是不是嗑药了,比格福特?"

"没有啊,除非你说的是胃液[1]。"

比格福特把车临时停在办公室门前的停车场,然后进去取来一份豁免文件。"你可以先填着,我要进去拿些东西出来。我很快就回来把这些签字搞定。"这个玻璃纤维排气管就像一曲快节奏的布鲁斯音乐,发出有节奏的低音鸣响,而他则转身进到灯火通明的楼里,那个装满了让市民们抓心挠肺的祸害的地方。他去的时间并不是太久,但多克却开始感觉到了紧张。这肯定又是瘾君子的第六感,当他看见自己的车被以一种不可思议的文明方式开到办公楼的门口时,这种感觉愈发强烈了。"这是什么?"多克说。

"开车小心点,"比格福特建议说,并拿手碰了一下那个并不存在的帽檐。他回到"英帕拉"轿车里,转动钥匙,让发动机轰鸣了好几次,然后准备离开。"哦,我差点忘了。"

"哦,比格福特?"

"恰斯提提和我上周末找了一个鉴定师看了几样东西。还记得那个怀亚特·厄普的咖啡杯吗?居然是真的。是啊,你原本可以留着那个东西,然后卖上个好价钱。"他离开时咯咯笑了几下,那笑声颇有点恐怖。

多克驶离停车场时不小心拐急了,结果撞到了马路牙子上,只听到后车厢发出了一声不妙的震动声。他起初以为是震颤音箱松了,于是停下车,出来看看情况。

"啊啊啊啊!比格福特,我操你老母。"他怎么也没想到,

---

[1] 胃液和很多毒品一样,都是酸性的。

这只老疯狗干掉了艾德里安和帕克居然还不满足。他们都不过是别人筐子里的工具，包括多克也是。现在他的后备厢里有二十公斤"四号中国白粉"，比格福特此时此刻显然已把风声放了出去，多克再一次成为了诱饵，洛杉矶警察局的聪明算盘就这样把他和金獠牙组织用公路天桥连了起来。他必须把这些来自亚洲的麻烦玩意儿给安全地扔掉，而且要尽快。

多克朝东行驶，只走地面上的街道，在一家商场作了短暂停留。他绕到后面，从垃圾箱附近找到两个大小相同的纸箱子，把比格福特的毒品放到其中一个箱子里，将另一个装满垃圾袋和装修废料，然后继续开往伯班克机场。他把车停在电话亭旁边，拿出一大把25美分硬币，打算通过移动接话员将电话打到提托那辆豪华轿车的双向无线电里。多克希望提托刚好在加班。

"伊内兹，我和你发过多少遍誓了，这不是一匹马的名字，也不是赌马庄家的电话号，这只是个鸡尾酒女招待——"

"不，不，提托，是我！"多克因为通话效果的问题，对着话筒吼了起来。

"伊内兹？你听上去怪怪的。"

"我是多克！我需要你悄悄来载我一程！"

"哦，是你，多克！"

"我知道找你找得很急，不过如果你能给找一台像'猎鹰'那种车——"

"嘿，我可不做拉皮条的事，哥们！"

这通电话颇打了一会，喷气飞机的起飞和降落声总是打断两人的话音，通话效果也时好时坏。多克不得不掏出更多的硬币，不久他只能龇牙咆哮了，就像《冠军》（1949）[1]中的柯尔克·道格拉斯。最后两人终于同意由阿道尔佛在半小时内开另一辆车赶来，多克于是进入自己计划的第二阶段。他需要很快抽一些夏威夷大麻叶卷的烟，然后将装着垃圾的箱子送到卡胡娜航空公司的柜台，他在那里买了去火奴鲁鲁的机票，用的是一张来路不正的信用卡，是别人当办案费付给他的。他把这个掩人耳目的箱子当成行李登记，看着它被滚动带送进了行李房。他认识的空姐说，这家公司非常官僚，它的行李托运服务就是噩梦。多克希望会因此多拖延一些金獠牙的时间。

"你现在确定它会安全吗？"

"你问过我好几次了，先生。"

"叫我拉里……只是因为你们这个公司在圈子里以丢失行李而恶名远扬，所以我有点担心。"

"先生，我们可以向您保证——"

"哦，算了吧。我现在真正想了解的是俾格米王国。"

"对不起，您说什么？"

"你手边有没有飞行地图册？查一下，P打头的，俾格米王国。"

因为这是家加利福尼亚航空公司，所以一贯要求对乘客的要求有求必应。很快，一个留着短发、穿着制服的人就拿着飞行地图册过来，开始站在那里翻看，脸上的神色变得愈发困惑和惶恐。"不管这是个什么地方，都没有可降落的设施。"

---

[1] 《冠军》（*Champion*，1949）：是一部关于拳击的黑白电影，主演为柯尔克·道格拉斯（Kirk Douglas）。

"可是，我就想去这个地方，俾格米王国！"多克不断吼叫着。

"不过，这个什么俾格米王国似乎、似乎没有跑道啊。"

"哦，那好，他们就应该去修跑道，对吧——把那个给我——"他把桌子上的麦克风一把夺过来，就好像它已经对上了某个由俾格米人密切监视的短波频率，他们一直在等着多克发来消息。"好的，现在听好了！"他开始对着一支想象中的俾格米施工队咆哮着发号施令，"是什么东西？当然是波音飞机，矮子——你难道有问题吗？"

保安开始出现在多克的视野范围内。监督人员站在旁边看热闹，有点忘乎所以。排在多克身后的顾客这下有了脱离队伍的理由，都跑去溜达了。多克扯下麦克风，把帽子歪到一边，摆出辛纳屈的时髦造型，然后开始对着人群引吭高歌，那录音棚般的音色居然还不算太丢人：

> 那漫天的心儿，
> 碎成两半，
> 有的拿着全价票在飞，
> 有的是免票，
> 所有人都像个演员，
> 我，他，还有你，
> 都在扮演各自的角色，
> 在那漫天的心儿中……
>
> 坐着头等舱飞到那儿，

喝着十美元的酒，

玩着凯纳斯特扑克牌，

一切都很爽，

噢哦，突然，

来了"禁止抽烟"的牌子，

一切就这样开始，

在那漫天的心儿中……

【过渡段】

迎着涡轮发动机的巨大声音，

你继续前行，

我肯定会想你，可是……

没有太多可以说的……

现在我独自飞行，

坐在经济舱里，

喝着廉价酒水，

直到我瘫软无力，

看着我的哀伤情歌，

从排行榜上消失，

不过这就是生活，

在那漫天的心儿中……

这首歌其实几个星期前曾在电台播过，所以唱到最后八节时，已经有人跟着一起哼唱了，有人主唱，有人伴奏，而且跟着节奏晃步子。这么多围观的人，足够金獠牙忙乎一阵子了。与此同时，多克慢慢地向出口挪去，把麦克扔给旁边一个乘客，从大门溜之大吉。出来时他发现阿道尔佛已经开着442奥兹[1]来了，引擎还没熄火，就停在他自己车旁边。阿道尔佛的收音机里放的是罗西欧·杜尔卡[2]，她的心马上就要碎了。

多克坐上自己的车，两人驶离停车场，一直开到北好莱坞光线昏暗的街上，然后迅速将那二十公斤麻烦玩意儿从多克的后备厢里转到那辆奥兹里。多克把自己的钥匙递给阿道尔佛。"他们会知道这个车牌号和车的样子，我只需要一两个小时就够了，你尽量拖住他们——"

"我过一会就找我表弟安东尼奥·瑞兹替一下，他绰号臭虫，他的字典里可没有'危险'这个词，而且他任劳任怨。"阿道尔佛答道。

"哥们，我可欠你一个大人情。"

"提托认为是他欠你的。你们去算好吧，别把我扯进来。"

这辆奥兹轿车没有助力方向盘，还没开到圣地亚哥高速，多克就感觉自己像是回到了西弗先生的体育课上，拼命做着俯卧撑。从好的一方面说，似乎没有人跟着他。然而，他还是要设法解决一个有趣的问题：如何能在各方人马都被调动起来寻找这二十公斤海洛因的下落时，安全地将它暂时藏匿一段时间？这些人

---

[1] 442奥兹（Olds，也叫Oldsmobile）：是一款马力强劲的街车，多为黑色，便于多克摆脱跟踪者。

[2] 罗西欧·杜尔卡（Rocío Dúrcal，1944—2006）：西班牙著名女歌手兼演员。

可都希望把这批货抢回来,并按规矩惩戒那个黑吃黑的家伙。

回到戈蒂塔后,他想找个地方停车,恰好经过丹尼斯的住处,那地方仍旧处处是被水浸过的石灰墙和断裂的条板,还有电线和塑料管,就像是巨人碗装的新式麦片汤被不小心泼到了这里。多克知道丹尼斯正住在其中,他的冰箱、电视机和熔岩台灯用的是从隔壁邻居那偷来的电。这房东现在正在巴哈半岛度假,要等他回来才能想办法找保险公司讨钱维修房子,在此之前这里一切都不会改变。"嗑药的!"多克大喊道。这是绝佳的藏匿地点。多克此时才发现自己只穿着一只皮凉鞋。

酒吧现在还没打烊,丹尼斯似乎没回家。多克竖起耳朵,注意观察附近有没有多管闲事的人,然后将装着海洛因的纸箱子搬到丹尼斯那残破的客厅里,把它藏在一片坍塌的天花板后面,并用一块巨大的塑料破布(那曾是奇科的水床)盖在上面。他这时才发现,自己摸黑从垃圾堆里拿出来的纸箱曾经装过二十五英寸的彩色电视机,这个小细节他当时无暇多想,直到第二天大约午饭时间,他又回到丹尼斯住处,发现丹尼斯神情肃穆地坐在那里,前面摆着从箱子里拿出来的海洛因。丹尼斯凝视着这些专业包装的毒品,多克后来才知道,他已经这样愣了好一段时间。

"箱子上说是电视机。"丹尼斯解释说。

"所以你无法抗拒诱惑?难道你也不事先看看这里有没有插头?"

"嗯,我找不到电源线,哥们,不过我猜这可能是一种新型电视机,难道你不想看看?"

"呃，这个嘛……"他为什么要继续这个话题？"你刚才在看什么，就是我进来时？"

"你看，我的想法是，这可能是某个教育频道搞的节目？也许有点傻，但总不比高中差劲吧……"

"是，丹尼斯，谢谢。如果你不介意的话，我要和这东西呆一会……"

"如果你看得足够久的话，多克，你就会懂的……你见见它开始……起变化了吗？"

过了一两分钟，多克发现，这些包裹毒品的塑料膜开始出现了微小的色彩和光线变化。他坐在丹尼斯旁边，两人轮流抽着大麻，眼睛盯着这批货一动不动。这时珍德/阿什莉出现了，她拿着一个特大保温瓶，里面装满鲜橙汁，还带来了些纸杯和一袋"奇多脆"虾条。

"午餐，"她招呼他们道，"而且颜色也很般配哦——我的天，这他妈是什么，莫非是毒品？"

"不是，"丹尼斯说，"我觉得就是……纪录片？"

他们坐成一排，喝着饮料，嚼着虾条，盯着毒品。最后多克不情愿地起身。"我讨厌当那个坏人，不过我得把这个东西拿回去了。"

"等这段结束了行吗？"

"等我们看看会发生什么。"珍德补充说。

杰庞嘉的父亲克罗克·芬维在中午时分给多克打了个电话，打扰了他正在做的一个梦。他当时梦见了"金獠牙"号，这艘帆船又恢复了过去的老身份,也就是它的真名——"受护"号。不知怎么搞的,科伊曾对多克讲过的那个禅宗驱魔师(就是帮"帆板"乐队在多班加的大宅里驱赶僵尸的法师)也在船上工作,任务是清理鲜血和背叛的黑色残留……超度那些在船上被虐杀的不安冤魂安全去往地府。无论这船上有多少恶鬼,现在都消失得一干二净了。

此时暮色将至,刚刚下过雨,黑色边沿的乌云在天边略微移开了几厘米,露出一片晴朗明亮的天空,惹得高速公路上回家的汽车都为之放慢了速度。索恩乔和多克在海滩上散步。杏黄色的晚霞撒在陆地上,两人的影子被拉得很长,越过救生塔楼,印在叶子花、杜鹃花和冰花的苗圃斜台上。

索恩乔正在做"法庭结束陈词",就好像在打官司一样。"……但是时间是谁也逃脱不了的,那时间之海,记忆与遗忘之海。那许下承诺的岁月,俱往矣,难再觅其踪。那个地方的人们差点就要被恩赐更好的命运,但又被那些我们十分熟悉的作恶者所破坏,还被他们掳为人质,我们只能永远生活在现在,无法抵达将来。希望我们可以信赖这艘被庇佑的船,她会驶向一个更美好的海岸,那是一片未被淹没的利莫里亚,它从海底升起,已得到救赎。在那里,感谢仁慈的主,有着尚不为人知的美国命运……"

从海滩上,多克和索恩乔看见了这艘船,或者以为看见了她,正驶向大海,所有的风帆都鼓满张开。多克愿意相信科伊、后普和阿米希斯特都在船上,驶往安全之境。在栏杆前,他们在挥手。他几乎就看见了他们,索恩乔并不太确定。他们开始因此而斗嘴。

正在此时，克罗克用火警铃惊醒了多克，把他带回到这个满是汽油味道的海滩生活里。"不是我干的。"多克对着听筒发起牢骚。

"肯定有年头了！"帕洛斯韦尔德王子的说话方式，对于早晨的这个时间来说，显得有点太过聒噪。

"等我一会，我要找点提神的东西。"多克滚下沙发，摇摇晃晃地走进厨房。他绕着小圈，努力在回忆自己应该做些什么，最后总算把水给烧上，把速溶咖啡放进杯里。过了一会，他记起来电话还没挂呢。"你好，你叫……"

克罗克重新介绍了一遍自己。"我知道有人丢了东西，有人说你也许知道它在哪里。"

多克喝掉半杯咖啡，把嘴巴给烫了，最后他说道："你不会刚好也是当事人之一吧，伙计？"

"这不关你的事，斯波特罗先生，不过这些年来，我在这个城里以替人解决麻烦而闻名。我今天的问题是，你也许正在替人保管某样东西，它的主人希望把东西拿回来。如果这事情能很快办好，就不会有人因此受罚。"

"比方说，我不会被废掉，对吧？"

"你很走运了，他们更喜欢用这种方式来制裁自己人。他们所从事的这种生意需要对合伙人有绝对的信任，否则一切都会变得大乱。像你这样的局外人，可以沾到无罪推定的光。反过来，你也可以毫不犹豫地信任他们的话。"

"很好。还想在老地方见面吗？"

"在洛米塔的停车场？还是别了。那更像是你的地盘。现在那里也许已经被其他人占了吧。要不我们今天晚上在我的俱乐部见面吧？叫波托拉[1]。"他留了一个地址，在艾利逊公园附近。

"我猜着装有规定的吧？"多克说。

"夹克衫，可能的话打领带。"

---

[1] 波托拉（Portolá）：加州地名，因西班牙著名探险家 Gaspar de Portolá（1716—1784）而得名，此人是加利福尼亚的第一任总督，还建立了圣地亚哥市。

十九

在去的路上,多克特别留意后视镜,担心会有 El Camino 或英帕拉跟在后面。他对于比格福特的底细不知道得太多,其中一个就是比格福特到底能弄到多少辆汽车开。快到阿尔瓦拉多出口的时候,多克突然想到直升飞机也值得怀疑。

克罗克·芬维的俱乐部位于一栋摩尔复兴式[1]建筑内,其年代可以追溯到多希尼-麦克阿杜[2]时期。他们把多克送到大堂旁边的房间里休息,那里有张壁画,描绘的是 1769 年的波托拉远征,当时那些探险者到了一条河的拐弯处,后来此处成了洛杉矶的市中心所在地。其实离这里也很近。壁画的风格让多克想到了童年时代那些装水果蔬菜的柳条箱,上面的标签色彩斑斓,细节丰富。画上的风景朝着北面,一直能看到山。现在,住在海滩的人们一年只能有一两次机会,要等到雾霾被吹散了,才能从高速公路这边看见山;而在画中的遥远年代,空气清新,山体清晰可见,山顶覆盖着白雪,轮廓晶莹透亮。一长队毛驴沿着河岸蜿蜒行走,一直通往翠绿的远方。河面上满是杨树、柳树和赤杨的倒影。画上的人们个个都像是电影明星。有的人骑在马背上,拿着火枪和长矛,穿着皮制护甲。其中一个人的脸上(也许就是波托拉本人?)挂着一副惊讶的表情,就像是在说:"这是什么?这是否就是未知的天堂?上帝是不是用他的手指庇佑过这个极美的小河谷,并将它特意留给我们?"多克看着这幅画境,肯定是半天没回过神来，因为身后有个声音吓了他一跳。

"艺术爱好者嘛。"

他眨了几下眼睛，转过身，看见了克罗克，看上去就是大家所说的那种黝黑健康的肤色，仿佛有人用吸尘器在他脸上收拾过一遍。

"这画相当不错啊。"多克点点头。

"我其实从没有留意过。要不我们去楼上的会客酒吧谈。顺便说一下，这西装不错啊。"

这衣服可比克罗克想象的好呢，它是不久前多克从米高梅公司一个大型卖场上找到的。当时有几千袋的电影戏服，摆满了一个摄影棚，多克准确无误地从那些普通的服装中找出了这一件，就像是冥冥中有某种召唤。衣服上的纸条说，这件衣服是约翰·加菲尔德在《邮差总按两遍铃》（1946）中穿过的，而且多克穿上去合身极了。不过多克不希望破坏这衣服纤维中还在起效的护身咒符，所以没理由对克罗克讲这套衣服的来历。他还系了利贝拉切的领带，克罗克一直盯着这领带看，但似乎又不知如何点评。

这种酒吧不是多克喜欢的类型。里面摆满了仿教会式家具，木料多半颜色灰暗，以至于你都搞不清自己坐在什么上面，也不知道是靠在什么上喝东西。如果配上一些丛林图案的装潢，这里

---

1 摩尔复兴（Moorish Revival）：指的是欧洲浪漫主义后期，建筑师将欧洲传统风格和东方元素结合起来的一种做法。在19世纪中叶，这种建筑风格达到了巅峰。

2 多希尼-麦克阿杜（Doheny-McAdoo）：前者是爱德华·多希尼（Edward Doheny，1856—1935），是美国著名的石油大亨，曾经在洛杉矶掘出第一口油井；后者是威廉·吉布斯·麦克阿杜（William Gibbs McAdoo，1863—1941），美国参议员，曾与多希尼有过一次政治献金丑闻。文中的时期指的是二十世纪二十年代。

一定会多几分生气。当然,多用些彩色灯光,效果就更好了。

"为了和平解决,干杯。"克罗克举起一小杯西部高地麦芽威士忌(这是为波托拉俱乐部特酿的),向多克手中的朗姆酒加可乐歪了一下。

毫无疑问,这是在暗指最近发生在古莫马克斯道上的事。多克坏坏地笑了一下。"这个……你家人还好吗?"

"如果你指的是芬维夫人的话,我还是对她一如既往地忠诚,就像她当年走过那个富贵雍容的圣约翰主教大教堂[1]的廊道时一样。如果你指的是我宝贝女儿杰庞嘉,那我希望你不会蠢到想打她什么主意。好吧,她挺好的。挺好。事实上,正是因为她,因为几年前我们之间的那次小小交易,我今天才会这么客气放你一马。"

"实在太感谢了,先生。"他等着克罗克把威士忌吞下去才说道,"随便问一下——你是不是碰见过一个叫卢蒂·布拉特诺德的牙医?"

克罗克差点把酒呛出来,他强忍住激动说:"这个婊子养的一直到最近还试图玷污我的女儿,是的,我的确还记得这个名字,他已经死于蹦床事故了,对吧?"

"洛杉矶警察局可不确定这是一场意外。"

"那么你怀疑是我干的了?我会有什么动机去做这件事?仅仅是因为这个男人觊觎我那个情感脆弱的孩子?因为他把她从爱她的家人身边抢走?因为他逼她进行那些性行为,而这些事甚至

---

[1] 圣约翰主教大教堂(St. John's Episcopal Church):位于洛杉矶市下城,在芬维夫妇结婚的四十年代是一所比较保守的教堂,多为政商名流结婚所用。

会让你这样的老江湖都瞠目结舌？——难道这些就意味着我会有理由看见他可悲的娈童生涯完蛋？你把我想成一个报复心多重的人啊。"

"你知道……我的确怀疑过他和自己的接待员有一腿，"多克用最无辜的声音说，"不过我的意思是，哪个牙医不干这档子事呢？这就是他们在牙科学校时发过的誓啊，不过这还远远谈不上什么变态怪异的性行为，对吧？"

"那你说吧，他跟她做那事时，竟然强迫她去听百老汇音乐剧的原声碟！他在开牙髓学大会时竟然带她去住那种装修得毫无品味的度假酒店！你想想那墙纸！那灯！还没提他秘密收藏的那些束发网套呢——"

"是的，不过……杰庞嘉已经到法定年龄了，对吧？"

"在父亲眼里，他们永远都还太小。"多克飞快扫了一眼克罗克的眼睛，却没有看到任何慈父的感情。他所看到的一切，让他庆幸自己来的路上没有多抽。

"说说正事——因为你把货安全送回，我的当事人准备给你一笔丰厚的补偿。"

"太好了。我想这个不一定非要是钱的形式吧？"

克罗克第一次显得很吃惊。"这个嘛……用钱会容易得多。"

"我更关心的是一些人的安全。"

"哦……一些人……好吧，我想这得看他们对于我的当事人有多大的威胁。"

"我想的是那些在我生活中与我关系密切的人，不过还有一个萨克斯手，叫科伊·哈林根，他曾经为各种反颠覆组织做过卧底，包括洛杉矶警察局。他最近发现自己入错了行，这让他失去了家人和自由。和你一样，他有一个独女——"

"请你别说了……"

"好吧，不管怎么说吧，他希望能金盆洗手。我想我能搞定警察局那边，不过还有一帮叫'加州警戒者'的人。当然，还有他们幕后的那些人。"

"哦，警戒者，那是一帮子饭桶，只是在街上有用，完全没有政治意识，只知道耍无赖那一套。我猜他们会希望科伊不要泄露任何机密。"

"他根本不可能的。"

"你替他担保了？"

"要是他胆敢做什么，我自己会去找他的。"

"除了有些吃惊，我看完全可以帮他安排一下，和睦友好地脱离组织。这就是你所想要的？不要钱，你确定吗？"

"你希望我从你这里拿多少钱但又不让你鄙视我呢？"

克罗克·芬维干笑了两下。"说这个就太晚了，斯波特罗先生。像你们这样的人，在第一次付房租时就让所有人无法高看了。"

"那么，当房东第一次决定从房客那里骗取押金时，你们整个该死的阶级就失去了所有人的尊重。"

"啊，那么你想要什么？退款吗？还加上很多年的利息？这得找会计好好算算，不过我想这钱我们还是付得起。"

"当然。对你来说不算什么，几张百元钞票，只是卷起来吸可卡因的管子罢了。不过你看看，每次你们中的一员变得如此贪婪时，孽报等级就要多增加这么小小的 200 美元一格，然后这就开始不断累积。许多年过去了,现在所有人眼皮底下明摆着的就是这种阶级仇恨,慢慢酝酿的仇恨。你以为这些仇恨会发展到什么地步呢?"

"听上去你和教宗米奇·乌尔夫曼大人陛下谈过了。你去看过那个峡景地产吗?我们有些人迁往天堂,更多人是在地球上迁移,为的就是让那城市环境恶化的一天不要到来——这是目前已经进行了很多年的斗争之一——像我这样的私宅业主是反对像乌尔夫曼兄弟这样的开发商的。那些对保护环境心存敬意的人都会反对高密度的出租型住宅,因为那些垃圾租房客根本不知道如何把自己打扫干净。"

"胡扯,克罗克,你只是担心自己的房产价值。"

"这是为了安定。我们——"克罗克指了一下这个会客酒吧的四周,一切似乎都淹没在无边的暗影中,"我们就很安定。我们永远都很安定。看看这里。房产,水权,油,廉价劳力——所有这些都是我们的,而且会一直是我们的。而你们,你们又到底是什么?不过是在这阳光灿烂的南方大地上来来去去的众多过客里的一员,渴望着能被一辆某厂、某款、某年的轿车收买,要么就是穿着比基尼的金发女郎,或是找个由头能爽上三十秒钟——天啊,就是个红辣椒热狗。"他耸耸肩,"我们永远都不会缺少你们这样的人,这种供给是无穷无尽的。"

"你们甚至不担心,"多克诚恳地回报以大笑,"某天他们会变成野蛮暴徒,跑到帕洛斯韦尔德的门口聚集,甚至要想办法进去?"

耸肩。"那么我们就要采取必要措施阻止他们进入。我们曾经受过更糟糕的包围,可我们还在这里,难道不是吗?"

"那真是要谢天谢地啊,先生。"

"哦,你们这些人喜欢反讽。我对此没感觉。"

"更是出于实用性的考虑。假如你和你的朋友们,还有那些午餐伙伴,都不能保持'安定',那些像我这样的普通私家侦探该怎么谋生啊?我们总不能靠那些婚姻案和窃车案度日吧?我们需要那些高级别的重大犯罪,而这是你们这些家伙最擅长的。"

"是的,好吧。"克罗克瞄了一眼自己的百达翡丽月相手表,"其实……"

"当然,我不想耽误你的时间。我们这次在何地何时交接?"

很简单。明天晚上,五月公司购物中心的停车场,在霍桑大道和阿特希亚大街那边。只有当确保某些人的行动不受干扰以后才进行货物交接。对个人未来安全的保证不允许无故撤销。

"克罗克,你可是在拿'和事佬'的名声做保证哦。我也许人脉没有你那么广,而且肯定不像你们那些人一样善于复仇,不过假如你要耍我的话,我的好伙计,我可告诉你,最好担心你的性命。"

"复仇,"这个敏感的大款抗议道,"我?"

多克带着丹尼斯一同去,不是让他做保镖,只是作为一种保护。他直到最近才发现自己需要这种保护,他要让丹尼斯强化自己对于南加州购物商场的免疫力,让自己不要去产生欲望,至少不要去想那些在商场里看见的东西。

"啊?"丹尼斯说。他们此时正在等接头的人,两人合抽着一根大麻，听多克在解释这一切。"那么你为什么要把电视机送回去呢？"

多克狠狠地瞪了丹尼斯一眼。"它——丹尼斯，它不是……"

丹尼斯傻笑了起来。"没事的，多克，我知道是白粉。我知道你不是毒贩子，而且很可能今晚这次交易你也不会赚到什么钱。不过你应该收点跑腿费啊。"

"他们答应我了，不会伤害任何人。我的朋友，我的家人——我，你，还有别的一些人。"

"你相信这话？这话可是搞这种买卖的人讲的！他们的话能信吗？"

"怎么了，我就应该相信那些好人吗？伙计，好人每天都在被收买和出卖。还是偶尔信任一下坏人吧，这没什么道理，但也不算太荒唐。我的意思是，两种人我都不抱指望。"

"哇，多克。这话说得太沉重了。"丹尼斯坐在那里，和往常一样贪婪地吸着大麻，"这是什么意思？"过了一会他说道。

"他们来了。"

今天晚上，金獠牙派来的人很狡猾地伪装成一户普通的金发加州人家，开着1953年产的别克旅行车，这是底特律产的最后一批木纹旅行车，它们就像是怀旧的广告，代表了郊区居民的共同心声，克罗克和其合伙人日夜祈祷，就是希望他们的生活方式能在整个南部扎根，希望能把那些无房无地的异类全部流放到远方，让这些人在那儿被永远遗忘。小男孩只有六岁，但看上去已经像是海军陆战队员。他姐姐比他大一两岁，将来也可能会染上毒瘾，但此刻寡言少语，只是坐在那里看着多克，而脑子里却在想自己的事，多克很庆幸自己不知道那些想法是什么。妈妈和爸爸都是生意人模样。

多克下了车，打开后备厢。"需要我帮你吗？"

"我能行。"父亲穿着一件短袖衬衣，手臂上完全看不见毒品注射的针眼，也许是故意这么设计的。妈妈是位打扮时尚的加州金发女子，穿着网球装，抽着白人小妞喜欢的那种过滤嘴香烟。烟不断飘到她眼里，但她根本懒得把香烟从嘴里拿下来。当丈夫把毒品在车后安放妥当后，她斜了一眼多克，半笑不笑，递出一张扁平的长方形塑料片。

"这是什么？"

"信用卡，"女儿从后座跳了起来，"难道嬉皮士们没有这个东西吗？"

"我刚才的意思是，为什么你妈妈要递给我这个？"

"这不是给你的。"妈妈说。

多克满腹狐疑地接过东西。它看上去很普通，虽然他一时半会认不得发卡的这家银行。然后他看见了卡上写着科伊·哈林根的名字。丈夫眯着眼睛看着他。"你应该告诉他：'干得漂亮，欢迎回到大部队里，旅行安全。'是复数的'旅行'。"

"我想我会记得的。"他注意到丹尼斯正在拿笔做记录。

别克向霍桑大道驶去，一两分钟后，多克看见了那辆破旧的El Camino，它只可能是比格福特的车，他要去跟踪他们。车的动静听上去有些不同，比格福特一定是装了新的排气管。

但是，比格福特的跟踪之旅会将他领向何方呢？在这个古怪复杂的警察恩怨中，他要追着这二十公斤毒品走多远才能发现他真正需要知道的事？这个真相又到底是什么？到底是谁雇了艾德里安去杀他的搭档？艾德里安和克罗克·芬维的当事人可能有何关联？比格福特从一开始就不相信金獠牙，那它究竟存在吗？就拿现在来说，没有人支援，这么做明智吗？比格福特有多安全？这种安全又能持续多久？

"拿着，"过了一会，丹尼斯递过来一根点着的大麻，说道。

"比格福特不是我兄弟，"多克在吐烟的时候想道，"不过他显然需要人罩着。"

"多克，那人可不是你。"

"我知道。从某种意义上说，这太糟糕了。"

二十

他回来时，发现厨房门下面塞着一个信封，是法利留下的，里面有在峡景地产大暴动中拍的照片放大版。有那个杀死格伦的枪手的特写镜头，但没一张是清楚的。此人可能是戴着圣诞款滑雪帽的阿瑟·奎多，也可能是任何人。多克拿出自己的放大镜，开始逐一观察每张图像，结果所有画面都变成了一个个小色点。这就像是说，无论发生了什么，它都到达了某种极限。就像找到了无人看管的通往过去的大门，它并未禁止入内，因为根本用不着。最终，在回溯真相的过程中，得到的东西就是这种闪着光的怀疑碎片，就像索恩乔的同事们在海事保险中常说的那个词——"固有缺陷"[1]。

"这就像原罪吗？"多克问道。

"就是你无法避免的，"索恩乔说，"这种东西，在海运保险上是不予赔付的。它通常适用于货物——比如鸡蛋碎了——但有时也适用于承运船只。比方说，为什么舱底必须抽空呢？"

"就像是圣安德列斯断层，"多克突然想起了，"耗子住在棕榈树上。"

"好吧，"索恩乔眨了眨眼，"也许，假如你为洛杉矶做一份海运保险，因为某种特别的原因，把它想象成一艘船……"

"嘿，方舟怎么样？那也是艘船，对吧？"

"方舟保险？"

"就是索梯雷格常常讲的那次大灾难,一直要追溯到利莫里亚沉入太平洋的时候。上面有些人逃了出来,而且据说逃到了这里避难。这不就相当于把加利福尼亚当成了一座方舟吗?"

"哦,不错的避难所。很漂亮,很稳固,是笔很好的不动产。"

多克煮了咖啡,然后打开电视机。还在演《夏威夷特勤组》。他等到剧终字幕出来,看到那个大独木舟的画面,想到利奥应该会喜欢,于是就给在圣华金的父母打了一个电话。

伊尔米娜一个劲对他讲最近发生的新闻。"吉尔罗伊又升职了。他现在是地区经理,他们要派他去博伊西[2]。"

"他们要收拾家当然后搬到博伊西吗?"

"不是,她还会和孩子留在这里。还有房子。"

"哦。"多克说。

"吉尔找的媳妇真是不本分啊。她根本离不了保龄球道,还出去和墨西哥人跳舞,有些人你根本不知道他们是干什么的,当然,我们很乐意带带外孙,可是他们也需要妈妈啊,你说对吧?"

"他们多亏了有你们,妈。"

"我只是希望当你结婚时,你的头脑会比吉尔当时清醒一些。"

"我不知道,我总是想对维尔尼克斯宽容一点,因为她经历

---

1 "固有缺陷"(inherent vice):海运保险中的专业术语,指的是货物并非因由运输途中外部因素受损,而是自身的缺陷不足。

2 博伊西(Boise):美国爱达荷州首府。

的第一个丈夫。"

"哦,那个坐牢的。他倒是她合适的类型。她自己怎么没关进蒂哈查皮的牢里?这我倒是奇了怪了。"

"挺有意思,你听上去总像是她最忠实的粉丝。"

"你有没有和那个漂亮的莎斯塔·菲·赫本华兹经常见面?"

"见过一两次吧,"多克觉得告诉妈妈也无妨,"她现在搬回到海滩来住了。"

"也许这是命,拉里。"

"也许她需要暂时离开电影圈,妈。"

"好吧,那也比你强。"多克总是能听出来她什么时候是有意要占上风,"我希望你已经摆脱那些麻烦了。"

利奥已经拿起分机听了一会儿了。"我们直说吧。"

"我只是想——"

"她觉得你在贩卖大麻,她也想买一点,不过她不好意思开口。"

"利奥,得了吧,我发誓——"电话那头传来了重击和混战的声音。

"我应该打电话叫防暴队来吗?"

"他从来都不肯放过这个话题,"伊尔米娜说,"你还记得我们的朋友奥利欧吗?她教初中的。她有天没收了一些大麻,我们就打算试一试。"

"感觉如何?"

"噢,我们在看一个肥皂剧,叫《另一个世界》,只是不知怎么搞的,我们认不得里面的角色了,尽管我们曾经每天都追着看，我的意思是，这还是爱丽丝、雷切尔，还是那个我从《避暑地》（1959）开始就不再信任的阿达，所有人都没变，他们脸都是相同的，只是他们所谈论的一切意义都变得不同了。在此期间，我看电视机的颜色时也觉得有点问题，奥利欧这时拿来一些巧克力曲奇，我们就开始吃，而且停不下来了。接下来我们就发现《另一个世界》变成了电视知识竞赛，然后你爸爸就进来了。"

"我希望还能剩点大麻烟，结果这两人全给抽完了。"

"可怜，"多克同情地说道，"听上去好像是你想买啊，爸爸。"

"事实上，"利奥说，"我们俩都有点想……"

"你表弟斯科特下个周末要过来，"伊尔米娜说，"假如你能弄到点，他说他会很乐意帮忙捎一下。"

"当然。你们能不能帮我一个忙？"

伊尔米娜从长长的电话线里穿过来，掐住他的脸颊然后来回晃了一两下。"你真好啊！你想要什么都行，拉里。"

"不要在带孩子的时候整这个，行吗？"

"当然不会，"利奥嚷道，"我们可不是什么瘾君子。"

第二天早上火警铃响了，是索恩乔。"我想你也许会对这个感兴趣。我得到线报，'金獠牙'昨天晚上在圣佩德罗靠岸了，整个晚上都有人在船上忙碌。这次看来停航时间会很短。联邦的人正在盯梢和拦截情报。律师所的小汽艇就在船坞上停着，假如你开得快的话，你赶过来还来得及。"

"你的意思是，来得及阻止你做傻事吗？"

"哦，你也许应该穿斯佩里帆船鞋，可别穿那一只皮凉鞋了。"

交通状况还算可以，多克在丽路斯酒馆找到了索恩乔，他正在喝僵尸龙舌兰，不过多克还来不及为自己点上一杯，就听见吧台后面的电话响了。"找你的，亲爱的。"酒保莫西把电话递给索恩乔，他点了一下头，接着又点了第二下，突然将20美元钞票扔在吧台，然后以多克从未见过的速度快速跑出了门。

等到多克追上他的时候，索恩乔已经到了码头，正要解开缆绳，开一艘玻璃纤维小汽艇出发，这船属于"哈代-格里德利＆加菲尔德"律师事务所，用的是舷内外汽油机驱动。刚等多克趔趔趄趄上了船，索恩乔就发动了引擎，在一阵蓝色尾气中离开了停泊处。

"我在这个高乐氏瓶子里是干什么来着？"

"你得当大副。"

"就像盖里甘？那么你就是……等等……你就是'船长'了？"

他们向南开去。雾霭中显露出来的是戈蒂塔海滩，在咸湿的海风中散落飘远，摇摇欲坠的城市全是一种风雨侵蚀的颜色，就像某个偏僻的五金店里快要剥落的油漆。还有那一直通往杜恩克雷斯特的山坡，多克经常会怀念此处，尤其是在放纵无度后的夜晚以后，觉得这山很陡，人们迟早会摩拳擦掌、跃跃欲试地翻山出城；可现在从远处眺望它，又觉得出奇的平坦，几乎就像不存在一样。

今天，这片海域的浪非常好。离岸的风力减弱了很多，有些冲浪手也出海了，他们排成一排等待，在水面上浮浮沉沉，在多克眼里，这情景就像是地球另一头的复活节岛[1]。

从索恩乔的老式双筒望远镜里，他看到了一个加州公路巡逻队的摩托骑警正沿着海滩追一个长头发的小孩，两人在那些希望能晒点中午日头的人群中穿梭。这个警察是全套摩托装备——靴子、头盔、制服——还带着各种武器，而小孩只是光着脚，衣服穿得很单薄，但对周围环境熟悉得很。他逃跑时就像一只瞪羚，而警察只是笨笨地跑在后面，在沙地里费力地移动。

多克突然想，这就像是时间机器，他看到的其实是初出茅庐的比格福特·伯强生，刚刚在戈蒂塔当上新警察。比格福特当时特别讨厌这里，总是等不及要离开。"这地方从一开始就被诅咒了，"他告诉所有愿听他讲这番话的人，"很久以前印第安人住在这里，他们非常热衷于毒品，抽着托罗阿奇，其实就是曼陀罗，这给他们带来幻觉，让他们以为自己进入了另一种现实——你想想吧，这和我们今天的嬉皮怪胎们没啥区别。他们的坟墓就是通往精神世界的神圣通道，容不得亵渎。戈蒂塔海滩就是建在这样的坟墓上。"

根据自己周六晚上看恐怖电影获得的知识，多克晓得在印第安人坟墓上建房会带来最可怕的孽报，不过那些开发商可不管这些，他们本来就是邪恶之徒，只要建房的地方是平地，而且交通方便，那么他们就去建了。多克估计米奇·乌尔夫曼很可能不止一次干过这种亵渎神灵的事，结果招来了一次次诅咒，降临于他

---

[1] 复活节岛（Easter Island）：南太平洋的一个岛屿，以数百尊排成一列的神秘巨型石像闻名于世。

那本已可怜不堪的灵魂之上。

这些印第安的鬼魂很难看见,也很难抓住。你疲惫不堪地一路追踪,也许只是想去道个歉,但是他们飞得就像风一样,等待最合适的时机……

"你在看什么?"索恩乔说。

"我住的地方。"

他们绕过帕洛斯韦尔德海岬,在远远的地方,从圣佩德罗的方向驶来了一艘帆船,它的支索帆和三角帆全都打开了,就像盛开的立体玫瑰。索恩乔的脸上露出了那种爱之不得的纯洁表情。

多克之前只有一次见过"受护"号满帆的样子,那还是维伊和索梯雷格给他下药后出现幻觉的时候。现在的他还算是清醒,发现这艘船居然和《海狼》(1941)里的那艘帆船很像。约翰·加菲尔德就在那艘船上遇到了袭击。事实上,打倒他的人是爱德华·G·罗宾逊,当时还说道:"是的!我就是海狼,你懂了?我就是这艘船的主人,是我发号施令……因为没有人敢在海狼上乱来,你懂了——"

"你没事吧,多克?"

"哦。难道……我出声了吗?"

他们在船后跟着。很快,雷达上出现了两个绿色的光点,每次扫波时都会靠近一步。索恩乔拿起无线电,里面的播报声就像是戈蒂塔海滩某个酒吧每天夜里发出的动静。

"你司法部的兄弟来了?"多克猜道。

"还有海岸警卫队。"索恩乔用望远镜看了一会帆船,"它现在也看见我们了。开得很快……是的。有烟。它转成柴油动力了。喔,这个我们可追不上了。"

很快，他们就看见海岸警卫队小型武装快艇的屁股（或者用索恩乔的话说，"鸭尾艄"），全速追着"金獠牙"过去了。不久，司法部的船只也赶上了索恩乔和多克。年轻律师们戴着有趣的帽子，挥舞着啤酒罐，嘴里喊着些什么。多克看见至少有五六个小妞穿着比基尼，在船头船尾跑来跑去。KHJ 电台的音量被放到最大声，播的是"雷鸣合唱团"[1]那首革命圣歌《即将来到》，很多司法部的乘客和客人都跟着哼唱，而且分明是一副真诚的表情——不过，多克怀疑，假如革命真的来到，有多少人能真正认识到这是革命，并且上去问声好。

"不介意我现在回去吧？"多克说，"我想你们法律事务所不会在船上配渔具吧。"

"事实上，假如你去看一眼那个储物柜……他们甚至还买了回音测深仪，这样就可以追踪鱼群了。"索恩乔把这个设备打开，注视着它的显示屏。过了一会，他开始嘀咕起来，然后拿来航海图。"这里有情况，多克……按照这个，你看——这海底都是几百米深，下面不应该有什么的。可是这个回音探测仪——除非这个电子设备出了故障——"

"索恩乔，你听见什么了？"

在他们前面的某个地方现在传来有节奏的低鸣声，假如在陆地的话，会很容易将之当成是海浪。不过在茫茫大海上，海浪是不会发出这种声音的。

"有状况。"索恩乔说。

---

[1] "雷鸣合唱团"（Thunderclap Newman）：英国六十年代的摇滚乐队，曾以 1969 年的冠军歌曲《即将来到》（*Something in the Air*）而红极一时。

"好的。"

这声音变得越来越大,多克开始在脑子里数这些声音的间隔频率。除非他太紧张以至于数得太快,这间隔大约是三十秒,通常情况下(眼前可不是通常情况)这意味着海浪的高度也差不多就是这么多英尺。此时,这艘小船开始在浪涛里打转,这个浪涛也越来越明显。日光也变得不同寻常,仿佛头顶的空气开始因为某种未知天气而变得浓厚。即使用望远镜也很难看见帆船了。

"你的梦中之船正要把我们引到什么地方去。"多克喊道,但并不是因为惊慌。

这个海浪——假如真的是海浪的话——已经变成了劈开白天与黑夜的怒吼。带着腐蚀性的盐水拍打到他们身上,飞溅进他们眼里。索恩乔把引擎关小,喊道:"我操,这是咋了?"

多克正要去船尾呕吐,不过还是决定再等等。索恩乔焦急不安地指着船头左侧。那边看不见礁石,看不见海岸线,四周全是开阔的洋面,但他们现在所看见的一切,却已经让瓦胡岛景象最壮观的北岸巨浪变得和八月的圣莫尼卡一样不值一提。多克算了一下,从西北方向他们席卷来的这波海浪从浪尖到波谷有三十英尺,也许甚至是三十五英尺——它卷起的滔天巨浪在太阳下熠熠生辉,不断发出轰鸣巨响。

"不可能是科尔特斯海礁[1],"索恩乔瞅了一眼自己的航海图,"我们没到这么远。但这附近也没有什么别的啊。见鬼,这到底是什么东西?"

---

[1] 科尔特斯海礁(Cortes Bank): 位于太平洋的海底山脉,在圣地亚哥洛玛角大约115英里的位置,此处以大浪而闻名,通常会有60甚至70英尺高的巨型海浪。

他们都知道。这就是罗恩戴尔来的"圣人"弗利普所经历过的神秘大浪,老人们管这个叫"死亡门槛"。而帆船正朝着这个大浪驶去。

索恩乔拿着一支黄色油脂铅笔在雷达屏幕上追踪它的航线。"他们要么就是要自杀,要么就是船长在胡作非为,很难说是哪一种——为什么他们不回头?"

"那些联邦的人现在在哪呢?"

"司法部的人似乎停下来了,不过海岸警卫队还在追击。"

"这可要点胆量。"

"你加入的时候他们就这样对你说的——你必须冲出去,但不一定非得回来。"

他们现在能看见帆船上放下来了两个(应该是三个)黑色狭长的东西,似乎在海面上盘旋了一会,然后疾驰而去,短促的引擎声甚至盖过了那惊涛骇浪。"香烟快艇[1],"索恩乔大声说道,"五百马力,也许有一千,这没差别,没有人会在这种情况下去追赶他们了。"

多克在昏暗的大海光线下看着帆船。她在波涛中时隐时现。也许是能见度的问题,不过她看上去像是突然变老了很多,像是饱经沧桑,更像是他那天早上梦里见到的样子。在梦中,科伊和他的家人正是乘着"受护"号去往了安全之境。

"他们弃船而逃了。"索恩乔在晦暗喧嚣的大海上喊道。

"见鬼,哥们,真可惜。"

---

[1] 香烟快艇(cigarette boat,也叫 cigarette racing boat):一款豪华快艇,设计灵感来自梅赛德斯-奔驰,银色风格涂装。现在这款快艇的输出马力可达 2700 匹,海上极速为 210 公里/小时。

"不用。至少他们把引擎关了。我们只需要祈祷它不会撞到海面下的什么地方。"在两波海浪的间隙,他解释说,假如它还能被拖回岸,放到安全地方托管,假如船主在一年零一天之内不来认领,它就正式成为无主船。那么这艘船的归属就会变成各种海事法要解决的问题,这个多克就听不懂了。

与此同时,海岸警卫队正在帆船上开登船派对,他们把帆收下,将浮锚拉索和风暴固定锚链取出来,好让它的船头对着风,打开导航灯和拖航灯。根据无线电通话的消息,海上拖船已经在路上了。

"幸亏我们来了。"索恩乔说。

"我们没做什么事。"

"是的,但是假如我们不来的话,事情的真相就由政府说了算了,这艘老船的舥板肯定也保不住了。"

在终端岛海岸警卫队基地,索恩乔得去办公室处理一些表格,并为这艘舷内外汽艇安排夜间泊位。然后,他和多克搭便船去好莱坞,同行的是一帮上岸度短假期的水手。两人从码头上了岸,在丽路斯酒馆刚好看见下班的莫西。"还没来得及把僵尸龙舌兰喝完呢。"索恩乔想。

"现在你很可能有心情庆祝一下,"多克说,"不过我要去办公室看看。已经好久没去了。"

"我知道——我必须冷静下来,我们可不能把这事搞砸了。一年零一天之内可能会发生很多事情。各路人马都要粉墨登场,有重复保险、单独海损索赔,有前任女友,谁知道还会有些什么。不过现行法律上海运保险还有这么一条,允许船的所有权归保险商所有……"

见鬼,这个就算是瘾君子的直觉吧。"你不会刚好也为她承保了吧,索恩乔?"

是光线的缘故吗?是不是应该派个人去报告教皇,说这里出现了奇迹事件,竟然有律师脸红了?"假如涉及起诉,我就会参与进来的,"索恩乔承认道,"虽然更可能的一种情形是,你那些龌龊的百万富翁朋友们在拍卖会上就把她抢走了。"

多克突然有一种伤感的冲动,于是抱了索恩乔一下。同往常一样,索恩乔往后躲。"对不起,希望这次能成功,哥们。那艘船和你真的是天生一对。"

"是的,就像是秀兰·邓波儿和乔治·墨菲。"在大家还来不及拦住他时,索恩乔开始唱起了《我们应该在一起》,这是选自《百老汇小姐》[1](1938)。事实上,他唱的是那个鬈发小宝宝的声线。他站起来,仿佛要准备跳踢踏舞,不过多克紧张地拉住了他的衣袖。

"我想你老板在那边吗?"

此人确实是让人生畏的C.C.查菲尔德的真身。而且,他正意味深长地瞄着索恩乔这边。索恩乔停下了歌唱,冲他挥了挥手。

"我不知道你也是秀兰·邓波儿的粉丝呢,史密拉克思,"C.C.隔着众人大声说道,幸运的是,此时当事人不像下班时那么

---

[1] 《百老汇小姐》(*Little Miss Broadway*):秀兰·邓波儿和乔治·墨菲都是这部音乐剧电影的主演。

多,"等你和客户谈完了,过来一下。我想和你谈谈那个米高梅的点子。"

"你不会真说了吧?"多克说。

"这是一个迟早要发生的集团诉讼,"索恩乔辩解道,"假如不是我们,也会有别人做的。想想可能发生的后果吧。城里所有的制片厂都有危险。华纳公司![1] 如果你能找到足够多的挑剔观众不喜欢让拉斯罗和伊尔莎[2]一起坐上飞机怎么办?或者假如他们想让米尔德里德像原著结局一样最后杀死维达[3]怎么办?而且——"

"我很快会找你的。"多克尽可能小心谨慎地拍了拍索恩乔的肩膀,然后离开了丽路斯酒馆。

在涂伯赛德医生的能量商店里,这时客人已渐渐少了。皮图尼亚今天很迷人,穿着淡紫红的衣服,正在和一个戴着黑色环形墨镜的长发老绅士亲热地窃窃私语。"哦,多克,我想你还没见过我的丈夫吧?这是迪兹。亲爱的,这是多克,我和你提过的。"

"兄弟,你好。"迪兹慢慢伸出一只手,手指上全是贝斯手才有的老茧。还没等多克缓过神,两人就开始了一次复杂的握手

---

[1] 此处可作双关语,因为"华纳"(Warners)也可以理解成"警告者"的意思。

[2] 拉斯罗(Laszlo)和伊尔莎(Ilsa)都是1942年经典电影《卡萨布兰卡》中的主角。该电影由华纳公司出品。

[3] 米尔德里德(Mildred)和维达(Veda)是1945年华纳公司电影《欲海情魔》(*Mildred Pierce*)中的角色。电影改编自 James M. Cain 的小说,两者情节出入较大。

寒暄,其中包括谈越南的事,提到了很多州立监狱,还讲到了一些兄弟会组织把每周开会时间贴在城市郊区。

涂伯赛德医生从后面的办公室走出来加入了他们,递给皮图尼亚一大瓶处方药。"假如你真的要继续搞那个素食减肥,"他停下来摇了摇瓶子里的药丸,"那么你就需要一些补品,皮吞-亚。"

"我们有个消息要公布,多克。"皮图尼亚说。"孕事。"迪兹说。

多克很快给她做了个透视扫描,脸上浮现出了傻笑。"哇,你知道吗,我还以为房间里的光晕是我嗑药后的幻觉重现呢。恭喜你们啊,这事太好了。"

"只有这个疯子觉得不好,"皮图尼亚说,"他觉得现在必须接我上下班了。我就需要一个精神不正常的专职司机吗?把你墨镜拿下来,亲爱的,让大家看看你转动着的漂亮眼珠子?"

多克上了楼。"记住要关灯和锁门!"涂伯赛德医生喊道。

"我绝不会忘。"多克回答。这都是老一套了。

门槛另一头散落了一堆邮件,大部分是外送披萨的菜单,不过有一个华丽的烫金信封引起了多克的注意。他认出了这是北拉斯维加斯那个"天命"酒吧赌场的仿阿拉伯字体。

他刚打开信封,就看见了一张一万美元的支票。支票不像假的。"经过详细评估,"附函上说,"此间我们咨询了法律、心理和宗教界最好的(难免也是最贵的)专家,最终认定迈克尔·扎查理·乌尔夫曼的确被非自愿地绑架过。而且就像附近51区的外星人一样,我们无法通过普通司法渠道对绑架者加以调查。随信附上的支票数额代表了我们100比1的赔率,虽然在南部其他

几家赌场可能还会提供比这高得多的赢率。'运气不好啊，赌场豪客！'

"请您留意将来的信件，我们还将特别邀请您参加新'天命'酒吧赌场的盛大开业典礼，我们对原址进行了完全不同的重新设计，将在1972年春天开张。我们期待您的再次光临。谢谢您一如既往地支持'天命'。

诚挚地，法比安·P.法左，天命公司首席运营官。"

公主电话响了，是后普·哈林根打来的。"上帝保佑你，多克。"

"我打喷嚏了吗？"

"我是认真的。"

"真的，有时我也不记得做没做什么事了，所以我得问一下。这太令人尴尬了。"

短暂的沉默。"回忆一下，"她说，"是不是你把那几张通行证塞到了我院子门口？"

"没有啊，什么通行证？"

似乎有人给她和阿米希斯特后台通行证，让她们昨晚可以去看在威尔·罗杰斯公园举行的盛大冲浪摇滚音乐聚会。

"哇，我错过了吗？我表弟的乐队，'啤酒'？他们应该为'帆板'乐队做开场演出的。"

"'啤酒'？真的吗，多克？他们现在这么厉害了？是不是要变成'帆板'接班人了？"

"斯科特会很高兴听到这话的。我不知道自己是不是想听。科伊演奏了吗？"

"他回来了，多克，他真的活着回来了。我现在已经出现24

个小时的幻觉了，我不知道该不该相信。"

"那个小鬼现在过得怎么样？"

"她还在睡觉呢。我觉得她和父亲分开太久了，不知道她还能不能认科伊。不过在音乐会上，科伊拿起中音萨克斯，把麦克风从架子上取下来，把它放到萨克斯喇叭那儿，然后开始吹奏，她一直会念叨这一幕呢。她很喜欢。他靠这就得了很多加分呢。"

"所以……你们现在……"

"哦，我们将来就知道了。"

"太好了。"

"我们下个周末要去夏威夷。"

多克记起了他的梦。"你们坐船去吗？"

"坐卡胡娜航空公司的飞机。科伊已经搞到机票了。"

"尽量不要托运太多行李。"

"他刚进来，来，和他说说话。我们爱你。"

电话那边传来了长久的接吻声，时间一长就让人听着很恼火。科伊最后说了话："我正式从所有人的工资单上除名了，哥们。伯克·斯托奇亲自打电话告诉我的。你昨天晚上去音乐会了吗？"

"没。我表弟斯科特要气疯了。我只是忘记了。听说你表现很帅。"

"我为《汽船航线》和《头发球》吹了一些长独奏，还吹了几个曲子向迪克·戴尔致敬。"

"我猜你女儿也玩得很开心。"

"哥们，她是……"他陷入了沉默。多克能听见他的呼吸。

"你知道印第安人说的吗?你救了我的命,现在你就得[1]——"

"是的,是的,那是嬉皮士瞎编的。"这些人,哥们,他们啥也不知道。"你救了自己的命,科伊。现在你就得好好过下去。"他挂了电话。

---

1 在品钦前一部小说《反抗时间》(*Against the Day*)中同样提到了这个印第安人的迷信说法,即:如果你救了别人的命,那么此人就永远由你负责了。

二十一

在湖人队对尼克斯队总决赛第七场的第四节[1]，当湖人队显然大势已去的时候，多克开始回想自己把赌注押在了谁身上，押了多少钱，然后就想着这一万美元，想着自己还欠谁钱。现在他还记得的就有佛瑞兹，所以他关上电视，决定在路上散散心。多克坐上道奇"达特"，朝圣莫尼卡开去。等他到追债公司时，里面还有一两盏灯亮着。他走到楼后，拍了几下门。过了会，门开了个缝，一个留着超短头发的小孩向外窥视。此人肯定是史巴奇。

他果然是。"佛瑞兹说你不定什么时候就会过来的。请进。"

电脑机房里一派繁忙景象。所有的磁带盘正在来回转动，电脑屏幕的数量比多克上次记得的时候要多一倍，都亮着，此外还有至少十几台打开的电视机，每个都调到不同的频道。这里有个音响系统，一定是从电影院劫掠过来的，现在正在放《救救我，郎达》[2]。角落里那个破旧的咖啡滤壶现在换成了某种巨大的意大利咖啡机，上面全是管子、阀杆和测量仪，整个机器被涂上了铬漆，你完全可以推着它在东洛杉矶任何一条大街上去溜达，那造型肯定不跌份。史巴奇找到键盘，在上面打了一系列奇怪的代码指令，多克想试着弄懂是什么，却无能为力。然后这个咖啡机就开始——嗯，不是呼吸，确切地说，是开始引导蒸汽和热水以特定的方式运动。

"佛瑞兹去哪里了?"

"在沙漠里什么地方,追赖账的。家常便饭了。"

多克从衬衣口袋里拿出一根大麻。"介意我抽……"

"当然可以。"只是出于社交礼貌罢了。

"你不抽?"

史巴奇耸了耸肩。"会让我不好工作的。或者说,我就是那种根本不会碰毒品的人。"

"佛瑞兹说,在他搞过一段时间网络后,那感觉就像是吃了迷幻药。"

"他还认为阿帕网夺走了他的灵魂。"

多克想了一下。"有吗?"

史巴奇皱了一下眉头,把目光移开。"这个系统不需要用灵魂。它不是靠这个工作的。就连进入别人生活也不需要。这不像融入集体意识的东方迷幻之旅。这只是找出一些别人认为你不能找到的东西而已。它的速度非常快,如果我们知道得越多,我们就会知道得更多,你几乎可以看见它每天都在变化。为什么我要工作这么晚?这样明天早上就不会那么吃惊了。"

"哇,我猜我得学着点,不然我就要过时了。"

"它非常笨重,"史巴奇指了一下房间四周,"在真实世界里,我们和你看的那些间谍电影电视比起来,依然远不能达到那

---

1 按照 NBA 官方赛程,此时是 1970 年 5 月 8 日,星期五。小说选择在这个日期终结颇为有趣,因为它刚好是品钦 33 岁生日。

2 《救救我,郎达》(Help Me, Rhonda)是"海滩男孩"乐队的一首歌。

种速度或能力,甚至他们在越南用的那种红外线和夜视仪,也远远比不上X射线透视仪[1]。不过它的发展是成指数级的,有一天人们醒来时会发现他们已经被无处可遁地监视了。逃跑的人将再也不能逃了,也许那时已经无处可逃了。"

咖啡机发出了很大的歌唱声,是合成出的《飞翔》[2]。

"佛瑞兹编的程序。要是我的话就要选《爪哇摇摆舞》了。"

"《飞翔》对你来说太老了。"

"都是数据而已,零和一。都是可恢复的,永远存在。"

"太酷了。"

咖啡不算太难喝,毕竟是自动程序煮出来的。史巴奇想给多克展示一段代码。"哦,嘿,"多克这时想起来了,"你们这个网络,它也包括医院吗?比方说有人进了急诊室,这个能查到他们的状况吗?"

"要看在哪里。"

"拉斯维加斯。"

"也许可以通过犹他大学查,让我看看。"在一顿塑料敲击之后,屏幕上出现了绿色的外星文字,过了一会史巴奇说,"找到日出医院了,还有沙漠泉[3]。"

"她住院用的名字要么是比佛顿,要么就是佛特奈特。我想应该是最近的事。"

史巴奇又打了几个词,然后点了点头。"好的,日出医院记

---

[1] X射线透视仪(X-Ray Specs): 一种美国玩具眼镜,号称可以透过固体,其实并未使用任何X射线,只是镜片幻象而已。

[2] 《飞翔》(Volare)是意大利著名男高音多梅尼格的代表作。

[3] 沙漠泉(Desert Springs): 此处是拉斯维加斯的医疗中心。

录里有一个叫特里莲·佛特奈特的,家庭住址是洛杉矶,收诊时有脑震荡、割口和瘀伤……住院观察治疗两……三个晚上,是在父母陪护下出院的……似乎是上周二。"

"就是她。"他站在史巴奇身后看着屏幕,"你知道吗,就是她。谢谢你,哥们。"

"你没事吧?"他似乎有点不耐烦,现在想回去干活了。

"我能有什么事?"

"我不知道。你看上去怪怪的,大部分你这个年龄的人都叫我'小孩'。"

"我要去祖奇商店,需要我给你带点什么回来吗?"

"我过了午夜才会觉得饿。那时我通常会叫披萨外卖。"

"好的。告诉佛瑞兹我欠他钱。你是否介意我不时来你这里看看?我会尽量不惹麻烦的。"

"当然。如果你想的话,可以帮你建一个自己的系统。这是未来的潮流,对吧。"

"太好了,哥们。"

在祖奇商店,多克坐在柜台旁边,点了咖啡和一个全尺寸的巧克力奶油派。多克起初颇花了点时间来切奶油派,每块四十五度角,然后一个个用叉子放到盘子里。不过最后他还是直接用手,把剩下的拿起来,就这么吃掉了。

玛格达过来看了一眼。"喜欢这么做的派吗?"

"你现在晚上也上班了?"多克留意到。

"我一直是个夜猫子。那个佛瑞兹去哪了?我好久没见到他了。"

"在沙漠哪个地方,我听说的。"

"看上去你最近也晒黑了。"

"我认识一个有船的家伙,那天我们出海了。"

"钓到什么了?"

"主要是喝啤酒。"

"听上去就像我老公。他们有一次计划要去塔希提,结果只到了终端岛。"

多克点了一根饭后烟。"他们能安全回来就好。"

"记不得了。你耳朵这里有发泡奶油。"

多克驶上圣莫尼卡高速,差不多要开到往圣地亚哥以南去的交叉路口时,雾气开始在夜间飘向内陆区。他把脸上的头发丝拂开,把收音机音量调大声,点燃一支 Kool,懒洋洋地坐在车座上控制汽车巡航行驶,看着所有的一切渐渐消失,包括中间隔离带的树木和灌木丛、帕尔姆斯的黄色校车停车场、山上的灯光、高速公路上提示你所处位置的标识牌,还有正在向机场下降的飞机。第三维开始变得越来越不靠谱——前方那一排四个尾灯可能是两辆相邻车道行驶的汽车,相隔距离属安全范围,它们也可能是同一辆车在打双灯,就在你眼皮底下不远处,你根本区别不了。起初,雾气只是一阵阵袭来,但很快就变得很浓,把一切都淹没了。多克只能看见自己的车头灯,就像是外星人的眼柄,望着前方寂静的白色。他还能看见自己仪表盘上的灯,速度计是唯一能告诉自己开得有多快的东西。

他就这样悄然前行,最后终于发现有辆车跟在身后。过了一会,他在后视镜中发现了另一辆车跟在自己后面。他如同置身于一个规模不明的护航车队，每辆车都会跟在前方车尾灯的照明范围内，就像在不见天日的沙漠里行走的沙漠旅队，他们为了安全，临时集中起来穿越盲区。这是他在这个城市里看见的极少几件大家（嬉皮士除外）会免费去做的事。

多克好奇的是，今夜有多少自己认识的人被困在这大雾中，有多少被大雾困在家里的人正坐在电视机前，或是躺在床上刚刚睡着。总有一天——他猜史巴奇可以证明这一点——车载电话会变成标准配置，甚至还会有车载电脑。人们可以相互交换姓名和地址，讲述各自的故事，成立校友联合会，每年组织一次聚会，每次都在高速公路不同出口附近的酒吧，共同追忆那个大家临时团结在一起，相互帮助，走出浓雾回家的夜晚。

他把"震颤"音箱打开。KQAS 电台正在放"法帕多克利"乐队用三吐法[1]演唱的经典公路歌曲《超级市场》，这歌通常最适合开车穿越洛杉矶的时候听——不过考虑到今夜的交通状况，也许慢一拍子多克就知足了——接着还放了一些"大象的记忆"乐队的私录磁带[2]，还有"哈巴狗"组合翻唱的《恋爱的陌生人》和"海滩男孩"的《只有上帝知道》，多克后来才发现自己原来一直在跟着哼唱。他看了看燃油表，发现还有大半缸汽油，还有油烟。他从祖奇商店买了一罐咖啡，还有几乎一整包香烟。

不时会有人打右转灯，然后小心翼翼地离开队伍，摸着瞎向高速路出口的坡路驶去。道路上方那种较大的出口标牌完全看不

---

[1] 三吐法（triple-tongue）：是单吐与双吐的结合，适宜于演唱四分音符。表演者运用舌部前后往复发出"tu tu ku tu tu ku"的三重舌音，经常用来表现快速的三连音。

[2] 私录磁带（bootleg tape）：指的是未经授权、私自发行的录音带，包括 demo、试听带或演唱会的实况录音。

见了,但偶尔还是能看见路面上的小标牌,出口车道就从那里开始,所以这得是最后一分钟才能做出的决定。

多克想,假如他错过了戈蒂塔海滩的出口,他就从看到的第一个标牌那里下高速,然后走普通公路折返。他知道这条高速在罗斯克兰斯就开始向东转,到了霍桑大道或阿特希亚某个地方就能摆脱大雾,除非今夜这雾一直扩散,并笼罩整个地区。也许雾气会这样持续数日,也许他将不得不继续前行,一直经过长滩,经过橘子郡,到达圣地亚哥,穿过边境线,那里人们在雾中再也分不出谁是墨西哥人,谁是白人,或者谁是谁。可这样,他也许会在这一切发生之前就把油用光了,不得不离开这支旅队,停在路肩上,然后等待。等待一切可能发生的事。等待从口袋里拿出一根被遗忘的大麻。等待加州公路巡逻队的人过来,但又决定不去滋扰他。等待一个躁动的金发女郎开着"魔鬼鱼"[1]过来载他走。等待这浓雾被阳光驱散,等待此时可能会在那儿出现的其他东西。

---

[1] "魔鬼鱼"(Stingray):保时捷轿车的一款,车体很大。

Thomas Pynchon
Inherent Vice
Copyright ⓒ 2009 by Thomas Pynchon
This edition arranged with Melanie Jackson Agency, LLC
Through Andrew Nurnberg Associates International Limited.
Simplified Chinese edition copyright:
2020 SHANGHAI TRANSLATION PUBLISHING HOUSE (STPH)
All rights reserved.

图字: 09 - 2009 - 645 号

图书在版编目(CIP)数据

性本恶/(美)托马斯·品钦(Thomas Pynchon)著;
但汉松译. 一上海:上海译文出版社,2020.7
书名原文:Inherent Vice
ISBN 978 - 7 - 5327 - 8429 - 5

Ⅰ.①性… Ⅱ.①托… ②但… Ⅲ.①长篇小说一美国一现代 Ⅳ.①I712.45

中国版本图书馆 CIP 数据核字(2020)第 075649 号

性本恶
[美]托马斯·品钦 著 但汉松 译
责任编辑/徐 珏 装帧设计/@broussaille 私制

上海译文出版社有限公司出版、发行
网址:www.yiwen.com.cn
200001 上海福建中路193号
杭州宏雅印刷有限公司印刷

开本850×1168 1/32 印张15.25 插页5 字数268,000
2020年7月第1版 2020年7月第1次印刷
印数:0,001—6,000册

ISBN 978 - 7 - 5327 - 8429 - 5/I·5179
定价:86.00元

本书中文简体字专有出版权归本社独家所有,非经本社同意不得转载、摘编或复制
如有质量问题,请与承印厂质量科联系。T: 0571 - 88855633